프랑스요리 살인사건

The Gourmet Detective

프랑스 요리
살인사건

피터 킹 지음 | 위정훈 옮김

피피에

프랑스 요리 살인사건

등장인물

미식가 탐정 – 주인공.

레이몽 르페브르 – 프랑스 레스토랑 「레이몽즈」의 소유주.

프랑수아 뒤케인 – 프랑스 레스토랑 「르 투르케 도르」의 소유주.

래리 레오폴드 – 「르 투르케 도르」의 수석 매니저.

클라우스 클링거만 – 「르 투르케 도르」의 수석 요리사.

앙리 르퀴엘 – 「르 투르케 도르」의 수석 웨이터.

파울라 자르딘 – 「레이몽즈」의 수석 매니저. 레이몽의 조카.

엘스버그 워링턴

타퀸 워링턴

매기 맥널티

페르 라르손

벤저민 브레이크스피어

굿윈 하퍼 ⎬ – 서클 오브 카렘 만찬회에 참석한 사람들.

마이크 스피탤니

넬다 다윈

로저 세인트 레저

아이버 젠킨슨

샐리 올드리지

로널드 헤밍웨이 경위 – 런던 경찰국 식품 전담반 형사.

위니프레드 플레처 경사 – 헤밍웨이의 부하.

01

아주 커다란 몸집에 양복을 헐렁하게 걸친 남자가 발을 질질 끌면서 사무실로 들어왔다. 애처로운 표정에 슬퍼보이는 커다란 눈, 축 처진 입술이 마치 세상의 근심걱정을 혼자 어깨에 짊어진 세인트 버나드종 개 같았다. 약간 특이한 생김새였지만, 일하면서 그런 사람은 수두룩하게 보아왔다.

"당신이 미식가 탐정이시오?" 깊고 음울한 목소리였다.

"입구 문에 그렇게 씌어 있을 텐데요."

그가 고개를 끄덕였다. "오늘 뵙기로 한 사람이오."

그렇다. 전날 전화를 걸어 상담하고 싶은 일이 있다고 한 사람이었다. 이름을 밝히길 거부했지만 그가 들어온 순간, 나는 한눈에 누군지 알아보았다. 의자에 앉으라고 손짓하자 그는 150킬로그램은 족히 나갈 듯한 거대한 몸을 조심스럽게 의자에 묻었다. 몸집으로 보건대 당연히 그래야 할 것이다. 그 정도 무게는 상대해보지 못했다는 듯이 의자는 삐거덕거리면서 고통스럽게 비명을 질러댔다.

"요리에 관련된 조사가 전문이라고 들었소." 그가 건조하게 말했다.

"이혼을 전문으로 하는 탐정도 있고, 실종된 딸이 전문인 탐정도 있죠. 그리고, 새 조각상을 찾아다니는 사람도……."

"새?" 그가 당황한 듯이 물었다.

이런, 탐정소설 팬은 아닌가 보군. 그냥 넘어가자. "요즘은 뭐든 전문화 시대죠. 전 훈제연어, 서양우엉, 소테른* 전문입니다."

"사람들이 당신을 추천하더군요." 그렇게 말하면서도 나를 추천한 사람이 있는 것 자체가 이상하다는 듯이 쳐다보았다.

"누구 소개로 오셨습니까?" 내가 묻자 그는 화제를 바꿨다.

"내가 의뢰하려는 일은……."

"아직 수락한다고 안 했는데요." 그에게 상기시켜 주었다.

"분명히 수락할 거요." 명백하게, 모든 일을 자기 뜻대로 하는 사람의 말투였다.

"수임료는 얼맙니까?"

"가장 최근 의뢰를 기준으로 한다면 계약금이 1천 파운드입니다. 그리고 1백 파운드의 일당과 경비를 청구합니다. 일이 끝나면 다시 1천 파운드를 받습니다."

"그 의뢰인이 누구였소?"

---

* 프랑스 보르도 지방의 소테른 지역에서 나는 화이트 와인.

"그건 말씀드릴 수 없습니다."

그가 몸을 마구 흔드는 바람에 의자가 다시 삐걱거렸다.

"탱이 소스에 들어갈 타마린드*를 대체할 재료를 찾았다면, 태터솔 사(社)로서는 그 정도 돈은 기꺼이 낼 만할 거요. 그 소스는 일 년에 450만 병은 팔리니까. 그건 케첩을 빼면 병에 든 소스류의 40퍼센트쯤 되는 물량이오. 그 정도 시장 점유율을 유지하는 비용이라고 생각하면 당신에게 준 수임료는 새 발의 피일 거요."

"당연한 말이지만, 제 의뢰인들의 신상은 공개할 수 없습니다." 나는 변호사나 낙태 옹호론자들이 흔히 쓰는 거만한 투로 말했지만 속은 부글부글 끓고 있었다. 도대체 어떻게 태터솔 사의 제안을 알고 있는 거지? 심지어 그의 말은 맞았다. 그들에게 있어 그 정도 비용은 아무 것도 아니리라. 게다가 솔직히 말해 수임료는 절반밖에 못 받았다.

"그들이 원한 건 타마린드의 대체물이 아니라," 나는 수임료를 절반밖에 받지 못한 아픈 기억을 떨쳐버리기 위해 말을 이었다. "다른 종류의 타마린드였습니다. 타마린드는 여섯 종류가 있는데, 그들은 오직 한 가지 종류만 이용하고 있었죠."

"동아프리카산 야생 타마린드였소."

---

* 열대 아프리카가 원산지인 콩과의 상록수. 고대에 에티오피아에서 인도로 건너갔으며 '인도의 대추야자'라는 별명이 있다. 과실 중에서 비타민B 함유량이 가장 많으며 과자나 카레 가루, 아이스크림 등의 재료로 쓰인다.

"가뭄 때문에 그 종의 수확이 격감해서 다른 종류를 급히 찾아야 했습니다."

"당신은 아주 훌륭하게 찾아냈죠. 물론 그게 바로 당신의 일이겠지만."

"누군가가 멋지게 찾아냈더군요." 나는 속이 빤히 들여다보이는 찬사임을 알았지만 끝까지 시치미를 떼보기로 마음먹었다. "하지만, 말씀하신 대로입니다. 제 일은 진귀한 음식을 찾아내고 희귀한 재료의 대체재를 조언하는 겁니다. 구하기 힘들거나 구할 수 없는 재료들의 새로운 산지를 찾아내기도 하죠. 특이한 식재료를 취급하는 업자들의 판로개척도 도와주구요."

우리는 한동안 마주보았다. 그의 애처로운 표정을 아무리 쳐다봐도 그가 골머리를 앓고 있는 것이 직업윤리인지, 음식인지, 아니면 돈인지 파악할 수가 없었다. 아마도 세 가지 다일 것이다. 그는 아주 오랫동안 뜸을 들였다.

마침내 그가 입을 열었다. "특1등급 샤토 디켐* 여섯 병을 찾아낸 것도 분명 당신이었죠? 의뢰인은 40년 된 와인을 원했다고 들었소."

"쉽지는 않았겠지만, 누군가가 또 멋지게 해냈더군요. 자신의

---

* 프랑스 보르도의 소테른 마을에 있는 알렉산드르 드 뤼르 살뤼스 가에서 운영하는 포도원(샤토)에서 빚은 최고급 화이트 와인.

분야에 대해 정말로 잘 아는 누군가요."

그는 커다란 머리를 끄덕였다. "리츠 호텔의 필립이 며칠 동안 좋아서 펄쩍펄쩍 날뛰었소. 완전히 횡재한 기분이었을 거요."

뭐, 그 사람은 그랬겠지. 그 사람한테는 정말로 뜻밖의 횡재였으리라. 물론 나한테는 그렇지 않았지만. 사실 그 일은 큰 돈벌이가 되지 못했다. 그렇게 희귀한 와인은 생각보다 찾아내기 힘들었으니까.

그는 나를 찬찬히 살폈다. "내가 누군지는 알고 있겠죠?" 잘난 척하는 건 아니었다. 그냥 확인하고 싶어하는 어조였다.

"예, 당신은 레이몽 르페브르씨죠. 당신의 레스토랑「레이몽즈」는 런던의 10대 레스토랑 중 하나구요."

그 말에 그가 처음으로 진지한 반응을 보였다. 그가 몸을 앞으로 기울이는 바람에 의자가 삐걱거렸다. 그는 마치 바나나 같은 손가락을 나를 향해 흔들어댔다.

"3대 레스토랑이오!"

"그리고 아마도 유럽의 20대 레스토랑에 들구요."

"유럽에서는 6대 레스토랑이오. '아마도'가 아니라 분명히 그렇소!"

이 남자의 명성은 알고 있었다. 잡지와 TV에서 얼굴을 많이 봤으니까. 그는 다른 요리사들과 달리 대중 앞에 나서는 걸 별로 좋아하진 않지만 말이다. 말보다는 음식으로만 알려지고 싶다는 그의 발언은 유명했다. 보퀴즈*나 게라르**와는 다를지 모르지만, 약간은 무심한 은둔자 같은 태도에도 불구하고 레이몽은 업계에서 존경받는 인물이었다.

그의 초창기에 대해서도 알고 있었다. 오랫동안 파리에서 힘든 수업을 거듭하고 피나는 노력의 결과 오늘날의 자리에 올랐다고 했던가. 영국에서 산 지 오래되었기 때문에 프랑스어 억양이 거의 없었다. 그런 그가, 그 유명한 요리사가, 지금 나의 작은 사무실에 있다. 내게 의뢰하려는 일이 뭘까? 그는 초일류 레스토랑 주인이고 나는 기껏해야 이류 사립탐정인데(뭐, 음식을 전문으로 하는 탐정으로 따지면 다섯 손가락 안에 들긴 하겠지만).

그의 다음 질문은 너무나 뜻밖이었다.

"혹시 총을 갖고 다니시오?"

"총이라구요!" 외마디 비명을 질렀다. 말끝이 아마 한 옥타브쯤은 올라갔을 것이다. 얼버무리기 위해 기침을 했지만 엉겁결에 똑같은 말이 다시 튀어나왔다.

"총이라구요!"

그의 얼굴에 아주 살짝 재미있어 하는 듯한 표정이 스쳐갔다.

"탐정이라면 그런 질문을 받는 일도 드물지 않을 텐데요?"

---

* 폴 보퀴즈. 현대 프랑스 요리의 창시자이자 당대 최고의 주방장으로 뽑힌, 미슐랭 가이드 별 셋을 받은 요리사.
** 미셸 게라르. 폴 보퀴즈와 더불어 현대 프랑스 요리의 창시자.

나는 목소리를 쥐어짜내기 위해 안간힘을 썼다. "저는 이미 제 업무를 설명해 드렸는데요. 유럽인에게 제비집 요리 대체품을 찾아주거나, 캥거루 간의 판로를 확장하려는 오스트레일리아 사람을 도와주는 데 무슨 총이 필요하겠습니까?"

그가 놀란 듯했다. "캥거루 간? 농담이시겠지!"

오호라, 그가 모르는 걸 내가 알고 있다는 사실에 기분이 약간 좋아졌다. "오리와 거위의 간만 맛있으란 법 있습니까?"

그는 어떻게 받아들여야 할지 모르겠다는 듯이 나를 뚫어지게 보고 있었다. 자기를 놀리는 건가 미심쩍어 하는 듯했다. 놀린 건 아니지만, 그냥 내버려두자.

"그 이야기는 다음에 다시 합시다." 그가 무시하듯 말했다.

나는 기대도 하지 않았다. 이 프랑스 요리사가 그의 레스토랑에 캥거루 간 요리를 내놓는 날이 온다면, 커널 샌더스*의 프라이드 치킨엔 송로버섯**이 얹혀나올 테니까.

"좋습니다. 그럼 오늘은 무슨 이야기를 나눌까요?"

"우선 비밀로 해주시오." 그가 말문을 열었다.

"그 점에 대해서는 이미 확실히 말씀드렸는데요."

"알고 있소. 하지만 만약 조금이라도 누설이 된다면, 내 사업

---

* 치킨 체인점 KFC의 창시자.

** 캐비아, 푸아그라와 더불어 세계 3대 진미로 꼽히는 최고급 버섯.

은 엄청난 타격을 입게 되오."

"그건 저도 마찬가지입니다."

여전히 망설이는 듯했지만, 그가 마침내 이야기를 꺼냈다.

"혹시 「르 투르케 도르」를 아시오?"

"물론이죠." 나는 고개를 끄덕였다.

거길 모르는 사람은 간첩이다! 레이몽의 말대로 그의 레스토랑이 런던의 3대 레스토랑 가운데 하나라면, 나머지 두 곳 가운데 하나가 바로 「르 투르케 도르」다. 주인은 외국에서 온 또 다른 프랑스인 프랑수아 뒤케인데, 서른 살도 되기 전에 미슐랭 가이드에서 별 셋을 받았으며, 우아하고 독창적인 요리로 유명한 요리사였다.

문득 다른 사실들도 생각났다. 레이몽과 프랑수아는 지독한 라이벌 관계였다. 햇필드 가문과 맥코이 가문* 관계나 로빈 후드와 노팅엄 영주만큼 앙숙은 아니지만, 메이시 백화점과 김벨 백화점**보다는 치열한 관계였다. 물론 모든 일류 요리사들은 서로를 경계하고 좀더 뛰어난 아이디어와 요리로 서로를 앞지르기 위해 안간힘을 쓰긴 하지만, 레이몽과 프랑수아 사이에는 그것 이상의 뭔가가 있었다.

---

* 19세기 미국 서부시대의 유명한 앙숙 집안. 멧돼지 한 마리에서 시작된 갈등이 양대 집안의 가족 여러 명의 죽음으로 이어졌다.
** 둘 다 뉴욕의 고급 백화점.

10대 시절까지 거슬러 올라가는 불화가 있다는 소문도 있지만, 두 사람의 경력에는 그럴 만한 건 없었다. 언제나 그렇듯이 낭만주의자들은 한 여자를 둘러싼 다툼이라고 주장하기도 하지만 확실한 건 아무도 모르는 채 단지 추측만 무성하다. 혹시 그것과 관계 있는 어떤 일일까? 보글보글 잘 끓인 소스처럼 이야기가 농밀해지기 시작했다. 너무 열을 올리는 것처럼 보이지 않으려 애쓰면서도 한 마디라도 놓칠 새라 바짝 신경을 곤두세웠다.

"「르 투르케 도르」에 와조 로열이라는 요리가 있소." 레이몽이 말했다.

"들어본 적이 있습니다." 나는 인정했다. "그 레스토랑의 특별 요리죠. 싱가포르의 콤 수상이 영국을 방문했을 때 맛보고 싶어 했던 요리입니다. 오스트레일리아의 저명한 비평가도 최근의 영국 여행에서 맛본 최고의 요리라고 썼구요."

"그래, 맞아요." 레이몽이 쌀쌀맞게 말했다. "바로 그 요리요. 당신이 알아내야 할 것은 바로 그 요리의 조리법이오."

바로 그게 나를 찾아온 이유란 말이지. 이거야 정말 놀라운데. 요리사로서 명성을 가진 사람이 왜 라이벌의 조리법을 알고 싶어 할까? 아마도 둘 사이의 불화 때문이겠지만, 그 이상의 뭔가가 있는 걸까? 그는 내 얼굴을 스쳐가는 의구심을 알아차렸다.

"와조 로열은 그냥 하나의 음식이 아니오. 요리의 걸작이죠. 예, 인정해요. 그러니 어떻게 만들어지는지 꼭 좀 알아야겠소."

나는 신중하게 대답했다. "제가 하는 일에 동의하신 이상, 제가 이 일을 수락한다면 알려드릴 수 있는 건, 제가 관찰하거나 조사, 또는 추론한 내용뿐입니다. 불법적이거나 불공정한 행위는 없습니다. 저는 도둑이나 스파이가 아님을 분명히 해두고 싶습니다."

"물론 그렇겠죠."

어, 너무 순순히 동의해주는 거 아닌가?

"그런 건 나도 원치 않소." 그가 나를 안심시켰다.

진심으로 그를 믿고 싶지만 예전에도 누군가를 믿었다가 일이 꼬인 적이 있었다. 뭐, 어쨌든 이쯤에서 약간 압박을 가해볼까.

"와조 로열은 코카 콜라보다 더 많은 비밀을 갖고 있다죠."

"풋……." 그는 프랑스인의 전형적인 방식으로 경멸을 담아 비웃었다. "얼마나 걸리겠소?"

역시 영악한 사람이었다. 너무 오랜 기간을 말하면 무능력해 보일 거고, 그렇다고 너무 단기간을 부르면 수임료를 스스로 깎는 결과가 된다. 솔직하게 말할 수밖에.

"일주일이면 될 겁니다."

그가 고개를 끄덕였다. "그럼 계약금으로 1천 파운드 수표를 끊어 드리겠소. 성공보수는 1천 파운드요. 그리고 일당 1백 파운드와 경비는 별도구요."

아, 이걸 어떻게 거절할 수 있겠는가? "그럼, 계약서를……."

"됐소." 그가 재빨리 말했다. "쓸 필요 없소." 그는 수표책을 꺼내들고 쓱쓱 사인을 하더니 멋진 종이 한 장을 내밀었다.

그것을 받으려다 멈칫했다. "한 가지만 더……."

"뭡니까?"

"임무완수란 정확히 언제를 말하는 겁니까?"

"내가 완전히 똑같은 요리를 만들 수 있도록 당신이 필요한 모든 정보를 알려줄 때 아니겠소?"

"완전히 똑같은 요리인지 누가 판단합니까?"

"맛을 아는 사람이라면 누구든지 맛도 모양도 똑같다고 판단해야 합니다." 나는 여전히 망설였다. 그는 의자를 느긋하게 뒤로 젖히고 의자에 기대어 어깨를 으쓱했다. 의자가 고통스럽게 삐거덕거리면서 크게 흔들렸다. "어차피 당신은 미식가 탐정이고 나는 미식가 레스토랑 주인이오. 그러니 그런 두 사람이라면 그 점에서는 의견이 일치하지 않겠소?"

듣고보니 맞는 말 같기도 했고, 더 이상의 보증을 받는 것도 무리일 것 같았다.

"알겠습니다. 그럼, 연락처를 알려주십시오."

그는 명함을 꺼냈다. "레스토랑 전화번호요."

"여기 안 계실 땐 어떻게 합니까?"

그가 놀라서 나를 쳐다보았다. "나는 항상 레스토랑에 있소."

그건 그렇겠다. 그때 또 다른 생각이 머릿속에 떠올랐다.

"「르 투르케 도르」에 가서 와조 로열을 먹어볼 필요가 있습니다." 절대로 그래야 할 필요는 없지만 이런 기회를 놓칠 순 없지. "최근에 듣기로는 한 달 전에는 예약을 해야 한다고 하던데요. 어떻게 하면 자리를 잡을 수 있을까요?"

그는 다시 한 번 "픗," 하고 경멸하듯이 비웃었다. "한 달이라고 한다면 사실은 열흘 정도일 거요. 하지만……." 잠시 곰곰이 생각하더니 "뉴욕의 백만장자가 한 명 있는데, 직원들을 런던으로 출장을 많이 보내곤 합니다. 그는 항상 직원들에게 우리 가게나 「르 투르케 도르」에서 식사를 하라고 추천하죠. 윈체스터씨가 가보라고 했다고 말하면, 바로 자리를 마련해줄 거요."

"윈체스터? 헤럴드 윈체스터씨 말입니까?"

"이것도 비밀로 해야 합니다." 그렇게 단단히 주의를 주고는 힘겹게 의자에서 일어났다. 의자는 마치 안도의 한숨을 내쉬는 듯 푸슈– 하는 소리를 냈다. "일주일 안에 소식을 듣고 싶소."

"맡겨 주십시오."

문까지 그를 배웅하고는 책상으로 돌아와서 수표를 바라보았다. 오, 황홀한 그대.

이미 늦은 오후라 은행은 문을 닫았을 것이다. 수표를 바꾸려면 내일까지 기다려야 한다. 수표를 어루만지며 그 멋진 감촉을 즐기면서도 의구심이 머릿속을 떠나지 않았다.

왜 귀하신 분이 몸소 왕림하셨을까? 아랫사람을 대신 보내도

됐을 텐데. 그 징도로 유명한 요리사라면 라이벌 레스토랑의 조리법을 훔쳐내는 데에 자기 이름이 들먹여지는 걸 꺼릴 텐데. 비록 어떠한 불법이나 범죄가 없다 해도 말이다. 나에 대해서도 철저히 조사한 듯했다. 그건 의심의 여지가 없었다. 이쪽 업계에 상당한 인맥이 있는 사람이 아니라면 태터솔 건이나 리츠 호텔이 샤토 디켐을 구했다는 것을 알 리가 없다. 그런데 왜 구태여 불필요한 위험을 무릅쓰려는 것일까?

그건 그렇고, 내가 과연 해낼 수 있을까? 비밀에 싸인 와조 로열의 조리법을 알아내 레이몽이 복제하게 할 수 있을까? 뭐, 해보자구. 쉽지는 않겠지만 자신은 있었다. 일주일이라는 기간도 별 문제 아니었다. 알아낼 수 있는 비밀이라면 일주일 안에 못 알아낼 이유가 없다.

그리고, 금전 면에서 생각하면 이 의뢰는 눈물나게 고마웠다. 요즘은 일거리가 별로 없었다. 경기가 좋았던 시절도 있었지만, 이쪽 업계에서는 어찌된 일인지 지불이 한참 늦어지기 일쑤였다. 한두 달은 허리띠를 졸라매고 살 각오를 하고 있었다. 하지만 이 수표가 있으면 한동안은 안심이지.

마지막으로 머릿속에 떠오른 생각은 너무 꺼림칙해서 깊이 생각하고 싶지 않았다. 레이몽은 왜 총이 있냐고 물어봤을까?

02

다음 날은 수요일이었다. 갓 짜낸 신선한 마르티니크* 산 자몽 주스와 버지니아 햄을 곁들인 카레 에그, 호밀빵 토스트, 그리고 쿠바 커피로 간단한 아침을 먹고나서 일찌감치 사무실로 향했다. 아침 일찍 출근하는 건 전혀 힘들지 않다. 사무실은 해머스미스 다리** 근처로, 세퍼즈 부시에 있는 집에서 겨우 5분 거리니까. 나는 자가용을 싫어해서 차도 안 산다. 오늘날의 런던에서 차는 거의 애물단지다. 걸어가는 편이 낫겠다고 생각할 정도의 교통 체증은 나날이 심해지기만 하고 기름값도 비싸며 주차비는 더욱 비싸니까. 지하철을 타면 어디든지 갈 수 있고, 사건을 조사중일 때는 경비로 택시를 탄다. 사무실에까지 걸어가는 건 하루를 시작하는 운동이기도 하다.

9시 30분까지 일을 하고나서 킹 스트리트에 있는 은행에 가서

---

* 서인도 제도 남동부에 있는 프랑스령 섬.
** 런던 교외에 있는 다리.

레이몽의 수표를 입금했다. 덕분에 꽤 부자가 된 기분을 만끽하면서 사무실로 돌아왔다. 사건 자체는 여전히 좀 불안했지만 별도리가 없어 보이니 일단은 잊어버리기로 했다.

내 사무실은 작다. 좁아터졌다고 생각할 수도 있다. 책상과 회전의자, 손님용 의자(사실은 이미 살펴봤는데, 레이몽이 잠깐 앉았던 탓에 고생은 했겠지만 다행히도 망가지진 않은 듯하다), 벽에는 모양이 제각각이라 전혀 조화롭지 못한 파일 캐비닛이 있고, 이것이 전부다. 사적인 물건은 하나도 없다. 남의 사생활을 캐는 사립탐정이지만 나에게도 사생활이 있으니까. 집에는 셜록 홈즈의 옆모습이 그려진 실루엣화, 앨런 핑커튼*의 석판화, 오귀스트 에스코피에**의 사진이 걸려 있다. 이것들을 사무실 벽에 걸어둘까 고민한 적도 있지만, 결국 그렇게 하지 않았다.

오늘의 업무는 정해져 있었다. 먼저 산더미 같은 우편물을 정리하고, 그리고나서 지금 처리중인 사건을 정리해서 바로 처리해야 할 일과 보류해둘 일로 분류한다. 내가 정한 일주일이라는 마감을 지키기 위해서 당분간은 가능하면 레이몽의 의뢰에 집중할 생각이었다.

---

* 1819~1884, 1850년에 시카고에 탐정회사를 세운 세계 최초의 실제 사립탐정. 코난 도일이 셜록 홈즈 시리즈를 집필하는 데에 많은 영향을 끼쳤다.

** '요리의 제왕'으로 알려진 리츠의 유명 요리사이자 현대 프랑스 요리의 창시자. 자신의 요리에 여성들의 이름을 붙이기를 즐겼다고 한다.

맨 먼저 뜯어본 편지는 좋은 소식이었다. 미식가 탐정으로 알려지면서 요즘은 우편물이 많이 날아온다. 그 중에는 엉뚱한 것도 있고 기괴한 것도 있다. 터무니없는 요구가 있는가 하면 불가능한 요청도 있다. 흥미를 끄는 편지는 좀처럼 없는데 오늘 첫 번째 편지가 드물게도 그런 것이었다.

"우리는 영국의 회사입니다." 이렇게 시작하고 있었다. "규모는 작지만 야심찬 회사입니다. 지금까지 영국시장에 망고, 사프란*, 살구버섯**, 미역 등의 식재료를 소개해서 나름대로 성공을 거두었습니다. 다음으로 레스토랑 메뉴에 달팽이 요리를 넣는 계획을 추진할 생각이며, 우선 런던의 몇몇 레스토랑에서 시작해볼 예정입니다. 귀하에게 지원을 요청드릴 수 있을까요? 대강의 조건과 귀중한 조언을 들려주시면 감사하겠습니다."

이 편지는 그야말로 나의 관심사를 콕 찌르고 있었다. 진작부터 나는 프랑스인들이 그토록 좋아하는데 왜 영국인들은 달팽이를 먹지 않을까, 하는 미스터리를 진지하게 고민하고 있었기 때문이다. 분명히 프랑스인들이 좋아하는 음식에는 영국인의 입맛에서 보면 호기심으로밖에 생각할 수 없는 것도 있다. 하지만 섬나라인 우리 영국인들을 위해 굳이 변명을 하자면, 그래도 요즘

---

* 자줏빛 꽃이 피는 식물로 향미료나 향신료로 사용된다.
** 숲이나 침엽수 지대에서 채취하는 오렌지 빛깔을 띤 노란색 버섯. 세프버섯, 송로버섯 등과 어깨를 나란히 하는 고급 버섯이다.

은 몇 십 년과는 비교할 수 없을 정도로 외국음식에 대한 편견이 줄어들었다. 요즘은 메뉴판에 개구리 다리가 있어도 아무도 놀라지 않는다. 살라미, 파스타, 올리브, 마늘, 스위트브레드*, 죽순…… . 오늘날 영국인들이 받아들인 음식 목록은 상당한 길이를 자랑하며, 계속 늘어나는 추세이기도 하다.

그러니 달팽이라고 안 될 거 뭐 있겠나? 영국인도 예전에 먹긴 했다. 식용 달팽이는 로마인이 사우스 다운스**와 코니시 해안을 침략하면서 처음 들여왔고 19세기 초반까지는 노동자 계급이 즐겨먹던 음식이었다.

반면에 프랑스에서는 변함없는 인기를 자랑하지는 않았다. 14세기에는 특권 계급만이 먹을 수 있는 사치품이었다가 르네상스 시대가 되서야 대중적으로 대량 소비되었다. 그 때문인지 18세기가 되자 소작농이나 먹는 싸구려 음식 취급을 받다가 베르사유 궁전에서 열린 러시아의 차르 환영 파티에 제공됨으로써 인기를 되찾았다. 나폴레옹 몰락 이후 기근기에 달팽이는 귀중한 식량이 되었다. 물론 당시엔 먹을 수만 있다면 뭐든지 귀중했겠지만 달팽이는 특히 구하기 쉬웠기 때문에 다시금 널리 먹게 되었고, 오늘날에 이르기까지 인기는 식지 않고 있다.

---

* 송아지의 췌장 또는 흉선 부위.
** 영국 남쪽 해안 안쪽 내륙에 동서로 난 언덕.

달팽이는 양식하기도 쉽고 5년이나 산다. 게다가 한 번에 100여 개의 알을 낳고 한 달이면 부화한다. 양식하는 것도 힘들지 않을 테니 달팽이 사육의 가능성은 무궁무진하다. 의뢰인들이 이 사업의 가능성에 열을 올리는 건 당연했다.

도와줄 방법이 있을까? 신중하게 검토해야겠지만 즐거운 프로젝트임에는 틀림없다. 게다가 시식도 많이 해야 할 거고. 그 편지는 빨간 문진 아래에 두었다. 최우선 순위라는 뜻이었다.

다음 편지는 내가 회원으로 활동하고 있는 와인 자문 위원회에서 온 것이었다. 다음 모임의 날짜가 적혀 있었고 주제는 '스파클링 와인의 미래'였다.

만사를 제쳐두고 꼭 참석해야 할 모임이었다. 와인 업계의 중요한 과제가 논점이 될 테니까. 이를 테면 "스파클링 와인의 잠재적 시장은 샴페인보다 클 것인가?", "샴페인만큼 맛있는 스파클링 와인은 존재할 것인가?", "샴페인에 버금가는 맛의 스파클링 와인을 제조할 수 있을 것인가?" 등등의 과제가.

샴페인 제조업자들은 스파클링 와인의 맛이 샴페인보다 못하며 앞으로도 영원히 그럴 것이라고 완강히 주장하고 있다. 그러나 문제는 그리 간단치 않다. 대부분의 샴페인 양조 회사들이 스파클링 와인 생산 지역에 막대한 자금을 쏟아부었다. 그렇다면 그들이 샴페인의 품질에 가까운 스파클링 와인을 일부러 만들지 않고 있는 건 아닌가? 아니면, 어쩌면 샴페인 시장의 우위를 지키기 위해 뭔가 압력을 넣어서 스파클링 와인의 질을 일부러 떨어뜨리고 있지는 않은가?

이런 식의 비난과 비판이 난무하는 멋진 모임이 되리라. 개인적인 감정과 전문가로서의 자존심을 건 가혹한 비판과 모욕이 오가면서 뜨거운 설전이 벌어질 것임에 틀림없다. 모두들 등 뒤에 칼을 숨긴 채로 화사한 미소를 짓고, 인심좋은(또는 약삭빠른) 와인 제조업자들은 와인을 듬뿍 돌릴 것이다. 그런데 마실 건 뭐가 나올까? 샴페인일까, 아니면 스파클링 와인일까? 분명히 둘 다 아니겠지. 양쪽 모두 직접 비교는 꺼릴 테니까. 어쨌든 정말 멋진 저녁이 되겠는걸!

다음 편지는 새로운 건강식 다이어트의 추천사를 써달라는 것이었다. 음, 이건 대답하기 쉽다. '죄송합니다, 못하겠는데요.' 또 다른 편지는 레이크 디스트릭트*의 호텔에서 보낸 눈물겨운 의뢰였다. 한 손님이 숙박기간 동안 서비스가 형편없었다는 이유로 호텔을 고소했다는 것이다. 호텔 측에 변명의 여지가 있겠냐는 질문에 '아마도 없겠죠'라는 대답이 바로 떠올랐지만, 그건 탐정이 아니라 변호사에게 의뢰하시라고 답장을 썼다.

타당한 것들부터 어처구니없는 것들까지, 한 통 한 통의 우편물을 정리해갔다. 10시 45분이 되자 답장을 담은 서류 파일을 들

---

* 잉글랜드 북서부의 호수 지구. 88개의 호수가 있으며 유명한 관광지이기도 하다.

고 사무실 위층에 있는 시어러 비서 업무 대행사로 향했다. 언제나처럼 타자를 맡기기 위해서지만, 솔직히 말하면 나의 냉장고와 찬장이 거기에 있다. 사무실에 두면 너무 자주 여닫을 것 같아서다. 그래서 오전에 한 번, 오후에 한 번, 파일을 갖다 줄 때마다 들르기로 하고, 그때그때 기분전환이라든지 자극제 등등의 핑계를 대면서 휴식을 취하고 있다.

몸집이 작은 시어러 부인은 명랑하고 유능한 여성으로, 수도원과 착취 공장의 중간쯤 되는 형태의 사무실을 운영하고 있다. 말하자면, 여직원들을 잘 보살펴주지만 혹독하게 부려먹는 것이다. 지금 눈앞에서는 서른 명 정도의 여성이 타자기를 두드리고 있고 종이 넘기는 소리와 사무기기의 윙윙거리는 소리만 들려올 뿐이다. 내가 언제나 일을 맡기고 있는 테레사가 독감으로 결근해서 갓 입사한 메리 첸이 대신 해줄 것이란다. 그러면서 시어러 부인은 저쪽 편에 있는 까만 머리의 동양 여성을 가리켰다.

나는 오후에도 일을 부탁한다고 말하고는 냉장고에서 반쯤 남은 아스티 스푸만테* 병을 꺼내어 해머스미스 브로드웨이의 교통 체증을 내려다보면서 마셨다. 그래봤자 어차피 다음 교통체증으로 이어질 뿐인데도 치열한 싸움을 되풀이하고 있는 것이다.

---

* 이탈리아 북부에 있는 마을인 아스티에서 생산한 포도로 만든 스파클링 와인. 참고로 프랑스에서 생산되는 스파클링 와인은 샴페인이다.

마치 로마 시대의 전차경주 같지만 속도가 훨씬 느리고 이겨봤자 살아남은 것 말고는 아무 보상이 없다는 점만이 달랐다.

그 뒤로 오후까지는 오랜 친구인 노먼한테 전화가 온 것 말고는 별다른 일 없이 지나갔다. 이탈리안 레스토랑을 경영하는 노먼은 반즐리* 출신으로 소년 시절부터 이탈리아와 이탈리아인들에 관한 것이라면 뭐든지 좋아했다. 먹거리에 둘러싸여 자란 덕분에 어른이 되어서는 이탈리아 요리에 열정을 쏟게 되었다. 인생의 목표도 자신의 가게를 영국 최고의 이탈리안 레스토랑으로 만드는 것으로 정했다. 아직 목표를 달성하진 못했지만, 요리사도 웨이터도 모두 영국인인 이탈리안 레스토랑치고는 상당히 번창하고 있다. 사실, 노먼의 레스토랑에는 간판과 요리 말고는 이탈리아와 관련된 것은 아무 것도 없다. 하지만 노먼의 그런 넉살좋은 배짱이야말로 끝없는 열정과 의지를 굳건히 뒷받침해주는 요소다.

노먼은 오르초 에 파지올리를 찾는 이탈리아인 손님들이 있다고 했다. 이탈리아 북부에서 인기있는 영양만점 완두콩과 보리 스프다. 손님들이 먹어보더니 맛있긴 한데 자신들이 기억하는 맛은 아니라고 했다는 것이다. 여러 모로 시도해 보았지만 아무래도 그 맛, 그러니까 볼로냐의 맛을 못 내겠다는 것이다. 한참 이

---

* 잉글랜드 사우스 요크셔 주의 주도. 공업도시임.

야기를 하다가 문득 생각이 났다. "프로슈토*를 만들 때 쓰는 뼈야. 그걸로 스프를 우려내면 완벽한 맛을 낼 수 있을 거야."

노먼은 고맙다면서 영국 최고의 이탈리아 요리를 맛보게 해주겠다고 약속했다. 어느 식당으로 데려갈 거냐고 묻고는, 북부 특유의 욕설이 되돌아오기 전에 얼른 전화를 끊었다.

11시 30분에 「르 투르케 도르」에 전화를 했다. 프랑스어 억양의 직원이 예약이 힘들다고 정중하게 말하자 나는 윈체스터라는 마법의 이름을 댔다. 레이몽의 말이 맞았다. 직원이 갑자기 아첨을 떠는 말투로 바뀌더니 내일 저녁에 뵙기를 고대하겠다고 말하는 게 아닌가. 쓸데없는 의심을 피하기 위해 두 명을 예약했다. 그런데, 누굴 데려가지? 업무상의 이유로 동반자가 필요할 때면 종종 테레사를 데려갔었다. 남자 혼자서 식사를 한다면 분명히 눈에 띌 테니까. 참, 테레사가 독감에 걸린 걸 깜빡했다. 음, 점심시간이 다 되었으니 이 문제는 나중에 생각하자.

점심을 어디서 먹을 것인가 하는 문제는 저녁 일정이 정해져 있다면 아주 쉬워진다. 오늘은 저녁 일정이 정해져 있었으므로 391번 버스를 타고 큐**로 향했다. 역 근처에 소박하지만 아주 만족스러운 점심을 제공하는 비스트로***들이 있기 때문이다.

---

* 향신료가 많이 든 이탈리아 햄.

** 런던 서부의 교외.

*** 프랑스 요리를 부담 없이 즐길 수 있는 작고 캐주얼한 식당.

'큐에서는 질대로 식사를 하지 말라', '역 근처 식당에서는 먹지 말라', '비스트로라는 간판을 내건 가게는 피하라' 등등을 주장하는 사람들도 있지만, 그들이 주장하는 모든 것은 반드시 옳지는 않으며, 일반화는 피해야 한다. 안내책자에는 절대로 등장하지 않지만 싼 값에 멋진 점심을 먹을 수 있는 숨은 맛집은 수없이 많다. 나는 먼저 홍합 스프를 먹고나서 구운 감자와 그린빈*을 곁들인 양갈비를 먹었다. 「앤드루」나 「폴라」 같은 이름은 전혀 요리사 이름 같지는 않지만 요리 솜씨는 탁월하다. 점심 때는 후식을 먹지 않는 것이 나의 원칙이므로, 커피 한 잔과 거부할 수 없었던 공짜 코냑 한 잔을 마시고 사무실로 돌아왔다.

오후 역시 오전과 마찬가지로 참석하고 싶지 않은 모임의 초대장, 사람들에게 추천하고 싶지 않은 음식의 협찬 의뢰, 입에 대기도 싫은 와인을 만드는 양조장에서 온 시음회 안내장, 한 푼 벌이도 안 되는 질문 등을 처리해나갔다.

오후의 서류 파일을 시어러 부인에게 갖다주러 가면서 「르 투르케 도르」에 함께 갈 사람이 없다는 것이 다시 생각났다. 내일이면 테레사의 독감이 다 나을지 물어봤더니, 그럴 가능성은 전혀 없다는 대답이 돌아왔다. 메리 첸이 아주 유능한 여성인 건 알았는데……. 그녀를 데려갈까? 아니, 안 된다. 내일 식사는 되도

---

* 껍질째 먹는 가늘고 긴 콩.

록 사람들의 주목을 끌지 않아야 하는데 그녀는 너무 눈에 띈다.

포트넘 & 메이슨* 사의 치즈 부서에서 일하는 루시에게 전화를 해보았지만, 루시는 프랑스의 사부아에 출장중이었다. 브리티시 여행사에서 일하는 마거릿한테 말해볼까? 하지만, 지난 번에 일과 관련해서 초대한 적이 있었는데(비싼 식사 비용을 경비로 처리할 수 있을 경우에 초대하는 일이 많다) 마거릿은 딱 잘라 거절했었지. 그것도 요가를 하러 가야 한다는 이유로. 그땐 정말 어이가 없었지만, 일단 그 일은 잊고 길모퉁이 햄버거 가게가 아니라 멋진 레스토랑에서 하는 식사인데 함께 가지 않겠냐고 했지만 이번에도 답은 '싫어요'였다. 리스트에서 이름을 영영 지워야 하나? 우선 순위에 대한 감각이 없는 여자가 아닐까 하는 의심이 깊어졌다.

누구를 초대할지 계속 고민하면서 걸어서 집으로 돌아갔다. 나의 집에서 가장 눈길을 끄는 건 최고의 설비가 갖춰진 주방, 거대한 식품 창고(일부는 냉장고다), 책이 꽉꽉 들어찬 서재다. 침실과 욕실 등은 눈에 띄지 않는 안쪽에 숨어 있다.

피스코 사우어**를 느긋하게 마시면서 저녁은 무엇을 해먹을

---

* 1707년 포트넘과 H. 메이슨이 공동으로 설립한 영국의 식료품 및 홍차 판매 회사, 또는 홍차 브랜드.

** 페루의 전통술로, 페루의 대표적인 와인인 피스코에 달걀 흰자, 레몬즙, 설탕 등을 섞은 칵테일.

건지 곰곰이 생각했다. 신선한 아스파라거스를 곁들인 새우 수 플레*를 만들어서 베른카스틀러 독토르** 한 병과 함께 먹었다. 후식으로는 서양배를 얇게 썰어서 뜨겁게 데운 다음 그 위에 말 바시아*** 와인을 끼얹어서 먹었다. 파라과이 마테차**** 한 잔으로 식사를 마무리했다. 소화를 시키기 위해 30분쯤 쉰 다음 모임 장소를 향해 출발했다.

한 달에 두 번씩 만나는 P. I. E. 모임은 호스페리 로드에서 약간 들어가 있는 한 건물에서 열린다. 원래는 환경부 건물이어서 회원 중 하나가 아주 싼 값에 빌렸는데, 환경부가 헤이워즈 히스로 옮겨간(아마도 더 좋은 환경이겠지) 뒤로도 관료주의적인 관리 덕분에 계속 사용할 수 있었다. 심지어 지난 1년 동안은 임대료를 한 푼도 내지 않았다. 어느 날 갑자기 청구서가 날아오겠지만 우리는 낼 생각이 없다.

P. I. E.라는 명칭은 머릿글자를 딴 단어인데 듣는 이들은 꽤 헷갈려 한다. 내가 미식가 탐정이라는 것을 아는 사람들은 사과

---

* 거품을 낸 달걀 흰자에 치즈와 감자 따위를 섞어 틀에 넣고 오븐으로 구워 크게 부풀린 과자나 요리.

** 독일산 화이트 와인.

*** 포도 품종으로 '말바시아 네라' 라는 청포도 품종과 '말바시아 비앙카' 라는 적포도 품종이 있다.

**** 남미의 아르헨티나, 칠레, 파라과이, 우루과이 등에서 자생하는 나무의 잎과 줄기를 가공한 것으로 아르헨티나 사람들이 즐겨 마시는 강장성 음료.

파이, 루바브* 파이, 까치밥나무 열매 파이, 그리고 스테이크와 콩팥 파이 등을 굽는 법을 연구하는 단체라고 생각하곤 한다. 하지만, 헛다리짚어도 한참 헛짚었다.

사실 P. I. E.는 사립탐정협회(프라이빗 인베스티게이터스 에세트라)의 약칭으로, 원래는 사립탐정 조합 비슷한 것을 지향해서 설립된 클럽이다. 사립탐정의 권리를 보호하고 업무상의 원칙을 정리하고 정기적으로 만나 교류를 두텁게 하고 정보를 교환하는 것이 목적이다. 하지만 요즘은 회원이 줄어들었다. 사립탐정 수는 늘고 있지만 요즘은 개인이 아니라 단체에서 일하는 사람이 많아 P. I. E. 같은 클럽의 도움이 필요 없어진 것이다.

클럽을 보다 활성화하기 위해서 사립탐정이 아니더라도 관련 업계에서 일한다면 회원으로 받아들이기로 했다. 그 결과, 지금은 범죄소설 전문 편집자 두 명, 지난 1년 동안 추리소설을 쓰려 애쓰고 있는 역사소설가 한 명, 그리고 고성능 도청·감시용 장비를 만드는 전기회사의 엔지니어, 과학수사연구소에서 일하는 여성 등이 회원으로 들어와 있다. 이 여성은 사립탐정의 광팬인데 몇 주 전 모임에서는 TV 드라마 「퀸시」** 비디오를 상영하면서 현실의 법의학과 드라마의 차이를 낱낱이 해설하기도 했다.

---

* 식용 대황. 설사제로 많이 쓴다.
** 법의관이 살인사건을 해결하는 TV 시리즈.

그 밖의 회원들은 탐정과 거의 관련은 없다고 해도 좋을 정도지만, 기본적으로 모두 사립탐정 팬이었다.

나는 탐 데이비슨에게 인사를 했다. 해상보험 조사관인데 예전에 지나친 음주 탓에 직장에서 쫓겨났지만 지금은 금주모임에 들어가 일자리와 자존심, 둘 다를 되찾은 남자였다.

"일은 어때요?"

"선박 침몰사고가 잇따르고 있죠."

"그 사고 중 상당수는 입에 풀칠이라도 해보려고 사고를 위장하는 거죠?"

"대충 그렇죠. 댁은 어때요? 여전히 구할 수 없는 향신료와 사라진 맛을 찾아헤매고 있어요?"

"언제나 그렇듯이 고독한 와인을 추적하고 있죠." 웰워시양이 다가오는 바람에 이야기가 거기서 끊겼다. 웰워시양은 미스 마플을 자칭하는 새침데기 노처녀인데, 자신이 낱낱이 파헤쳐보겠다고 결심한 마을 회관의 음모에 관해 넌지시 비추곤 했다.

"조사에 진전은 좀 있어요, 웰워시양?"

탐이 반쯤은 놀리듯이 물었다.

"당신도 알다시피, 그들은 정말 교활하잖아요." 그런 놈들은 절대 눈감아줄 수 없다는 듯이 그녀의 철테 안경이 반짝 빛났다. "파일엔 아무 것도 없어요. 정말이지 꼬리를 잡을 수가 없다니까요. 연례 보고서를 봐도 아무 것도 찾을 수가 없네요."

"그거야 그렇겠죠. 그 사람들도 증거를 남겨두진 않았을 테구요. 이젠 어떻게 할 거요?"

"지난 8월에 퇴직한 여직원을 만나보려구요." 단호한 말투였다. "문제는, 그녀가 콘월로 가버린 것 같다는 거예요."

"그녀가 뭔가 알고 있어요?"

"아니라면 왜 퇴직했겠어요?" 웰워시양이 그렇게 단정했지만 다행히도 그것에 대해 대답하지 않아도 되었다. 때마침, 모두 자리에 앉으라는 벤 보몬트의 목소리가 들려왔기 때문이었다.

P. I. E.가 사립탐정 이외의 사람들에게 문호를 개방한 뒤에도 내가 회원으로 남아 있는 이유 가운데 하나는 현실에서만이 아니라 소설 속 사립탐정에 대해서도 그만큼의 시간을 할애하기 때문이다. 고백하건대, 나는 추리소설이라면 맥을 못추는 사람이다. 멋진 사립탐정이 활약하는 추리소설을 3백여 권이나 소장하고 있고, 그들에 대해서 토론하는 것도 너무나 좋아한다. 칠판을 보니 오늘 밤 주제는 '여성 사립탐정'이었다. 그 주제를 제안한 사람이 프란신 드루임을 알고는 좀 놀랐다. 프란신은 30대 여성으로, 유명한 추리소설가의 개인비서로 일하고 있다. 매력이 없지는 않으니 제대로 화장을 하고 머리를 잘 다듬고 어울리는 옷을 입기만 한다면 몰라볼 만큼 미녀가 될 것이다. 하지만 연단에 오른 그녀는 평소의 후줄근한 차림 그대로였다. 이렇게 많은 사람들 앞에서 연설을 하는 데에 익숙지 않은 듯했지만 어떤 이야

기를 들려줄지 기대감에 자못 가슴이 설레었다.

벤 보몬트가 프란신을 소개했다. 우리들의 다정한 회장님 – 뭐, 적어도 그렇게 불러주면 좋아했다 – 벤은 경찰로 30년을 일하고 퇴직한 다음에 사립탐정 일을 시작해서 번창했지만, 그 일에서도 이미 은퇴한 상태였다.

붉은 얼굴에 환한 미소를 지으면서 소개를 마친 벤은 재촉하듯이 프란신에게 손짓했다. 우리는 환영의 박수로 맞이했다. 프란신은 처음에는 약간 긴장한 듯했지만 이내 침착성을 되찾고 이야기를 시작했다.

"탐정소설의 세계는 참으로 오랫동안 남자들이 독점하고 있었습니다. '사립탐정'이라면 독자가 머릿속에 떠올리는 건 샘 스페이드, 필립 말로, 루 아처, 마이크 해머였죠. 하지만, 이런 독점 상태도 점점 깨져가고 있으며, 이젠 여성 사립탐정도 많이 등장하고 있습니다. 오늘밤엔 그 중에서 두 명의 여성 사립탐정을 소개하려 합니다. 두 사람을 창조한 작가들 역시 여성입니다."

누구를 골랐을까 궁금해 하면서 나는 몸을 앞으로 내밀었다.

그녀는 여전히 약간 어색해 하긴 했지만 자신도 즐기고 있는 모습으로 이야기를 이어나갔다.

그녀가 고른 건 킨지 밀혼이었다. 두 번 이혼한 경력의 캘리포니아 사립탐정으로, 자동소총을 들고 다니며 폴크스바겐을 몰며, 차고를 개조한 집에서 사는 사람이다. 수 그래프톤이 창조한 킨지 밀혼은 믿음직스럽고 터프한 여성탐정이다. 두 번째 인물은 V. I. 워쇼스키였다. 전직 보험 조사관으로 지금은 시카고 루프*에 사무실을 갖고 있는 그녀는 다양한 무기를 능숙하게 다루는 격투 전문가다. 그녀를 창조해낸 작가 사라 파레츠키는 박사 학위를 가진 여성이다.

약 15분에 걸친 프란신의 연설은 박수 갈채를 받았고, 몇몇 사람들은 찬사도 보냈다. 나는 음료수 자판기로 향한 프란신의 뒤를 쫓아갔다. 목이 마른지 레몬차를 마시고 있었다.

"멋진 연설이었어요, 프란신."

그녀의 얼굴이 빛났다. "정말요?"

"물론이죠. 하지만, 이런 주제로 누구를 이야기할 지 예상해보라고 했다면 난 샤론 맥콘을 말했을 겁니다."

"그래요, 그녀도 초창기 여성탐정들 가운데 하나니까요. 인디언 혼혈인 건 알고 있나요?"

"쇼쇼니족인 걸로 알고 있는데요."

그녀가 얼굴을 찌푸렸다. "당신이라면 당연히 알고 있겠죠. 하지만 당신은 정말 놀라운 사람이네요."

우리가 이야기를 나누는 건 이번이 처음이었으므로 나는 놀라서 눈썹을 치켜올렸다.

---

* 시카고의 상업 중심지구.

"놀랍다구요?"

"그럼요. 진짜 사립탐정인데다 추리소설 속 탐정에 대해서도 모르는 게 없잖아요."

솔직히 말해서 약간 기분이 좋았다. 희귀한 향신료를 찾아다니거나 외국의 기묘한 식재료를 뒤쫓는 탐정이 이런 칭찬을 듣는 일은 좀처럼 없으니까.

"하나는 일이고, 다른 하나는 취미인 셈이죠."

"그렇군요. 하지만 일과 취미가 일치하는 사람은 별로 없죠."

"그보다, 이런 주제로 한 번 더 연설을 하지 그래요. 이번에는 섹시한 여성탐정을요." 내가 제안했다.

"예를 들면?" 놀란 얼굴로 그녀가 물었다.

"허니 웨스트, 안젤라 하프, 앨리슨 고든은 어때요?"

그녀는 대답하지 않았다.

"읽어본 적 있어요?"

그녀는 묵묵히 고개만 끄덕였다.

"그럼 그녀들 이야기를 해보지 그래요?"

그녀는 생각에 잠긴 얼굴로 레몬차를 한 모금 마셨다.

"그들은 너무 섹시해서 탐정으로는 좀 부족한 것 같아요."

"아, 충분히 그렇게 볼 수도 있겠네요."

"샤론 맥콘은 좋아해요?" 그녀가 물었다.

"마샤 멀러는 제가 좋아하는 작가 중에 한 명이에요. 샤론 맥콘이라는 아주 믿음직스러운 여성탐정을 만들어냈잖아요. 그녀는 법의 편에 서서 경찰과 협력하며 사건을 해결하죠."

프란신이 미소를 지었다. 웃는 얼굴이 꽤 매력적이었다.

"당신도 그런 식으로 활약하고 있겠죠? 아닌가요?"

클럽에서 떠도는 소문을 들은 적이 있나 보다. 그녀가 일 이야기를 꺼내자 한 가지 생각이 반짝 떠올랐다.

"혹시 내일 저녁에 일정이 있어요?"

화제가 갑자기 바뀌자 그녀는 당황스러워 했다. 나를 물끄러미 쳐다보다가 조금씩 얼굴이 붉어졌다. 요즘 이런 여자는 드물다.

"특별한 일은 없어요." 그녀는 미용실 예약이 되어 있다는 걸 말할 수 없었다.

"그렇다면 나와 함께 저녁식사를 하는 건 어때요?"

그녀의 눈이 휘둥그레졌다.

"제가 일이 있거든요. 그러니까……. 어떤 조사를 하고 있는데, 그 일 때문에 레스토랑에서 식사를 해야 해서요. 둘이서요." 그녀의 얼굴에 스쳐가는 표정만 봐서는 갑작스레 이런 초대를 받은 것을 어떻게 받아들이고 있는지 알 수가 없었다. 기분나빠 할지도 모르겠지만 좀더 밀어붙여 보았다.

"여성의 의견이 필요한데, 당신이 도와줄 수 있을까 해서요."

그녀는 기뻐하는 듯했다. "제가 당신의 조사를 도울 수 있다는 말인가요?"

나는 짐 록포드*처럼 보이려 최선을 다했다. 물론 아무도 그렇게 봐주지는 않은 것 같지만.

"전혀 위험하지는 않아요." 나는 보증했다.

"좋아요." 그녀는 흥분한 듯이 고개를 끄덕였다. "재미있을 것 같은데요."

그녀의 아파트로 마중을 가겠다고 약속 시간을 잡고 있는데, 벤 버몬트가 자리로 돌아가라고 말했다. 다음은 맥스 버드의 신간 서평이었다. 샌프란시스코를 무대로 한 맥스 버드의 첫 소설 『캘리포니아 스릴러』는 그 해의 최우수 사립탐정 소설상을 받았다. 서평을 발표한 사람은 지난 해에 사립탐정을 은퇴한 레이 앤더슨이었다. 위험을 무릅쓰기보다는 안전한 방법을 택하는 경향이 있는 레이는 너무나 시기적절하게 은퇴했다는 소문이 무성했다. 만약 그가 꼬리를 잡힌다면 탐정업계 전체에 악영향을 미칠 것이다.

내가 요즘 너무 째째해진 건가? 어쨌든 레이는 꼬리를 잡히기는 커녕, 우리 클럽의 차기 회장이 될 기세였다. 아, 이런 생각을 하느니 차라리 프란신을 「르 투르케 도르」에 초대한 것이 잘한 일인지 생각하는 게 낫겠다. 그녀는 마치 여성해방 운동가 같았다. 연설 첫 마디가 "탐정소설의 세계는 참으로 오랫동안 남자들

---

* 1970년대 미국의 인기 TV 시리즈였던 「록포드 파일」의 주인공인 캘리포니아 경찰.

이 독점하고 있었습니다……."라니. 왜 사립탐정을 들먹이는 거야? 그렇게 따지자면 호팔롱 캐시디*와 셰인**에 맞먹는 여성영웅도 없으면서. 게다가 내가 말한 섹시한 여성탐정들에 대해 보인 반응이라니…….

생각이 「르 투르케 도르」로 흘러갔다. 설마 오늘같은 차림으로 갈 생각은 아니겠지? 하지만, 아무리 그래도 직접 본인에게 물어볼 수도 없고……. 어떻게 말을 꺼내면 좋을까?

자리로 돌아오면서 물어보았다. "내일 8시에 마중가는 건 너무 빠르지 않을까요?"

"아뇨, 괜찮아요."

그 대답에 더더욱 불안해졌다.

"무척 고급 레스토랑이라 준비하는 데에 시간이 꽤 걸리지 않을까 해서요."

말을 하고나서 아차 싶었지만, 그녀는 별로 신경쓰는 것 같지 않았다.

"시간은 그 정도면 충분해요."

일찍 퇴근할 생각으로 한 말이기를 바랄 수밖에.

---

* 1904년에 클래런스 E. 멀포드가 창조한 가공의 카우보이 영웅.

** 루이스 스티븐슨 감독의 영화 「셰인」의 주인공. 영화는 서부시대의 광야를 유랑하는 총잡이 셰인이라는 인물을 둘러싼 이야기를 그리고 있다.

03

다음 날 아침 먼동이 채 트기도 전, 하늘이 장밋빛으로 물들기 시작할 무렵에 조사를 시작했다. 뭐, 장밋빛으로 물들기 시작했다는 건 그냥 내 추측일 뿐이지만. 간간이 차가운 비를 추적추적 뿌리고 있는 두터운 회색 구름 위에서 벌어지는 일까지는 내가 알 수 없으니까.

하지만 조사를 하기에는 딱 좋은 날씨라고도 할 수 있다. 사람들이 몸을 따뜻하게 하고 젖은 것을 말리는 데에 온통 정신이 팔려 약간 이상한 짓을 해도 알아차리지 못하기 때문이다. 물론, 나의 복장은 주목받을 걱정일랑 접어도 된다. 내가 가진 양복 중에서 두 번째로 허름한, 색이 바래서 파란 색인지도 잘 모를 서지 양복에 품질표시 마크는 옛날에 떨어져나가버린 기름때 묻은 작업모를 썼으니까.

연안 감시원에서 햇병아리 택시 운전사까지, 어떤 직업이라고 둘러대도 통할 듯한 복장으로 지하철을 타고 코벤트 가든 역에서 내렸다. 거기서부터는 걸어서 제임스 거리로 향했고, 모퉁이를 여러 번 돌아서 「르 투르케 도르」에 도착했다. 아직 시간이 일러서 가게는 조용했다. 그대로 앞을 지나쳐 레스토랑 뒤쪽으로 통하는 골목까지 걸어갔다. 거기서 뒷문이 훤히 보이는 모퉁이에 있는 커피숍을 발견했다.

창가 자리에 앉아 까만 실로 '에이미' 라는 자수가 놓인 하얀 블라우스를 입은, 몸집이 크고 붙임성 있는 웨이트리스에게 커피를 주문했다. 활짝 웃는 얼굴로 맞아주었다면 더 좋았겠지만, 이렇게 춥고 축축한 런던의 이른 아침에 그런 것까지 기대해선 안 되겠지.

저쪽 자리에서는 두 명의 학생이 악보를 앞에 두고 열심히 토론중이었고, 버스 운전사 한 명이 홍차를 마시면서 잼이 든 도넛을 먹고 있을 뿐이었다. 아침식사 손님들이 오기엔 확실히 너무 이른 시간이었다. 나는 기나긴 잠복에 들어갈 태세를 갖췄다.

9시가 조금 지나자 밴 한 대가 「르 투르케 도르」 뒷문에 멈추어 섰다. 클립보드의 비닐 커버는 이미 뜯어놓았으므로 재빨리 메모를 하기 시작했다. 한 시간 동안 밴 두 대가 더 멈춰섰고, 나는 그것도 모두 메모했다. 우유와 크림병, 버터와 치즈상자, 달걀상자……. 밴이 배달한 짐은 물론, 내가 본 것들도 아무리 사소한 것도 모두 적었다. 다음으로 아무런 마크가 없는 녹색 밴이 골목으로 들어왔다. 나는 에이미에게 손짓을 하고는 커피값을 테이블에 두고 서둘러 밖으로 나갔다.

때를 잘 맞춰서 운전사가 밴의 문을 열 때에 옆을 지나가다가 차문에 부딪칠 뻔한 척했다. 운전사가 사과했고, 나는 다치지는 않았는지 확인하는 척하면서 잠시 이야기를 나누었다. 도와주겠다고 제안했지만 거절당했으므로, 그 자리에 서서 운전사가 첫 번째 짐을 내리는 것을 지켜보고 있었다. 다른 나무 상자의 탁송 화물 운송장을 살펴볼 시간은 충분했다.

30분쯤 골목과 모퉁이 부근을 어슬렁거리다가 다시 커피숍으로 돌아갔다. 아까보다는 약간 붐볐고 환기가 잘 안되는 실내는 베이컨 굽는 냄새로 가득했다.

"우리 가게 커피가 되게 맛있었나 보네요." 에이미가 말을 걸었다. "또 마시고 싶어서 돌아오다뇨."

"이렇게 맛있는 커피는 난생 처음이었어요." 내 말에 그녀는 몸을 흔들면서 큰소리로 웃었다.

한 시간이 지나갔다. 지루한 시간이었지만 유명한 추리작가 대실 해미트도 '탐정 일의 대부분은 예비조사'라고 말하지 않았던가. 에이미가 다시 커피를 갖고 왔다. 커피를 따라주면서 클립보드를 유심히 살폈다.

"설마 식품검사관은 아니겠죠?"

"아닙니다. 이 가게의 주방을 조사하러 나온 건 아니니 염려 말아요."

그래도 클립보드가 궁금하다는 듯이 쳐다보았으므로 나는 설명했다. "사실은 상하수도국에서 나왔어요."

그녀는 흠칫, 하며 반 발짝쯤 뒤로 물러났다.

"걱정하지 말라니까요. 이 근처 어딘가가 막혔다고 해서 찾고 있는 중일 뿐이에요. 막힌 곳을 장비가 찾아내면 그리로 가면 되는데 아직 못 찾아냈나봐요. 그래서 이렇게 마냥 기다리고 있는 겁니다."

마침내 만족스러운 답이 되었나 보다. "이쪽 골목이 아니면 좋겠는데요." 유쾌하지 못한 상상을 한 듯 코를 찡그렸다.

"아닐 것 같아요. 아마 오페라 하우스 근처가 아닐까요."

"냄새 때문에 공연에 문제가 생기지는 않으면 좋겠네요." 에이미가 킥킥거렸다. 그녀가 내가 한 말을 고스란히 믿는 것 같아서 나는 감시를 계속했다.

정오까지 더 이상 배달은 없었다. 「르 투르케 도르」는 점심 때도 영업을 할 테니 그동안에 배달되는 건 없겠지. 자, 나도 여길 나가서 점심을 먹어야겠다.

"오늘은 램 찹이 추천 메뉴예요." 내가 문쪽으로 향하는 걸 보고 에이미가 소리쳤다.

"내가 엄청 좋아하는 요리지만, 유감스럽게도 지역 본부에 가봐야 해서요." 나는 말했다.

현재의 코벤트 가든은 부티크나 다양한 가게, 가판대가 빽빽하게 들어차 있는데, 그 중에 오랜 친구인 토니 리브지가 경영하는 건강식 식당이 있다. '건강식'이라는 말만 들어도 흠칫, 하는 사람이 많은데, 그건 건강식이 무미건조할 거라고 지레짐작하기 때문이다. 토니는 요 몇 년 동안 그런 오해를 풀기 위한 노력을 계속하고 있다. 그의 가게에서는 천연재료만을 사용하고, 여기서만 맛볼 수 있는 창조적이고 상상력이 풍부한 요리를 제공하고 있다. 심지어 모든 재료를 자급자족한다. 빵과 케이크도 가게에서 직접 굽고 전채나 후식도 직접 만들며, 날마다 모든 메뉴가 신선한 재료로 만들어진다.

토니가 감자와 살구, 렌즈콩*을 절묘하게 섞어 만든 아르메니아 스타일의 스프와, 다진 고기 대신에 콩으로 만든 무사카**를 주었다. 토니의 아내가 직접 빚은 딱총나무꽃 와인을 곁들이니 그야말로 최고였다. 나는 완전히 기운을 되찾아 걸어서 감시 장소로 돌아왔다.

한참 동안 거리와 골목을 어슬렁거렸다. 비는 그쳤고 푸른 하늘이 이따금 얼굴을 내밀었지만 이내 구름이 서둘러 쫓아와서 덮어버리곤 했다.

커피숍에는 선명한 빨간 머리를 길게 기른 빼빼한 스코틀랜드 소녀가 에이미와 교대하고 있었다. 그녀는 커피를 따르다가 받

---

* 유럽 남부 지중해 연안 원산지의 일년생 콩. 양면이 볼록한 렌즈 모양이며 식용함.
** 채소와 고기를 볶아 화이트 소스를 뿌려서 구운 그리스의 전통 요리. 수블라키(꼬치구이), 기로스(쌈요리)와 더불어 그리스의 3대 요리로 꼽힌다.

침접시에 약간 흘렸지만 내가 뭘 하고 있는지 묻지 않았으므로 그냥 눈감아주기로 했다. 도중에 딱 한 번 배달차량이 와서 느릿느릿 메모를 했을 뿐, 오후 내내 무료하게 앉아 있었다. 마침내 지루한 감시가 끝나고 지하철을 타고 세퍼즈 부시로 향했다. 지하철 안에서 메모를 다시 읽으면서 단편적인 정보의 조각들을 하나씩 짜맞추기 시작했다.

04

우리가 탄 택시가 레스토랑 앞에 도착한 건 그날 밤 9시가 다 되어서였다. 오늘 하루종일 내가 감시하던 그 식당. 하지만 이번에는 바로 정문 앞이었다.

이렇게 늦은 건, 자동차와 오토바이 사고가 나서 레이든 거리가 막혀 우회해야 했기 때문이었다. 게다가 드루리 거리로 나오자, 「로열 극장」의 공연 첫날인 듯, 출연하는 스타들에게 눈이 벌게서 달려드는 팬들이나 다급하게 플래시를 터뜨리는 구경꾼들로 대혼잡을 이루고 있어 운전사는 욕설을 퍼부으면서 사람들을 피해 조금씩 나아갈 수밖에 없었다.

입구에서 윈체스터라는 마법의 이름이 다시 한 번 효과를 발휘했고 우리는 요리계의 알라던 동굴로 안내되었다. 우아하고도 차분한 분위기의 가게였다. 은은한 조명을 받아 은식기가 반짝거리고, 눈부시게 새하얀 식탁보 위에는 하얗고 파란 접시들이 반짝이고 있었다. 패널을 붙인 벽은 차분하고 세련된 분위기에 온기를 더해주고 있었다. 일부러 목소리를 낮추고 있는 것 같지는 않지만 손님들의 이야깃소리가 도란도란 들려오는 것도 기품 있는 분위기에 한몫하고 있었다. 웨이터들은 쉴새없이 테이블 사이를 미끄러지듯이 오가고 있었다.

나는 프란신을 보고 안도의 한숨을 내쉬었다. 나름대로 고민한 결과물인지 우연히 그렇게 입은 건지는 알 수 없었지만, 밝은 베이지색 슈트로 한껏 멋지게 차려입고 나온 것이다. 머리는 깔끔하게 틀어올렸고 엷게 화장까지 하고 있는 것 같았다.

"고마워요." 차림새를 칭찬하자 새침하게 말했다. 그리고 메뉴를 물끄러미 들여다보더니 말했다. "당신이 주문해 줄래요?"

메뉴판을 훑어보고 있는데 그녀가 앗, 하고 작게 비명을 질렀다. 내 어깨 너머의 누군가를 보고는 눈이 휘둥그레졌다. 테이블들을 하나하나 둘러보다가 유명 인사를 발견한 듯했다.

"아마도 정부 관료일 거예요. 이름은 잊어버렸지만."

"그렇다면 뭐, 그렇게 거물은 아닌가 보군요."

"여긴 엄청 고급 레스토랑인가 봐요. 자주 오나요?"

"그렇지는 않아요."

"일 때문이라고 했죠?"

"네, 그래요."

"여기 있는 사람들 중에 누군가를 경호하는 일은 아니겠죠?"

"그런 종류의 일은 아니에요." 좀더 자세한 설명을 기다리고 있는 듯했지만 더 이상은 말해주지 않았다. 그녀는 다시 유명인 사들을 찾아보기 시작했고 나는 메뉴판으로 눈길을 돌렸다.

전채는 오이와 수영* 수프로 정했다. 미각을 산뜻하게 해줄 테니까. 그래야 주요리의 맛을 완벽하게 분석할 수 있을 것이다. 주요리는 당연히 와조 로열. 막 결정한 듯한 얼굴로 주문했지만 웨이터는 눈 하나 깜짝하지 않고 받아적었다. 당연하지. 사람들이 매일같이 이 요리를 시킬 테니 나를 의심할 까닭이 없다.

소믈리에가 새요리에 어울리는 와인을 두세 가지 추천해 주었지만, 코슈 뒤리 몽라셰**를 고르고 식사 내내 그 와인을 마시기로 했다. 역시 와조 로열을 더 잘 음미하기 위해서였다.

"정말 멋진 직업이네요. 이런 레스토랑에서 식사를 할 수 있다니." 프란신이 말했다.

"불행히도 언제나 그렇지는 않아요."

---

* 유럽과 아시아가 원산인 다년생 식물. 시금치와 비슷한 잎에는 신맛이 있어 요리용 허브로 알려져 있다.

** 세계 최고의 화이트 와인을 생산하는 프랑스 부르고뉴 지방의 고급 화이트 와인.

"그래도 정말 재미있을 것 같은데요?" 탐색하는 듯한 어조였다. "진짜 탐정이라니."

"가끔은 재미있을 때도 있죠. 하지만 대부분은 아주 따분한 일이에요."

이야기를 나누면서 내부를 찬찬히 둘러보았다. 모든 출입문이 어디로 통하고 있는지를 확인하고 웨이터 숫자를 세고 그들이 내부를 드나드는 시간도 계산했다.

"이 일은 위험하지 않다면서요." 프란신이 갑자기 말했다.

"네? 아아, 예. 그럼요."

"그런데 불안해 보여요."

"아니, 그저 약간 긴장했을 뿐이에요. 조사를 할 때면 언제나 그렇죠."

제발 부탁이니 총을 갖고 있냐는 따위의 질문은 하지 말아주길 바랐다. 레이몽이 그 질문을 했을 때의 충격에서도 아직 벗어나지 못한 상태였다. 차이가 있다면 프란신의 질문은 그냥 일상적인 반면, 레이몽은 나한테 모든 것을 말해주지 않았다는 의심을 지울 수가 없다는 점이었다.

하지만 그녀는 그런 걸 묻는 대신에 이렇게 물었다. "알았다, 누군가를 미행하고 있군요?"

그녀를 데려온 건 실수일지도 모르겠다. 사립탐정 팬이 아닌 여자를 데려왔으면 이런 걸 물어보진 않았을텐데.

"틀렸어요. 그냥 정찰중일 뿐이에요." 나는 말했다. 그녀가 다른 질문을 생각해내기 전에 수프가 도착했다.

아주 산뜻하면서도 풍부한 맛이 최고였다. 나는 수프의 맛에만 온 신경을 집중했다. 접시가 치워지자 프란신이 다시금 질문을 하려는 눈치였으므로 그걸 막기 위해 선수를 쳤다.

"당신은 아마도 트래비스 맥기 팬이죠?"

"예, 아주 좋아해요."

"대부분의 사람들이 좋아하죠. 내 생각엔 보트에서 사는 삶을 부러워하는 것 같기도 해요."

"게다가 훌륭한 탐정이기도 하고요."

"그렇죠."

"엄밀히 말하면 탐정이 아니라 해난 구조요원이지만요."

"잘 알고 있군요. 탐정소설 독자 중에서도 그걸 모르는 사람이 많은데."

"게다가 현대의 탐정이면서도 드물게 아직 영화화되지 않은 몇 안 되는 캐릭터 중 하나죠. 뭐, 저는 차라리 그게 좋지만요. 영화로 만들어지면 오히려 실망하는 경우가 많잖아요. 폴 뉴먼은 루 아처*를 너무 안 닮았죠?"

---

* 로스 맥도널스의 소설 『움직이는 표적』을 원작으로 만든 영화 「하퍼」에서 주인공 탐정인 루 아처 역을 배우 폴 뉴먼이 맡았다.

"작가가 주인공을 너무 자세히 묘사하지 않는 게 나을 것 같아요. 독자들이 상상할 여지를 만들어주는 것이, 그러니까……."

화제를 바꾸려는 계획은 성공해서 주요리가 도착할 때까지 탐정에 대해 여러 가지 이야기를 했다. 하지만 주요리가 오자 대화를 중단하고 모든 신경을 와조 로열에만 집중시켰다. 말로 형용할 수 없을 정도로 맛있어서 지금 여기에 조사를 위해 와 있다는 것도 까맣게 잊어버릴 지경이었다. 요리 하나에 이렇게 감동하기는 정말 오랜만이었다. 레이몽이 '요리의 걸작'이라고 한 말은 전혀 허풍이 아니었다. 런던을 찾아온 요리기자나 미식가들이 이 요리를 맛보고 싶어 안달하는 것도 무리는 아니었다.

"맛있어요." 프란신의 말에 나는 고개를 끄덕였다.

고기는 촉촉하고 부드러웠고 입에 넣은 순간 풍미가 입안 가득 사르르 퍼져나갔다. 매콤한 소스가 새고기의 맛을 보다 선명하게 살려내고 있다. 소스에는 몇 가지 짐작이 가는 맛도 섞여 있었지만, 절묘한 밸런스로 조화를 이루고 있어서 확실히 어떤 건지 알아내기 힘들었다.

"이건 무슨 고기예요?" 프란신이 물었다. "칠면조 같은데요."

그 말에 소름이 돋았다. "와조 로열이라는 요리죠. 이 식당의 특별 요리예요."

"진짜 맛있어요. 칠면조 아니에요?"

입 안 가득 퍼지는 감칠맛을 느끼는 데에 방해가 되었으므로 그 이상의 질문을 막기 위해 그냥 고개만 끄덕였다.

"그럼 무슨 고기예요?" 그녀는 집요했다.

"식당 측에선 비밀로 하고 있죠. 그냥 와조 로열이라고 부르는 요리예요."

"하지만 당신은 미식가 탐정이잖아요." 그녀가 비난조로 말했다. "알고 있어야죠."

"아직은 모르겠군요. 지금 그걸 알아내려고 하는 중이에요."

우리는 식사를 마쳤다. 참으로 아쉬웠지만 접시 위에는 한 점도 남아 있지 않았으니 어쩔 수 없었다. 와인을 마시면서 다시 실내를 훑어보았다. 어떤 문이 어디로 통하는지 정확히 알고 있었으며 웨이터들의 움직임도 전부 머릿속에 들어 있었다. 지금 아니면 기회가 없을 것이다. 나는 잠시 실례하겠다며 프란신에게 양해를 구하고 문을 나와 짧은 복도를 걸어갔다. 어디로 가야 할지는 분명했다. 음식냄새가 나를 이끌어 주었으니까.

스윙 도어를 밀고 주방으로 들어갔다. 진한 향료며 향신료 냄새, 부글부글 끓고 있는 냄비와 피어오르는 수증기. 접시가 달그락거리는 소리, 프라이팬이 덜그덕거리는 소리, 사람들의 날카로운 목소리가 울려퍼졌다. 모든 것이 놀랍도록 빨리 움직이고 있었지만, 완벽을 추구하며 깔끔하게 통제되고 있었다.

내가 들어온 것을 아무도 알아차리지 못한 듯했으므로, 잽싸게 레이저 광선처럼 시선을 여기저기 돌리면서 모든 것의 숫자, 중

량 등, 아무튼 눈에 들어오는 영상을 모두 머릿속에 각인시키고 그것을 모조리 머릿속에서 정리해갔다.

서서히 수수께끼가 풀리기 시작했다. 하지만 주방 건너편을 쳐다보았을 때 머리 하나가 내 쪽으로 돌아섰다. 한순간 얼어붙었다. 뭔가 가시돋힌 금속성 소리가 들리고, 시선의 끄트머리에서 뭔가가 움직이는 것이 흐릿하게 보였다. 치켜올린 팔이었다. 당황해서 피하려 했지만, 이미 너무 늦었다. 뭔가가 내 뒤통수를 강타했고 나는 암흑 속으로 빨려들어갔다.

플레인 요구르트가 가득 찬 욕조에서 빠져나오는 듯한 느낌으로 눈을 뜨자 얼굴이 줄줄이 비난하듯이 나를 내려다보고 있었다. 모두 하얀 제복을 입고 있어서 나는 공포에 사로잡혔다.

지금 내가 처한 상황은 금방 깨달을 수 있었다. 추리소설에서 사립탐정들이 몇 번씩 이런 상황에 부딪치는 걸 수도 없이 읽었으니까. 필립 말로, 마이크 해머, 루 아처, 토니 롬*. 모두가 업무수행 중에 이런 무시무시한 곤경에 처했다. 나는 자백유도제인 스코폴라민** 주사를 맞고 사립요양소에 감금되어 있는 거다!

모든 것을 다 털어놓게 될까? 당연히 그러겠지!

하지만 아무리 그래도 알고 있는 것밖에 자백 못하잖아. 나는

---

* 프랭크 시나트라가 연기한 사립탐정.
** 진통제나 수면제로 쓰이는 약품.

진실을 알고 있는 걸까? 만약 레이몽의 말이 거짓이라면? 이 사람들이 내 말을 믿어줄까?

만약 자백유도제가 효과가 없다면 다음엔 어떻게 될까? 혹시 고문당하지는 않을까? 아니, 훨씬 더 무서운 일을 당할지도 몰라. 방부제와 인공 착색료와 MSG를 듬뿍 넣은 음식을 입에다 강제로 처넣으면 어떡하지?

나를 내려다보는 냉혹한 얼굴들로 미루어보건대, 그들은 무슨 짓이든 해치울 표정이었다. 그때 마침내 눈앞의 하얀 빛이 사라지기 시작했다. 그들이 머리에 쓰고 있는 건 의사의 수술모가 아니라 요리사 모자였다. 입고 있는 것도 의사 가운이 아니라 요리복이었다. 냄비가 김을 내뿜는 소리와 그릴에서 지글거리는 소리가 들려왔다. 양파, 마늘, 레몬 냄새도 났다. 나는 「르 투르케도르」의 주방 바닥에 뻗어 있었던 것이다.

"마르셀을 부디 용서해 주십시오, 무슈." 나를 부축해서 일으켜 세워주면서 콧수염을 기른 사람이 말해다. "접시를 가득 담은 쟁반을 들고 들어왔거든요. 설마 그런 곳에 손님이 서 계실 줄 몰랐던 겁니다." 죄송하다는 듯한 말투였지만 어쩐지 의심하는 듯한 느낌도 들었다.

"길을 잘못 들었나 봅니다. 나는⋯⋯."

"찾으시는 곳은 반대쪽에 있습니다. 그런데 다치지는 않으셨습니까?"

"괘, 괜찮습니다." 나는 말했다. 바닥에는 깨진 접시의 파편들이 흩어져 있었다. "이런, 죄송하게 됐군요."

"아뇨, 괜찮습니다. 샤를이 자리까지 안내해 드릴 겁니다."

내가 돌아오는 것을 알고 고개를 든 프란신은 이내 시선을 테이블로 돌리려다가 문득 생각난 듯이 다시 한 번 나를 유심히 쳐다보았다.

"무슨 일 있었어요? 얼굴이 창백해요."

"괜찮아요."

"음식 때문은 아니겠죠?"

나는 묵묵히 머리를 가로저었다.

다시 웨이터가 다가왔으므로, 나는 프란신에게 초콜릿 버터 크림과 아몬드를 얹은 초콜릿 케이크를 권했다. 그녀가 먹는 것을 바라보며 나는 커피를 마셨다. 그때 웨이터가 두 잔의 리큐르*를 가져오며 "레스토랑에서 드리는 서비스입니다."라고 말했다. 그녀는 놀란 듯했다.

"내가 누군지 아는 것 같군요." 다시금 질문공세를 받지 않기 위해 앞질러서 그렇게 말했다.

돌아오는 택시 안은 조용했다. 머리는 더 이상 아프지 않았지만 그녀의 왕성한 호기심을 만족시켜줄 만한 기분이 아니었다.

---

* 식물성 향료, 단맛 등을 가한 강한 알코올 음료. 주로 식후에 작은 잔으로 마신다.

하지만 더 이상 묻지 않기로 결심했는지 그녀도 가만히 있었다. 프란신의 아파트 앞에 도착해서 뺨에 키스하고는 오늘밤 함께 해 줘서 고맙다고 말하며, 또 만나자고 했다. 그녀는 형식적인 미소를 지으며 멋진 저녁이었다고 말했다.

탐정의 운명은 언제나 행복하진 않다.

다음 날 아침 다시 잠복을 했다. 에이미는 오랜 친구라도 만난 양 반겨주었다.

"아직도 막힌 데를 못 찾았어요? 우리 가게의 맛있는 커피 덕분에 몸이 좋아져서 하수구 냄새를 못 맡는 건 아니구요?"

"막힌 곳을 찾는 데 며칠이 걸린 적도 있어요. 오늘은 홍차를 줄래요?"

내 말에 에이미가 킥킥거렸다. "제 충고를 따르세요. 커피로 하는 게 좋을 걸요."

오늘도 역시 지루한 일의 반복이었지만, 새로운 배달을 세 번 목격했으므로 6시가 넘을 때까지 끈질기게 눌러앉아 있었다. 덕분에 퇴근 시간에 지하철을 타야만 했다. 택시를 타고 레이몽에게 비용을 청구할 수도 있었지만, 택시가 오히려 시간이 더 걸릴지도 몰랐으니까.

겨우 집에 돌아와 샴페인 한 잔을 따르고 비발디의 「사계」를 틀었다. 빨간 머리 신부님이라 불리는 비발디 해석에서는 최고인 아카데미 오브 세인트 마틴 인 더 필드*의 연주였다.

나는 음식과 와인은 음악과 잘 어울린다고 굳게 믿는 사람이다. 어떤 음식과 음료에도 거기에 어울리는 음악이 있기 마련이다. 적어도 나는 그렇게 생각한다. 나는 '궁합이 맞는 목록'을 만들어가고 있으며, 거기에 올릴 후보들을 언제나 찾아헤매고 있다. 이상적인 조합을 찾기는 쉽지 않지만 실패를 통해 배우기도 한다. 시도해보니 어처구니없는 결과가 나온 적은 거의 없으며 비발디와 샴페인은 심지어 상당히 잘 어울렸다.

지치고 힘든 날에는 기운을 북돋아주고 우울한 날엔 기분을 고조시켜주고 의욕없는 날에는 활기를 불어넣어주니, 샴페인만큼 멋진 술이 있을까. 다시 한 잔을 따랐다. 좋아, 샴페인의 마력이 효과를 발휘하기 시작했다. 오케스트라는 「네 대의 바이올린을 위한 협주곡」 제3악장으로 넘어가고 있었다. 샴페인과 비발디의 조합을 좀더 자세히 분류할 수 있을지 판단하기 위해 메모를 했다. 바순과 플루트, 트럼펫의 악절에는 좀더 맛이 풍부하고 강한 브랜드가 어울릴 것 같다.

시저 샐러드를 만들고, 먹을 때는 오스카 피터슨**과 맞춰보았다. 식품저장고에 양의 콩팥이 있었으므로 냄새를 없애고 육질

---

* 지휘자 네빌 마리너가 1959년에 결성한 런던의 실내합주단.
** 1925~2007, 캐나다에서 태어나 미국에서 활동한 흑인 재즈 피아니스트.

을 부드럽게 하기 위해 먼저 베이킹 소다에 버무린 다음 깨끗이 씻어 헹구고 소금을 넣은 식초에 절였다. 이렇게 미리 손질해두면 나중에 맛이 깔끔하고 상큼해진다. 여기에 마늘, 칠리, 간장, 청주를 넣어 센불에 볶았다. 파를 곁들이고, 어우러질 음악으로 베를린 필하모닉이 연주하는 스메타나의 「몰다우」를 골랐다. 중국음식에 어울리는 음악은 찾기 힘들지만, 나는 언제나 다른 가능성에 도전하기로 하고 있다.

마지막으로 콜롬비아 커피를 한 잔 마시고 일할 채비 끝. 아니, 솔직히 말하면 오늘밤 일은 별로 내키지 않으니 "채비 끝"이란 말은 그냥 말장난이다. 하지만 반드시 해야 할 일이었으므로 어쩔 수 없이 밤 12시에 지하철 역으로 향했다. 「르 투르케 도르」 근처에 도착하자 한동안 주위를 어슬렁거렸다. 여전히 술꾼들이 드문드문 보이는 길도 있었지만, 레스토랑 뒤쪽 골목은 이미 조용했다. 그래도 3시 무렵까지 기다렸다. 가까운 곳의 빛도 꺼지고 주변은 캄캄해서 사람 그림자도 보이지 않았다. 고무장갑을 끼었다. 뒷문 옆에 우묵하게 들어간 공간이 있고, 거기에 열두 개의 쓰레기통이 놓여 있었다. 그것을 하나하나 뒤지기 시작했다.

쓰레기통은 많은 것을 가르쳐준다. 워터게이트* 사건도 그렇

---

* 1972년 6월 17일, 미국 대통령 선거를 앞두고 닉슨 재선 위원회가 민주당 본부가 들어 있는 워싱턴 시의 워터게이트 빌딩에서 도청하려던 사건. 이 사건으로 1974년 8월 8일에 닉슨은 대통령 자리에서 물러났다.

게 시작되었고, CIA에는 쓰레기통에서 찾아낸 것을 통해 실마리를 끌어내는 훈련 과정이 있을 정도다. 세 번째 통을 뒤지고 있는데 골목으로 다가오는 발자국 소리가 들려왔다. 나는 당황해서 그늘진 곳으로 숨어들어가 귀를 기울였다. 휘청거리는 발자국 소리로 보아 취객인 듯했다. 갈짓자 걸음의 그가 사라지기를 기다려 다시 일을 시작했다.

그 다음 쓰레기통에는 뭐가 들었는지는 모르겠지만, 코가 비뚤어질 정도로 지독한 냄새가 났다. 아주 오래된 쓰레기인 듯, 우람한 물소라도 기절할 만한 강렬한 악취였다. 나는 가능한 한 숨을 참으며 펜라이트를 비추면서 메모를 할 때 이외에는 손을 멈추지 않고 일을 계속했다.

갑자기 쉭— 하는 소리가 나는 바람에 피가 얼어붙는 듯했다. 잠시 꼼짝도 하지 않고 있자니 어둠 속에서 고양이가 골목에서 살금살금 기어나왔다. 마지막 통을 뒤지고 있는데 「르 투르케 도르」의 뒷문이 벌컥 열리면서 불빛이 한꺼번에 쏟아져 나왔다.

출입구에 선 검은 그림자는 건장한 어깨에 팔이 길고 머리가 동그란 사람이었다. 나 정도는 빈 담뱃갑처럼 찌그러뜨릴 수 있을 것 같다. 천천히 손을 재킷 호주머니 안에 집어넣었다. 항상 이런 긴급 사태를 염두에 두고 있으니까. 그가 나를 볼 수 있을 것 같지는 않았지만, 그래도 숨도 쉬지 않고 있었다. 그가 침을 뱉고 하품을 하더니 기지개를 켰다. 그 몇 초가 영원 같았다.

남자가 안으로 들어가고 문이 쾅 닫혔다. 갑자기 불빛이 사라지자 상대적으로 아까보다 더욱 캄캄해진 느낌이었다. 좀더 기다렸다가 꺼내려던 연장 주머니를 천천히 호주머니 안으로 도로 넣었다. 그것을 쓰지 않아도 되어 정말 다행이었다. 마지막 쓰레기통을 조사한 뒤 서둘러 떠났다. 지금 이 순간만은 맛있는 음식이나 음료보다 목욕이 훨씬 더 간절했다.

레이몽이 내 사무실에 들어온 것은 정확히 일주일 뒤였다. 의자를 살펴보았는데 그럭저럭 쓸 만했다. 레이몽이 몸을 숙이고 앉아도 삐걱, 하고 작은 비명을 질렀을 뿐이다.

"답을 알아냈다구요." 그는 인사도 생략하고 말을 꺼냈다.

나는 손으로 쓴 종이 몇 장을 넘겨주었다. "타자를 치는 사람에게도 보여주지 않는 게 좋을 듯해서요."

그는 신음소리를 내고 재빨리 읽었다. 다 읽고나서는 다시 신음소리를 냈다. "하나하나 확인해봅시다."

"그러시죠."

"먼저, 프랑수아가 멧새를 사용한다구요."

"네. 먹었을 때는 랑드의 멧새인가 생각했는데, 피에몬테* 지역의 것이었습니다. 메추라기보다 살이 많죠."

---

* 랑드는 프랑스 남서부 지방이고, 피에몬테는 이탈리아 북서부의 주.

"어디서 온 건지 어떻게 알았소?"

"배달될 때 항공화물 운송장을 봤지요."

"식초, 레몬그래스, 사프란에 매리네이드* 했다구요."

"매리네이드 냄새도 났고, 주방에 병도 있었거든요."

주방에 들어갔었다는 말에 그는 잠시 놀란 표정을 지었지만 다시 서류를 보기 시작했다.

"굽기 전에 먼저 꿀을 바른다고요?"

"예. 하지만 평범한 꿀이 아닙니다. 크레타 섬에서 딴, 호박색의 특별한 꿀이죠."

"그것도 주방에서도 본 거요?"

꿀병은 쓰레기통에서 보았지만 레이몽에게 그걸 알려줄 생각은 없었다. 사립탐정이라면 약간은 비밀도 있어야 하니까. 긍정으로 해석할 수 있게끔 가볍게 머리를 끄덕였다.

"마늘?" 그가 인상을 찡그렸다. "레몬그래스가 아닌 게 확실합니까?"

"스페인 마늘인 로캄볼레입니다. 아시다시피 향이 은은하죠. 발렌시아에서 가져오더군요." 역시 쓰레기통에서 본 상표였다.

그는 말없이 다시 보고서를 읽었다. 마음속으로 준비와 조리

---

* 식초, 포도주, 향신료를 넣은 액체, 또는 그 액체에 담그는 일. 고기나 생선에 맛을 들이거나 부드럽게 한다.

과정을 하나하나 재현하고 있는 것 같았다. 보고서에 실수나 판단 착오가 있는지 점검하고 있는 것이리라.

"230도에서 굽는다구요?"

"네, 메뉴판을 보면 알 수 있습니다. 우선 닭고기 요리부터 따져보죠. 아네트와 보르드레즈, 페리구르뎅은 살짝 튀기는 요리고, 드미 되이와 페도라는 뜨거운 물에 삶는 요리입니다."

그가 고개를 끄덕였으므로 말을 이었다. "포피에트 드 보는 볶아서 졸이고, 송아지 고기와 양고기는 캐서롤*로 익히죠. 앙두이에트**와 돼지 다리 잠피노***는 삶는 음식입니다. 생선 요리는 모두 석쇠에 굽거나 뫼니에르**** 식이구요. 주방에는 오븐이 세 개 있었는데 두 개만 사용하고 있었습니다. 그리고 메뉴에는 쇠고기 요리가 딱 세 종류뿐이었습니다. 모두 200도 이하에서 요리해야 하는 것들이었죠. 따라서 230도에 맞춰져 있던 세 번째 오븐은 분명 멧새 요리를 위한 거죠. 게다가 식당 특선인데다 아주 섬세한 요리입니다. 다른 냄새나 향이 배어들지 않도록 프랑수아는 오븐을 따로 사용했을 겁니다."

---

* 요리한 채 그대로 식탁에 놓는 유리나 도자기 냄비.
** 소 내장에 갖은 재료들로 속을 채운 소시지의 일종. 우리의 순대와 비슷하다.
** 돼지 다리의 뼈를 발라내고 실로 묶어서 삶은 뒤에 양배추나 사우어크라우트를 곁들이는 요리.
*** 생선 조리법의 하나로 달걀과 밀가루를 묻혀 프라이팬에서 익히는 것.

레이몽은 말없이 다시 한 번 서류를 읽어내려갔다. 그리고는 보고서를 깔끔하게 정리해서 내게 돌려주고는 주머니에서 수표책을 꺼냈다.

"비용은 얼마요?"

비용목록을 작성해 두었으므로 그것을 넘겨주었다. 그는 「르 투르케 도르」의 식사대금 부분에서 멈칫했다.

"이 만큼의 가격을 붙였단 말이오?"

"그렇습니다."

"흠." 하고 말했을 뿐, 수표책을 펴더니 거기에 다시 멋진 글자를 적어넣었다. 성공보수 1천 파운드와 일당, 그리고 경비였다.

"잘해주었소." 절대로 칭찬할 것 같지 않은 사람 입에서 나온 말이니 상당히 인정한 걸로 받아들여도 되겠지.

"그럼 보너스를 받을 만한 겁니까?" 내가 물었다.

그는 의아스러운 표정으로 나를 쳐다보았다.

"당신 가게에서 와조 로열을 내놓을 때 한 번 불러 주십시오."

레이몽이 놀란 표정을 지었다.

"우리 메뉴에 올릴 생각은 없소."

"아, 물론 이름을 바꾸시겠죠."

"절대로 그걸 요리하지 않을 거요."

이번엔 내가 놀랐다. "하지만, 그렇다면 무엇 때문에……? 이렇게 돈을 쏟아부었는데……."

레이몽의 크고 슬픈 얼굴에 약간 경멸하는 표정이 떠올랐다. "창조적인 요리사는 절대로 남의 요리를 흉내내지 않소. 자신만의 요리를 만들어내죠."

"그럼 뭣 때문에?" 당황해서 물었다. "왜 절 고용한 겁니까?"

그는 딱하는 듯이 나를 쳐다보았다. "그도 역시," 레이몽이 말했다. 프랑수아를 가리키는 것임을 알았다. "자신만의 요리를 창조하고 있소. 그가 얼마나 창조적인지 알고싶었을 뿐이오."

맥이 탁 풀렸다. 그렇게 고생고생해서 밝혀냈는데 겨우 그것 때문이었다고? 수표를 보자 약간은 위로가 되었지만 창조성에 집착하는 요리사들의 싸움에 휘말려 놀아난 듯한 기분이었다.

레이몽은 악수를 하고 돌아갔다. 나는 책상으로 돌아와 사건이 끝났다는 증표인 보고서를 집어들었다. '레이몽'이라는 폴더를 만들어 몇 가지 메모를 적은 쪽지와 함께 정리했다.

자, 이제 일상으로 돌아갈 수 있다. 오늘 아침에 온 우편물 가운데 첫 번째 편지는 무통 로쉴드*의 1971년부터 1983년까지 여덟 가지 빈티지 와인을 놓고 블라인드 테이스팅을 한다는 초대장이었다. 이걸 어떻게 거절할 수 있겠는가! 메리 첸에게 참석하

---

* 프랑스 보르도의 북서쪽에 있는 메독의 포이약 마을에 위치한 양조장인 로쉴드 가에서 만든 특급 와인. 지난 100년 동안 보르도 양조장 가운데 2급에서 1급으로 올라선 유일한 와인이며, 피카소, 샤갈, 달리, 키스 해링 등 20세기의 기라성 같은 아티스트들이 라벨 디자인을 그린 것으로도 유명하다.

겠다는 답장을 작성하게 하자.

산더미 같은 우편물들을 처리하고 있는데, 바깥문의 벨이 울렸다. 어, 누구와 약속을 했던가? 탁상달력을 확인했지만 아무 일정도 없었다. 잠금장치를 해제하는 버튼을 누르고 사무실 문을 열어주러 갔다. 전직 권투선수같이 생긴 남자가 서 있었다. 약간 찌그러진 코, 흉터투성이인 얼굴, 찌를 듯 매서운 눈, 그리고 똑 부러지고 강한 목소리.

"당신이 미식가 탐정이오?"

"그렇습니다. 약속을 하셨던가요?"

"아니오." 그는 말하더니 나를 밀어제치고 들어왔다. 의자를 권하기도 전에 벌써 자리에 앉아 있었다. 참으로 스포츠맨다운 단련된 몸놀림에 걸음걸이도 시원시원했다.

"아주 중요한 문제에 대해 당신과 할 말이 있소."

크루통* 한 상자와 소금을 뿌린 땅콩 한 봉지를 한 입 가득 먹은 양, 입 안이 바싹 말라왔다. 어떡하지? 뭐라고 해야 할까? 나는 생각을 정리하려 애를 썼다. 두말할 것도 없이 아주 그럴 듯한 설명이 필요했다, 아주 그럴 듯한 설명이!

신분을 밝히지 않은 방문객은 프랑수아, 바로 「르 투르케 도르」의 소유주 겸 대표였다.

---

* 튀기거나 구운 식빵 조각. 수프에 띄우거나 샐러드에 섞는다.

미식가 탐정이 인용한 탐정 사전1

남성 사립탐정

- **네로 울프** 렉스 스타우트가 창조한 명탐정. 「요리장이 너무 많다」 등의 작품에서 활약한다. 맥주를 매우 좋아하며 미식가인 관계로 아주 뚱뚱하다. 신체조건상, 현장을 살펴보지 않고 앉은 자리에서 머리로만 추리하는 안락의자형 탐정의 전형이다. 난초 가꾸기와 미식이라는 호화스러운 취미생활을 유지하기 위해 사건을 의뢰받으면 막대한 보수를 요구하는 것으로도 유명하다. 네로 울프의 조수가 아치 굿윈이다.
- **루 아처** 로스 맥도널드가 창조한 탐정. 「움직이는 표적」 등에 등장한다.
- **마이크 해머** 미키 스필레인이 창조한 탐정. 「복수는 나의 것」 등에 등장한다.
- **샘 스페이드** 하드보일드의 창시자 대실 해미트가 창조한 탐정. 「말타의 매」에 등장한다. 거만하고 냉소적이며, 냉혹한 현실이라는 정글 속에서 조용히, 그러나 자신이 살아남기 위해서만 움직이는 하드보일드 주인공 캐릭터의 전형.
- **섹스턴 블레이크** 셜록 홈즈에 대한 모작으로 등장한 섹스턴 블레이크 시리즈의 주인공 탐정.
- **앨런 핑커튼** 실존했던 세계 최초의 사립탐정(1819~1884).
- **트래비스 맥기** 미국 하드보일드 소설의 거장 존 D. 맥도널드가 창조한 사립탐정. 자신의 실력만을 의지삼아 세상을 살아가는 무면허 사립탐정의 선구자적인 존재. 현대문명에 대해 부정적인 태도를 취하고 플로리다의 바다에 떠 있는 하우스보트에 살며, 바다와 여자, 그리고 도박을 좋아한다. 사기나 도난을 당해도 경찰에 신고하기가 껄끄러운 사람들 대신해

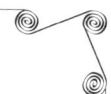

서 도난당한 금품을 되찾아주고, 찾은 금액의 절반을 보수로 챙긴다.

• **파일로 밴스** 추리작가 S. S. 반 다인이 창조한 탐정. 다재다능하고 박학다식하며 현학적인 인물. 숙모의 유산을 받아 유유자적한 생활을 하며 미술품 수집 등 고상한 취미 생활을 즐긴다. 「그린 살인사건」, 「승정 살인사건」 등에 등장한다.

• **페리 메이슨** 변호사 출신 탐정소설 작가 얼 스탠리 가드너가 창조한 캘리포니아의 변호사. 자신만의 규칙에 따라 행동하면서 하드보일드 탐정들처럼 불의에 맞서 싸운다. 지은이의 경력에서 우러나온 법정장면 묘사가 일품이다.

• **피터 윔지 경** 애거서 크리스티와 더불어 추리소설의 황금기(제1, 2차 세계대전을 전후한 시기)를 대표하는 여성작가 도로시 세이어스가 창조한 탐정. 「시체는 누구?」 등의 작품에 등장한다. 공작 가문의 둘째 아들로 범죄수사가 취미이며, 서적 애호가이자 온화하고 교양도 높고 스포츠를 좋아하는 전형적인 영국신사.

• **필립 말로** 대실 해미트와 더불어 하드보일드의 선구자로 꼽히는 작가 레이먼드 챈들러가 창조한 탐정. 「빅 슬립」, 「기나긴 이별」, 「안녕, 내 사랑」 등에 등장한다. 기본적으로 현실 사회에 대해 냉소적이고 비정하지만, 한편으로 곤경에 빠진 여인이나 약자에게 마음을 빼앗기는 감상적인 면도 있다. 이처럼 냉소주의와 낭만주의가 잘 어우러진 점이 독자들의 마음을 사로잡아 하드보일드 탐정 캐릭터로 첫 손에 꼽히곤 한다.

• **호레이스 럼폴** 작가 존 모티머가 창조한 약삭빠르고 재기넘치는 탐정.

05

　난 불법적인 일은 하나도 안 했다구. 머릿속에서는 그 말이 빙글빙글 돌고 있었다. 그 점을 프랑수아에게 이해시키고 싶었다. 내가 비겁한 일을 했나? 뭐, 비밀 조리법을 알아내긴 했지만 그건 내가 머리를 짜내고 나의 모든 경험과 지식을 총동원해서 알아낸 것이지, 훔친 것도, 사기를 쳐서 얻은 것도 아니었다. 그것도 프랑수아에게 이해시켜야 했다.

　문득 예전에 읽었던 잡지 인터뷰 내용이 떠올랐다. 프랑수아는 전직 권투선수같이 생긴 게 아니라 정말로 권투선수였다. 처음에 가게를 차릴 종자돈을 마련하기 위해 여러 가지 일을 했는데 그 중 하나가 프로권투였던 것이다. 그밖에 어떤 일들을 했는지는 기억이 안 나지만 생각해내지 않는 것이 차라리 나을 것 같았다. 프로권투만으로도 충분한데, 게다가 더 무서운 것이 생각나면 어떡한담?

　프랑수아는 매서운 눈으로 나를 뚫어져라 쏘아보았다. 계속 그렇게 가만히 있겠다면 내가 먼저 말을 꺼내볼까? 그렇다 한들 뭐라고 말해야 좋을지는 모르겠지만. 아, 안 돼, 너무 위험하다.

"저기, 그 중요한 문제 말인데요⋯⋯." 거기까지는 겨우 목소리를 짜냈지만, 말을 계속하려면 헛기침을 해야 했다. "그게 어쩌면 그렇게 심각한 문제가 아닐 수도⋯⋯."

프랑수아가 자세를 조금 바꾸었지만 의자조차도 삐걱거리지 않고 얌전히 있었다. "아뇨, 그렇지 않소. 정말로 아주 중요한 문제요." 부드럽게 말했다.

나는 신음을 내뱉었지만 목구멍이 바싹 말라붙어 소리가 되어 나오지 않았다. 말을 하기 위해 꿀꺽, 침을 삼켰다.

"하지만 당신은 훌륭한 요리사고, 수많은 멋진 요리들을 창조해냈고⋯⋯."

"내가 누군지 알고 있소?" 놀라워한다기보다는 기쁜 듯했다. 휴우, 살았다. 아무리 거물이라도 아첨을 싫어하는 사람은 없지. 지푸라기라도 잡는 심정으로 생각했다.

"물론입니다. 누구나 당신을 알고 있죠." 약간 과장이었지만 이런 상황에서 이 정도는 용서받을 수 있겠지. 그는 고개를 끄덕였다. 자만심이 아니라, 자신의 재능을 높이 평가받고 있는 사람이 갖는 자신감이었다.

"당신과 이야기를 해봐야 한다고 하더군요." 소름이 돋을 듯한 말을 들으면서, 그의 영어에는 외국어 억양이 전혀 없다는 것을 알아차렸다. 그걸 알아차렸을 정도면 꽤 냉정을 유지하고 있는 듯하지만 나의 체온은 팍 떨어져 있었다. 다시 엉뚱한 것이 생각났기 때문이다. 프로권투 이외의 직업이. 바로 도축업자였다!

"요즘은 꽤 불황이라서요." 내가 변명을 시작했다. "좋은 일거리가 나타나면 그냥 받아들이죠. 그러니까 제 말은 먹고살기 위해서 어쩔 수가 없었다는 겁니다. 거절할 수가 없었어요."

"그렇다면 내 제안도 거절하지 않겠군요." 약간 잠긴 목소리는 여전히 부드러웠다. 이건 또 무슨 협박이지? 나는 몸을 떨지 않으려 애를 썼다.

"그런데, 지금은 일들이 많아졌습니다." 서둘러 말했다. "사실은 지금 아주 바쁩니다. 어쨌든 과거에 대해선 너무 걱정하지 마십시오. 다 지난 일이니까요. 누가, 무엇 때문에 그랬든……."

그가 부드럽게 말을 끊었다. "먼저 내가 왜 여기에 왔는지 설명해도 되겠소? 거절할 건지 아닌지는 이야기를 듣고나서 판단해 주시오."

절망적이었다. 이런 냉정하고 온화한 태도가 오히려 어떤 위협보다도 무서웠다.

"탐정의 일부 활동은 말이죠, 그건 어떤 탐정이든 마찬가지인데요, 외부인들이 이해하긴 힘든 것이랍니다." 나는 빠른 어조로 지껄여댔다. "사기나 거짓말처럼 보이는 것도 알고 보면 관찰과 추론의 결과물이기도 하구요. 아무도 못 푸는 수수께끼는 없어요. 암호도 그렇구요. 언젠가 누군가가 해독해내죠." 거기서 잠시 말을 잘랐다. 그가 이상하다는 듯이 나를 쳐다보고 있었다. 하지만, 아무튼 계속 해보자. "그리고, 비밀 조리법도 또한, 언젠가는 누군가가 재창조해내구요."

"재창조?" 그가 이해할 수 없다는 표정으로 단호하게 말했다. "누군가 내 가게를 망하게 하려고 하고 있소."

"그건 오해입니다!" 한심하게도 무심코 그 말이 튀어나왔다. 어떻게 비밀 조리법 하나 때문에 가게가 망할 수가 있단 말인가?

그러나 프랑수아는 단호하게 다시 고개를 가로저었다. 눈은 냉정했고, 입은 굳고 단호하게 다물어져 있었다. 그는 호전적인 턱을 쑥 내밀면서 말했다. "아니, 오해가 아니오. 누군가 나를 망하게 하려 하고 있다는 건 확실해요."

골치아프게 됐다. 엎친 데 덮친 격으로, 여기서 빠져나갈 방법도 생각나지 않았다. 하지만 내가 그랬다는 걸 어떻게 알았을까? 직원들 중에 누군가가 나를 알아봤을까 아니면 손님 중에 누군가가? 어쩌면 레이몽이 내 사무실을 나가는 걸 누군가 봤나? 그렇지 않다면 어떻게 그걸……

프랑수아가 다시 입을 열었다. "지난 몇 주 동안 「르 투르케 도르」에서 일어난 일을 설명해 드리겠소. 먼저, 식재료가 몇 번이나 제대로 배달되지 않았소. 그것도 인기 있는 요리를 만드는데 꼭 필요한 재료들만 골라서 말이오. 그리고 식품검사관이 오는 날 아침이면 꼭 가게에서 쥐가 나왔소. 게다가 부가가치세 장부가 없어져 버렸는데 아직도 못 찾았구요."

쓸쓸하게 하는 말을 나는 숨도 못 쉬고 듣고 있었다. 우리는 서로 마주보았다. 더 이상 말이 없었다. 이윽고 내가 쉰 목소리로 물었다. "그밖에는요?"

그의 눈이 휘둥그레졌다. "이 정도면 충분하지 않소?"

휴우, 살았다! 커다랗게 안도의 한숨을 내쉬는 바람에 책상 위에 있던 밀린 청구서 종이가 팔랑거렸다. 그걸 얼버무리기 위해 헛기침을 했지만 한숨과 기침을 동시에 하기는 꽤 힘들었다. 하지만 지금 그게 문젠가. 그는 모르고 있다! 레이몽이나 와조 로열에 대해 전혀 모르는 것이다! 나는 10년은 젊어진 기분으로, 너무나 기분이 좋아져서 상냥하게 물었다. "그럼, 제가 뭘 도와드리면 될까요?"

프랑수아가 사무실에 들어온 후 처음으로 미소를 지었다. "당신이라면 수락하리라 생각했소. 당신처럼 레스토랑 업계와 음식에 정통한 사람만이 해결할 수 있는 일이오. 누가, 왜, 나를 업계에서 쫓아내려 하는 건지를 좀 알아내 주시오."

윽, 이건 분명히 트라이플*의 늪에 발목이 빠진 셈이었다. 나는 당황해서 서둘러 발을 빼려 했다. "평소라면 기꺼이 도와드렸

---

* 후식의 일종으로, 와인에 담갔던 스펀지 케이크에 잼을 바르고 커스터드 소스나 생크림을 곁들인 과자.

겠지만, 아까도 말씀드렸듯이 공교롭게도 지금은 제가 상당히 바빠서요……."

그는 못 들은 척 말을 이어갔다. "당신의 첫 번째 질문은, 그런 짓을 할 만한 사람으로 짐작가는 인물이 있느냐, 하는 거겠지요. 아니, 없소. 물론 사업상의 경쟁자들이야 많지만."

나는 최대의 위기를 넘겼다는 사실에 기쁜 나머지, 평소라면 절대로 입에 담지 않았을 것을 물었다. "특히 레이몽이 그렇죠?"

그는 잠시 말없이 자신의 주먹을 내려다보았다. 이렇게 떨어져서 봐도 상처투성이의, 그야말로 무시무시한 주먹이었다. 여기 앉아 있는 사람이, 소중한 비밀 조리법을 눈 앞에서 빼앗겨서 분통을 터뜨리고 있는 전직 프로권투 선수가 아니라 도움을 청하고 있는 레스토랑 주인이라 참으로 다행이었다.

"레이몽과 내가 라이벌 관계라는 건 공공연한 사실이오."

"라이벌이라고 하셨습니까?"

"그렇소."

"그 말은, 적이라는 말씀이십니까?"

그는 약간 망설였지만, 한숨을 한 번 내쉬고는 마침내 입을 열었다. "아주 오래 전에 우리 사이에 일이 좀 있었소……. 그 일로 사이가 멀어졌소."

그는 말을 멈췄다. 더 자세한 설명을 해야 할까 망설이는 모습이었다. 그대로 마냥 기다릴 생각은 없었다.

"당신을 망하게 하고 싶어 할 정도로 사이가 멀어졌다고 말할 수 있습니까?"

그는 프랑스인답게 두 손을 펼쳐보였다. 이 질문엔 대답하지 않겠다는 뜻이었다.

"이만큼 세월이 흘렀어도 그렇게 생각할 가능성이 있습니까?"

그가 다시 주먹을 바라보았다. 누군가를 때려눕히고 싶어 근질근질한가 보다. 레이몽일까, 아니면 혹시 나?

"도움이 될 만한 말을 해주고 싶지만 정말로 전혀 짐작이 가질 않소. 유감스럽게도." 진심인 것 같았다. "레이몽과의 사건은 아무 것도 아니오. 그러니까, 이 사건과는 전혀 관계가 없소."

터프한 사립탐정이라면 "관계가 있는지 어떤지 판단은 내가 하는 거요."라고 내뱉겠지만 그래봤자 프랑수아 앞에서는 별 효과도 없을 것 같다. 게다가 내가 와조 로열의 비밀을 캐낸 걸 알고 나를 때려눕히려고 온 게 아니라니 마음은 놓였지만 내가 이 의뢰를 받아들이고 싶은지는 여전히 확신할 수 없었다.

"사실 저는 그런 조사를 하는 탐정이 아닙니다. 제가 하는 일은……."

"알고 있소. 그리고 일을 아주 잘한다는 것도. 조니 챈에게 연잎의 새로운 산지를 찾아준 사람이잖소."

그 사실을 알고 있다는 건 별로 걱정없었다. 가끔씩 일의 내용이 새어나가면 좋은 홍보가 되기도 하니까.

"그렇습니다. 그러니 제가 당신이 원하는 탐정이 아니라는 것도 잘 아시겠군요." 나는 가장 설득력 있는 목소리로 말했지만 그건 그야말로 번데기 앞에서 주름잡는 격이었다.

"아까도 말했듯이 음식과 레스토랑 업계에 정통한 사람이 필요하오."

"그런 조사를 하는 탐정을 원하신다면 나이츠브리지 흥신소는 어떠신지요? 거기라면 신뢰할 수 있고 평판도……."

"그들이 요리에 대해서 잘 알고 있소?"

"누구나 조금씩은 알고 있죠."

"당신만큼 잘 압니까?"

양심은 '아니오' 라고 대답하라고 속삭였지만, 자기방어 본능은 '예예, 그렇구말구요!' 라고 말하라고 외치고 있었다. 절충안이 없을까 머릿속에서 찾고 있는데 프랑수아가 입을 열었다.

"대답은 들을 필요도 없소. 나는 요리사로서의 일과 나의 레스토랑을 사랑하오. 누구한테도 빼앗기지 않을 겁니다. 그것들을 지키기 위해서라면 뭐든지 할 거요." 나를 비난하듯이 바라보았다. "당신도 비슷한 기분이겠죠? 우리 가게쯤 되는 레스토랑이 망하기를 바라지는 않겠죠."

"물론 그건 그렇지만요……."

"재능 있는 요리사가 심한 모욕을 당하는 것도 말이오."

"그런 사태는 아주 바람직하지 못하죠……."

"우리 가게 말고도 그런 못된 음모가 벌어질 가능성도 있소. 한 집 한 집 당해가면…… 그러면 요리업계 전체에 영향을 미치게 된단 말이오!"

난 역시 마이크 해머처럼 터프하게는 못하겠다. 내가 마음이 약해진 걸 프랑수아도 눈치챘다. 그는 때를 맞추어 주머니에 손을 넣어 수표책을 꺼냈다. 지푸라기라도 잡는 심정으로 나는 힘없이 물었다. "협박장 같은 건 안 받았습니까? 돈을 요구한다거나 하는."

"아니, 전혀 없었소." 그는 펜을 집어들었다. "비용은 어떻게 됩니까?"

바로 얼마 전까지 빈털터리로 이번 달은 어떻게 넘길까 머리를 싸매고 있었는데 갑자기 호박이 넝쿨째 굴러들어오다니. 처음엔 레이몽에게서, 지금은 프랑수아에게서. 그런 조사는 내 전문이 아니라고 그렇게 입이 닳도록 설명했는데. 하긴, 와조 로열의 비법을 알아내는 업무를 수락했을 때 이미 평소의 업무에서 약간 벗어나버린 셈이지만. 그리고 이번에는 프랑수아가 좀더 벗어나게 하려 한다. 분명히 사람들은 이런 식으로 알코올 중독자가 되거나 횡령을 하게 되는 거겠지. '요만큼은 괜찮겠지' 또는 '그래, 이번이 마지막이야, 절대로.' 이런 식으로 말이다.

생각할 시간이 조금만 더 있었다면 그럴 듯한 핑계를 생각해냈을 것이다. 무엇보다, 이 일을 하고 싶지 않으니 턱없이 비싼 비용을 불렀으면 됐을 것을. 그래서 프랑수아가 포기한다면 만세 만세 만만세지. 하지만 정말로 하고 싶지 않은 걸까? 사실 이런 일을 거절하는 탐정이 어디 있던가. 네로 울프라면 좋아할 것이다. 맛있는 음식을 실컷 먹어서 몸무게가 7분의 1톤이나 나가는 탐정이니까.

"계약금 1천 파운드, 성공보수가 1천 파운드입니다." 나는 어느새 대답하고 있었다. 말한 순간 너무 금방 말했다고 후회했지만 마음을 가다듬고 "일당 1백 파운드와 경비는 별도입니다." 하고 덧붙였다.

더 할 말이 있을까 생각하는데 이미 프랑수아는 수표책을 써내려가고 있었다. 실수했다는 생각에 착잡한 마음으로 수표를 받아챙겼다.

"내일 아침 9시 반쯤에 레스토랑으로 와주시오. 직원들을 소개하고 필요한 정보는 모두 얻을 수 있게 손을 써두겠소." 그는 일어서서 내 손을 꽉 잡고 악수를 하고는 시원스러운 걸음으로 문으로 걸어가 사라졌다. 나는 여전히 돌아가는 상황에 적응하지 못해서 멍청히 있었다. 유일하게 기쁜 소식인 수표를 바라보았다. 음, 언제 봐도 멋진 그림이다.

시어러 부인에게서 우편물을 받아온 다음 일찌감치 퇴근했다. 눈이 핑핑 도는 듯한 하루였으니 이쯤은 용서받을 수 있겠지. 해머스미스 쇼핑몰에 들러서 오늘만큼은 돈걱정 없이 몇 가지 물건을 샀다. 숫자가 적힌 종이 한 장이 주머니에서 바스락거리고 있을 뿐인데 어쩜 이렇게 마음이 든든할까.

지친 몸과 마음을 달래는 데에는 어떤 음악이 최고일까? 비발디의 멜로디는 활기차고 자극적이어서 감정을 고조시킨다는 사람도 있지만 나는 마음을 가라앉히고 싶을 때도 듣는다. 분명히 그의 바이올린 협주곡은 활기차긴 하지만 실내악은 마음을 가라앉혀준다. 결국, 멘델스존의 「현악 8중주 작품 20」을 골랐다. 너무 반복적이라는 비판도 있지만 심플하고 멋진 곡이었다.

현악 8중주가 흐르는 동안 오늘의 우편물을 정리했다. 양은 별로 많지 않았다. 애견 사료에 관한 업무를 맡아주겠느냐고? 대답은, 아니오다. 애견 사료 따위는 거의 본 적도 없다. 다음은 요리책 사인회 안내장. 이건 나중에 천천히 생각하기로 했다.

다음 것은 유일하게 흥미로운 편지였다.

"200여 년 동안 폐허 상태였던 던싱엄 성을 20년의 세월에 걸쳐 복원해서 이번에 호텔로 개장하게 되었습니다. 우리는 유럽 제일의 쾌적한 서비스를 약속드릴 최고급 호텔을 지향하며 최선을 다할 것입니다. 그리고 복원 프로그램의 일환으로써, 던싱엄 성이 번영을 구가했던 시대의 요리를 제공할까 합니다. 몇몇 레스토랑에서 중세 요리를 시식해 보았지만 만족할 만한 것이 없었습니다. 우리 호텔은 오늘날에도 구할 수 있는 신선한 식재료를 이용해서 가능한 한 당시의 요리와 식사 스타일을 충실히 재현하고 싶습니다. 어울리는 메뉴를 조언해 주실 수 있으신지요. 수임료도 함께 알려주시면 감사하겠습니다."

바로 이런 것이 내 본업이었다. 나도 소위 중세풍 만찬이라는 걸 몇 번 먹어왔지만 밍밍하고 참 맛없게 복원한 요리였다. 내가 좀더 그럴 듯하게 만들 수 있을까? 도전해보는 것도 재미있겠다. 곧바로 생각난 것들을 메모하기 시작했다.

예를 들어 14세기 음식인 몬첼릿은 어떨까? 어찌된 일인지 현대의 레스토랑 메뉴판에서는 사라져 버렸지만. 냄비에 박하, 라임, 마조람*, 양파, 와인을 넣어 끓인 육수에 양의 목 부분 고기를 넣고 절인 다음, 그것에 생강, 샤프란, 계피를 넣어서 다시 끓인다. 그리고 달걀 노른자에 레몬즙과 육수를 약간 넣어서 잘 저은 다음 그것도 넣는다. 이렇게 걸쭉하게 만든 소스는 매콤한 향기에 먹음직스러운 황금빛을 띤다. 몇 번 만들어본 적이 있는데 입에서 살살 녹는 최고의 맛이다. 몬첼릿은 부활시킬 만한 가치도 있고 오늘날에도 쉽게 구할 수 있는 식재료로 충실하게 재현할 수 있는 음식으로는 최고일 것이다.

거위도 고려해볼 만하다. 중세에는 인기 있는 식재료였는데,

---

* 지중해 연안산의 허브. 옛날부터 향초 중에서 가장 향기가 강한 것으로 알려져 향료 자원 또는 약료 자원으로 널리 재배해 왔다. 수프, 스튜, 소스 등의 향료나 닭고기, 칠면조 고기 등의 통조림에 사용한다.

오늘날엔 독일과 동유럽에서 축제날에나 먹고 있을 정도다. 메뉴판에서 보기도 거의 힘들고 식재료로 취급하는 가게도 드물다는 건 유감스럽기 짝이 없다.

당시는 감자가 아직 유럽에 들어오기 전이니까 대신에 전분이 있는 곡물을 곁들이면 되겠지. 후식은 꿀에 절인 과일을 넣은 심플한 작은 타르트가 어울릴 것이다. 오늘날에도 영국의 레스토랑 중에는 밀크주*를 내놓는 곳이 있다. 보기엔 예쁘지만 맛은 그저 그렇다. 사과술이나 에일을 담은 그릇에 갓 짠 우유만 넣는 정통 조리법을 대체할 건 없을까? 맛있게 만드는 방법은 얼마든지 있지. 아, 오렌지 푸딩이 있었다! 예전에 한 번 먹어본 기억이 희미하게 나는데 자세한 건 잊어버렸다. 이것들을 조사하기로 메모를 하고 다른 중세 요리 아이디어도 써내려갔다.

던싱엄 성은 횃대를 올리고 가슴팍이 패인 옷을 입은 하녀들도 등장시킬까? 그것을 하느냐 안 하느냐에 따라 모양새가 묘하게 달라질 텐데. 역사를 충실하게 재현할 것인지, 아니면 천박해 보이는 – 사람들이 흔히 머릿속에서 상상하는 이미지의 – 중세를 재현할 것인지 말이다.

멘델스존의 부드러운 멜로디가 흐르는 방에서 메모를 놓고 프랑수아의 뜻밖의 의뢰에 대해 생각하기 시작했다. 소중한 조리

---

* 포도주, 사과주 등에 우유를 탄 음료.

법을 도둑맞았다는 것을 모른다는 사실에 안도의 한숨을 내쉰 순간, 그가 던진 밧줄에 옭아매진 꼴 아닌가.

업계에서 쫓아내려고 한다는 음모는 너무 무섭다. 레스토랑 업계에서도 사기나 뇌물은 드물지 않지만, 이건 완전히 차원이 다른 문제였다. 목적이 뭘까? 역시 질투? 레스토랑 자체에 대한 시기? 주인을 향한 시기와 질투? 그런 것치고는 너무 극단적인 수단이라는 생각도 들지만 있을 수는 있는 이야기다. 「르 투르케 도르」같은 유명한 레스토랑에는 분명 막대한 자금이 얽혀 있을 것이다.

그렇다면, 어쩌면 내가 주장했던 것보다는 내 전문분야에서 많이 벗어난 일이 아닐 수도 있겠는데. 프랑수아는 경험이 풍부한 전문가만이 해결할 수 있다고 주장했지. 그 말이 맞는 것 같아. 솔직히 말해, 나도 흥미가 있긴 했다. 약간 강압적인 분위기에서 어쩔 수 없이 수락하긴 했지만 꼭 진짜 탐정 같잖아!

아까 시장에서 데킬라 한 병을 샀다. 물론 「사우자 블랑코」로. 믹서에 그것을 붓고 라임 세 개를 짜넣고 큐라소*를 몇 방울 떨어뜨렸다. 그대로는 너무 진하므로 희석도 시키고 탄산도 발생시킬 겸, 토닉 워터를 듬뿍 부어주었다. 고전적인 조리법과는 약간 다르지만 내가 좋아하는 마르가리타*였다.

---

* 오렌지 향료가 든 리큐르 술.

믹서 모터를 멈추고나서 라벨의「볼레로」를 틀었다. 라벨은 외설적인 곡을 작곡할 생각으로「볼레로」를 아주 느린 박자로 연주하라고 표시했다. 그런데, 토스카니니가 빠른 박자로 연주했으므로 라벨은 격노했다고 한다.** 하지만 그 뒤로 모든 지휘자가 토스카니니의 박자대로 연주한 걸 보면 그 점에서는 라벨이 틀린 것 같다. 이 곡을 심장의 고동과 같은 속도로 연주하면 강렬한 리듬감 덕분에 기분이 고조된다. 비록 에스파냐 음악가들이 볼레로는 에스파냐의 민속 무용곡인데, 이 곡은 비슷한 것 같지만 전혀 다르다고 분통을 터뜨렸다고는 하지만.

맛있는 음식을 만들고 싶다면 확실하게 계획을 세워야 하지만, 항상 그럴 수는 없는 노릇이다. 나는 쉽고 간편하고 맛있는 요리를 생각해내는 것도 좋아한다. 껍질을 벗긴 새우를 사두었으므로 프라이팬에 버터를 두르고 지진 다음 후춧가루를 듬뿍 뿌리고 약간의 레몬즙을 넣었다. 그리고는 토마토를 반으로 잘라 속을 도려낸 뒤 버터에 버무린 뜨거운 새우를 채워 넣었다. 다진 골파를 듬뿍 뿌린 다음, 식히기 위해 냉장고에 넣었다.

또 하나, 얇게 저민 도버 솔도 사왔다. '도버 솔'이라는 이름은

---

* 데킬라에 레몬즙을 섞고 잔 테두리에 소금을 둘러서 내는 칵테일.
** 토스카니니는 파리 공연 당시「볼레로」를 15분만에 연주해서 연주회에 참석했던 라벨을 격노케 했다. 라벨은 이 곡이 17분 동안 연주되어야 한다고 생각했기 때문인데, 연주를 마친 토스카니니가 정중하게 한 인사도 받지 않았다고 한다.

맛이 떨어지는 다른 솔(넙치)이나 그밖의 생선들과 구분하기 위해 붙여진 것이다. 육질이 단단하고 맛있어서 살짝 튀기거나 굽기만 해도 맛있다. 하지만 이번엔 다른 멋진 방식으로 요리해야지. 오븐 접시에 버터를 바른 뒤, 저민 도버 솔을 올려놓고 화이트 와인과 피시 스톡*을 섞어서 끼얹은 다음, 조미료와 부케가르니**를 넣었다. 그것을 오븐에 넣고 15분 동안 구웠다.

마르가리타를 다 마시고나서 새우와 토마토를 먹었다. 오븐 타이머가 끝났다는 소리를 냈으므로 도버 솔을 꺼내서 오븐 접시의 국물을 냄비에 따르고 거기에 화이트 와인과 뵈르 마니에***를 붓고 걸쭉해질 때까지 보글보글 끓였다. 거기에 역시 함께 사온 다른 재료, 즉 씨없는 청포도를 넣고 끓였다. 마르가리타와 마찬가지로, 이것 역시 정통 솔 베로니크****에서는 벗어난 것이다. 작은 감자 몇 개를 찌려고 넣었는데 그 정도는 도버 솔의 섬세한 맛을 해치지는 않는다.

부르고뉴 오트 코트 드 본 1988년산을 와인 셀러에서 골라왔다. 늘 한 번 맛보고 싶었던 것을 고이 아껴둔 것인데, 부르고뉴

---

* 생선의 뼈와 지느러미 등을 볶아서 푹 끓인 것.
** 타임, 파슬리, 셀러리, 월계수잎 등을 묶어서 만든, 스튜 등의 요리에 사용하는 향신료 다발.
*** 밀가루와 버터를 반죽한 것. 소스를 진하게 하는 데 쓰인다.
**** 청포도 소스를 얹은 넙치 요리.

의 화이트 와인은 기대에 어긋남이 없었다. 상큼하고 깔끔한 맛이었지만 끝맛이 생각보다 강했다.

「볼레로」는 새우와 도버 솔을 먹을 때까지 이어지다가 와인의 마지막 한 모금과 더불어 끝났다. 기분전환을 위해 에롤 가너*를 틀었다. 냉장고를 뒤져보니 며칠 전에 만들어 둔 크렘 브륄레**가 있었다. 후식으로 딱이었다.

에롤 가너의 손가락이 건반 위를 스치듯 움직이는 음악을 들으며 생각에 잠기는 건 좋았지만, 내일은 어떤 하루가 되려나? 어찌됐건 내 입장을 생각하면 「르 투르케 도르」의 두 번째 방문은 특별히 즐거운 상황이 되겠지. 뻔뻔하게 주방에 들어가 쟁반 위의 접시들을 와장창 깨뜨린 얼간이를 알아보면 어떡하지? 하지만 매주 몇 백 명의 손님이 찾아오는 곳이니 덜렁이 한 명을 기억하고 있진 않겠지.

나는 일찍 잠자리에 들어 꿈도 꾸지 않고 푹 잤다.

---

* 1940, 50년대에 활동한 재즈 피아니스트(1921~1977). 재즈의 명곡 「미스티」의 작곡자이기도 하다.
** 프랑스어로 '달군 크림'이라는 뜻으로 달걀과 크림, 설탕 등을 섞어 구운 것.

06

「르 투르케 도르」에 도착한 지 5분도 안 되어 위기 상황을 맞이했다. 나를 맞이한 프랑수아와 잠시 이야기를 나눈 다음, 직원들을 알고 싶으니 각자가 일하는 구역을 안내해 달라고 부탁했다. 내 말에 찬성한 프랑수가 서둘러 소개시켜준 사람이 수석 웨이터인 앙리 르퀴엘이었다.

멋진 콧수염을 기른 앙리는 악수를 나누면서 내 얼굴을 유심히 살피더니 알았다는 표정을 지었다. 당황해서 프랑수아에게 나중에 다시 이야기하자고 말했다. 프랑수아가 고개를 끄덕이더니 사무실로 돌아갔으므로 나는 휴우, 가슴을 쓸어내렸다.

"죄송했습니다, 무슈. 그날 저녁에는 당신이 여기 사건을 조사하고 계신 걸 몰랐습니다." 앙리가 미안해하며 말했다. "아무튼 묘한 일들이 계속되다 보니……."

"충분히 이해할 수 있습니다." 나는 관대한 척했다. "의심이 깊어지는 것도 당연하죠."

"머리는 좀 괜찮습니까?" 그가 말했다.

"완전히 다 나았습니다." 나는 그를 안심시키며 은밀하게 고개를 끄덕여보였다. "이 이야기는 비밀로 해주십시오."

"알겠습니다."

"누구에게도 말하면 안 됩니다." 내가 강조했다.

"물론이죠."

좋아, 유일한 걱정거리는 해결이다.

앙리는 나무 패널이 깔린 복도로 나를 안내했다. 복도 벽에는 예전 메뉴판들이 액자에 넣어져 걸려 있었다. "여기는 수석 매니저 레오폴드의 사무실입니다. 아직 출근하지 않았어요." 그는 계속해서 안내했다. "여기는 우리 레스토랑 회계사 사무실인데 가끔 한 번씩 나와서 비어 있을 때는 아무나 사용하죠. 이쪽으로 오십시오. 주방으로 안내해 드리겠습니다."

금속이 여기저기서 반짝거렸다. 눈부신 조명 아래서 오븐 문짝, 냄비, 프라이팬, 칼날이 번뜩였고 유리잔과 도자기 단지, 병과 깡통이 반짝반짝 빛을 반사했다.

"수석 요리사인 클링거만이 곧 올 겁니다." 앙리가 말했다.

수석 요리사가 오기 전이었지만 직원들은 이미 일을 시작하고 있었다. 두 명의 수습 요리사는 샐러드용 채소를 다듬고 다른 한 명은 고기쟁반을 들고 들어왔다. 주방 보조는 서양배를 잘게 썰어서 레드 와인이 담긴 그릇에 넣고 있었다. 주방에는 아직 아무 냄새도 나지 않았다. 그러나, 몇 시간 뒤면 소스와 향신료의 달콤한 향기가 가득차고 조미료 냄새가 코를 찌르겠지.

우리는 좌석이 있는 식당과 연회실로 걸어갔다. 둘 다 텅 빈 채로 빛나는 순간이 오기만을 조용한 기다리고 있었다. 주위를 빙둘러보았다. 볼거리는 별로 없었지만 그곳의 분위기를 느끼고 싶었기 때문이었다. 문이 열리는 소리가 나자 앙리가 무슨 일인지 확인하러 갔다. "아, 클링거만이 왔습니다. 이리 오세요. 소개해 드리죠."

클라우스 클링거만은 반짝이는 대머리에 명랑한 거구의 사나이였다. 자랑스러운 표정으로 스위스인이라고 자기소개를 했다.

"당신 이름은 익히 들었습니다. 스위스라는 나라는 행운이군요. 훌륭한 요리사가 둘씩이나 있다니 말입니다."

그의 얼굴이 환해졌다. 요리계의 전설인 프레디 지라르데*와 동급이라고 추켜세워주다니, 이보다 더한 아부가 있을까.

"우리 가게에서 벌어진 끔찍한 사건을 조사하는 거죠?" 클라우스의 커다란 얼굴은 애원의 빛을 띠고 있었다. "저는 이 레스토랑을 사랑합니다. 대체 누가 이런 짓을 하는 걸까요?"

나는 반드시 알아내겠다고 약속했다. "그러기 위해 사건에 대해 좀더 자세히 알고 싶습니다. 주방에서 무슨 일이 있었죠?"

---

* 1990년 무렵에 폴 보퀴즈, 조엘 로비숑과 함께 '세기의 요리사'로 선정된 스위스 출신의 요리사.

"프랑수아한테 이야기 못 들었습니까? 아, 그렇지, 쥐에 대해서는 설명할 수 있습니다." 명랑한 분위기가 싹 사라지고 거의 울듯한 표정이 되었다. "주방 선반에서 봤어요……. 이리 오십시오. 어딘지 보여드리죠." 그는 문을 열고 그 곳을 보여주었다. "여기 있었다니까요. 절대로 누군가가 넣어둔 겁니다. 우리는 주방을 아주 청결하게 유지합니다. 티끌 하나 없다구요. 쥐는 있을 수 없어요."

"클라우스씨, 런던의 호텔과 레스토랑 주방에서 바퀴벌레와 파리가 발견되는 건 드문 일이 아니라는 사실은, 당신도 알고 계시겠죠? 주방관리에 자신이 있는 건 알겠지만, 저는 그 말을 곧이곧대로 받아들일 수는 없는데요. 솔직히 말해, 어떻게 그렇게 장담할 수 있죠?" 그는 한 손을 들어 내 말을 가로막고는 주위를 둘러보았다.

"토미, 이리 좀 와봐."

열여덟 살쯤 되어보이는 런던 토박이 같은 얼굴의 여윈 젊은이가 칼을 내려놓고 다가왔다. "선반의 청소와 관리를 맡고 있습니다. 토미, 쥐 사건 기억하지? 이 분께 자세히 설명 좀 해드려."

토미는 주목받는 것이 겸연쩍은지 귀를 벅벅 긁었다.

"식품검사관이 오기 전날 분명히 선반을 깨끗하게 청소했어요." 강한 이스트 엔드 억양이었다.

"청소는 얼마나 자주 하나?" 내가 물었다.

"한 달에 한 번요. 왜 하필 그 전날 했느냐면, 수납하는 장소를 바꿨기 때문이에요. 그래서 새 것들을 넣기 전에 있던 것을 몽땅 끄집어내고 깨끗하게 청소를 했죠."

"쥐가 있던 흔적은 없었나? 쥐똥도?"

젊은이의 얼굴에 함박웃음이 피어났다. "쥐가 있었는지는 보면 알죠. 저는 바킹 출신이라 어렸을 때부터 많이 봤거든요."

"자넨 그럼 웨스트 햄 팬이겠군?" 나는 어림짐작으로 말했다.

그는 활짝 웃었다. "그럼요! 지난 주 토요일 경기 봤어요? 4대 1이라니!" 클라우스 클링거만이 눈총을 보냈다. 젊은이는 다시 명랑한 런던 토박이다운 얼굴로 돌아왔다. "수석 요리사님은 아스날 팬이시거든요……. 아, 그렇지. 그러니까, 선반에는 쥐의 흔적은 없었어요. 절대로요."

정직하게 대답하고 있는 것 같긴 하지만 좀더 몰아붙여보자.

"다른 선반에서 왔을 가능성은? 벽에 구멍이 나 있다거나?"

클라우스가 바로 말을 잘랐다. "쥐가 발견된 뒤에 제가 직접 선반을 샅샅이 뒤졌습니다. 그럴 가능성은 절대 없습니다. 고맙네, 토미. 이제 가봐." 젊은이는 조리대로 돌아갔다. 클라우스는 내게로 몸을 돌렸다. "쥐가 선반에 들어 있었던 원인은 딱 하나입니다. 누군가가 갖다 놓은 거죠."

요리사, 특히 클라우스 클링거만 정도로 유명한 사람이라면 더더욱 쥐가 나왔다는 사실은 인정하고 싶지 않을 것이다. 한편, 다른 사건도 있었다고 하니 정말로 못된 음모였을지도 모른다. 하지만 쥐가 나왔다고 고발당했다고 레스토랑이 망하지는 않는다. 주방이 한동안 영업정지를 당한 호텔은 있었지만. 하지만, 완벽하게 청결한 주방은 세상에 없다는 것은 레스토랑 업계의 상식이다.

또 한 가지 마음에 걸리는 것이 있었다. "식품검사관들은 사전 예고없이 들이닥칠 텐데요. 당신 말대로 누군가 「르 투르케 도르」의 평판을 떨어뜨리고 싶은 사람이 있어서 검사관이 오기 전날에 쥐를 풀었다고 칩시다. 하지만, 어떻게 검사일을 알고 있었을까요?"

"확실히 검사관은 갑자기 들이닥치죠." 클라우스가 대답했다. "우리 구역 검사관도 언제 오는지 알려주지 않습니다. 하지만 그는 일정을 규칙적으로 지키는 사람이거든요." 마침내 그의 얼굴에 미소가 되돌아왔다. "달력에 날짜를 표시해두면 다음엔 언제 올 건지 알 수 있죠. 치사하다고 생각하실지도 모르겠지만요."

"그렇다면 이 레스토랑에 대해 잘 아는 사람만이 검사관이 언제 오는지도 알겠군요?"

클라우스는 턱을 문지르며 곰곰이 생각했다. "그렇게는 생각해보지 않았는데, 그럴 것도 같군요."

"경쟁업체가 뒤에서 손을 쓰고 있을 가능성은?"

클라우스는 놀란 듯했다. "경쟁업체요?"

"네, 레스토랑 업계는 경쟁이 치열하잖아요."

"하지만, 우리가 무슨 시합장에 나선 격투기 선수도 아니고!" 클라우스는 충격을 받은 모습이었다. "우리는 서로 싸우지 않습니다. 요리사, 레스토랑 주인, 경영자……. 가게는 달라도 말하자면 모두 가족 같은 존재입니다. 서로 돕는 사이라구요."

"당신에겐 적이 있습니다." 나는 단호하게 지적했다. "누군가가 당신을 미워하고 있다구요. 가족 같은 관계를 맺고 싶지 않다고 생각하는 놈이 있는 거죠."

클라우스는 슬픈 듯이 머리를 흔들었다. "당신이 틀렸다고 하고 싶지만……." 한숨을 쉬었다. "맙소사, 어쩌면 그렇겠군요."

때마침 좋은 기회이니 진작부터 갖고 있던 의문을 풀어보자. "이런 짓을 할 만한 경쟁업체로 짐작가는 데가 있습니까?"

"아뇨." 클라우스는 딱 잘라 말했다. "전혀 모르겠습니다."

"프랑수아에게 원한을 가질 만한 사람은요? 누군가 있다는 건 확실한데요."

"없는 걸로 압니다." 그가 힘주어 말했다.

"그와 레이몽 사이에 맺힌 감정이 있는 건 사실이 아닌가요?"

"레이몽? 레이몽 르페브르?" 클라우스는 놀란 듯했다. "예전에 둘은 친구였죠." 그는 천천히 인정했다. "아마도, 젊었을 때 같은 가게에서 일을 했을 겁니다. 그러다 언쟁을 해서……."

"원인은요?"

클라우스가 빙긋 웃었다. "여자죠. 뭐, 제 생각이에요. 그 나이에 남자가 싸운다면 달리 뭐가 있겠습니까?"

글쎄, 다른 원인이 있을 것도 같은데. 하지만 프랑스 요리를 하는 클라우스라는 이름의 이 스위스인은 라틴 사람의 인생관을 갖고 있었다.

"사이가 심하게 틀어져서 레이몽이 프랑수아를 파멸시키려고 작정했을 가능성은요?"

클라우스는 입이 딱 벌어졌다. "그런 옛날 이야기 때문에요?"

그렇게 말하는 심정은 알겠다. 뭐 나도 동감이기도 하고. 하지만 정말 단순한 싸움이었을까? 게다가 원인이 뭐였는지는 전혀 모르겠다.

"여자를 놓고 다툰 것 이상의 뭔가가 있었겠지요."

"무엇 때문이었을까요?"

"그건 모르겠습니다. 달리 생각나는 건 없습니까?"

"저는 프랑수아 밑에서 일하고 있습니다." 클라우스가 자랑스럽게 말했다. "이 가게의 수석 요리사죠. 당연히 그에게 충성을 다해야 합니다. 나도 그러고 싶구요. 하지만 정말로 더 이상은 모릅니다. 프랑수아는 절대로 레이몽 이야기를 한 적이 없거든요."

"레이몽이 가장 가까운 경쟁자죠?"

"두어 명 더 있긴 하죠."

"프랑수아가 다른 라이벌에 대해 말한 적이 있습니까?"

"그야 물론······." 그의 목소리가 기어들어갔다.

"하지만 결코 레이몽 이야기는 한 적이 없다?"

"네, 전혀요."

미스 마플이라면 이런 사실로부터 모든 것을 추리했겠지만 내가 보기엔 새로운 사실은 하나도 없는 것 같았다.

주방에 있는 요리사들의 수가 늘어났다. 한 사람이 클라우스에게 오더니 접시를 내밀었다. "이 갤랑틴* 맛 좀 봐주세요." 클라우스는 한 입 먹고는 천천히 맛을 음미했다.

"속을 채운 등심입니다." 나에게 작은 목소리로 설명하고 좀더 천천히 맛을 보았다.

"소금을 좀더 넣어야겠어." 그가 지적했다. "음, 신선한 다진 송로버섯을 넣어도 좋겠군. 분명히 소금은 더 넣어야 하네."

"스위스인 요리사가 영국엔 왜 오셨습니까? 프랑스에서 일할 생각은 없었습니까?"

"현재로선 그럴 생각이 없어요. 1930년대로 돌아갈 수 있다면 프랑스로 돌아가고 싶지만요. 그때라면 저도 대접을 받았겠죠. 그 시절 파리는 맛있는 음식이 대접을 받던 시대였으니까요. 요리사에게 천국이었죠." 그가 웃었다. "왜 영국으로 왔냐구요? 그건 제가 이미 한물갔기 때문이죠. 시간이 천천히 흐르는 이 나라

---

* 닭고기, 송아지 고기 등의 뼈를 바르고 향미료를 넣어 삶은 음식.

가 마음에 들거든요. 맛있는 음식에는 시간이 필요합니다. 요리를 하는 데에도, 그리고 그것을 즐기는 데에도요. 예전에 뉴욕의 「페네스트르」라는 가게에 1년간 있었던 적이 있었어요." 그가 몸서리를 쳤다. "예약 접수원만 24명이었죠. 상상이 갑니까? 거긴 완전 지옥이죠. 아니, 더 심할 겁니다. 프랑수아가 저를 구출해서 이 가게로 데려와 주었죠."

"당신이 충성을 다하는 것도 당연하군요." 내가 말했다.

그때, 오븐에 넣을 페이스트리를 담은 쟁반을 든 요리사가 지나갔다. 클라우스는 요리사를 불러세운 다음, 페이스트리를 찬찬히 살펴보고는 됐다는 듯이 고개를 끄덕였다.

"고마워요, 클라우스. 이제 일하러 가셔도 됩니다."

"프랑수아의 사무실로 돌아가는 겁니까?"

"아뇨, 레오폴드씨와 이야기를 나누고 싶습니다. 지금쯤은 와 계실까요?"

"아마도요. 대개 이때쯤이면 나와 있으니까요."

클라우스는 나를 레오폴드의 사무실로 안내하고 문을 두드리고 안으로 들어갔다. 레오폴드는 폴더와 서류, 청구서 더미가 깔끔하게 쌓여 있는 깨끗한 책상 맞은편에 서 있었다. 클라우스는 나를 소개하고는 주방으로 돌아갔다.

래리 레오폴드는 내가 지금까지 만나본 사람들 중에서도 가장 정력적인 남자 가운데 하나였다. 마치 전기장치가 된 꼭두각시

인형처럼 탄력적이고 유연한 몸을 힘차게 움직이고 있었다. 40대 초반에 짧은 적갈색 머리칼, 울퉁불퉁한 얼굴, 쏘는 듯한 눈매. 무엇보다 눈길을 끈 것은 17세기의 유명한 화가 반 다이크처럼 잘 다듬은 적갈색 턱수염이었다. 꼭 해적 같았다.

나에게는 의자를 권했지만 정작 자신은 말을 하면서 계속 방안을 왔다갔다 했다. 한쪽 벽에는 파일과 서류철이 꽂힌 책장이 있었고 다른 쪽 벽에는 수료증, 자격증과 액자에 넣은 사진들이 걸려 있었다. 사무실은 주인과 잘 어울리는 에너지 넘치고 능률적인 분위기였다.

"사건조사는 좀 진전이 있습니까?" 그는 자동소총을 쏘는 듯한 목소리로 물었다. "아니, 물론 없겠군요. 아직 그럴 시간이 없었을 테니까. 당신을 채용했다는 말은 프랑수아한테서 들었소." 그는 값이라도 매기듯이 깐깐하게 살펴보았다. 나는 검사에 합격한 걸까? "아무튼 묘한 일이지요. 뭔가 알아낸 게 있소?"

"아직은요." 내가 말했다. "정보가 더 필요합니다. 어떤 문제부터 이야기할까요?"

그는 여전히 서성였다. 이젠 슬슬 자리에 좀 앉지 그래.

"클라우스가 아는 건 다 이야기했겠죠?"

"쥐 사건에 대해서는 들었습니다."

그는 잠시 멈춰서서 나를 물끄러미 보더니, 다시 왔다갔다 하기 시작했다.

"아, 쥐 사건. 클라우스는 좋은 사람이오. 훌륭한 요리사이기도 하고. 그가 와준 건 우리 가게로서는 행운이었소."

"그는 누군가 쥐를 갖다 놓은 거라고 믿고 있는 것 같더군요. 만약 그렇다면 범인은 식품검사관이 그날 올 것을 알고 있는 사람이 됩니다."

"그리고, 당신은 클라우스라면 그렇게 말할 거라고 생각하고 있다?"

"제가요?" 내가 물었다.

래리 레오폴드는 반사적으로 수염 끝을 손등으로 쓸었다. "어떤 요리사도 자신의 주방이 불결하다는 건 인정하지 않겠죠."

"당신은 클라우스가 주방을 청결하게 관리하지 못했다고 생각하는 거요?"

"물론, 아닙니다." 단호하게 대답했다.

"그보다, 다른 사건 이야기를 듣고 싶군요."

"부가가치세 장부가 없어졌소. 그것도 이 사무실에서."

"없어졌다고요? 장부는 늘 엉뚱한 곳에 있곤 하지요."

"없어졌소. 어느 날은 여기에 있었는데, 다음 날엔 사라졌소."

"아직 찾지 못했나요?"

"그렇소."

"그래서 어떻게 됐죠?"

"당연히 세무서와 엄청 다투었소. 우리는 최선을 다해 세금을 계산했지만 그들은 만족해하지 않았죠. 그 뒤로는 우리에게 적대적이오."

"프랑수아 말로는 배달시킨 식재료가 도착하지 않았다더군요. 그것에 대해서는 뭔가 아십니까?"

방안을 돌아다니는 그의 걸음이 더욱 빨라졌다. 참으로 안절부절 못하는 사람이었다. "최악의 사태는 가장 최근에 일어났소. 스코틀랜드 위스키 관계자들을 위한 연회가 있었소. 그들은 램 찹을 주문했지요. 몇 주 전에 「이브닝 스탠더드」에 커다랗게 기사가 실렸거든요. 당신도 봤을 거요."

본 것 같다고 대답은 했지만 솔직히 말해 기억이 나지 않았다.

"기사가 너무 좋아서 스코틀랜드 사람들은 똑같은 것을 먹고 싶어 했지요. 우리는 특별히 양고기를 주문했는데 그게 도착하지 않은 겁니다."

"어떻게 된 건지 알아봤나요?"

"공급업자는 확실히 보냈다는 겁니다. 우리는 분명히 도착하지 않았구요. 결국 다른 요리를 내놓을 수밖에 없었죠. 당연히 손님들은 엄청 화를 냈소."

"당신들은 추가 조사를 했겠죠?"

"물론이오. 우리가 알아낸 바로는, 배달트럭 운전사가 가게 앞까지 왔는데 누군가가 주문을 취소했다면서 돌아가라고 했다는 겁니다. 그게 누군지는 찾아내지 못했소."

"그게 가장 최근의 사고라면, 다른 것도 있다는 말씀입니까?"

"네, 그 전에도요. 물론, 당시엔 그냥 실수라고 생각했소. 사소한 실수는 어디서나 일어날 수 있으니까요."

"예를 들어서……."

그는 여전히 서성거렸고, 턱을 다시 문질렀다.

"우리 요리 중의 하나에 특별한 꿀을 사용하는데요."

이젠 내가 턱을 문지르고 있었다. 참으려 해도 입가에 절로 미소가 도는 것을 숨기기 위해서였다. 그 꿀을 사용한 요리를 나는 알고 있지. 그리고 조리법도. 나는 레오폴드에게 시선을 집중했다. "해외에서 항공편으로 옵니다. 한 번은 열어보니 병이 모조리 깨져 있었소."

"사고였습니까?"

레오폴드는 걷다 말고 멈춰섰다. "전에는 한 번도 그런 적이 없었소." 그러더니 다시 서성거렸다. "또 한 번은 굴을 주문했는데 홍합이 온 적이 있었지요."

"다른 곳에서 살 수 있는 거 아닌가요?"

"물론 아니오." 레오폴드가 짜증난다는 듯이 말했다. "우리 것은 튀렌에서 특별 주문한 것이오. 동네 생선 장수한테 살 수 있는 식재료가 아니라구요!"

그 정도라면 누구라도 화가 날 만하군. 사실 이 모든 사건에는 일정한 패턴이 있었다. 도착하지 않은 모든 물건이 하나같이 대체 불가능한 것들뿐이라는 점. 이 사건의 배후인물은 분명 레스토랑에 대해 잘 아는 사람이다.

"사건 발생 날짜들을 모두 알려주시겠습니까?"

"물론이오." 나는 현명하게 고개를 끄덕였다. 이런 자료로 뭘 해야 할지는 모르겠지만 요청하는 것이 유능해 보일 것이다.

"여기 제 연락처입니다." 그에게 명함을 건네며 말했다. 그는 명함을 받기 위해 왔다갔다 하던 동작을 멈추어야 했다. "언제든지 메시지를 남길 수 있습니다." 시어러 부인에게 미리 말을 해두자. 아마도 그녀는 놀라면서 추가요금을 청구하겠지.

레오폴드는 그런 말을 들어도 눈썹 하나 까딱하지 않았지만 나는 감격스러웠다. 이건 완전 진짜 탐정 같잖아!

"사건이 또 발생하면 바로 연락을 주십시오." 내가 말하자 그는 고개를 끄덕였다. 악수를 하고 사무실을 나왔다. 책상 위에 쌓인 서류더미로 보건대, 그는 바로 책상에 앉았을 것이다.

프랑수아가 전화를 받는 중이어서 통화가 끝나기를 기다렸다.

"앞으로는 가끔 동태를 살피러 들르고 싶은데요. 정해진 시간 없이 아무 때나요."

"물론이오." 그가 책상 서랍을 뒤지더니 열쇠를 꺼냈다. "뒷문 열쇠요." 영업시간 외에 온다는 뜻은 아니었지만 어쨌든 일단 받아두자.

"클라우스와 래리에게서 필요한 정보를 얻었소?"

"아주 흥미로운 정보를 들었습니다." 나는 잰 체하며 말했다.

그가 다시 꿰뚫어보는 듯한 눈으로 나를 쳐다보았다. "이 상황은 정말 걱정스러워요. 너무나 걱정이 되어 참을 수가 없을 정도요. 당신이 꼭 사건을 파헤쳐주길 바랍니다."

"그럼요." 나는 자신만만하게 말했다. 프랑수아는 그리 안도하는 표정은 아니었지만 고개를 끄덕였다. "좋소."

슬슬 돌아가려는데 그가 말했다.

"한 가지만 더……."

"네?"

"금요일 저녁에 서클 오브 카렘의 만찬회가 있소. 이번엔 우리 가게에서 주최하거든요. 당신도 참석하는 게 좋을 것 같소."

나는 이 행운을 믿을 수가 없었다. "물론이죠."

"전날 전화를 주시오. 자세한 사항을 알려드리겠소."

「르 투르케 도르」를 나와서 축축한 바람이 휘몰아치는 거리에 섰다. 너무나 행복해서 아찔한 현기증이 났다. 지금 막 진짜 사립탐정으로서의 첫날을 마쳤다. 생각보다 잘 했다는 생각도 들고 질문도 제대로 했다. 하지만 새로운 발견은 있었던가? 그건 지금부터 천천히 생각하면 된다.

그리고 이렇게 훌륭한 보너스가 굴러들어오다니! 서클 오브 카렘, 내가 거기에 참석한다니!

07

서클 오브 카렘의 만찬회.

「르 투르케 도르」의 연회실은 수없이 켜진 부드러운 황금빛 촛불 아래서 빛나고 있었다. 여기저기서 대화가 시작되는가 했더니 조금씩 사람들의 목소리가 높아졌고, 회원들이 차례로 도착하고 있었다. 웨이터들이 커다란 둥근 테이블을 마지막으로 정리하느라 유리잔과 접시들이 부딪히는 소리가 들려왔다. 테이블은 안팎으로 자리가 마련되어 있고, 안쪽 자리로 들어갈 수 있도록 통로가 뚫려 있었다.

서클 오브 카렘의 만찬회.

영국에도 미식가 단체는 많지만, 근대 프랑스 요리의 원조라고 불리는 앙트완 카렘의 이름을 딴 이 모임은 그 중에서도 가장 유명한 초일류 모임이었다. 상황이 상황이라 우연히 참석을 허락받았을 뿐이지만, 여기에 있다는 것만으로도 상당한 잘난 사람이 된 듯한 느낌이 들었다. 게다가 언제나 신비에 싸여 있는 서클 오브 카렘에 대해 뭔가 알아낼 수도 있을지도 모르고.

회장이 누구인지, 사무국장이 있는지, 주소가 등록되어 있는지조차도 모른다. 정기적으로 열리는 연회는 저명인사들이 줄줄이 참석하는 관계로 언론에 소개되는 일이 많았다. 초대 손님도 참석하지만, 모임의 간부나 회원은 비밀에 싸여 있다. 누가 출석했다는 기사를 읽는 적은 있지만 누가 회원이고 누가 초대 손님인지는 전혀 알 수 없었다.

서클 오브 카렘은 비밀을 유지하려고 그리 노력하고 있지는 않지만, 하워드 휴즈*도 질투할 정도의 익명성을 누리고 있었다. 아마도 공개적으로 드러나거나 주목을 받는 일이 없도록 영향력을 행사하고 있을 것이다.

서클 오브 카렘의 목적은 분명 두 가지였다. 하나는 최고의 음식을 즐기는 것, 다른 하나는 친구, 동료, 귀족, 라이벌, 경쟁자들과 이야기를 나누는 것.

내가 서클 오브 카렘에 대해 아는 건 그게 전부였지만 아마 그 이상의 뭔가가 있을 것이다. 나는 난생 처음 서커스 구경을 나선 어린애 마냥 이것저것을 보고 새로운 이야기를 듣기 바빴다.

프랑수아는 약속대로 전날 전화를 해왔고 우리는 어떻게 정탐을 할지 의논했다. 내가 웨이터로 참석하겠다고 하자 프랑수아

---

* 미국의 억만장자이자 할리우드 영화 제작자. 말년에 심한 대인기피증과 결벽증으로 누구와의 접촉도 꺼렸다.

는 그러면 많은 의문을 불러일으키게 될 거라고 했다. 모임의 은밀한 성격상, 내가 신입회원인지 초대손님인지 모호한 상황이 더 나을 거라는 것이었다. 어차피 그렇게 모호한 사람들은 여럿 있을 테니 한 명쯤 늘어난다 해서 특별히 이상할 이유는 없다는 말도 덧붙였다. 프랑수아가 어떤 연줄을 이용해 나를 초대했는지도 모르겠고, 구태여 물어보지도 않았다.

나는 참석자들을 관찰하기 시작했다. 맨 먼저 보인 사람은 엘스버그 워링턴이었다. 남들을 내려다보는 큰 키 때문에 금방 눈에 띄었다. 키가 상당히 크고 나이도 상당할 것이다. 머리카락은 희끗희끗했고 얼굴빛도 좋지 않았지만, 「워링턴 마켓」의 창립자 겸 소유자로서 여전히 노익장을 과시하고 있다. "테스코보다 싸고, 사인스베리보다 물건이 많고 막스 앤 스펜서*보다 품질이 좋습니다."가 그들의 슬로건이었는데, 그 말에 열받은 사람이 많을 것이다. 언급된 세 업체들은 더더욱 그랬으리라.

그의 옆에는 아들 타퀸이 있었다. 얼굴이 갸름하고 입술이 얇은 그가 바로 슬로건을 만든 장본인이며, 더 공격적인 마케팅 전략을 구사하라고 아버지에게 압력을 가하고 있기로도 유명했다. 그는 조니 챈과 한창 대화중이었다. 조니 챈은 언제나처럼 세련된 모습으로 미소짓고 있었다. 나는 얼마 전에 챈의 부탁을 받아

---

* 테스코, 사인스베리, 막스 앤 스펜서 모두 영국계 대형 유통업체.

유럽에서 연잎을 구해주었다. 챈의 레스토랑 대표 메뉴인 '베거스 치킨'은 연잎으로 싸서 찐 음식이었으므로, 없어서는 안될 중요한 재료였다.

연회실의 분위기가 점점 무르익어가자 나는 사람들 곁으로 몇 발짝 다가갔다. 조금이나도 더 엿들어보려는 생각도 있지만, 걸어다녀야 멀뚱하게 서 있는 모습도 덜 보이고 남들의 주목도 덜 받을 거라는 생각 때문이었다. 여기저기서 술잔 부딪치는 소리가 들려왔다. 식전주 잔을 들고 있는 게 더 자연스러울까?

"어머나 세상에! 자기가 서클 오브 카렘 회원이라니! 내가 미리 알았다면 절대로 받아들이지 못하게 했을 텐데!"

매기 맥널티는 세련된 옷차림을 하고 다니진 않았다. 언제나 대충 아무 거나 걸치고 다니고, 게다가 뭘 입어도 말을 타다가 곧장 달려온 사람 같았다. 야외에서 함께 하키를 즐길 거라면 상관없겠지만. 하지만 조금 더 신경써서 옷을 차려입고 화장을 하고 살을 10킬로그램쯤 빼면 아주 근사한 미인이 될 것이다. 물론 서클 오브 카렘 같은 미식단체를 멀리할 때나 가능한 일이겠지만.

"안녕, 매기. 나야말로 자기 같은 사람도 넣어주는 모임인 줄은 몰랐는데. 알았다면 그냥 집에서 요리책이나 보면서 빈둥거렸을 텐데."

그녀가 최고의 매력 중 하나인 새하얀 이를 드러내며 웃었다.

"서클 오브 카렘에는 우리 같은 사업가나 장사꾼이 필요하거든. 우리가 작가나 비평가들과 균형을 맞춰줘야 하니까."

그녀의 말에도 일리는 있었다. 그녀는 잡지사 편집자(그 무렵
에 그녀를 알았다) 경력과 죽은 남편의 유산을 바탕으로 즉석냉
동식품 회사를 차렸다. 처음에 시장은 그녀의 행보에 대해 회의
적이었지만 탄탄한 토대를 바탕으로 지금은 가파른 성장세를 보
이고 있다는 소문이었다. 매기가 잔을 휘저었다. "아무 것도 안
마셔? 음료가 공짜인 건 알고 있겠지."

"지금 막 한 잔 가지러 가는 중이야." 휴우. 내가 온 이유를 캐
묻지 않은 건 고맙군.

고개를 끄덕이는 매기를 두고 나는 자리를 옮겼다. 두 남자와
열심히 이야기를 하고 있는 땅딸막한 스웨덴인 페르 라르손이 보
였다. 프랑수아한테 받은 참석자 명단을 보지 않아도 그가 참석
한다는 것쯤은 쉽게 예상할 수 있었다. 맛있는 요리의 전도사이
자 여행과 미식의 권위자. 『라르손의 호텔과 레스토랑 안내서』로
세계적으로 유명해진 남자였다.

벤저민 브레이크스피어를 보고도 역시 놀라지 않았다. 직접 본
건 처음이지만 우렁찬 목소리를 듣고 즉각 알아차렸다. 그는 영
화와 TV 시청자들에게 낯익은 사람으로, 그 중에서도 조지 5세,
네로 황제, 제임스 본드의 적, 헤르만 괴링* 같은 배역으로 잘 알

---

* 히틀러의 왼팔 격이었던 나치 돌격대 대장.

려진 왕년의 배우였다.

전구처럼 동그란 눈, 세련된 몸짓, 과장된 연기, 기품 있는 발성법은 오늘날에는 팔리지 않는 듯, 인기가 떨어진 그는 TV 퀴즈 프로나 오락 프로에서만 볼 수 있게 되었다. 주로 자서전류의 책도 썼는데 소설로 분류해야 한다고 평하는 비평가도 있었다.

"미국에서 방금 돌아왔소이다." 그는 삼삼오오 모여든 사람들에게 말하고 있었다. "남부 캐롤라이나에 있는 레스토랑에 갔었지. 여자 종업원이 오더니 '허시 퍼피를 얼마나 드릴까요?' 라고 묻더군. 그래서 난 '주려면 한쪽 발에 하나씩 신겨주게, 안 줘도 되지만.' 하고 말했지. 그녀는 나의 완벽한 영어를 전혀 알아듣지 못하고 커다란 그릇에 그걸 수북하게 담아오더라고."

"뭘 담아왔나요?" 옆에서 누군가가 장단을 맞췄다.

"진갈색으로 바삭하게 튀긴 옥수수빵이었소. 이름의 유래는 개들에게 보상을 주는 것을 아까워한 사냥꾼에서 비롯되었다더군. 당연히 개들은 배가 고프다고 시끄럽게 짖어댔고, 사냥꾼은 으깬 옥수수를 동그랗게 튀겨서 '옛다, 조용히 해(허시), 이 개들아(퍼피)!' 라고 소리치면서 던져주었다던데."

"거기서 일장 연설을 했겠군요, 벤저민?" 굿원 하퍼가 물었다. 붉은 얼굴에 토실토실 살이 찐 그는 정통 로스트 비프를 제공하는 가장 영국적인 식당을 운영하는 사람이었다.

"그랬소." 벤저민이 특유의 미소를 지으며 얼굴을 빛냈다.

"난 이른바 '해피 아워'라는 시간에 초대를 받았지. 믿을 수 있겠소? 행복한 시간이 6시부터 9시까지 계속된다니!"

"뭔가 맛있는 음식이 있었습니까?"

벤저민이 어깨를 으쓱했다.

"그런 기대를 할 수 없는 나라 아닌가."

"지금 하신 말씀, 써도 됩니까?" 누군가가 장난스럽게 장단을 맞췄다.

"아니아니, 안 되지. 8월이면 다시 미국에 가야 하거든. 안 돼요, 내 이름을 밝히고 싶다면 그곳의 다양한 음식 종류에 큰 감명을 받았다고 써주시오. 메인 주의 험준한 해안절벽, 일리노이 주의 거대한 스테이크, 위스콘신의……."

나는 다른 곳으로 옮겨갔다. 또 다른 그룹은 다이어트 논쟁이 한창이었다. 1929년에 헤이 박사가 쓴 『음식을 통한 다이어트』라는 책과 최근에 프랭크 박사가 쓴 책 『비버리힐스 다이어트』를 비교하고 있었다.

"결국 둘 다 같은 소리죠." 모르는 사람의 목소리였다. "결국 같은 말이라구요. 고기와 과일을 먹었을 때는 탄수화물을 먹지 말라는 거죠. 당치도 않아요. 알칼리 체질이 아니면 탄수화물이 소화가 잘 안 된다는 주장에 근거하고 있지만, 둘 다 애시당초 전제가 틀렸다구요. 그 따위 주장은 거짓말이에요."

거기는 그는 잠시 숨을 돌리는 실수를 저질렀다. 은테 안경을 쓴 몸집이 작은 남자가 끼어들었다. "저는 항상 이렇게 말하죠. 먹고 싶은 건 다 먹고, 그 다음은 위장에서 알아서 하게 내버려 두라고요." 사람들 사이에서 웃음이 터져 나왔다. 원래 말하던 사람은 필사적으로 이야기를 되돌리려 하고 있었다.

술을 받을 수 있는 바 쪽으로 갈까? 하지만 수사중인 경찰은 언제나 술을 거절한다는 것이 생각났다. "아뇨, 지금은 근무 중이라서요, 마담." 이것이 정해진 대사였다. 하지만 잘 생각해보면, 그건 경찰에게만 적용되는 이야기일 수도 있다. 근무규정에 그렇게 씌어 있을지도 모르니까. 탐정은 달랐다. 술을 안 마시는 탐정은 거의 없었다. 그러기는커녕, 대부분은 술고래였다. 술에 취해 곤경에 처하는 경우도 많았다. 이를 테면 술에 취해 곯아떨어졌다가 정신을 차려보니 쥐가 들끓는 지하실에 있고 물이 쏟아져들어와 익사할 지경이라거나, 그게 아니면 500킬로그램의 다이너마이트가 폭발하기 직전이라거나, 뭐 이런 식으로 말이다.

나는 위스키 잔에 자몽 주스를 담아서 마시기로 했다. 이제 연회실은 사람들로 가득 찼다. 문이 닫힌 걸 보니 참석자들이 모두 왔나 보다. 바텐더는 정신없이 움직이고 있었으며, 북적이는 정도가 아니라 누군가와 이야기를 나누려면 소리를 질러야 할 정도였다. 하지만 벤저민 브레이크스피어는 아무 문제 없는 것 같았다. 약간 멀찍이 떨어져 있었지만 여전히 그의 목소리는 크고 정확하게 들렸다.

나는 프랑수아를 지나쳐갔다. 그가 쳐다보자 고개를 끄덕여주었다. "잘 되어가고 있죠?"라고 물어보는 것 같아서 "그렇습니다."라고 나름대로 대답한 것이다.

마이크 스피탤니가 다른 그룹에서 이야기를 주도하고 있었다. 나는 무슨 내용인지 알아들을 수 있을 정도로 가까이 다가갔다. 그의 레스토랑 「보헤미안 걸」은 런던의 음식업계에서 아주 유명한 곳이었다. 마이크는 벤저민만큼이나 목소리가 컸다. 자기 요리를 제대로 칭찬하지 않은 손님을 모욕한 적이 있다는 소문이 돌 정도로 다혈질로 유명한 사람이었다. 정말 그랬는지 궁금하지만, 어쨌든 그런 소문이 생겨날 만큼 쇼맨십이 강한 사람이긴 했다.

"전쟁이 반드시 쓸모없는 건 아니죠." 마이크가 말했다. "영국은 인도를 잃은 대신에 카레와 탄두리* 요리 만드는 법을 배웠어요. 프랑스는 인도차이나 대신에 3천 개의 중국 음식점을 얻었구요. 그리고 알제리를 잃은 대신 쿠스쿠스**를 건졌잖습니까."

마이크 옆에 있는 편안한 분위기의 기품있는 사람은 안면이 없었지만 얼굴을 보자 누군지 이내 알 수 있었다. 「미들턴」 레스토랑의 수석 매니저인 테드 마틴이었다. 그가 말했다.

---

* 흙으로 만들어진 화덕을 칭하는 인도어. 숯불에 달구어진 화덕에서 양이나 소, 닭, 돼지고기를 바비큐 스타일로 구운 음식을 통틀어 탄두리 요리라고 한다.
** 밀을 쪄서 고기, 채소 등을 곁들인 북아프리카 요리.

"루이스가 회원으로 가입하고 싶어한다던데요."

"받아들이면 안됩니다." 마이크가 즉각 말했다. "변변한 요리라곤 하나도 없는 에스파냐 사람이잖아요."

나와 잘 아는 사이인 넬다 다비도 있었다. "가스파초 수프*가 있잖아요." 그녀가 말했다. 「런던 가제트」의 음식 칼럼니스트로, 마이크만큼이나 직설적인 여자였다. 나는 그녀가 단지 의견을 말한 것이 아니라 논란을 일으켜볼 심산임을 알아차렸다.

"가스파초 수프!" 마이크가 빈정거렸다. "그 차가운 수프 말인가요. 차가운 걸 수프라고 할 수 있겠습니까? 먹고나면 좀더 일찍 왔다면 따뜻한 것을 먹을 수 있었을 텐데, 하는 기분이 드는데 말예요."

늦게 온 한 사람의 입장이 허용되었다. 사람들 사이에서 로저 세인트 레저의 낯익은 얼굴이 보였다. 예전에 요리프로에 출연해서 유쾌하면서도 정보가 풍부한 프로그램으로 엄청난 인기를 누린 요리사로, 쾌활한 성격과 편안한 스타일이 인기비결이었다. 그는 방송에 나오는 다른 요리사들, 즉, 성당에서 미사라도 올리는 양 무서운 얼굴로 경건하게 음식을 만들던 이들과는 딴 판이었던 것이다. 그러나 그 프로그램이 끝나고는 TV에 나오지 않고 있었다. 심지어 케이블 방송에서도 제의를 받지 못했다.

---

* 에스파냐, 특히 안달루시아 지방의 차가운 수프 요리.

금발에 호감이 가는 남성적인 멋진 얼굴, 사각 턱의 남자였다. 키도 크고 건장하고 걸음걸이도 시원시원하다. 그러나 그의 얼굴은 TV화면에 비쳤을 때의 친근하고 편안한 표정이 아니라 긴장한 채로 굳어 있었다.

그가 똑바로 바 쪽으로 향하나, 했더니 …… 아니, 누군가의 팔을 붙잡았다. 얼굴은 알지만 TV를 통해서만 본 사람이었다.

바로 아이버 젠킨슨이었다. 「IJ」라는 방송 프로그램으로 단숨에 유명해진 사람이다. IJ는 그의 이름의 약자이기도 했지만, 자신을 '인베스티게이티브 저널리스트(부정폭로 저널리스트)' 라고 스스로 칭하고 있었다. 지금은 「IJ」는 유명한 프로그램이었고, IJ는 이름인 동시에 방송 프로그램을 뜻하게 되었다.

아이버 젠킨슨은 업계에서는 상당한 실력자로, 분야를 초월한 부정 폭로가 전문이었다. 그는 사냥개처럼 후각이 발달했고, 불독처럼 끈질겼으며, 흰족제비처럼 감이 좋았다. 재계의 내부거래를 폭로해 파문을 일으켰고, 그 결과 증권거래소의 거물 몇몇이 쫓겨났다. 이어서 보험업계의 추악한 면을 폭로해 'IJ'라는 명칭이 하나의 일반명사가 되어버렸다. 그는 이내 영국의 랠프 네이더*로 자리잡았고, 산업과 유통계의 거물들은 그의 다음 타깃을 알아낼 때까지 잠도 제대로 못 잔다는 소문이었다.

---

* 미국의 유명한 소비자 운동가.

마르고 창백한 얼굴, 가느다란 코, 뒤로 고스란히 빗어넘긴 가느다란 머리카락의 그는 결코 웃는 법이 없었다. 그의 리스트에 올라 있거나 그럴 가능성이 있는 사람이라면 그의 찌푸린 얼굴만 봐도 등골이 오싹할 것이다. 그런데 지금 여긴 왜 왔지? TV에 나온 모습밖에 모르지만 아무리 봐도 미식가 같지는 않은데.

그때, 로저 세인트 레저가 주머니에서 봉투를 꺼내 IJ에게 건네주는 모습이 보였다. 그는 봉투를 열고 내용을 꼼꼼히 살펴보고는 만족스러운 듯 고개를 끄덕이더니, 미소에 가까운 표정을 지었다. 그는 로저 세인트 레저에게 몇 마디 물었고, 로저 세인트 레저는 짧게 대답하고는 자리를 떠났다. IJ는 봉투를 호주머니에 넣고는 확인하듯 한 번 툭 쳤다. 도대체 뭘까? 두 사람은 어울리는 짝은 아니지만 방송에 출연한다는 공통적인 배경이 있었다. 뭐, 내가 온 이유는 바로 이런 상황을 정탐하기 위해서였다. 그밖에 또 다른 일은 없나?

세 명이 심각한 논쟁을 벌이고 있었다. 한 사람은 여위고 긴 팔다리를 흐느적거리듯 움직이는 와인 체인점 주인 빌 키팅이었다. 또 한 사람은 「버너비 와인 수입상」을 경영하며 빌보다 나이가 많고 배가 볼록 튀어나왔지만 활동성에서는 뒤지지 않는 레이 버너비. 마지막 한 사람은 샐리 앨드리지였다.

샐리는 내용은 형편없는데 베스트셀러가 된 책 『30분만에 만드는 미식 요리』로 유명, 아니, 악명을 떨쳤다. 만약 그녀가 서클 오브 카렘 회원이라면 음식업계에 그 폭탄을 던지기 전에 가입했을 것임에 틀림없다. 그녀의 이름은 잡지에서도 자주 보이는데, 음식이나 레스토랑에 대해 섬뜩할 정도로 어처구니없는 의견을 쏟아내고 있었다.

몸집이 자그마한 샐리는 천진난만한 요정 같은 얼굴에 풍성한 까만 머리를 어깨까지 늘어뜨리고 있다. 웃을 때면 보이는 약간 틈이 벌어진 앞니와 고집스러워 보이는 들창코도 나름 매력적이었다. 그녀가 물었다. "사람들은 자기들이 마실 와인을 어떻게 고를까요?"

"와인 전문 잡지에 실린 전문가들의 의견이 영향을 미치겠죠." 레이 버너비가 말했다.

"전문가요?" 샐리가 반발했다.

"그래요, 권위 있는 와인 평론가들이 공정한 리뷰를 쓰고 있으니까요."

"하지만 와인 잡지 수입의 95퍼센트는 광고 수입인데 어떻게 공정할 수가 있겠어요?"

빌 키팅이 끼어들었다. "와인 평론가들은 돈 때문에 글을 쓰는 게 아닙니다. 와인을 사랑하기 때문에 쓰는 거죠. 우선 먼저, 와인을 사랑하는 마음이 있고, 그 다음에 사랑하는 와인에 대해 쓰는 것을 좋아하는 거라구요."

샐리가 슬슬 불이 붙기 시작했다. 이런 논쟁자리에서는 한 마리 암호랑이가 되는 여자였다. "와인 평론가는 딱 두 부류뿐이에요. 하나는 와인에 대해 글을 쓰는 와인 전문가들이죠. 그들은 와인에 대해 잘 알지만 글은 잘 못 써요. 다른 하나는 와인을 좋아하는 글쟁이들이죠. 그들은 글은 잘 쓰지만 와인에 대해서는 아무 것도 몰라요. 똑같은 와인을 주고 두 집단에게 평을 부탁하면 분명히 전혀 다른 의견이 나올 걸요."

"와인은 과학이 아닙니다, 예술이죠." 레이 버너비도 지지 않았다. "그리고 양쪽 전문가의 의견이 다르면 안될 건 또 뭡니까?"

"독자가 와인잡지에 뭘 원하느냐 하는 문제죠." 빌 키팅이 말했다. "와인에 대한 유용한 정보를 배워 와인을 고를 수 있게 되는 것일까요? 그냥 재미있는 기사나 읽으려는 걸까요?"

"와인업계는 과장광고로 가득해요." 다시 샐리가 말했다. "일반적인 와인 애호가들을 속이는 건 쉽죠. 그럴 듯한 광고 덕분에 보졸레 누보나 코트 뒤 론 프리뫼르, 블러시 와인* 같은 어처구니없는 쓰레기가 인기와인으로 둔갑했잖아요. 게다가 그 끔찍한 와인 쿨러까지 사게 만드는 광고들이라니."

"일리가 있군요." 빌 키팅이 인정했다. "와인뿐만 아니라 맥주 애호가들도 이젠 자신의 입맛이 아니라 정보에 휘둘려서 마실 술을 결정하죠. 마시고 싶은 것을 마시는 게 아니라 남이 마시라고

---

* 불그스름한 빛을 띠는 로제 와인을 미국에서 부르는 말.

시키는 것을 마시는 거죠. 미각보다 이미지가 더 중시되니까요."

"말도 안 돼요." 레이가 강하게 말했다. "와인은 생산 위주의 상품이지 시장 위주의 상품이 아닙니다. 중요한 건 맛과 품질이라는 두 개의 기둥이며, 앞으로도 영원히 그럴 거구요."

"당신도 대중적인 와인 잡지를 발간하고 있잖아요, 레이." 빌이 꼬집었다. "소비자들의 그런 경향은 다 알고 있을 텐데요."

"그는 아무 것도 몰라요." 샐리가 비웃었다. "그의 잡지에 글을 쓰는 비평가들은 그가 팔아치우고 싶어 하는 빈티지 와인만 추천한다는 사실을요."

"그렇지 않아요." 레이가 반박했다. "우리 잡지의 필진들은 모두 정직하고 올바른 정보를 가진 사람들입니다."

샐리가 눈을 번뜩이는 것이 보였다. "당신네 와인 시음가들은 진짜로 와인을 맛본 뒤 십 년 후의 맛을 예상할 수 있다구요?"

"와인의 잠재성 말인가요? 물론 알 수 있습니다. 그게 그 사람들 일이니까요."

샐리가 뭔가 심한 말을 퍼부으려고 입을 열었지만, 나는 그 자리를 떠나 손님들이 삼삼오오 모여서 담소를 나누고 있는 사이를 어슬렁거렸다. 미식가, 미식가를 가장한 대식가, 초대손님…… 누가 누구인지 판단하기란 꽤 어렵다. 그래서 나는 얼마 전에 효과가 증명된 작전을 다시 한 번 써먹었다. 화장실을 찾는 척하면서 주방으로 들어간 것이다.

08

이번에는 직원들의 눈을 신경쓸 필요가 전혀 없었다. 손님들의 시선만 조심하고, 나의 존재를 의심받지 않을까 주의하면 되었다. 그리고 주방에 대해서는 걱정할 필요가 전혀 없었다. 모두들 바쁘게 움직이고 있어서 내가 있다는 것조차도 알아차리지 못했으니까.

수증기를 뿜어내는 냄비, 그윽한 향기를 풍기는 커다란 통, 여러 가지 식재료 향기가 코를 간지럽혔다. 요리사는 서로 팔꿈치를 밀치며 바삐 뛰어다니고 여기저기서 독촉하는 소리가 들렸다. 아무 것도 모르는 사람 눈에는 아수라장으로 보이겠지만, 오랫동안 이쪽 업계에 있었던 내 눈에는 모든 요리가 완벽한 타이밍에 만들어지는 것이 보였다. 수석 요리사 클라우스 클링거만은 마치 「바운티 호」의 블라이 선장*처럼 대범하게 지휘하고 있었

* 피지 섬을 처음 발견한 사람으로, 영국배 「바운티 호」의 선장. 엄격하고 불같은 성격으로 군기를 잡기 위해 뙤약볕 아래 수병을 세워놓아 죽이는 등 수병들을 혹독하게 다룬 것으로 유명하다.

다. 프랑수아 역시 만찬 직전까지 주방에서 감독하고 있었다. 그러나 작전타임은 끝났고 이제 모든 것은 그것을 실행하는 클라우스의 손에 달려 있었다.

나는 복도를 내려가 뒷문으로 거리를 내다보았다. 회색의 우중충한 구름이 잔뜩 끼어 있고 당장이라도 비가 쏟아질 듯했다. 뭐, 런던에서는 일상적인 날씨지만. 거리를 둘러보았지만 별다른 징후는 없었다.

연회실로 돌아오니 모두들 기대감에 부풀어 이야기꽃을 피우고 있었다.

벤저민 브레이크스피어의 목청은 여전히 두드러졌다. 얼굴은 점점 붉어지고 그에 따라 목소리도 점점 커져갔다. 듣고 싶지 않아도 이야기가 들려왔다.

"돼지목살, 순무 잎, 동부*는 전형적인 남부 음식이라오. 그러니까 전쟁에서 지는 것 아니겠소! 그것들을 먹었냐고? 설마! 아, 물론 맛은 보았지. 얼마나 끔찍한 맛인지 이렇게 이야기를 해줘야 하니까. 남부에 내세울 만한 음식이 있냐고? 그래도 빵과 후식은 훌륭한 편이더군. 그것만은 전혀 불만이 없었소."

"스테이크는 어땠던가요, 벤저민?" 누군가가 물었다. "미국 스테이크는 지금도 여전히 최고인가요?"

---

* 쌍떡잎식물 장미목 콩과의 한해살이 덩굴식물.

"아아, 그건 인정하겠소. 제대로 요리를 못해서 그렇지 스테이크는 아주 좋소. 예를 들어 '터프 앤드 서프'라는 요리가 있다오." 어깨를 으쓱하고 커다란 몸을 흔들었다. "그건 스테이크와 바닷가재였소! 그 두 가지를 한 접시에 담아 내놓다니, 상상이 가시오? 둘 다 망치는 거지. 한 레스토랑의 매니저에게 그렇게 말했더니 웃으면서 미국인들은 기억하기 쉬운 이름을 좋아하기 때문이라나. 그래서 '음식보다 이름이 중요하단 말이오?'라고 물었더니 이번에도 웃기만 하더군."

그때 반짝이는 탐스러운 적갈색 머리의 여성이 내 옆을 지나쳐 갔다. 하지만 내가 말을 걸어보기도 전에 담소를 나누고 있던 한 무리에 합류했다. 모두가 반기는 걸 보니 잘 아는 사람인가 보다.

연회실을 돌아다니는데 또 다른 토론의 끝부분이 들려왔다. 시작부터 들었으면 좋았겠지만, 내가 들은 건 이게 전부였다. "……프랑스에서 요리는 국가의 힘으로 발전했죠. 독일의 음악, 오스트레일리아의 스포츠, 이탈리아의 예술이 그랬듯이요."

나는 걸음을 멈추고 이야기를 조금 더 들어보았다. "프랑스의 일류 요리사들이 태만해지기 시작한다면 프랑스 요리의 몰락은 불보듯 뻔하죠."

"어떤 식으로요?" 진한 화장을 한 나이든 여자가 물었으므로, 나는 세세하게 설명했다.

"애완고양이 사료 제조업자가 프랑스 레스토랑 주인들을 TV

광고에 출연시키려 했던 일은 어떻게 생각하십니까?" 누군가 물었다.

"설마!" 모두들 입을 모아 경악의 소리를 질렀다.

"그들은 거절하긴 했지만, 혹시 출연료가 많아진다면 어떻게 될지는 아무도 모르죠."

어깨를 으쓱하는 사람, 뭔가 중얼거리는 사람, 어두운 표정을 짓는 사람, 암담한 미래를 말하는 사람 등 제각각이었다. 분위기가 어두워졌으므로 나는 그곳을 떠났다. 저만치에 레이몽이 보였다. 언제나 그렇듯이 무뚝뚝한 표정이었다. 머리를 파란 색으로 염색한 여성이 손짓발짓까지 섞어서 열심히 이야기를 하고 있었다.

그때 바로 옆에서 래리 레오폴드의 목소리가 들렸다. 그의 뾰족한 수염을 흔들면서 말하고 있었다.

"물론 음식에 따라 와인을 바꿔야죠. 우리의 정신적 지도자인 앙트완 카렘*께서도 말씀하셨지 않습니까? '미식의 유일한 적은 근검절약이다' 라고요."

"하지만 그렇게 여러 가지 와인을 마시면 다음 날 머리가 아프지 않나요?" 소심한 목소리로 누군가가 물었다. 장담컨대, 그는 절대로 회원이 아닐 것이다.

---

* 18세기 말과 19세기 초에 걸쳐 명성을 떨친 프랑스 요리사.

"전혀요." 레오폴드가 즉각 대답했다. "별 볼일 없는 와인을 마실 때만 그렇죠."

그의 말에 웃음이 터져 나왔지만, 이내 모임 개시를 알리는 조용한 벨소리가 울렸다. 손님들은 천천히 테이블로 이동해 자신의 이름이 적힌 카드를 찾았다.

프랑수아가 지나쳐갔다. 그는 이번에도 눈짓을 보냈고 나 역시 아까처럼 고갯짓으로 대답했다. 사람들은 모두들 테이블로 향했고, 자리에 앉은 사람도 많았다. 이 모임은 아주 훈련이 잘된 조직이거나, 아니면 프랑수아가 만든 음식을 빨리 먹고 싶어 안달이 나 있거나, 둘 중 하나임에 틀림없었다.

일을 완벽하게 처리한 걸 보면 프랑수아는 서클 오브 카렘의 고위 인사와 친분이 있음에 틀림없다. 내 자리 주위를 온통 모르는 사람들이 둘러싸고 있다니. 또한, 그들 중 누구도 나를 알지 못했다. 그가 나에게 손님 명단을 보여줘서 아는 이름들은 삭제하긴 했지만 이렇게까지 멋지게 해낼 줄이야.

내 테이블의 동석자들 가운데는 페이스트리 가게를 여러 개 갖고 있다는 유쾌한 남자, 오스트레일리아에서 온 저널리스트 여성, 파리의 레스토랑 경영자, 미식 여행을 전문으로 하는 여행사 대표가 있었다. 내가 누구인지, 그리고 왜 왔는지 질문을 받지 않을까 염려했지만 때마침 타틀리트 아 라 디조네즈가 나왔다. 마늘과 허브향을 입힌 토마토, 치즈, 양파를 채워넣은 작은 타르트였다. 타르트 반죽은 바삭바삭했고, 토마토를 익힌 정도도 절묘했다. 사르르 녹아내린 치즈의 표면은 노릇노릇하게 황금빛으로 구워져 있었다. 페이스트리 가게 주인은 딱 맞게 구워졌다며 칭찬했다.

첫 번째 와인이 따라졌다. 다이데스하이머 키셀베르크 카비네트로, 신맛이 약간 부족한 느낌은 있지만 사과향이 나는 야무지게 쌉쌀한 맛이었다. 여기서 샴페인이 나왔다면 오히려 진부하고 예술성이 없다는 느낌이 들었으리라.

다음으로는 부르이알 도프 미스테르가 조금 나왔다. 몇 숟가락밖에 안되는 양이었지만 진정한 장인 요리사의 손길이 느껴지는, 그야말로 엄청난 공이 들어간 요리였다. 프랑수아는 오븐 접시에 모네이 소스*와 녹인 파마산 치즈를 붓고, 잘게 다진 셜롯**과 크림을 넣어 미리 살짝 튀겨둔 얇게 썬 버섯을 한 겹 깐 다음, 그 위에 달걀을 풀어서 붓고 소스와 크림을 한 겹 더 덮었다. 이 스크램블드 에그 요리의 관건은 전체적으로 부드러운 촉감을 유지하기 위해 맨마지막에 날달걀을 풀어서 붓는 과정이었는데, 프랑수아는 완벽하게 해냈다.

---

* 베샤멜 소스(서양 요리에서 모든 화이트 소스의 기본이 되는 소스)와 그뤼에르 치즈로 만든 소스.

** 백합과에 속하는 순한 향기가 나는 풀 또는 그 비늘 줄기. 음식, 특히 고기 요리와 소스 같은 음식의 맛을 낼 때에 양파처럼 쓰인다.

와인잔들이 치워지고 두 번째 와인이 따라졌다. 샤토 라피트 로열 설루트*로, 멋진 빛깔만 봐도 가슴이 설레었다. 여행사 대표는 보르도 지방을 여러 번 가봤다면서 보르도 와인의 권위자로 유명한 와인 전문가 로저 교수의 말을 인용했다. "라피트를 맛본 적이 없는 사람은 보르도 와인이 무엇인지 알 수 없다."

파리에서 레스토랑을 하고 있는 프랑스인이 말했다. "맬컴 포브스 씨도 아들을 보내서 경매에서 이 와인을 16만 5천 달러를 주고 샀답니다." 우리는 다시 한 번 와인을 존경하는 눈빛으로 쳐다보았다.

라피트는 명성에 걸맞는 향긋한 맛이었고, 사람들은 한결같이 만족스럽다는 고갯짓을 했다. 균형도 완벽했고 숙성도 잘 되어 너무나 매혹적이었다. 식사 초반부에 이토록 빨리 보르도 레드 와인이 나온 것이 약간 걸렸지만, 다음 코스가 나왔다. 사사티스는 말레이시아 이름 같지만 실은 남아프리카 공화국 요리로, 종이처럼 얇게 썬 쇠고기를 48시간 매리네이드한 다음 센불에 아주 살짝 구워 얇게 썬 호박 조각과 함께 내놓는다.

다음 코스가 나왔을 때에야 비로소 이렇게 빨리 보르도 레드 와인이 나온 이유를 알았다. 참으로 진귀한 요리였는데, 바로 그렇기 때문에 서클 오브 카렘의 트레이드 마크인 듯했다. 바로 칠

---

* 프랑스 보르도산 레드 와인.

성장어 보르드레즈였다.

　오스트레일리아의 저널리스트 여성은 영국 애호가여서 칠성장어를 즐겨 먹다 죽은 헨리 1세 이야기를 들려주었다. 그녀의 말에 따르면 한때 왕실 요리로 불렸던 칠성장어는 왕의 죽음으로 인기가 떨어졌고 1차대전 이후에는 거의 잊혀져 버렸다고 한다.

　프랑수아는 미리 매리네이드한 칠성장어를 피시 스톡*, 말린 월계수 잎, 포트 와인**을 넣어서 쪘다. 그리고 장어의 생김새를 연상시키지 않는 모양으로 깨끗하게 잘라서 그 위에 진한 빛깔의 보르드레즈 소스***를 끼얹었다. 칠성장어는 스위트브레드와 거북이 고기의 중간쯤 되는 맛이 났다.

　페이스트리 가게 주인은 입에 침이 마르게 칭찬했다.

　"이 와인은 고기가 아니라 소스에 맞춰 선택한 거였군요. 아주 현명합니다."

　음식이 너무 맛있어서 대화가 중단되었다. 마지막 한 조각까지 접시에서 사라지자 라피트 덕분에 기분이 좋아져 다시 토론이 시작되었다.

　샐리 앨드리지가 다시 열변을 토하는 것이 보였다. 비토 볼카

* 살코기, 뼈, 생선, 채소 등에 물을 붓고 끓여서 우려낸 국물로 서양요리의 수프나 소스의 기본이 되는 것.
** 발효 중에 브랜디를 첨가해 알코올 농도를 높인 단맛이 나는 와인.
*** 브라운 소스에 와인, 양파, 당근, 월계수잎 등을 넣어 만든 보르도식 소스.

니니의 목소리도 들렸다. 영국에서 손꼽히는 이탈리아인 레스토랑 지배인이자, 성공을 거둔 「트레비」의 소유주였다.

"파르마와 볼로냐 음식은 분명히 배를 채울 수는 있죠." 비토가 말했다. "하지만 가장 심금을 울리는 건 역시 아풀리아* 음식이에요. 그 사람들한테는 요리가 삶의 일부이자 인생의 일부거든요. 식사를 하러 자리에 앉는 것은 최고로 행복한 순간이자, 어떻게 보면 의식이기도 하죠. 아니, 아니. 그렇게 말하니까 뭔가 너무 딱딱한 느낌이네요. 아풀리아 음식은 절대 그렇지 않아요."

"아랍의 영향을 받지 않았소?" 엘스버그 워링턴이 물었다.

"아랍이라……, 맞습니다. 그리고 그리스, 터키, 노르만, 에스파냐의 영향도 받았죠."

"주로 해산물 요리밖에 없다는 점도 그렇고 말이오." 워링턴이 주장했다.

비토는 포크를 내려놓더니 손가락에 입을 맞추었다.

"주파 디 페스체** 만한 건 없어요. 최고의 요리죠. 지역 내 모든 생선이 들어가죠. 도미, 새우, 홍합, 바닷가재, 문어, 오징어, 성게 등등 전부요. 그물에 걸려드는 다른 생선도 몽땅 넣구요."

"그러면 날마다 맛이 다르겠군." 워링턴이 자극했다. "그런 식

---

* 이탈리아 남동부 지방.
** 이탈리아식 생선수프.

으로 어떻게 고객들을 끌어오겠소?"

"당연히 날마다 다르죠!" 비토가 폭발하기 시작했다. "뭘 원하십니까? 컴퓨터로 조절되는 수프라도 찾는 겁니까?"

근처에 앉아 있던 프랭키 올랜도가 끼어들었다. 아주 유명한 이탈리아 레스토랑 「메디치 궁전」 소유주였다. 프랭키가 항의하는 건 어쩌면 당연하리라. 요리에 관한 한, 그는 성장배경 탓에 비토와는 정반대 입장이었다.

"아풀리아 음식도 좋지만," 프랭키가 거만하게 말했다. "이탈리아에서 서너 번째 정도고, 모두들 아시다시피 최고는 토스카나* 음식이죠. 마늘, 로즈메리, 회향, 세이지로 속을 채운 돼지고기 구이는 왕실만찬으로도 손색이 없죠. 하지만 그것을 먹기 위해 왕족이 될 필요는 없습니다. 길거리에서도 파니까요. 연하고 맛있는 돼지고기와 짭짤한 돼지껍질을 종이에 싸서 팔죠. 당신네 영국인들이 먹는 피시 앤드 칩스**처럼요."

"농부들이나 먹는 요리요." 비토가 무시했다. "토스카나에서는 굽는 건 그릴과 꼬챙이가 다 하고, 그윽한 맛과 향은 나무태운 연기가 다 내주잖소. 그러니 토스카나에 무슨 요리사가 필요하겠습니까?"

---

* 이탈리아 중부 지방. 주도는 피렌체.
** 생선튀김에 감자튀김을 곁들여 식초에 찍어먹는 영국의 대중음식.

프랭키 올랜도가 맹렬하게 반격하려는 찰나, 매기 맥널티가 부드럽게 끼어들었다. "사실, 개인적으로 전 베네치아 음식이 더 좋아요."

잠시 침묵이 흘렀다. 비토와 프랭키는 놀라서 그녀를 쳐다보았다. 어떻게 감히 이탈리아인도 아닌 사람이 우리의 치열한 논쟁에 끼어들 수 있지? 그것도 여자가!

"페가토 베네치아나, 그러니까 송아지 간으로 만든 요리 말예요." 매기가 부드럽게 말했다. "메스트레*의「디노 보스카라티스」에서 먹어본 사람 있어요? 끝내줘요! 사과와 밤을 곁들인 오리고기는 또 어떻구요? 원산지의 재료를 이용한 음식의 완벽한 예죠. 거기에다 산타 마달레나** 한 잔을 곁들이면, 음……."

매기가 약간 지나쳤다. 그들은 때를 놓치지 않고 가차없이 그녀를 공격했다.

"산타 마달레나!" 비토가 비웃었다. "오리고기에?"

"말도 안 되는 소리!" 프랭키가 고함을 질렀다. "테롤데고나 아마로네***가 있어야지!"

---

* 베네치아 북서부 지역.
** 이탈리아의 유명한 레드 와인.
*** 테롤데고는 이탈리아 트렌티노 지방의 진한 레드 와인이고, 아마로네는 바롤로, 브루넬로와 함께 이탈리아의 3대 레드 와인. 이탈리아 북부 베네토 지역에서 생산되며 달콤하면서도 쓴 뒷맛이 독특하다.

"아니, 그건 레드 와인이잖소." 비토가 그 말에는 반대했다. "토스카나 와인에 대해 아는 게 없군. 오리고기를 제대로 맛보려면 화이트 와인을 마셔야지. 감벨라라나 프리울리*가 좋지……."

두 이탈리아인들은 또 갑자기 연대의식에 불타 주거니받거니 이야기를 계속했다. 뭐, 어차피 오래 가지는 못할 연대의식이었지만. 그때 주요리가 나왔고 사람들의 관심은 테이블로 향했다.

메뉴판에「구운 돼지고기 페리구르뎅」이라고 적혀 있었다. 마늘을 약간 넣은 그레이비 소스**를 뿌린 부드러운 구운 돼지고기 조각이 가지런히 놓여 있고, 고깃조각 위에는 얇게 썬 송로버섯이 살포시 얹혀 있었다. 폼므 파리지엔느***가 곁들여져 있었다.

얼핏 단순해 보이지만, 나는 프랑수아가 이 걸작을 위해 오전 내내 준비를 했음을 알고 있었다. 와인은 베테랑 빈티지인 샤토 오존****. 그야말로 식탁의 지배자, 식사의 자비로운 독재자라 부르기에 손색이 없는 와인이었다. 입안에 가득 차는 풍부하고도 부드러운 맛, 코 끝에 감도는 우아한 향기, 그리고 은은하고도 절제된 뒷맛이란.

---

* 감벨라라와 프리울리 모두 베네치아 근교의 화이트 화인 명산지.

** 육류를 철판에 구울 때 생기는 국물에 후추, 소금, 캐러멜 따위를 넣어 조미한 소스. 쇠고기나 닭고기 구이에 곁들인다.

*** 알이 작은 감자를 통째로 튀긴 것.

**** 프랑스 보르도 지방의 생테밀리옹 지역에서 나는 특1등급 와인. 샤토 오존의 포도밭은 보르도 지역 최고의 포도밭 중에서 가장 작은 7헥타아르에 불과하다.

그런데, 저 사람은 뭐지? 이 멋진 음식을 즐기지 않는 저 사람은? 타퀸 워링턴이 일어서서 문 쪽으로 향했다. 화장실로 통하는 문도 아니었다. 돌아가려는 것 같았다. 내 옆을 지나쳐갈 때 나는 막아세우듯이 팔을 붙잡으며 물었다.

"벌써 가십니까?" 내가 물었다.

"그렇소." 그는 퉁명스럽게 대답하더니 내 팔을 뿌리쳤다.

예의바른 사람은 아니었지만 나에게도 완수해야 할 임무가 있으니 이대로 보낼 순 없었다. "식사도 아직 끝나지 않았는데 왜 떠나는 겁니까?" 내가 물었다.

"당신이 알 바 아니잖소." 그가 불쑥 내뱉더니 떠났다.

뭔가 이상한데. 이럴 때 피터 윔지 경*이라면 어떻게 했을까? 아마도 나만큼이나 식사를 즐기며 그냥 나중에 해결하자고 넘겨버릴 것이다. 나는 달리 어떻게 해야 할지 몰랐다. 간다는 사람 붙들 수도 없어서 그냥 피터 윔지 경을 흉내내기로 했다.

"칠성장어는 정말로 맛있었어요." 오스트레일리아 여성이 말했다. "잉어보다 나은데요."

"잉어는 먹어본 적이 없어요." 페이스트리 체인점 주인이 고백했다. "어렸을 때 금붕어를 길렀거든요. 따지고보면 친척뻘이니,

---

* 도로시 세이어스가 창조한 탐정. 공작 가문의 둘째 아들로 범죄수사가 취미이며, 서적 애호가이자 온화하고 교양도 높고 스포츠를 좋아하는 전형적인 영국신사.

제가 왜 잉어를 먹는 건 상상도 할 수 없는지 아시겠죠?"

"영국 사람들은 꼭 먹거리 가지고 감상적이 되곤 하더군요." 프랑스 남자가 고개를 저었다.

여행사 대표가 말했다. "나이팅게일의 혀는 고대 그리스에서 매우 널리 쓰였죠. 연회에서 먹어본 적이 있어요."

페이스트리 체인점 주인이 어깨를 으쓱했다. "노래하는 걸 먹다니 상상이 안 되는군요."

"안 될 거 뭐 있나요." 오스트레일리아 여성이 쾌활하게 말했다. "'음메~' 하고 노래하는 건 드시면서. 안 그래요?"

샤토 오존이 충분히 따라지고, 접시들이 예외 없이 속속 빈 바닥을 드러내기 시작했다. 우리가 주고받은 식사에 대한 평가를 프랑수아가 들었다면 아주 흐뭇해 했을 것이다. 정말로 기념할 만한 식사였다.

여기저기서 들려오는 이야깃소리를 뚫고 어디선가 불만에 찬 듯한 소리가 들렸다. 몇몇 사람의 얼굴이 그쪽을 향했다. IJ가 뭔가 연설이라도 하려는 듯 일어서서 사람들을 둘러보고 있었다. 모두 조용해졌다. 대부분 놀란 표정이었다. 누구도 예기치 못한 일이었기 때문이리라. 나 역시 연설에 관해서는 프랑수아한테서 아무 말도 듣지 못했다.

침묵이 내려앉았다. 모두들 IJ가 무슨 말을 할지 기다리며 쳐다만 보고 있었다. 그는 일어서서 사람들을 살폈다.

"여기 계신 두 분도 함께 했습니다." 그가 크고 또렷한 목소리로 선언했다. 낮은 웅성거림이 퍼져나갔다. 무슨 말을 하고 싶은 건지 아무도 모르는 듯했다. IJ는 만찬장을 한 바퀴 쭉 훑어보았다. 모두의 얼굴을 쳐다보고 있었지만 어쩐지 멍해 보였다.

"증거도 잡았소." 자신 있게 말하며 자신의 몸 쪽을 탁탁 쳤다. 자신감을 나타내는 몸짓으로 보였지만, 나는 그가 로저 세인트 레저에게 받은 봉투가 든 주머니를 치고 있음을 깨달았다.

"나는 증명할 수……." 조금 전까지 강했던 그의 목소리가 차츰 희미해졌다. 그는 목소리를 내려고 안간힘을 썼다. "나는 증명할 수 있소. 그들이……."

그는 말을 끝내지 못했다. 그가 탁자 위로 쓰러지고 접시와 유리잔이 깨지는 소리가 울려퍼졌다. 와인 병이 쓰러져 새하얀 식탁보에 검붉은 얼룩이 번졌다. 한 여성이 비명을 질렀다. 모두들 공포에 질려 숨을 죽이고 있었다.

IJ의 양쪽 옆에 있던 굿윈 하퍼와 레이몽이 그를 잡아일으켜 의자에 앉혔다. 굿윈 하퍼가 IJ의 손목을 잡고 맥을 짚었다.

연회실은 쥐죽은 듯 조용해졌다. 굿윈 하퍼가 IJ의 목에 손을 대보더니 천천히 일어섰다. 몹시 당혹스러운 표정이었다.

"죽었어요." 굿윈 하퍼가 말했다.

09

연회실 분위기는 불과 30분 전과는 완전히 달라졌다. 조금 전까지만 해도 화기애애하고 온화한 분위기였는데 지금은 공포와 불안이 거대한 흡혈귀처럼 들러붙어 있었다.

손님들은 불안한 듯이 삼삼오오 무리를 지어 IJ의 죽음에 대해 소곤거리고 있었다. 모든 사람들의 얼굴에는 의혹과 불신이 떠올라 있었다. 여기에 에르퀼 포와로*가 있었다면 죽음의 냄새가 흐른다고 말했겠지만, 솔직히 말하면 여전히 맛있는 음식냄새만 풍겨올 뿐이었다.

구급차와 경찰을 부르자 근처를 순찰중이던 경관이 무전기로 긴급호출을 받은 듯 2, 3분 만에 서둘러 달려왔다. 손님들이 아직 갑작스런 사태에 놀라 우왕좌왕하던 와중이었다. 모든 문이 봉쇄되고 불과 몇 분 뒤 형사 한 명과 한 무리의 경관들이 「르 투르케 도르」에 등장했다.

---

* 추리 소설의 여왕 애거서 크리스티가 낳은 명탐정.

IJ의 시체는 벽쪽으로 밀어붙인 테이블 위에 놓여 있었는데 모두들 불안한 듯이 그쪽을 쳐다보고 있었다. 가끔씩 보이지 않는 힘에 이끌린 듯 다가와 보는 손님도 있었지만, 당황하여 이내 돌아가곤 했다.

내 바로 옆에서는 벤저민 브레이크스피어가 즐거운 체험담을 떠벌이고 있었다. 누군가 분위기 파악 못하고 그가 가장 좋아하는 화제를 끄집어냈나보다.

"그렇지, 제임스 본드 영화에 출연하기도 했소." 그의 목소리가 울려퍼졌다. "나온 지 5분 만에 살해되는 역할이었지만……." 듣고 있던 사람들의 표정을 보고는 그도 실언을 한 걸 깨달은 것 같았다. 원래는 버펄로만큼이나 둔한 사람이었지만, 이번만큼은 눈치빠르게 덧붙였다. "아, 물론 영화 속 이야기일 뿐이오. 현실과는 전혀 다른……."

매기 맥널티가 내게 다가왔다. "맙소사, 한 잔 해야겠어! 자기가 어떻게 좀 해봐. 여기 제복을 입은 젊은 경관들은 친절하긴 한데 사교계의 예의에 대해서는 훈련을 안 받았나봐."

"자기가 이해해야 해, 매기. 경찰이 술을 갖다주길 바라다니, 그건 말도 안되잖아. 게다가 지금 막 사람이 죽은 마당에."

매기가 진저리를 쳤다. "꼭 그렇게 말해야겠어?" 하고 말하더니, 좀더 자기 말에 맞장구쳐줄 사람을 찾아 저쪽으로 가버렸다.

비토 볼카니니는 팔을 흔들며 눈을 굴리면서 말을 하고 있었다. 라틴계이니 이야기를 과장되게 하고 있는 것이리라. 조니 챈은 조용히 듣고 있었다. 그의 침착함은 비토의 흥분과 대조적이었다. 그때 형사가 인파를 헤치고 내쪽으로 다가왔다. 눈이 지그시 나를 응시하고 있었다.

"잠시 이야기를 좀 할 수 있을까요?" 그가 정중하게 물었다.

"물론이죠." 우리는 다른 사람들로부터 멀찌감치 떨어져 나왔다. 문득 경관들이 문마다 지키고 있다는 것을 깨달았다. 그렇게 노골적이지 않게, 은밀하게는 하고 있지만 그들의 허락 없이는 아무도 드나들지 못한다는 건 분명했다. 아까 경관 두어 명이 나갔는데 아마 주방도 똑같은 상황일 것이다.

"네빈스 경사입니다." 그가 자기소개를 했다. 서른이 약간 넘어보이고 불그스름한 얼굴에 황소처럼 우람한 체격이었다. 럭비 시합을 시키면 참 잘할 것 같았다. "여기 보안담당자시죠?"

"아닙니다, 경사님." 나는 설명하려 했다.

"뒤케인씨가 여기를 감시하라고 당신을 고용했다던데요."

"아, 네. 그건 그렇지만……."

"경찰에선 그런 사람을 보안담당자라고 부릅니다."

"당신에겐 그런 식으로 보일지 모르겠지만 저는 바로 얼마 전에 고용되었거든요."

"그러니까 보안담당으로 고용된 거죠?"

"글쎄, 그게 아니라니까요!" 조금씩 걱정이 되기 시작했다. 그럼 내가 보안업무까지 맡았었나? 그럴지도 모르겠지만, 무엇을 위해 고용되었든 간에 일을 확실히 해내지 못했다는 사실만은 변함 없었다. 하지만 IJ의 죽음을 막지 못한 게 내 책임이라는 건 너무 심하지 않아? 그러나 네빈스 경사는 내 속을 긁었다.

"이런 일이 일어날 거라고 예상했습니까?"

"전혀요. 말도 안 됩니다."

"음식에 독을 넣지 못하도록 감시하고 있었던 건 아닙니까?"

"물론 아닙니다."

"그럼 왜 고용된 건지 설명을 해주시겠습니까?"

뭐라고 설명을 해야 하지? 무슨 말을 하든 골치아픈 일에 휘말려든 건 명백했다. 그때 문이 열리고 경관 한 명이 들어왔다. 사복을 입은 한 남자를 안내하고 있었다.

분명히 사건담당 형사였다. 행동과 몸짓으로 보건대 분명했다. 아주 유능한 형사. 여기서 사건이 일어났다면 해결할 사람은 바로 나라고 말하는 듯한 분위기였다.

키는 182센티미터쯤 되고 호리호리한 체격에 군인처럼 등이 꼿꼿했다. 나이는 쉰 살쯤 되었을까. 짧은 턱수염에 사정없이 날카로운 인상이었다. 형사보다는 프랑스 외인부대 사령관이 더 어울릴 것 같았다. 입고 있는 연회색 양복은 기브스 앤드 호크스였고 넥타이는 피에르 가르뎅이었다. 분명히 꽤 높은 사람인 것 같았다. 방안을 쭉 둘러보는 날카로운 눈매가 그렇게 말하고 있었다. 네빈스 경사는 그와 눈이 마주치자 나를 심문하던 건 내팽개치고 서둘러 그에게 다가갔다.

두 사람은 잠시 낮은 목소리로 이야기를 나누었다. 남자는 방을 가로질러 IJ의 시체가 놓인 곳으로 가서 손은 대지 않고 시체를 조사했다. 그가 시킨 대로 경사는 방안을 둘러보더니 프랑수아를 찾아내서 그에게 데리고 갔다. 남자와 프랑수아는 잠시 이야기를 나누었고, 이윽고 프랑수아가 고개를 끄덕이더니 떠났다. 경사가 가까이에 있던 손님에게 뭔가를 묻자, 손님이 테드 웰스를 가리켰다. 아마도 서클 오브 카렘의 책임자에 가장 가까운 존재일 것이다. 경사가 테드 웰스를 데리고 가자 이번에는 오랫동안 대화를 나누었다. 이야기를 마치자 남자가 목소리를 높여 연설을 시작했다. 연회실은 물을 끼얹은 듯 조용해졌다.

"런던 경찰국의 헤밍웨이 경위입니다." 자신감이 가득한 우렁찬 목소리였다. 구태여 목청을 높이지 않아도 잘 들렸다. "여기서 일어난 비극적인 사건을 한시라도 빨리 해결하기 위해 여러분의 협조를 요청합니다. 저쪽 테이블에 있는 경관에게 여러분의 이름, 주소, 전화번호, 직업을 알려주십시오. 또한 단서가 될 만한 정보를 알고 계시는 분은 그것도 알려주십시오."

엘스버그 워링턴이 분노로 몸을 떨면서 앞으로 나섰다. "너무 심하지 않소! 우리 같은 유명인사를 감히 이런 취급을 하다니!"

헤밍웨이 경위는 침착한 목소리로 대답했다. "물론 당신을 알고 있습니다, 워링턴씨. 그리고 당신의 친구분들도요. 하지만 사망사건이 일어난 이상, 그 원인을 수사하는 건 제 의무입니다. 형식적인 조사를 빨리 마칠수록 빨리 돌아가실 수 있습니다."

"그러고나면 가도 됩니까?" 마이크가 물었다.

경위는 고개를 끄덕였다. "네, 가셔도 됩니다."

"그럼, 남아 있고 싶은 사람은 계속 있어도 되나요?" 넬다 다비가 물었다. 역시나 넬다. 이런 먹음직스러운 소재를 내버려둘 순 없겠지. 이것을 칼럼에 쓴다면 엄청난 특종이 될 테니까.

"아뇨, 돌아가십시오, 다비양." 헤밍웨이 경위가 얼굴빛 하나 변하지 않고 대답했다.

뭐라구? 도대체 뭐하는 형사이기에 엘스버그 워링턴과 넬다 다비까지 알고 있을까?

경찰들이 준비를 마쳤으므로 손님들은 줄을 서느라 난리법석을 떨었다. 헤밍웨이 경위와 네빈스 경사가 내게 다가왔다. 다시 경사에게 주도권을 넘겨주는 건 사양하고 싶었으므로 재빨리 헤밍웨이 경위에게 자기소개를 했다. 그는 날카로운 회색 눈으로 나를 재빨리 훑어봤다.

"아하, 「윈스턴 레스토랑」을 위해 마히마히*의 유럽 산지를 찾

---

* 농어목에 속하는 생선인 만새기. 닭고기처럼 육질이 담백하고 부드러운 열대생선. '마히마히' 란 하와이어로 '강하고 강한 고기' 라는 뜻이다.

아준 분이군요."

"놀라운데요." 나는 말을 더듬었다. "어떻게 그런 걸 알고 계십니까? 비밀업무는 아니지만, 런던 경찰국에겐 어선의 행방을 뒤쫓는 일보다 더 중요한 일들이 있을 텐데요."

"저는 식품 전담반 책임자입니다." 헤밍웨이 경위가 말했다.

나는 눈이 휘둥그레졌다. "식품 전담반이라구요?"

"그렇습니다. 런던 경찰국에는 사기 전담반, 예술 전담반, 컴퓨터 전담반도 있습니다. 심지어 종교 문제를 전담하는 경찰도 있습니다. 그들은 스스로를 신 전담반이라고 부르고 있지만요."

"세상에!"

"정말입니다. 그러니 식품 전담반이라고 왜 없겠습니까? 아직 취급하는 범죄의 숫자는 다른 전담반보다 많지 않지만, 해마다 증가하고 있습니다."

이건 정말 놀라운데! "공교롭게도, 저는 강력계에서 9년 동안 일한 적이 있었죠." 헤밍웨이 경위가 말을 이었다. "그래서 변사 사건이 일어났다는 말을 듣고 이 사건은 제가 맡기로 했습니다. 특히나 유명인사가 개입하고 있다고 해서요."

그의 어조가 차가워진 듯한 느낌이 들었다. 저 붉은 얼굴의 경사한테 들은 이야기를 토대로 지금부터 나를 심문하려는 거겠지. "자, 오늘밤 여기서 뭘 하고 계셨는지 말씀해 주시겠습니까? 당신이 보안담당자로서 여기 있었다는 이야기 말입니다."

소설 속 탐정은 언제나 이런 질문에 대답할 준비가 되어 있다. "그건 말할 수 없소. 내 고객의 신원은 비밀이며, 그의 허락 없이는 내 임무에 대해 한 마디도 말할 수 없소." 그리고는 담배에 불을 붙이고 상대방을 향해 거만하게 연기를 훅 내뿜는 것이다.

아주 잠깐 그런 생각이 머릿속을 스치고 지나갔다. 내가 그렇게 하면 경위는 어떤 반응을 보일까? 격분하여 나를 을러대겠지만 결국은 면허를 취소시키겠다는 둥 일방적인 위협을 늘어놓으면서 맥없이 물러나겠지.

그러나, 그런 생각은 구세군 크리스마스 만찬에 나온 칠면조 다리만큼이나 눈 깜짝할 사이에 사라졌다. 헤밍웨이 경위가 스스럼없는 말투로 바뀌었다. "솔직히 말씀해 주시오. 아무튼 오늘 밤 여기서 한 남자가 죽었소. 그가 유명인사인 관계로, 여기저기서 번거로운 질문이 날아들 건 불 보듯 뻔해요. 그러니 나도 상황을 똑똑히 파악해두고 싶군요. 우선 당신부터 시작하죠. 여기서 뭘 하고 계셨소?"

말투는 허물없었지만 눈길은 얼어붙을 만큼 싸늘했다. 그 순간 나는 결심했다. 탐정의 관습 따위 알게 뭐람. 알고 있는 사실을 몽땅 털어놓자.

그는 주의깊게 들었다. 나는 모든 것을 설명했지만 꼭 거짓말 같았다. 말하는 나 자신이 생각하기에도 그렇긴 했다.

"그렇다면, 그런 별 볼일 없는 사건을 조사하기 위해서 고용되었는데 그 이상으로 심각한 사건이 일어날 줄은 생각도 못했다는 겁니까?"

"전혀요." 나는 최선을 다해서 믿어달라고 호소했다.

"젠킨슨과는 아는 사이입니까?"

"TV에서 봐서 얼굴은 알지만 실제로 만난 적은 없습니다."

"오늘밤에 그를 만났습니까?"

"아뇨, 가까이 가지도 않았습니다."

"그가 여기 온 이유를 압니까? 서클 오브 카렘의 회원 같지는 않은데요."

"아뇨, 모르겠습니다. 제 생각에도 회원 같지는 않더군요."

헤밍웨이 경위가 고개를 끄덕였다. "나중에 확인해보죠. 더 하실 말씀 있습니까?"

"타퀸 워링턴이 왔었습니다. 그는 아마도 회원일 겁니다. 그런데 도중에 돌아가 버렸어요. 주요리가 나온 직후에요. 왜 돌아가느냐고 물어봤지만 상관말라고 하더군요."

"알겠습니다. 그것도 조사해보죠. 사인에 대해 짚이는 건 없습니까? 그가 죽는 순간을 보셨겠죠?"

"독극물 같긴 하던데⋯⋯. 다른 게 뭐 있겠습니까?"

"경찰의가 곧 올 겁니다. 그러면 상황이 좀더 명확해지겠죠." 그렇게 말하면서 내 얼굴을 쳐다봤다. "기분은 어떠십니까?"

"기분요? 끔찍하죠. 고용되자마자⋯⋯."

헤밍웨이 경위는 서둘러 내 말을 가로막았다. "그런 뜻이 아니오. 경관들이 모두에게 똑같은 질문을 하도록 경사에게도 지시했소. 한 사람만 독을 먹었을 리가 없다는 생각은 안 듭니까? 모두들 같은 음식을 먹었잖소."

"아, 그런 뜻이었군요."

"단, 그걸 공표하지는 않았소. 독이라는 말을 듣는 것만으로 기분이 나빠지는 사람이 생기니까요. 몸이 안 좋다는 사람이 나오면 곧바로 성 시립 병원으로 후송할 겁니다."

과연 훌륭한 형사다! 그가 나를 거치적거리는 탐정으로 여기지 않아 안심했다. 그렇잖아도 입지가 위태위태한 마당이니.

"주방에서 부하인 플레처 경사가 오늘밤 제공된 음식들의 견본을 모으고 있소."

"와인과 커피도 모아야 할 겁니다." 나는 조금이라도 덜 한심해 보이게끔 말했다.

"물론이오. 이제 당신과의 연락은 플레처 경사가 맡을 거요."

윽, 제발 네빈스 경사 같은 사람은 아니길! 역시 탐정 일은 하는 게 아니었어.

"마지막 손님이 떠날 때까지 남아 주시오."

나는 순순히 고개를 끄덕였다. "알겠습니다." 경위는 굿윈 하퍼와 이야기를 하러 갔다. 그 순간 마침내 저녁 식사 전에 로저 세인트 레저가 IJ에게 건네준 봉투가 떠올랐다. 그것도 헤밍웨이 경위에게 말을 해줘야 할까? 그는 진지한 얼굴로 한창 중요한 대화를 나누고 있었고, 지금은 페르 라르손까지 합류하고 있었다. 이야기를 방해하면 좋아하지도 않을 거고, 게다가 애시당초 보고해야 할 만큼 중요한 일이 아닐지도 모르잖아. 두 사람의 표정이 수상했다는 건 그냥 직감일 뿐인데, 그걸 어떻게 알리지?

참, 그러고 보니 내가 탐정이잖아? 그래! 내가 조사하면 되지. IJ의 주머니를 뒤져봐서 중요한 게 없다면 경위에게 보고할 필요는 없다. 나는 방을 가로질러 태연히 걸어갔다.

여전히 모든 문은 봉쇄되어 있었고 집으로 돌아간 손님도 없었다. 몇몇 손님들은 줄을 서 있었지만 대부분은 삼삼오오 모여 낮은 목소리로 이야기를 나누고 있었다. 나는 눈에 띄지 않게 그들을 헤치고 한 발짝 한 발짝 나아갔다.

시체가 보이는 곳까지 가자 시체 바로 옆에 로저 세인트 레저가 서 있었다. 묘한 표정으로 시체를 내려다보고 있었다. 슬픔? 연민? 아니면 동정심? 그 어느 것도 아닌 것 같은데. 만족감? 설마, 그건 아니겠지. 하지만……. 그때 그가 얼굴을 들고 나와 눈이 마주쳤다. 그는 움찔한 표정으로 서둘러 자리를 떴다.

나는 주위를 슬쩍 살폈다. 좋아, 아무도 없어. 시체에 약간 더 접근했다. 백짓장 같은 얼굴에 핏기 없는 입술이 보였다. 어디, 좀더 다가가 볼까.

"아주 평온한 표정이군요." 누군가 말을 걸어 화들짝 놀랐다.

찰리스 플라워스였다. 예전에 해산물 레스토랑인 「휠러스」에서 일했지만, 지금은 자기 소유의 소규모 체인점을 경영하고 있는 사람이었다. 나는 고개를 끄덕였다. 휴우, 놀래라. 다행히도 찰리스의 관심은 IJ에 쏠려 있어서 내가 흠칫한 것에는 별로 신경을 쓰지 않았다.

놀라는 바람에 두 손을 들고 있는 것을 깨닫고 당황하여 기도를 올리는 시늉을 해서 얼버무렸다. 만약에 대비해서 눈을 위쪽으로 향해서 샹들리에를 노려봤다.

"삶의 한가운데에서……" 나는 엄숙한 어조로 중얼거렸다. 나의 명연기에는 성직자들도 두손두발 다 들 것이다. 찰리는 고개를 끄덕이고 저쪽으로 갔다. 휴우, 이번에는 근처에 아무도 없고 아무도 보고 있지 않다는 것을 확인했다.

IJ의 얼굴에 시선을 못박은 채 그의 양복 안주머니에 손을 미끄러뜨렸다. 주머니 단을 붙잡고 손가락을 뻗었다. 없다…… 좀 더 안쪽인가……?

얼굴에만 시선을 집중하고 있는데 얼음처럼 차가운 손이 내 손목을 꽉 붙잡았다. 나는 숨이 턱 막힐 정도로 놀랐지만, 훨씬 더 놀랄 만한 일이 벌어졌다. 눈꺼풀이 깜박거리더니 아이버 젠킨슨이 눈을 뜨고 천천히 몸을 일으켰다. 그리고는 갑자기 머리를 홱 쳐들더니 분노에 불타는 눈으로 나를 째려보는 게 아닌가!

미식가 탐정이 인용한 탐정 사전2
여성 사립탐정

• **샤론 맥콘** 마샤 멀러가 창조한 초창기 여성탐정 중 한 명. 쇼쇼니족 인디언 혼혈로 샌프란시스코를 무대로 활약한다.

• **워쇼스키** 사라 파레츠키가 창조한 탐정. 전직 보험조사관 출신으로 시카고를 무대로 활약하며, 머리를 쓰기보다는 온몸으로 직접 부딪치는 형. 다양한 무기를 능숙하게 다루는 비무장 전투 전문가다.

• **제인 마플(미스 마플)** 추리 소설의 여왕 애거서 크리스티가 창조한 아마추어 탐정. 평생 조용한 시골인 세인트 메리 미드 마을을 벗어나 본 적이 없다(?)는 수다스러운 노처녀(라기보다 노부인)로, 인간성에 대한 날카로운 관찰과 놀라운 기억력을 바탕으로 한 '유추'에 의한 추리로 어려운 사건들을 시원하게 풀어나간다.

• **킨지 밀혼** 여류작가 수 그래프톤이 창조한 여성탐정. 두 번 이혼하고 캘리포니아에 산다. 폴크스바겐을 몰고 자동소총을 갖고 다니며 개조한 차고에서 산다. 강하고 신뢰감을 주는 인물. 남성탐정들과 사뭇 다른 패턴의 사실적인 수사로 사랑받고 있다. 킨지 밀혼 시리즈는 제목이 알파벳 순으로 나아가서 일명 'ABC' 시리즈로도 불린다.

• **터펜스** 무려 50년의 세월에 걸쳐서 애거서 크리스티의 작품에 등장하는 부부탐정 토미와 터펜스 중 아내. 본명은 프루던스 카울리지만 친구들은 별 볼일 없다는 이유로 '터펜스(2펜스)'라는 별명으로 부른다. 「비밀결사」에 처음 등장할 때는 20대의 젊은이로, 호기심과 모험심에 불타 토미와 함께 탐정 사무소를 연다. 상식보다 직감을 앞세우는 타입으로, 매사에 느리지만 끈기 있는 토미와 함께 명콤비를 이룬다.

10

IJ는 방 한 가운데에 직원이 갖다 놓은 커다란 안락의자에 앉혀졌다.

아직도 시체 같았다. 얼굴은 죽은 사람처럼 창백했고 생기라곤 없었다. 눈에는 힘이 없었지만 그래도 뭔가를 째려보고 있었다. 보기만 해도 오싹한 시선이었다. 뭐라고 중얼거리고 있었지만 무슨 소린지 전혀 알아들을 수 없었다. 죽은 사람이 되살아난 광경에 사람들은 황당하다는 듯이 여기저기서 수런거렸다. 경찰에게 개인정보를 일러주고 어서 돌아가려고 줄을 서 있던 사람들이 우르르 몰려왔다.

굿윈 하퍼가 헤밍웨이 경위에게 다가왔다.

"정말로 죽은 상태였다구요." 굿윈 하퍼가 당황한 표정으로 말했다. "맹세컨대 그는 죽었소. 난 의사는 아니지만 군대에서 위생병이었소. 응급조치 훈련도 받았고. 생명징후를 진단하는 법을 알고 있습니다. 하지만 전혀 그런 징후가 없었어요. 전혀요!" 그의 목소리가 커졌다. "그는 죽은 상태였다구요. 맹세합니다!"

헤밍웨이 경위가 굿윈 하퍼의 어깨에 침착하게 손을 얹었다. "경찰의가 곧 올테니 그의 의견을 들어봅시다."

저쪽에서는 다른 문제를 둘러싸고 논쟁이 한창이었다.

"브랜디가 좋아요." 프랭키 올랜도가 IJ의 생기 없는 모습을 걱정스럽게 쳐다보며 말했다. "브랜디를 좀 마시게 해야 해요."

"아르마냑*이 좋아요." 목소리를 알 수 없는 누군가가 말했다.

"뭘 모르는군." 오지랖 넓은 벤저민 브레이크스피어가 끼어들었다. "이럴 때는 코냑이 최고지. VSOP가 바람직하지만."

"코냑이라면 쿠르브와지에**죠." 빌 키팅이 자기 가게에서 팔고 있는 라벨을 들먹였다.

"스트라베치오***를 줘야 해요." 비토 볼카니니가 말했다. "스트라베치오를 먹인 말들이 경마에서 승리했다고요."

"강장제라면 뭐니뭐니해도 칼바도스****가 최고죠." 또 다른 사람도 끼어들었다.

"마셔요." 하는 목소리가 들렸을 때, 헤밍웨이 경위가 굿윈 하퍼와 이야기를 중단하고 무슨 일인가 하고 이쪽을 돌아보았다.

---

* 코냑과 비교되는 프랑스의 대표적인 브랜디. 아르마냑은 코냑 지방의 남쪽에 위치한 곳으로 포도 주산지이다.

** 1790년에 파리의 와인 상인 쿠르브와지에가 창설했으며 마르텔, 헤네시와 함께 세계 3대 코냑 메이커.

*** 10년 이상 숙성된 주정 강화 와인.

**** 사과로 만든 브랜디.

"안 돼, 아무 것도 주지 마시오!" 그가 소리쳤지만 너무 늦었다. IJ는 손에 쥐어진 브랜디 잔을 잠자코 받아 라벨이나 생산연도 따위는 전혀 신경쓰지 않고 들이켰다.

헤밍웨이 경위가 당황하여 달려갔지만, 때마침 IJ의 손에서 힘없이 떨어진 잔을 붙잡았을 뿐이다. 모두가 IJ를 주목하고 있었다. 몇 초 동안 아무도 움직이지 않았다. 이윽고 IJ가 놀랄 만큼 또렷한 목소리로 말했다.

"내 생애 최고의 프로그램이 될 거요. 유죄를 입증하고……."

목소리가 서서히 약해지더니 끊어졌다. 눈은 멀리 있는 뭔가를 노려보고 있는 것 같았다. 얼굴은 아까부터 백지장 같았지만 꼼짝도 하지 않는 건 이상했다. 마치 로봇처럼 앉아 있었다. 사람들이 숨을 죽이고 있는데 다시 IJ가 입을 열었다.

"그들의 목적은 돈이지. 엄청난 돈을……."

다시 목소리가 희미해졌다. 그 순간 문이 열리고 경관 하나가 이야기를 하면서 들어왔으므로 사람들의 시선이 그리로 쏠렸다.

뒤를 이어 한 남자가 서둘러 들어왔다. 키가 작고 통통하게 살이 쪘는데, 짧은 다리를 아장거리면서 서둘러 이쪽으로 걸어왔다. 낡은 정장을 갖춰 입었는데 조끼 단추가 당장이라도 떨어져 나갈 듯했다. 손에 검은 가방을 들고 있는 걸 보면 경찰의임에 틀림없었다.

헤밍웨이 경위가 서둘러 나가 그를 맞이했다.

"페퍼다인 선생님, 어서 오십시오. 이쪽입니다."

몸집이 작은 의사는 한층 발걸음을 서두르면서도, 연회실과 사람들을 힐끔힐끔 둘러보고 있었다. 이런 곳에 불려온 데에 대해 화를 내고 있는 듯했다.

"알겠네." 투덜거리는 목소리였다. "사체는 어디 있나?"

잠시 침묵. "전데요……." IJ가 말했다. 목소리는 명확했지만 의사를 보고 있는 것 같지는 않았다.

"놀리는 건 그만두게." 페퍼다인이 화를 내며 헤밍웨이 경위를 노려보았다. "이게 뭔가, 헤밍웨이? 왜 시간을 낭비하게 만드는 건가? 사체가 있다고 하지 않았나!"

헤밍웨이 경위는 평생 말문이 막힌 적이 없을 것 같았지만 처음으로 그런 상황을 맞이하려 하고 있었다.

"젠킨슨씨는 사망선고를 받았습니다." 그가 마침내 신중하게 단어를 고르면서 대답했다.

의사는 안락의자에 앉아 있는 사람을 말똥말똥 쳐다보았다.

"젠킨슨? 당신이 TV에 나오는 그 사람이오?"

대답이 없었다. 대신에 IJ는 목소리가 어디서 나는지 알아내려는 듯이 눈을 여기저기 굴리고 있었다.

"네, 그렇습니다." 대신에 헤밍웨이가 대답했다.

"사망선고를 받았다면서? 그렇다면, 누가 선고를 내렸는지 물어봐도 되겠나?"

굿윈 하퍼가 망설이며 앞으로 나섰다.

"죽었다고 생각해서요……."

"생각했다고?" 완전히 화가 난 의사가 코웃음쳤다. "당신 생각엔 그가 죽은 것 같았다고? 홍!" 마지막 탄성은 마치 총탄처럼 울려퍼졌으므로 IJ가 마침내 의사 쪽으로 얼굴을 돌렸다. 신기하다는 듯이 의사를 힐끔힐끔 쳐다보았다.

"저도 살펴보았습니다." 헤밍웨이 경위가 말했다. "간단히 하긴 했지만, 목과 손목의 맥박도 살피고 동공반응과 호흡이 없다는 것도 확인했습니다. 그러니 하퍼씨를 나무라지는 말아 주십시오. 저도 그와 의견이 같았으니까요. 젠킨슨씨는 죽은 것 같았습니다."

페퍼다인은 검은 가방을 열어 청진기를 꺼냈다. 말려 있던 청진기 줄을 펴고는 고무 마개를 귀에 꽂았다. "이 사람 생각엔 죽은 것 같았다……. 그리고 자네가 보기에도 죽은 것처럼 보였다는 건가." 그가 헤밍웨이 경위에게 소리쳤다. "내가 보기엔 전혀 아닌데."

그는 IJ의 셔츠 앞섶을 열고 가슴에 청진기를 댔다. IJ의 창백한 모습을 아주 가까이에서 보았다. 의사는 화가 약간 누그러진 듯했다. "내가 진단하기로는……." 그가 중얼거리면서 청진기를 댔다. IJ는 눈앞에 있는 의사나 청진기의 존재가 보이지 않는 듯 아무런 반응이 없었다.

"맥박이 불규칙하군." 의사가 나지막한 목소리로 말했다. 이어서 가방에서 작은 회중전등을 꺼내서 LJ의 눈동자를 비추었다. 눈은 뜨고 있었지만, 빛에 아무런 반응도 보이지 않았다.

의사는 진찰 도구들을 가방에 던져 넣고 지퍼를 잠갔다. "바로 병원으로 옮기게." 그가 명령했다. 화가 가라앉은 모양이었다.

"구급차가 곧 도착할 겁니다." 헤밍웨이 경위가 말함과 동시에 경관 한 명이 달려왔다. "구급차가 도착했습니다."

"여기는 뭔가 마음에 안 들어." 페퍼다인 의사가 헤밍웨이 경위에게 말했다. "메릴리본에 있는 성 시릴 병원으로 옮기게. 거기라면 필요한 의료설비가 갖춰져 있지. 구급차보다 먼저 가 있을 테니 서두르라고 이르게."

그는 가방을 집어들고 헤밍웨이 경위가 대답도 하기 전에 아장아장 짧은 다리를 움직여 방을 나갔다.

사람들의 눈길이 LJ에게로 향했다. 그는 아까보다는 약간 회복된 듯했다. 창백했던 뺨도 어느 정도 생기를 되찾았고 멍했던 눈에도 힘이 느껴졌다.

나는 그가 되살아난 것이 깡충깡충 뛰고 싶을 정도로 기뻤다. 그를 위해서도, 그리고 나를 위해서도. 진짜 탐정으로서의 데뷔 전인데 갑자기 시체를 맞닥뜨리는 건 너무 심하잖아.

헤밍웨이 경위도 LJ의 상태가 나아졌음을 알아차린 듯했다.

"젠킨슨씨, 기분이 나아지셨습니까?" 그가 물었다. 그런 시련을 겪은 뒤니 진부한 질문밖에 안 나오는 것도 무리는 아니겠지.

"쿠르브와지에를 줬습니다." 빌 키팅이 말했다. "강장제로는 그만이죠."

"내가 보기엔 코냑을 마신 것 같소만." 또 다시 나서는 벤저민 브레이크스피어.

IJ가 경위의 질문을 들었는지는 잘 모르겠다. 뭔가 말을 하려 했지만 결국 포기한 듯했다.

드라마는 끝났다. 여기저기서 작별 인사가 들려오기 시작했다. 맥빠진 결말에 모두들 지친 표정으로 돌아가려 했다.

그때 IJ가 고개를 돌렸다. 누군가를 찾고 있는 건가? 그는 천천히 일어섰다. 마치 무덤에서 일어나는 프랑켄슈타인 같았다. 끼익, 끼익 하는 소리까지 들려오는 건 아닐까 하는 생각이 들 정도였다.

휘청거리면서 한 발짝 내딛고 뭔가를 가리키듯이 한 손을 들었다. 입을 열었지만 말은 나오지 않았다. 무릎이 탁 꺾이더니 그대로 앞으로 고꾸라졌다.

이번에도 IJ와 가까이에 있던 불운한 굿윈 하퍼가 맨 먼저 그에게 달려들었다. 쓰러진 그를 살펴보더니 머리를 설레설레 흔들면서 당황한 표정으로 고개를 들었다.

"죽었어요." 굿윈 하퍼가 말했다.

"다시 죽었다고요!"

미식가 탐정이 인용한 탐정 사전3

형사

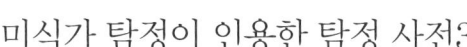

- **딕 트레이시** 만화작가 체스터 굴드가 1931년부터 「시카고 트리뷴」 지에 연재했던 신문만화의 주인공으로, 범죄조직을 소탕하는 정의로운 수사관.
- **메그레 경감** 벨기에 출신 프랑스 작가인 조르주 시므농이 창조한 파리 경찰국 소속 형사. 인간에 대한 예리한 관찰력을 무기로 범죄자의 심리를 꿰뚫어본 다음 심리전을 펴서 범인을 옭아매곤 한다. 「사나이의 목」, 「죽음을 부르는 개」 등에 등장한다.
- **모스 경감** 콜린 덱스터가 창조한 형사. 바그너의 음악과 19세기 서정시를 좋아하고 엄청난 애연가이자 술고래이며 여자를 밝히고 좋아하는 드라마는 꼭 챙겨보는, 얼핏 평범해 보이는 뚱보 아저씨지만 탁월한 상상력으로 사건을 해결하는 민완 형사.
- **웩스퍼드** 루스 렌들의 연작 추리소설인 레지날드 웩스퍼드 경감 시리즈의 주인공.
- **스티브 카렐라** 에드 맥베인의 「87분서(分署)」 시리즈에 등장하는 형사.
- **짐 록포드** 1970년대 미국의 인기 TV 시리즈 「록포드 파일」의 주인공인 캘리포니아 경찰.
- **찰리 챈** 작가 얼 데어 비거스가 실존 중국계 경찰을 모델로 만들어낸 인물. 하와이 호놀룰루 경찰국 소속의 경찰로, 11명의 자녀를 두고 있으며 아주 겸손하고 인내심이 넘친다. 언제나 배경처럼 물러나 있지만, 날카로운 관찰력과 삶의 지혜로 사건을 풀어나간다.
- **커프** 영국 빅토리아 시대를 대표하는 작가 윌키 콜린즈의 추리소설에 등장하는 경감.

11

런던 경찰국은 너무나 실망스러웠다. 솔직히 말해, 지저분한 형사실이나 술주정뱅이, 거대한 총이나 경찰 배지 따위를 기대했던 건 아니지만. 험상궂게 생긴 형사가 커피를 벌컥벌컥 들이키면서 커다란 샌드위치를 게걸스럽게 먹어치우는 모습이나 냉각기 근처에서 형사들이 미란다 원칙 따위를 둘러싸고 논쟁을 벌이는 모습은 TV드라마 속 세계라는 건 물론 알고 있었다.

하지만, 한 마디 하자면, 요즘 사람들 치고 미국의 형사 드라마에 자주 나오는 그런 풍경을 머릿속에 그리지 않는 사람이 있을까? 그러므로 지금 이렇게 조용하고 깔끔한 런던 경찰국의 로비에 있어도 TV에서 본 장면들이 머릿속을 떠나지 않았다. 처음 왔다는 티를 내지 않도록 조심하며 몰래 주변을 관찰해 보았지만 얼마 전에 가봤던 시리얼 공장 로비와 아주 똑같았다.

안내 데스크의 젊은 여성도 상냥해서, 내 이름을 말했더니 앉아서 기다리라고 친절하게 말했다. 「데일리 텔레그래프」의 제목을 훑어보고 있노라니 이름을 부르는 소리가 들렸다.

"플레처 경사가 곧 올 겁니다."

아, 제발 부탁이니, 네빈스 경사와는 다른 타입의 사람이길! 맥주나 좋아하고 럭비나 잘할 것 같고 상상력이라곤 없는, 그리고 보안 담당자를 싫어하는 사람은 사양하고 싶다.

나는 다시 「데일리 텔레그래프」로 시선을 돌렸다. 적어도 헤밍웨이 경위는 냉정한 태도만 빼면 말은 통하는 남자 같았다. 나는 어젯밤의 일을 돌이켜보았다. 「르 투르케 도르」로 다시 불려온 페퍼다인은 글자 그대로 화가 머리끝까지 나서 "도대체 무슨 일인가, 헤밍웨이 경위?" 하고 소리를 질렀다. "시체 하나 때문에 도대체 몇 번이나 이리로 불려와야 하는 건가?"

경위는 감탄스러울 정도로 자제심을 보였다. "신중히 검진해 주실 것을 부탁드립니다, 선생님."

"신중히 검진하라고? 물론 그래야지! 아깐 안 그랬다는 건가?"

"하지만 이번에는," 여전히 눈썹 하나 까딱하지 않고 헤밍웨이 경위가 말을 이었다. "젠킨슨씨가 정말로 사망했다는 점에 분명히 동의하실 겁니다."

몸집이 작고 공격적인 의사는 내가 처음 보는 도구들을 끄집어내서 진찰을 시작했다. 말투는 퉁명스러웠지만 아까보다 시간을 들여서 신중하게 검진했다. 마침내 그는 한숨을 내쉬었다. "죽었군. 확실하네."

페퍼다인은 IJ의 시체를 구급차로 옮기게 하고는 "이번에는 되살아날 가능성이 전혀 없네." 라는 한 마디를 남기고 자신도 함께 탔다. 경위는 모든 손님의 개인정보를 기록으로 받고 있는 네빈스 경사와 경관들에게 서두르라고 재촉하고 내쪽으로 왔다. "오늘은 이만 돌아가도 좋습니다. 내일 아침 10시에 경찰국으로 와주시오." 그래서 내가 지금 여기에 와 있는 것이었다.

「데일리 텔레그래프」에는 그 기사가 실려 있지 않았다. 넬다 다비는 다른 신문이 기사화하는 것을 막고 자기네 신문에 독점 기사를 실을 정도의 힘이 있는 걸까? 다른 신문을 훑어볼까 생각했을 때 내 이름이 불렸다.

고개를 들자 눈이 튀어나올 정도로 예쁜 금발 미녀가 서 있었다. 키는 평균보다 약간 작고 짧은 머리칼은 약간 곱슬이었다. 연푸른 눈동자는 반짝반짝, 도톰한 입술은 미소짓고 있었다.

"플레처 경사입니다." 따뜻하고 친근한 목소리로 자신을 소개했다.

"만나서 반갑습니다." 입에 발린 소리가 아니라 진심에서 우러난 말이었다. 제복이 날씬한 몸에 딱 달라붙어 있었다. 제복 사이즈가 좀 작은가? 아니면 런던 경찰국의 재단사가 의외로 솜씨가 좋은 건지도? 그런 생각을 하고 있는데 플레처 경사가 걱정스럽다는 듯이 물었다. "주차하기 힘드셨죠?"

"아뇨." 네빈스 경사와는 너무나 달라서 놀라웠다. "지하철로 왔습니다."

"다행이네요." 정말 안심했다는 듯이 그녀가 미소를 지었다. "오늘 한국의 경찰 간부들이 대규모로 시찰을 하러 왔거든요. 모두들 리무진을 타고 와서 주차장이 아주 혼잡해요."

"의미있는 시찰이 되겠군요, 당신이 많은 걸 가르쳐줄 테니."

"이쪽으로 오세요." 보이지 않는 명령을 받은 듯이 문이 열리고 우리가 지나가자 등 뒤에서 닫혔다. 그녀가 앞장서서 복도를 걸어갔다. 나는 타이트한 까만 스커트를 입은 그녀의 보기 좋은 엉덩이가 흔들리는 모습과 까만 스타킹을 신은 멋진 발목에 감탄하면서 따라갔다. 엘리베이터를 타고 3층으로 올라가 매혹적인 경사는 유리창이 끼워진 문을 두드린 다음 안으로 나를 안내했다.

헤밍웨이 경위의 사무실은 그야말로 실용적이었고 물건이 별로 없었다. 파일 더미도 보이지 않았다. 어딘가 한 곳에 모아서 관리하고 있겠지. 한쪽 벽에는 앞면에 유리창이 달린 장식장이 있었고 안에는 술병과 유리병이 놓여 있었다. 말끔하게 정리된 책상 건너편에 경위가 앉아 있고, 그의 뒤로는 하원 앞에서 에드위나 커리*와 함께 찍은 사진이 걸려 있었다. 손님용 의자가 둘 있었는데, 플레처 경사가 왼쪽에 앉았으므로 나는 경위와 정면으로 마주앉게 되었다.

---

* 마거릿 대처 내각 때 보건장관을 지낸 영국의 여성 정치인.

경사는 다리를 우아하게 꼬고 격려하듯이 부드럽게 미소지었다. 그녀의 미소와 다리에는 아무런 불만이 없었지만, 그 격려가 필요한 괴로운 시련이 기다리고 있다는 뜻은 아니길! 그러나 처음에는 온화한 분위기에서 시작했다.

경위는 짧게 인사를 한 뒤 눈앞의 파일을 펼쳤다. 잠시 쳐다보더니 말했다.

"열네 살 때 아버지가 돌아가셔서 학교를 그만두고 스미스필드 시장에서 일을 시작했군요."

뭐, 뭐라구?

"저에 관한 파일입니까?"

그가 고개를 끄덕였다. 경사를 쳐다보자 그녀도 미소짓고 있었다. 격려해주고 있는 것이 맞기를!

"시장에서 1년간 일하고는 오스카 와일드도 다녔다는 오래된 가게인 「케트너」의 수습 요리사가 되었구요. 거기서 일을 배웠고 이내 승진도 했고."

"경위님, 믿을 수가 없군요. 그 파일에는 제 인생이 모조리 기록되어 있는 겁니까?"

헤밍웨이 경위는 의자 등에 몸을 기댔다. "「케트너」에서 최연소 부수석 요리사가 되었는데, 이번에는 호화유람선인 「화이트 퍼널」 호의 요리사가 되었고." 여기서 경위는 약간 이상한 표정이 되었다. 흠, 파일이 있다 해도 그런 소소한 것까지 다 적혀 있지는 않겠지.

"런던 바깥의 세상을 보고 싶었거든요. 그리고, 제가 생각해낸 독창적인 요리를 만들거나 외국 음식도 먹어보고 싶었구요. 「케트너」는 런던에서는 최고급 레스토랑이지만 아무래도 환경이 제한적이었죠."

헤밍웨이 경위가 경사를 힐끗 쳐다보았다. 그녀는 더 이상 미소짓지 않고 진지하고 사무적인 얼굴로 나에게 물었다.

"그 항해에서 다음 항해까지 상당한 공백이 있네요. 그 사이엔 무슨 일을 했죠?"

"「화이트 퍼널」호의 항로에 있는 도시에서 요리사를 했습니다. 샌프란시스코, 산티아고, 마이애미, 시드니, 리스본에서요. 외국 요리 조리법을 배우고 싶었거든요." 나는 경위에게로 시선을 돌렸다. "그런데, 왜 묻는 겁니까? 제가 무슨 비밀요원 면접을 하러 온 것도 아닐 텐데요?"

경사가 다시 미소지었다. "기록에 빈 곳을 채워 넣으려는 것뿐이에요."

헤밍웨이 경위는 나의 인생 기록을 들어올려 페이지를 넘겼다. 이미 한 번 다 훑어본 모양이었다. 내가 언제부터 이렇게 중요한 인물이 된 거지? 어쩐지 불안해지기 시작했다.

"그 뒤에 「콜리스 앤드 우드」사의 식재료 조달 부서에서 일을 했죠?"

"네. 고객이 찾는 진귀한 식재료를 찾거나 이국적인 식재료의 새로운 산지를 찾아주는 일을 했습니다."

"그리고는 「월드 와이드 푸드」로 옮겨갔구요."

"그건 실패했습니다. 재정적으로 위태로운 곳이라는 걸 몰랐거든요. 포트넘 앤드 메이슨과 비슷한 회사로 좀더 경영이 확실하고, 그러면서도 자유롭게 일할 수 있을 거라 생각했죠. 하지만 회사가 도산했을 때에 제게는 새로운 가능성이 보였죠. 말하자면, 덕분에 개업을 했다는 말이죠."

"미식가 탐정이 됐다는 거군요."

"맞습니다. 아, 아니, 아시겠지만 진짜 탐정은 아닙니다." 두 사람이 오해하지 않게끔 당황해서 덧붙였다. "제가 하는 조사란 진귀한 식재료나 조리법을 찾아내거나 마케팅에 관한 조언을 해주는 것입니다."

헤밍웨이 경위가 파일을 덮었다. 칫, 그밖에 또 뭐가 씌어 있는 거야. 슬쩍 엿보려 했었는데.

"뒤케인씨한테서 이야기는 들었습니다. 레스토랑에서 이상한 일이 일어나서 조사를 의뢰했다고 하더군요. 그 말을 듣기로는, 미식가 탐정보다는 사립탐정에 가까운 일인 것 같던데요."

좀처럼 변하지 않던 경위의 얼굴이 엄격해지고 비난하는 말투가 되었다. 어째 예감이 안 좋다.

"설마 이런 사태가 될 줄은 몰랐습니다. 진짜 사립탐정을 소개해주겠다고 했지만, 그가 음식에 정통한 사람이어야 한다고 우겼다구요."

헤밍웨이 경위가 파일을 손가락으로 톡톡 두들겼다. 마치 내 머리를 두드리고 있는 듯이 머릿속에 진동이 느껴졌다.

"그도 그렇게 말하더군요. 하지만, 어째서 그런 사소한 일로 그렇게 소란을 피우는 건지 이해가 안 가는군요."

"저도 잘 모르겠습니다. 갑자기 여러 가지 일이 한꺼번에 일어났거든요. 그 사람 말로는, 누군가가 자기를 업계에서 쫓아내려 하려고 한다고 하더군요. 레스토랑에서 일어난 이상한 사건들을 말해주었습니다. 그리고 직원들의 이야기도 들어보았는데, 그렇게까지 걱정할 만한 일은 아니라는 느낌이었죠."

"당신이 서클 오브 카렘의 만찬회에 참석한 것도 그 임무의 일환이었군요."

"네. 당연히 그렇게 중요한 행사에서 무슨 일이 일어나지는 않을까 무척 걱정하고 있었어요."

"하지만 사건이 일어나 버렸소." 헤밍웨이 경위가 다시 엄격한 얼굴이 되었다.

"어느 누구보다 유감스럽게 생각하는 사람은 접니다. 책임감도 느끼고 있구요. 하지만, 어떻게 하면 사건이 일어나는 걸 막을 수 있었는지 몰랐습니다."

"어젯밤에도 똑같은 걸 물었는데 그때는 사건 발생 직후라 정신이 없었겠죠." 다시 꿰뚫어보는 것 같은 시선을 던졌다. "다시 한 번 묻겠는데, 사건에 관계가 있을 것 같은 일로 뭔가 생각나는 건 없습니까?"

"타퀸 워링턴이 도중에 돌아갔다고 말씀드렸습니다만……."

푸른 눈의 경사가 그 말에 대답했다. "잠시 후에 제가 그를 만나러 갈 거예요. 어젯밤에 귀가하지 않았더군요."

"사실은 또 하나……." 그걸 이야기하는 건 별로 내키지 않았다. 얼굴에 드러나지 않으면 좋겠는데.

"뭐가요?" 경위가 몸을 앞으로 내밀었다.

"손님들이 자리에 앉기 직전에 로저 세인트 레저가 LJ에게 봉투를 건네더군요. 그는 봉투 속을 확인하고는 만족스러운 듯이 주머니에 넣었습니다. 내용물이 뭔지는 보이지 않았지만요."

헤밍웨이 경위가 실망한 표정을 지었다. "그래서 그게 어쨌다는 거요?"

"그게 그러니까, 주머니의 봉투가 없어졌더라구요."

아차! 말을 잘못했다. 헤밍웨이 경위는 책상에 손을 내려놓고 다시 내 파일을 두드리기 시작했다. 경사는 꼬았던 다리를 풀더니 앞으로 몸을 내밀었다.

"없어졌다구요?" 헤밍웨이 경위가 불쑥 말했다.

"그러니까, 거기에 봉투가 있었으면 당신네가 찾아냈을 줄 알고……." 나는 횡설수설했다.

경위는 내 말에는 귀를 기울이지 않고 뭔가 생각하고 있었다. "그러고보니, IJ가 되살아났을 때 비명을 지른 사람이 바로 당신이었죠?"

"당신이 제일 가까이에 있었나요?" 경사가 물었다. 그녀의 질문에 먼저 대답해줘야지.

"아마도 그런 것 같은데요." 이 대답도 사태를 악화시켰을 뿐인 듯했다. 경사가 "주머니엔 봉투 같은 건 없었습니다." 하고 보고했다.

나는 헤밍웨이 경위의 눈길을 피했다. 그는 여전히 파일을 탁탁 두드리고 있었다. 나는 경사를 슬쩍 훔쳐보았다. 여전히 왕실연회의 후식으로 내놓을 수 있을 만큼 아리따웠지만, 그녀의 시선은 내가 아니라 헤밍웨이 경위를 향하고 있었다.

"참석자들 가운데 아는 사람이 있었소?" 헤밍웨이 경위가 물었다. 휴우, 겨우 한숨돌릴 수 있게 됐다.

"넬다 다비, 샐리 앨드리지, 매기 맥널티를 압니다." 이 대답 덕분에 적어도 경사가 내쪽으로 얼굴을 돌려주었다. "조니 챈의 일을 해준 적도 있고, 테드 웰스도 알고 있습니다. 아, 엘스버그 워링턴과는 몇몇 위원회에 같이 참여하고 있죠. 레이 버너비도 와인 시음회에서 몇 번 만나 이야기를 나눈 적은 있습니다."

"흠." 경위의 논평은 맹물처럼 무미건조했다. 이걸 어떻게 해석해야 할까? "당신은 별로 경찰에 협조적이지 않군요?" 그가 쌀쌀맞게 물었다.

그저 과장해서 말한 것뿐일지도 모르겠지만, 제대로 변명을 하는 게 좋을 듯했다. "아닙니다. 그냥 할 말이 없을 뿐입니다. 저도 아는 게 없다구요. 여기를 나가면 프랑수아에게 계약을 해지하겠다고 말하러 갈 생각입니다. 이런 사건이 생길 줄은 몰랐으니까요."

두 사람은 슬쩍 시선을 교환했다. 무슨 뜻일지 미처 생각도 하기 전에 헤밍웨이 경위의 말투가 바뀌었다. 아마도 그로서는 최선을 다해서 허물없이 말한 것이리라.

"런던 경찰국에 식품 전담반이 있다고 하니 놀라시던데, 미식가 탐정이라면 그 정도는 알고 있어야 하지 않소?"

"아니, 저는 그저 음식에 대해 알 뿐입니다. 범죄나 런던 경찰국에 대해선 전혀 몰라요. 아까부터 몇 번이나 말씀드렸듯이 저는 진짜 탐정이 아닙니다."

"식품 전담반은 경찰국의 다른 전담반들로부터 지원 요청을 받는 일이 많아요." 헤밍웨이가 말했다. "사기, 비즈니스 관련이나 국제 범죄, 금융 등등의 범죄에 대처하기 위해 연계해서 수사를 하는 경우도 있소."

"그렇군요. 힘드시겠네요." 하고 말은 했지만, 왜 그런 이야기를 하는 건지는 알 수 없었다.

"주요 법적 분쟁에서도 많은 증거를 제공하기도 하고, 스트랫

퍼드 조사에도 협조했소. 몇몇 맥주회사의 경영권 탈취 건을 조사한 적도 있구요."

나는 경위 뒤의 벽에 걸린 사진들을 보고 고개를 끄덕였다. "그렇겠군요."

"하지만, 이번 서클 오브 카렘 사건은 그런 사건과는 전혀 달라요. 우리 쪽에 강력사건은 드물죠. 아니, 거의 없다고 해도 좋을 정도요."

"이번에는 살인사건이니까요." 경사가 말했다.

"게다가 죽은 사람은 저명인사요."

"그것도 많은 사람들 앞에서요." 경사가 말을 맺었다.

손발이 척척 맞는 콤비 플레이로군! 그런데 그걸 나한테 보여줘서 어쩌자는 거야?

"요컨대, 그냥 다른 사건 정도가 아니라 우리가 커버할 수 있는 범위를 벗어났다고 해도 될 거요. 게다가 지금으로서는 어떻게 움직여야 좋을지도 모를 정도요." 헤밍웨이 경위가 솔직히 시인했다. "그래서 최대한의 협조가 필요합니다."

나는 고개를 갸우뚱하면서 두 사람의 얼굴을 번갈아 쳐다보았다. "왜 이런 말을 하시는지 잘 모르겠는데, 왜 내부사정까지 저한테 말씀하시는 겁니까? 커피나 한 잔 대접하려고 부른 것도 아닌 것 같군요."

"경찰국 커피는 입에 안 맞으실 거예요." 플레처 경사가 다정한 미소를 지으며 말했다. "싸구려 브라질 커피거든요."

"그래요. 커피도 없고 하니, 저는 이만……." 나는 일어섰다.

헤밍웨이 경위는 미동도 하지 않고 조용한 목소리로 이렇게 말했을 뿐이었다. "앉으시오." 나는 냉큼 앉았다.

"하지만 아시다시피 저는 사건과 관련해서는 아무 것도 모르는데요." 어떻게 항의를 해야 할 지 몰랐지만 아무튼 생각난 건 말해보자. "그리고 말씀드린 대로, 완전히 다른 분야여서 수사에 도움이 될 만한 것도 생각이 나지 않는군요. 제가 빨리 돌아가면 두 분이 그만큼 빨리 수사업무로 돌아갈 수 있지 않겠습니까?"

경사의 푸른 눈이 차갑게 빛났다. 헤밍웨이 경위의 표정은 별로 변화가 없었지만, 그거야 언제나 그러니까.

"당신 파일에 있는 P. I. E.라는 약자가 무슨 뜻인지 궁금했소." 경위가 말했다.

이번엔 또 무슨 말이야? 무슨 말을 하고 싶은 건지 전혀 모르겠다.

"그래서 플레처 경사에게 물어봤더니 설명해주더군요. 당신은 사립탐정 팬이오?"

"그렇습니다."

"하지만 사립탐정으로 활동하고 있지는 않구요."

또 그 이야기냐. "예, 그랬죠." 내가 퉁명스럽게 말했다.

"면허 같은 것도 없습니다. 이 일은 정말로 하고 싶지 않았는데 어쩔 수 없이 수락했을 뿐입니다. 저는 식재료를 조사할 뿐, 사립탐정이 아닙니다. 추리소설에 나오는 탐정을 좋아하는 건 그냥 취미일 뿐이고요."

"런던 경찰국은 사립탐정 면허에 관한 최종 허가권을 갖고 있소. 우리는 탐정이 수사에 끼어드는 걸 좋아하지 않소. 경찰국이 조사하게 되면, 그들은 사건에서 손을 떼라고 하죠." 그가 나를 노려봤다. "무슨 말인지 이해가 됩니까?"

"아, 물론이죠." 내가 서둘러 대답했다. "저에 대해선 전혀 걱정 안하셔도 됩니다. 괜찮습니다. 기꺼이 손을 뗄 테니까요. 안심하십시오."

"좋습니다." 진지한 얼굴을 하고 있던 경사가 희미하게 미소를 지었다. 휴우, 이제 끝났나 보다.

헤밍웨이 경위가 내 파일을 집어들었다. 좋아, 이제 파일을 집어넣고 나를 잊어주시지. 그런데 그는 파일을 집어넣기는커녕, 책상에 파일을 세게 내리쳤다. 탕! 하는 큰 소리가 나서 나는 깜짝 놀랐다.

"하지만 난 당신이 손을 떼지 않길 바랍니다. 수사에 협력해 주시오."

12

뭐, 지금 뭐라고 했지?

"유감스럽지만 당신은 상당히 특수한 입장에 있소." 헤밍웨이 경위가 말을 이었다. 약간 유감스럽다는 듯이 들리는 건 그저 나의 기분 탓만은 아닌 듯했다. "당신은 사망사건 현장에 있었고, 그 자리에 있던 사람들도 잘 알고 있고, 레스토랑 업계에 대해서도 잘 알고 있소. 무엇보다도, 당신은 이미 사건과 관련되어 있을지도 모르는 사건을 조사하고 있기도 하죠."

경사의 붉은 입술이 다시 미소를 머금었다. 헤밍웨이 경위는 토끼를 바라보는 뱀 같은 눈으로 나를 쳐다보고 있었다.

"저, 저기, 별로 그렇지도 않은데요." 나는 횡설수설했다. "불행한 사건이긴 하죠. 아, 제 입장에서만 그렇다는 건 아니구요. 어쨌든 제 입장도 불행하다면 불행하다고 할 수 있겠지만요. 아니, 그보다는 어떻게 해야 할지……."

"협력해주시오." 헤밍웨이 경위는 만족스러운 듯했다. "이대로 조사를 계속 해서 IJ의 죽음과 관련이 있을 것 같은 사항은 모두 보고해주시오. 모든 것이란, 글자 그대로 이것저것 전부를 말하는 거요. 아무리 사소한 일이라도 모두 보고해주기 바라오."

"하지만 전 별로……."

"당신의 의견을 묻고 있는 게 아니오." 역시 경위는 무섭다.

"협력하는 게 좋을 걸요." 경사가 부드럽게 말을 거들었다. "경위님은 한 번 말을 꺼내면 물러서지 않는 타입이거든요."

윽! 하지만 나에게도 일말의 자존심이라는 것이 있었다.

"그럼, 협력하기로 하고 제가 알아낸 것을 모두 알려드리면 경찰이 알아낸 것도 제가 알려주시는 거죠."

"경위님은 그런 말씀은 한 마디도 안 하셨는데요." 이 귀여운 경사의 예쁜 입 안에서는 설탕도 안 녹겠다. 그런데, 그녀는 도대체 누구 편을 들고 있는 거야? 그 질문에 대한 답은 생각하고 싶지 않았다.

"하지만 그건 불공정하잖습니까!"

"공정하게 하겠다고 말한 기억은 없소." 헤밍웨이 경위가 말했다. 그 순간 그는 '내가 가장 싫어하는 사람 넘버 원'이 되었다.

"아무 것도 모르는 상태에서 조사하라는 건 아니오. 관련이 있다는 생각되는 정보는 알려주겠소. 하지만 알려주지 않는 정보가 있다면 그건 당신이 알 필요가 없는 거요."

"그럼, 생각은 해보겠……." 나는 너그러운 척했다.

"생각할 필요는 없소." 헤밍웨이 경위가 되받아쳤다. "당신에게 선택의 여지는 없소."

"말하자면, 기꺼이 협력할 것이냐 아니면 마지못해 협력할 것이냐의 차이일 뿐이죠." 경사가 설명했다. 이 여인네는 내 편이 되어 줄 생각은 전혀 없는 거야? 게다가 이미 결정났다고 하는 듯한 저 말투라니. 하지만, 나를 보고 활짝 웃어주긴 했다. "부탁드려요, 미식가 탐정님!"

거대한 거미줄에 걸린 무력한 파리 같은 기분이었다. 내가 도망치려고 발버둥을 칠수록 옴짝달싹 못하게 더욱 단단히 조여질 뿐이었다. 다시 헤밍웨이 경위가 말을 이었다.

"추리소설에서 탐정과 형사는 항상 사이가 좋지 않소. 탐정은 법을 무시하고 원칙을 뒤틀고 목격자를 협박하는 등 자기 멋대로죠. 오로지 돈과 섹스에만 흥미가 있고, 어쩌다보니 우연한 행운에 의해서 사건을 해결하고 말이오." 그는 잠시 말을 멈춘 뒤 이상하다는 듯이 물었다. "그렇지 않소?"

"말씀하신 대로입니다. 반대로 형사는 잘난 척하고 오만하며 관료주의에 얽매여 있고 상상력도 부족하죠. 참, 그렇지, 그리고 어쩌다보니 우연한 행운에 의해서 사건을 해결하구요." 나도 잠시 말을 멈췄다. "그렇지 않습니까?"

놀랍게도 헤밍웨이 경위는 순순히 고개를 끄덕였다. "어찌됐든 잡히고마니 범인은 상당히 운이 없는 것 같소만." 그러면서 손가락을 흔들었다. "중요한 건, 우리에게는 그런 법칙이 적용되지 않는다는 점이오. 당신은 기꺼이 경찰에 협력하고 수사를 방해하진 않을 테니 말이오. 아무 일도 없었다는 듯이 그대로 조사를 계속하시오."

"하지만," 경사가 시원시원한 어조로 덧붙였다. "사망사건이 일어났다는 건 잊지 마세요."

"어떤 식으로 수사를 해나갈 생각입니까?" 이것만은 꼭 알고 싶었다.

"현재로서는 뭐라고 말할 수 없소. 감식 결과가 나오면 약간은 명확해지겠지만. 하지만 그렇지 않다는 증거가 나오지 않는 한, 살인사건으로 수사할 생각이오."

나는 얽히고 싶지 않다고 생각하고 있었다. 그건 정말이었다. 하지만 지금은 어쩐지 가슴이 두근두근거렸다. 내가 살인사건을 조사하다니! 파일로 반스처럼……. 아니, 아니지, 굳이 따지자면 아치 굿윈이랑 더 비슷할지도 모르겠다. 아무튼, 내가 사건을 조사하게 된 것이다. 하지만, 좋아하고 있다는 것을 들키지 않게 마지못해 협력한다는 표정을 지어야지.

경위가 말했다. "앞으로는 긴밀히 연락을 해야 할 테니, 플레처 경사가 연락책을 맡을 거요. 언제나 연락이 가능하도록 당신이 가는 곳은 반드시 그녀에게 보고해주시오."

결과적으로 오늘은 정말 운이 좋은 날일지도 모르겠다. 솔직히 고백하자면, 진짜 사립탐정이 되는 건은 오랜 꿈이었다. 그것이

실현될 줄이야. 게다가 연락을 취하게 될 상대도 – 경위는 언제 나, 라고 말했지 – 꿈만 같았다. 사실, 사건과 얽히는 건 싫지만 모든 일에는 약간의 희생이 따르는 법이니까.

"알겠습니다, 경위님." 나는 마지못한 듯한 표정을 지어보이며 대답했다.

경위가 고개를 끄덕였다. 모든 것이 그의 통제하에 있다는 것이 명확해진 탓인지 아까보다는 인간미가 돌아온 듯했다. "또 한 가지……."

"뭡니까?"

그는 책상 위로 뭔가를 밀었다. 서클 오브 카렘의 만찬 메뉴판이었다. "칠성장어와 돼지고기 말이오만."

"그것을 먹은 직후에 사망했죠." 경사가 덧붙였다.

"당신은 이런 세트를 다른 사람에게 추천할 수 있소?" 헤밍웨이 경위가 물었다.

"아뇨, 아마 안할 겁니다." 내가 말했다. "하지만, 프랑수아쯤 되는 요리사는 끊임없이 독창성을 추구하니까요."

"칠성장어와 돼지고기를 같이 먹어도 괜찮다는 말이오?"

"전혀 위험하지 않습니다. 왜 그런 걸 묻습니까?"

"난 우연의 일치 따위는 믿지 않소." 헤밍웨이 경위가 말했다.

"그렇다면 다른 손님들은 어떻게 됩니까? 그런 증세를 호소한 사람이 있습니까?"

"다섯 명이 있어요." 경사가 대답했다. "모두 성 시릴 병원에서 검사를 받았죠."

"입원했습니까?"

"아뇨. 모두 퇴원했어요."

"어떤 증상이 있었습니까?"

"그것에 대해서는 나중에 보고서가 올 거예요. IJ의 해부결과와 연회실과 주방에서 압수한 음식물의 검사결과도 같이요."

경위가 메뉴판을 끌어당겼다. 심문 – 또는 채용 면접 – 이 끝났나보다. 완고한 얼굴, 잘 다듬어진 짧은 콧수염, 강한 의지가 느껴지는 날카로운 눈매는 프랑스 외인부대의 엄격한 사령관이라고 하는 게 어울릴 듯했다. 그러고보니, 생존 가능성이 희박한 작전을 내키지 않아 하는 용병대를 황량한 사막으로 보낸 사령관이 있었던가. 아니, 아무 것도 없는 사막이 아니라, 피에 굶주린 몇 천 명의 아랍군대가 기다리고 있었지……, 아니, 그건 나의 지나친 생각일 거야.

"하지만, 당신이 추리소설 팬일 줄이야." 약간 가벼워진 말투로 경위가 말했다. "난 형사가 주인공인 추리소설을 좋아하죠."

더욱 인간미가 느껴지는데. 하긴, 모든 것이 자기 생각대로 되었으니 말투도 가벼워진 거겠지.

"그건 분명, 보통 추리소설에서는 경찰이 너무 부당한 취급을 당하기 때문 아닙니까? 아까 했던 말대로, 형사가 별로 호의적으로 그려지지 않은 경우가 많죠. 직감에 의지해 행동하는 탐정과 무능한 형사. 그건 탐정이 재빨리 행동으로 옮길 수 있는 데에 비해 형사는 관료주의의 절차를 밟아야 하는 탓도 있지만요."

"하지만, 탐정에게 방해를 받지 않고 수사를 하더라도 경찰이 공을 세우는 추리소설은 좀처럼 없소."

"둘 다가 등장하는 추리소설에서는 경찰이 악역을 맡을 수밖에 없죠. 그래야 탐정이 멋지게 보이니까요."

"그렇소."

"그러니 경찰만 나오는 추리소설은 좀더 능력 있고……."

"그리고 현실성이 있고." 헤밍웨이 경위가 거들었다.

"두 손 들었습니다." 나는 인정했다. "당신 말이 맞습니다. 경위님이 좋아하는 사람은 누구입니까?"

"요즘 인물들 중에서는 모스 경감과 웩스퍼드 경감*이오."

"커프 경감**은요?"

"물론 존경하고 있소. 하지만 스티브 카렐라***를 더 좋아하죠. 「87구역」은 그야말로 범죄의 온상이고."

"그 시리즈는 다른 면모, 그러니까, 경찰의 가족도 묘사하고 있

---

* 모스 경감은 존 덱스터가 창조한 형사이고, 웩스퍼드 경감은 루스 렌들의 연작 추리소설에 나오는 레지날드 웩스퍼드 경감 시리즈의 주인공.
** 영국 빅토리아 시대를 대표하는 작가 윌키 콜린스의 추리소설에 등장하는 경감.
*** 에드 맥베인의 '87분서(分署)' 시리즈에 등장하는 형사.

죠. 경관이라면 가족이 있어도 자연스럽지만 탐정에게 가족은 어울리지 않죠."

"그래서 카렐라를 좋아하는 거요. 무엇보다도 현실성이 있고 시청각 장애인 아내를 둔 설정도 특이해서 인상적이었소."

그가 자리에서 일어났다.

"경사가 배웅해 드릴 거요. 이야기 나누어서 즐거웠소."

"후반부가 특히 즐거웠습니다. 전반부는 뭐랄까, 좀……. 아무튼 최선을 다하겠습니다."

"협력에 감사하오." 그것이 경위의 마지막 말이었다. 하지만 내 눈에는 경위가 다시금 외인부대 사령관으로 보여서 마치 이런 말을 들은 느낌이었다.

"위험한 임무를 성공시키고 살아돌아오기를 빌겠네."

13

우리는 승강기를 타고 1층으로 내려갔다.

"플레처 경사님, 검시보고서는 오늘 안으로 알려주실 수 있습니까?"

"알겠어요. 그럼 전화번호를 알려줄래요? 전화로 약속시간을 정하고 만나서 이야기하죠."

"물론입니다, 플레처 경사님. 하지만 제가 열 살 때 갔던 치과 정보까지 담긴 두툼한 파일을 갖고 계시잖습니까. 전화번호쯤은 다 적혀 있지 않습니까?"

그녀의 눈이 즐겁다는 듯이 반짝였다. "아마도 찾아보면 있을 거예요……. 그래요, 당신 말이 맞아요. 그보다, 앞으로 함께 일할텐데 플레처 경사란 호칭은 딱딱하네요. 제 이름은 위니프레드예요. 친구들은 위니라고들 부르구요."

"그럼 저도 위니라고 부르죠. 업무상 편의를 위해서요." 그렇게 말하면서 속으로는 '귀여운 위니'라고 부르기로 했다.

승강기가 멈추고 나란히 로비를 가로질렀다. 로비는 아주 혼잡했다. 평소라면 이 놈은 범죄자고 저 놈은 끄나풀이고 요 놈은 뭘까, 등등을 생각하면서 두리번거렸겠지만 지금 나의 행동에는 탐정의 명예가 걸려 있다.

"자, 오후에 전화할게요." 위니가 말했다.

"좋습니다. 근무시간 외에도 괜찮다면 오늘밤에 만나서 결과를 들을 수 있을까요?"

그녀가 얼굴을 찌푸렸다. "사건을 수사중일 때는 근무시간이 따로 정해져 있지 않아요. 24시간 근무체제거든요."

"그럼, 전화 기다리겠습니다."

"안녕히 가세요." 그녀가 손을 내밀었다. "함께 일하게 되어서 기뻐요."

"저도요."

그녀는 미소를 짓더니 로비로 돌아갔다.

결국 사건과 인연을 끊지 못했다. 이 사실을 알려야만 할 사람이 둘 있었다. 나는 길드홀 앞으로 걸어가 거기서 택시를 타고 스트리덤에 있는 「북커리 쿡스」로 향했다.

「북커리 쿡스」는 참 독특한 가게다. 나의 절친한 친구들인 마이클 마컴과 아내인 몰리가 운영하는 가게인데, 요리와 음식에 관한 책을 좋아하는 사람들에겐 성지 같은 존재다. 가게에 막 들어서면 얼핏 평범한 서점 같다. 그러다가 이국적인 음식의 맛있는 냄새가 폴폴 풍긴다는 것을 깨닫는다. 인도 요리책에서 카레 냄새가, 이탈리아 요리책에서 마늘과 바질 냄새가 날 리는 없다는 것을 깨달을 무렵이면 가게 2층에 주방이 있다는 것을 알게 된다. 그리고 2층으로 올라가면 거기서는 매혹적인 두 명의 여성 요리사가 만드는 사람에 뒤지지 않을 정도로 매혹적인 음식을 내오는 것이다.

오늘은 사테*의 땅콩 냄새와 톡 쏘는 생강 냄새가 나는 걸 보

---

* 인도네시아의 전통요리로, 꼬치에 각종 재료를 끼워서 구워먹는 요리. 인도네시아의 수마트라 섬과 자바 섬에서 처음 만들어지기 시작했다.

니 인도네시아 음식인가 보다. 주근깨가 있는 도로시는 언제나 머리를 뒤로 모아서 한 다발로 묶어 올리고 있으며, 향신료에 관해서는 천재적인 솜씨를 가진 아담한 몸집의 여성이었다. 소스를 맛보고 있던 도로시가 나를 알아보고 손을 흔들었다. 검은 머리의 미인 매리타는 매혹적인 미소의 소유자인데, 키가 186센티미터인 요리사 남자친구가 있고, 그녀 자신도 아시아 요리와 매리네이드가 특기인 요리사다. 매리타가 쇠꼬챙이에서 빼낸 뭔가를 흔들면서 다가왔다.

나는 꼬치를 받아 한 입 먹었다. 맛없다는 표정을 지어보이자 매리타가 엄청 째려보면서 위협하듯이 또 하나의 꼬치를 번쩍 치켜들었다. 나는 두 손을 들어 항복했고, 그리고는 언제나 치르는 의식이 시작되었다.

"랭커셔산 돼지고기." 나는 추측했다.

"그건 쉽잖아요. 그리고?"

"적어도 48시간 매리네이드했군."

"그것도 쉽구요. 그리고는요?"

"매리네이드는 간장과 마늘, 그리고 칠리."

"그리고, 생강의 일종인 라오스 파우더도요."

"아, 그렇군. 잠깐, 다시 한 번 맛 좀 볼게. 소스는……"
한 입 더 먹어보았다. "구워서 간 땅콩."

"땅콩버터를 쓰지 않았다는 걸 어떻게 알았어요?"

"자기는 뭐든지 대충 하는 법이 없잖아."

매리타가 기쁜 듯이 쿡쿡 웃었다.

"계속해 봐요. 소스는?"

"양파, 마늘, 칠리, 레몬그래스, 새우 페이스트*, 레몬즙, 설탕, 그리고 당연히 코코넛 우유."

매리타가 멋지게 손뼉을 쳤다. "다 맞췄어요!"

"꼬치 하나만 더 먹을 수 있을까?"

매리타가 고민하는 척했다. "그래요, 어떻게 할까나…… 딱 한 개만이에요."

"매리타, 더 주면 안 돼." 도로시였다. "점심 때가 다 되어가잖아. 여기서 공짜 점심으로 때우려는 거야."

"우리 직원들 좀 그만 놀려먹어." 내 뒤에서 목소리가 들렸다. "좋은 인재를 찾는 건 힘들다고."

"이 두 사람처럼 좋은 요리사를 찾는 건 더욱 힘들지." 내가 돌아보면서 말했다.

마이클 마컴은 작지만 다부진 몸집이다. 행동을 할 때는 언제나 강한 의지와 목적이 있고, 결코 허튼 짓은 하지 않는다. 예전엔 국제적인 엔지니어링 회사에서 일했지만, 그만두고 직접 공

---

* 태국의 발효식품 중 하나로, 오래 묵혀서 먹는 장 종류. 냄새가 독특하고 분홍색부터 짙은 갈색까지 여러 가지 색이 있다.

장을 차렸다. 하지만 그가 가장 열정을 쏟고 있는 것은 맛있는 요리와 그것을 즐기는 것이어서, 공장을 경영하는 한편으로 영어권에서는 가장 충실하다는 평판이 자자한 식품과 요리에 관한 거대한 자료실을 구축했다. 마이클은 생각도 못했던 곳에서 정보를 빼내거나 옛날옛적에 사라졌다고 여겨지던 조리법을 찾아내기도 한다. 작가, 평론가, 편집자들로부터 먹거리에 관한 문의도 끊이지 않았다. 공장 경영에 질리자 그것을 팔아치우고 스트리덤에 「북커리 쿡스」를 차렸다. 마침내 거대한 자료실이 영원한 안식처를 찾은 것이다. 관리하기 쉽게 가게에는 엄선한 자료만을 모아서, 말하자면 거대 자료실의 축소판으로 만들었다. 우리는 팀을 이루기로 했고, 내가 미식가 탐정으로 개업할 때는 마이클과 몰리가 자본의 절반을 투자했다. 그리고 먹거리에 관한 정보를 제공해주고 입수나 조언이 필요하거나 추가조사가 필요한 조사를 할 때는 도와주기로 약속이 되어 있다.

사실, 마이클은 나보다 훨씬 훌륭한 미식가 탐정이 될 수도 있었지만, 마이클은 앞에 나서는 주연보다는 수수한 조역이 적성에 맞는 듯하다. 아마도 마이클과 몰리는 스트레스가 없는 여유로운 삶을 즐기고 있으리라.

"레스토랑을 개업하지 그래?" 내가 물었다.

"뭐? 왜 그런 걸 해야 하는데?" 그는 빙긋 웃었다. "도로시와 매리타에게는 이런 가게가 어울려. 일부러 레스토랑을 열어서 고

생을 시키다니 말도 안 돼."

"사테의 소스는 맛있던데. 슈퍼에서 사려면 어떤 상표를 찾아야 해?"

그 말에 마이클이 다시 빙긋 웃었다. 그렇게 웃는 모습은 로니 코베트*를 꼭 닮아서, 그렇잖아도 커다란 안경이 얼굴보다 크게 보인다. 마이클이 진지한 표정이 되어 물었다. "「르 투르케 도르」에서 아이버 젠킨슨이 끔찍한 일을 당했다던데 대체 무슨 일이 있었던 걸까?"

"거기에 나도 있었어."

마이클은 놀라서 입을 벌리고 눈이 휘둥그레졌다. 코 끝까지 흘러내려온 안경을 손가락으로 치켜올리면서 물었다. "네, 네가 서클 오브 카렘에 갔었다고! 어떻게 거길 갔어?"

"운좋게도 초대를 받았지. 뭐, 거기서 일어난 일을 생각하면 불운한 것일지도 모르겠지만."

"사무실에서 이야기 좀 해줘. 믿을 수가 없어. 네가 거기 있었다니, 몰리!" 큰소리로 부르자 저장고에 있던 몰리가 얼굴을 내밀었다. 몰리는 마이클 정도의 키에 몸집이 작고 동그란 얼굴에는 언제나 미소를 띠고 있다.

"웬 난리야, 그렇게 큰소리를 질러대고?"

---

* 스코틀랜드 출신의 배우 겸 코미디언.

"이 녀석이 거기 있었대! 서클 오브 카렘에!" 마이클은 춤이라도 출 듯 흥분해 있었다. "어서 이야기를 듣고 싶어."

나는 처음부터 끝까지 모든 이야기를 들려주었다. 마이클이 눈썹을 치켜올릴 때마다 안경이 코에서 계속 미끄러졌다.

"정말 큰일을 당했네." 몰리가 동정적인 어조로 말했다.

"그래서, 런던 경찰국의 수사에 협력하게 되었어."

"그 말은, 네가 용의자로 의심받고 있다는 말이야?" 마이클이 씨익 웃었다.

"물론 아니지. 진짜로 협력하는 거야. 프랑수아에게 의뢰받은 일이 IJ의 죽음과 관련되어 있다고 생각하나 보더라고."

"그럼, 이젠 진짜 탐정이네." 마이클이 부러운 듯 말했다.

"에르퀼 포와로처럼 말이야." 몰리가 덧붙였다.

"살인사건을 수사한 건 포와로만은 아니지." 마이클이 끼어들었다.

이번엔 몰리의 눈썹이 치켜올라갔다. "IJ는 살해된 거야?"

"런던 경찰국은 명확한 것을 알게 될 때까지는 살인사건으로 수사할 것 같아."

"아직 신문을 못 봤어. 오늘 아침 TV 뉴스에서는 사인을 언급하지 않던데." 마이클이 말했다.

"사인은 아직 모르거든."

"독살 같던데, 그렇다면 무시무시한 독이로군. 일단 죽은 것 같았는데 되살아나다니." 마이클이 몸서리를 쳤다.

"정말 무서웠겠다." 몰리도 섬뜩한 표정이었다.

"그랬지." 나는 순순히 인정했다. 얼음처럼 차가운 IJ의 손이 내 손목을 움켜잡았다는 것까지는 말하지 않았다. 사실은 훨씬 더 무서운 일을 겪었다구!

"뭐 도와줄 일 있어?" 마이클이 물었다.

"그래. 재향군인병*, 살모넬라균, 광우병에 대해 좀 알아봐줘. 참, 대부분의 달걀에 살모넬라균이 있다는 커리 의원의 발언도 있고 하니 아무튼 관련 있어 보이는 건 모조리 조사해줬으면 좋겠어."

"알았어." 이런 식의 조사야말로 마이클의 특장점인 분야다. 그 동안에 책방은 몰리에게 맡기고 마이클은 한 귀퉁이에 틀어박혀 조사를 해줄 것이다.

"참, 칠성장어에 대한 정보도 알아봐줄래?"

"칠성장어?"

"메뉴에 있었거든."

"그래? 아주 특이하군!" 마이클이 안경을 다시 치켜올렸다.

"그래. 경찰국도 칠성장어를 의심하고 있는 같아. 그냥 누명인 것 같기는 하지만. 그건 식용이잖아."

---

* 레지오넬라균에 의한 악성 폐렴의 일종.

마이클이 고개를 끄덕였다. "일류 요리사쯤 되면 라이벌과의 차별화를 위해 어떤 짓이든 하니까. 누군가가 연어에 카레 소스를 끼얹으면 다른 누군가는 소 젖꼭지를 내놓는 식이지. 바로 조사해볼게. 또 다른 건 없어?"

없다고 말하려는 순간, 뭔가 생각이 났다.

"어쩌면 별로 관계없을지도 모르지만……."

"위대한 탐정들은 늘 그렇게 말하잖아. 하지만 나중에 중요한 단서가 된다는 것이 판명되지. 뭔데?"

"「르 투르케 도르」와 「레이몽즈」의 경영상태를 조사해줘."

마이클은 놀란 기색이었지만 아무 말도 하지 않았다. "그게 전부야?"

"사실은 또 하나 부탁이 있어. 꼬치구이 하나만 더 주면 안 될까? 지금부터 「르 투르케 도르」에 갈 건데, 어젯밤 사건도 있고 하니 거기서 점심을 줄 것 같지는 않거든."

마이클이 웃었다. "그건 해줄 수 있지. 미트볼을 시식하게 해주지. 몰리, 오스트레일리아의 사우스 태즈메이니아의 버건디가 남았던가? 아니, 안 남았던가?"

몰리가 그를 노려봤다. "자기도 참," 그리고는 나를 보고는 말했다. "마이클은 대륙만 맞게 말했어. 오스트레일리아에 있는 와인 양조장인 캐스컷 리지의 쉬라즈가 있는데, 진짜 맛있어. 기다려, 조금 갖다 줄게."

마이클이 말한 미트볼은, 그의 설명에 따르면 렘파라고 불리며 인도네시아에서는 햄버거처럼 대중적인 요리라고 한다. 주요 향신료는 코리앤더*, 정향, 커민**, 생강이고, 물론 그 섬나라 요리에서는 빠뜨릴 수 없는 잘게 썬 코코넛도 들어 있다. 서양 햄버거만큼이나 만들기 쉽고 약간 출출할 때 가벼운 새참으로도 좋고 전채나 주요리도 된다. 렘파 한 접시와 매리타가 만든 사테 두 개와 맛있는 쉬라즈를 몇 잔 마셨더니 허기는 가셨다.

마음을 굳게 먹고 「르 투르케 도르」로 향했다. 오늘은 정말로 용기가 필요할 것 같았다. 프랑수아는 지금 기분이 좋지는 않을 것이다. 자기 가게에서 더 이상 아무 일도 일어나지 않게 하기 위해 나를 고용했는데, 그 결과가 어땠는가? 사망사건이 일어나 버렸다. 사람들의 관심이 사라질 때까지 신문과 TV가 온통 시끌벅적하겠지. 프랑수아의 가게는 어떻게 될까? 그건 별로 생각하고 싶지 않았다. 가게에 가고 싶지도 않았지만, 좋든 싫든 나에겐 선택의 여지가 없었다.

지하철역에서 시어러 부인에게 전화를 했다. 지금은 24시간 자동응답기 역할을 해주고 있어서 그녀는 마치 내 비서인 양 행동했다. 분명 사건에 대해 물어볼 것 같아 선수를 쳤다.

---

* 고수의 씨를 이용하여 만든 향신료.
** 중동이 원산지인 한해살이풀.

"런던 경찰국에서 전화가 올 예정인데, 아직 연락 없어요?"

당연히 그녀는 매우 감명을 받았다. "아뇨, 아직 없었어요." 속삭이는 듯한 목소리로 대답했다.

"분명히 전화가 걸려올 겁니다. 한두 시간 간격으로 내가 전화를 하죠. 아주 중요한 전화예요."

"걱정 마세요." 그녀가 성실하기 짝이 없는 목소리로 말했다. "똑똑히 용건을 물어볼테니까요."

때마침 지하철이 붐비는 점심시간이었다. 목적지에 닿을 때까지 쭉 서 있었지만, 프랑수아에게 택시요금을 청구할 수는 없을 테니 어쩔 수 없었다.

레스토랑은 조용했다. 주방으로 가보았지만 거기도 조용했다. 묘한 정적이 휘장처럼 주위를 휘감고 있었다. 한 가지 이유는 이내 알 수 있었다. 사복 형사가 샘플을 채취해 병에 담고는 이름표를 붙이고 있었던 것이다. 클라우스 클링거만은 오셨냐는 듯이 고개를 끄덕여보였지만 얼굴은 어둡고 딱딱하게 굳어 있었다. 이야기를 나눌 만한 분위기가 아니었다.

래리 레오폴드는 자기 사무실에 있었다. 이번에는 앉아 있었다. 밤을 꼬박 샌 듯 퀭하고 초췌한 표정이었다. 실제로 밤을 샜을지도 모르겠다.

"뭘 하러 오셨소?" 가시돋힌 말투였다.

"와야 할 것 같아서요. 이런 사건을 막기 위해 프랑수아가 저를 고용했을 테니까요."

"끔찍해요. 이 이상 나쁜 일은 상상도 할 수 없소. 이제 우리는 끝장이오!"

"그렇게 심한 일은 일어나지 않기를 바랍니다." 하고 말해도 그는 어깨를 으쓱할 뿐이었다. 얼굴빛이 좋지 않고 하룻밤 새에 엄청 늙어보였다.

"프랑수아와 이야기를 해야겠군요." 그는 아무렴 어때, 하는 표정으로 고개를 끄덕였다.

프랑수아의 사무실 벽은 전보다 더 침침해 보였는데, 그건 방 주인의 표정 때문이리라. 그야말로 세상이 끝장났다는 표정을 하고 있었다.

내가 들어가자 고개를 들었지만 분노와 슬픔, 그리고 절망이 차례로 그의 얼굴에 스쳐갔다. 내게 고갯짓을 했는데 클라우스가 했던 것보다 더 건성이었다. 안됐다는 생각은 들지만 여기서는 세게 밀어붙이자. 그건 나를 위해서이기도 했지만, 그에게도 도움이 될 것이다.

"이런 일이 일어날지도 모른다고 생각했습니까?"

예상밖의 질문이었나 보다. "아니오." 반사적으로 대답하고는 몇 마디 덧붙였다. "생각해본 적도 없소. 당신에게 말했던 사건에 대해서는 골머리를 앓고 있었지만 설마 이렇게 끔찍한 일이 벌어질 줄은 생각도 못했소."

"제가 이 의뢰를 수락한 건 흥미가 있었기 때문이기도 하지만, 그뿐만은 아닙니다. 훌륭한 레스토랑이 그런 못된 장난의 대상이 되는 걸 참을 수 없었기 때문이기도 합니다." 그의 어두운 표정은 바뀌지 않았다. "하지만, 저의 계약에는 사망사건 같은 강력사건은 포함되어 있지 않습니다. 물론, 살인도요."

이 말에는 반응이 있었다. 그의 눈이 동그래졌지만 여전히 아무 말이 없었다.

"살인이 일어날 듯한 징후는 정말로 전혀 없었습니까?"

그는 단호하게 고개를 가로저었다. "그렇소."

"IJ의 죽음이 그 이전에 일어난 일들과 관련되어 있다고 보십니까?"

"관계가 있는 것 같지는 않소."

그는 강한 사람이었다. 턱이 고집스럽게 굳어 있었다. 더 이상 어떤 정보를 얻어낼 수는 없겠군. 뭔가 알고 있을까? 나한테 말하지 않은 것이 있을까? 또는 이 끔찍한 사건에 대해 정말로 난감해 하고 있을 뿐인가?

그가 한숨을 내쉬었다. "그 일에 대해서는 유감스럽게 생각하오." 무슨 뜻이냐고 묻기도 전에 종잇조각을 내 앞으로 밀었다. 수표였다. "약속했던 경비와 수임료의 절반이오. 당신도 불만은 없을 거요."

나는 수표를 쳐다보았다. "무슨 말씀이십니까?"

"다른 사소한 사건들만으로도 나쁜 일은 충분하오. 예약도 줄어들기 시작했고……."

"하지만 아직……."

그는 내 말을 막았다. "이쪽 업계는 눈깜짝할 사이에 소문이 퍼진다오. 아주 빠른 속도로 말이오. IJ의 죽음은 치명적이오. 이제난 끝장이고 레스토랑도 문을 닫아야 할 거요. 우리의 계약도 끝났소. 당신 잘못은 아니지만 더 이상 조사할 필요는 없소."

그가 일어나서 손을 내밀었다.

14

어떤 것이 더 나쁜 일일까? 진짜 탐정으로서의 첫 번째 사건에서 해고된 것? 내가 돌이킬 수 없이 한심한 실패한 것을 알게 된것? 아니면, 프랑수아에게서 해고를 당함으로써 더 이상 런던 경찰국이 더 이상 나를 필요로 하지 않게 된 것?

마지막 생각이 머릿속에 떠오름으로써, 더 이상 귀여운 위니와함께 일하지 못할지도 모른다는 것을 깨달았다. 그렇게 바라던일인데! 아니, 프랑수아도 정말이지, '더 이상'이라니! 난 아직 시작도 안 했는데 '더 이상' 조사할 필요가 없다니?

설마 이렇게 될 줄을 몰랐다. 잘 생각해보면 그를 탓하기는 힘들었지만 뜻밖의 말이라 충격이었다. 나는 수표를 쳐다보고, 이어서 그의 손을 쳐다보았다.

"잠시만요. 당신은 아마도, 예전에 권투선수였죠⋯⋯." 거기서 잠시 말을 중단했지만, 그가 입을 열 만큼의 틈은 주지 않고 말을 이었다. 이왕 이렇게 된 거, 하고 싶은 말은 다 해버리자. "아직 자신의 두 발로 똑바로 서 있을 수 있는데 시합을 포기하겠단 말입니까?"

그는 앞으로 몸을 내밀었지만 얼굴엔 체념뿐이었다.

"손님이 오지 않으면 레스토랑을 유지할 수 없소. 예전엔 한 달 뒤까지 예약이 찼지만 이런 꼴로는 유지비도 못 건져요."

나는 그의 마음을 움직일 만한 말을 찾기 위해 고군분투했다. "저에게 했던 말 기억하십니까? 요리사로서의 당신의 일은요? 당신의 가게는요? 누구에게도 빼앗기지 않겠다고 말한 사람은 누구였죠? 당신의 레스토랑이 망하는 걸 제가 보고 싶어하지 않을 거라고도 하셨잖습니까."

그는 고개를 가로저었다. "상황이 달라졌어요. 사람이 죽었습니다. 이제 사람들은 「르 투르케 도르」라는 이름을 들으면 그의 죽음을 떠올릴 겁니다."

"다른 레스토랑에도 불똥이 튈지 모른다고 하셨었죠? 분명히

「르 투르케 도르」는 문을 닫을 위기에 몰릴지도 모르겠습니다. 그렇다고 다른 가게는 아무래도 상관없습니까? 당신 생각만 하고 있을 때가 아니잖습니까!"

그의 태도에 아주 약간 망설이는 빛이 스쳐갔다. 부디 내 짐작이 맞았기를! 좀더 밀어붙여보자.

나는 수표를 집어들어 반으로 쫘악 찢었다.

"2주일만 시간을 주십시오."

"아니, 난……."

"조사를 계속 하겠습니다. 이 가게에서 일어난 사건의 범인을 2주일 안에 밝혀내지 못하면 받았던 돈도 돌려드리죠. 보수는 한 푼도 받지 않겠습니다."

프랑수아는 지금 로프에 기대어 아슬아슬하게 서 있는 상황이다. 이렇게 지친 상태로는 겨우 몇 초나 버틸 수 있을 것이다. 그렇게 생각했지만 내 짐작은 틀렸다. 그는 로프의 반동을 이용해서 다시 링으로 돌아왔다.

"그리고 IJ의 죽음도 조사해주는 거요?"

나는 "그건 덤으로 해결해 드리죠."라는 말이 목까지 올라왔지만, 너무 오만하게 들릴 것 같아 서둘러 꿀꺽 삼켰다. 게다가 너무 자신만만해 보여도 안 된다. 하지만 그리 오래 생각할 여유가 없었다. 우물쭈물하고 있으면 그의 마음이 바뀌어 버릴지도 모른다. 헤밍웨이 경위만큼 유능한 사람이라면 IJ의 죽음에 관한 미스터리를 해결할 수 있을 것으로 믿고 있었다. 그리고, 그가 해결할 수 있다면 아마 2주일쯤이면 충분할 것이다. 또한, IJ의 죽음과 「르 투르케 도르」에서 일어난 사건이 관계되어 있다는 그의 의견이 옳다면 IJ 사건이 해결되면 다른 건도 자연스럽게 해결될 것이고.

"지금은 런던 경찰국과 긴밀히 공조하고 있습니다. 원하신다면 헤밍웨이 경위에게 확인해 봐도 좋습니다. 경찰은 경험을 살려서 정공법으로 수사를 하고, 저는 저의…… 그러니까, 뭐, 아무튼 협력해서 조사를 할 테니 안심하십시오."

딕 트레이시* 흉내가 통했는지도 모르겠다. 프랑수아는 잠시 생각하더니 말했다. "좋소. 2주일입니다."

나의 자신만만한 말에 용기를 얻어 어두웠던 표정까지 밝아졌다면 좋았겠지만, 거기까지 바라는 건 무리겠지. 악수를 하고는 그가 마음이 바뀌거나 다른 번거로운 일들을 생각해내기 전에 잽싸게 사무실을 나왔다.

걸어서 코벤트 가든까지 돌아와 거기서 공중전화를 찾아 시어러 부인에게 전화를 걸었다. 역시나 마침내 전화가 와 있었다! 시어러 부인은 실망한 듯한 목소리였다. 젊은 여성이 자기를 믿고

---

* 만화작가 체스터 굴드가 1931년부터 「시카고 트리뷴」지에 연재했던 신문만화의 주인공으로, 범죄조직을 소탕하는 정의로운 수사관.

비밀을 말해주지 않고 전화번호만 남긴 것이 불만인 듯했다. 나는 부인에게 고맙다고 말한 뒤 재빨리 끊었다.

"런던 경찰국입니다."라는 소리에 글자 그대로 가슴이 두근두근했다. 내선번호를 말하자 바로 위니가 받았다. "검시보고서도 왔고 당신에게 해줄 이야기도 있어요." 그녀가 말했다.

"언제 퇴근합니까?"

"7시쯤이요. 퇴근길에 만나는 게 좋을 것 같네요."

나는 재빨리 생각했다. "핌리코에 새로 문을 연 레스토랑이 있습니다. 경찰국에서 그리 멀지 않아요. 언제 한 번 들러서 먹어보고 의견을 주겠다고 조지와 약속을 했었어요. 아, 조지는 그 레스토랑에 투자한 친구죠."

"좋아요. 점심 때 바빠서 당근 샐러드와 커피 한 잔으로 때웠거든요. 배가 고파 죽을 지경이에요."

"이탈리안 레스토랑이죠. 이탈리안 레스토랑이라면 뉴욕의 갱들이 총질이나 해대는 곳으로 생각하는 사람이 많지만, 전 조지를 존경하죠. 특히나 그의 금전 감각을요. 조지는 확실한 곳이 아니라면 절대로 투자하지 않거든요."

"벌써부터 마음이 설레네요."

가게 주소를 알려주고 7시 반에 거기서 만나기로 했다. 전화를 끊은 순간, 마음이 놓였는지 나도 모르게 커다란 한숨이 나왔다. 휴우, 겨우 위기탈출이다. 해고도 면했고 경찰과의 협력도 그럭저럭 잘 되어가고 있었다. 이제 남은 일은 내가 해버린 약속들을 지키는 것이었다.

공중전화 부스를 나와서 코벤트 가든 쪽으로 걸어갔다. 여기 오면 나는 늘 서글퍼진다. 옛날엔 좁아터진 골목에 꽃이나 과일을 파는 행상들이 즐비해서 냄새나고 어수선하긴 했지만, 금방이라도 어느 골목에선가 일라이저 두리틀*이나 디킨스** 소설 속 인물들이 튀어나올 듯한 분위기였다. 지금은 말끔한 부티크와 상점들이 줄지어 있고 관광객들이나 살 만한 겉만 번지르르한 싸구려를 팔고 있다.

토니 리브지의 건강식 식당은 언제나처럼 붐볐지만 마테차를 마시면서 생각에 잠길 수 있도록 토니가 귀퉁이 자리를 찾아주었다. 하지만, 토니에게는 별로 좋지 않은 버릇이 있었는데 그건 바로 내게 무엇이든 먹이려 드는 것이었다.

"오늘은 뜨끈뜨끈한 체다 치즈를 듬뿍 넣은 호미티 파이***가 있어." 그가 꼬드기려 했다.

"아니, 오늘은 됐어. 토니."

---

* 영국의 극작가 버나드 쇼(1856∼1950)의 희곡 「피그말리온」에 등장하는 주인공 소녀. 빈민가 출신의 꽃파는 소녀로, 거칠고 투박했으나 히긴스 교수의 개인교습으로 사교계의 신데렐라로 변신한다.
** 영국의 소설가(1812∼1870). 가진 자에 대한 풍자와 인간 생활의 애환을 그려 명성을 얻었으며 『크리스마스 캐럴』, 『올리버 트위스트』 등의 작품이 있다.
*** 영국의 전통적인 채소 파이.

"오늘은 부추 크루스타드*가 진짜 맛있게 만들어졌는데."

"정말로 생각 없어."

"그럼, 버섯과 캐슈넛 파테**는 어때? 그건 아주 가벼운데."

"오늘은 그냥 마테차만 마실게, 토니."

"몸에 좋지 않은 탄수화물을 뱃속에 가득 채워넣은 거지?" 그가 슬픈 듯한 얼굴로 말했다. "동물의 시체 따위나 게걸스럽게 뜯어먹고……."

물론, 이건 농담이었다. 토니는 채식주의자이고 맛있는 메뉴를 생각해내는 것이 취미지만 결코 그것을 다른 사람에게 강요하지는 않는다.

"점심으로 황소 반 마리와 뇌조 두 마리밖에 안 먹었다구. 그정도로 게걸스럽게 먹었다고 할 수 있어?"

그는 빙긋 웃더니 마테차를 한 잔 더 갖다주었다. 평소에는 마테차를 마시면 머리회전이 빨라지는 느낌이 들지만, 오늘은 별로 효과가 없는 듯했다. 나는 어슬렁어슬렁 롱 에이커까지 걸어가서는 거기서 택시를 타고 빌링스게이트***로 향했다. 코벤트

가든과 마찬가지로 이곳도 예전의 모습은 없어졌다. 생선 장수는 거의 이전하고 지금은 손가락으로 꼽을 수 있을 정도만이 남아 있다. 남은 가게 중 두 집을 기웃거리다가 아는 얼굴을 발견했다. 평생을 어물전에 바친 남자들이었다.

생선에 대해 이런저런 이야기를 하는 척하면서 생선을 씻고 포장하고 선적하는 방법에 대해 물어봤다. 그들이 별로 반길 만한 주제는 아니지만 생선을 먹고 부작용을 일으키는 경우도 물어봤다. 칠성장어라는 단어에는 모두들 귀를 쫑긋 세웠다. 지금은 런던의 모든 사람이 IJ가 죽었다는 걸 알고 있으리라. 하지만, 내가 왜 그것을 알고 싶어 하는지 묻지는 않았다. 그들은 알고 있는 걸 모두 말해줬지만 별다른 성과는 없었다.

빌링스게이트 방문은 매력적인 금발 미녀와의 저녁식사 전에 할 만한 일은 아니었다. 나는 지하철을 타고 해머스미스로 돌아와 향긋한 거품을 듬뿍 푼 뜨거운 욕조로 뛰어들었다. 헨델의 「수상음악」을 틀었다. 마음을 정화시키기에 딱 좋은 음악이다. 너무 격정적이지도, 너무 지루하지도 않으니까.

약속 시간 15분 전에 「라 보르디게라」에 도착했다. 조지가 가게를 맡기고 있는 루이지와 이야기를 하기 위해 약간 일찍 도착한 것이었다. 진작부터 조지는 나의 불만을 해소할 만한 가게가 생겼으니 한 번은 식사를 해봐야 하지 않겠냐고 독촉해대고 있었다. 조지와는 그가 어느 호텔 체인의 수석 요리사로 있던 무렵부터 아는 사이인데, 그가 찾지 못해 애태우던 허브의 산지를 찾아달라고 부탁받은 것이 계기였다. 그 뒤로 친하게 지냈는데, 어느 날 그와 함께 식사를 하다가 요즘은 프랑스 요리인지 이탈리아 요리인지 뚜렷이 구분되지 않는 레스토랑이 많다는 이야기가 나왔다. 나는 그의 말에는 동의했지만 양쪽의 장점만을 합친 레스토랑도 틈새시장이 있다고 주장했다. 「라 보르디게라」는 바로 그 결과물이었다.

루이지는 이탈리아의 영향이 큰 리비에라의 중심지 니스에서 몇 년을 살았고, 프랑스 요리와 이탈리아 요리에 정통하며, 조지의 이상대로 두 가지 요리를 융합시키는 꿈을 불태우고 있었다. 그야말로 나폴리 사람다운 활기와 매력이 넘치는 사람이다.

잠시 후에 나타날 여성과의 첫 식사라고 말하자 루이지는 이탈리아인답게 눈을 번뜩였다. 그 여성이 식사에 만족하고, 오늘밤이 두 사람의 즐거운 밤이 된다면 최고의 기쁨이 될 것이라고 루이지는 의욕이 충만했다. 그녀가 형사라고 알려줘서 구태여 그의 의욕을 꺾을 필요는 없을 것 같아 그냥 입을 다물었다.

부탁해둔 대로 루이지는 구석자리를 준비해두었고 테이블에는 풍성하게 꽃이 장식되어 있었다. 당연히 루이지는 내 요청을 오해하고 있었지만, 이것 역시 레스토랑에서 살인 이야기를 해서 다른 손님들이나 웨이터를 놀래키지 않기 위해서라는 말은 하지 않았다.

미소를 띤 웨이터가 프로세코를 커다란 잔에 들고 왔다. 이탈리아의 톡 쏘는 스파클링 와인에 복숭아 과즙을 몇 방울 떨어뜨린 것이었다. 어쩐지 「라 보르디게라」는 기대해도 좋을 것 같다. 두 가지 문화의 융합에도 진심으로 애를 쓰고 있는 것 같다. 이 식전주는 프랑스인들이 좋아하는 키르 로열*과 베니스에 있는 「해리스 바」의 명물인 벨리니**를 절충한 것이었다.

위니는 7시 35분쯤에 들어왔다. 시간을 잘 지킨다는 점에서는 만점을 줄 만했다. 게다가 아름다움도 만점이었다. 웃음을 띤 루이지가 테이블까지 그녀를 안내하는 동안 최소한 몇 명의 남자가 고개를 돌려서 쳐다보았다. 몸에 꼭 맞는 연푸른 색 재킷은 약간 수수했지만 우아한 붉은 색 블라우스가 딱딱함을 누그러뜨리고 있다. 그런데, 혹시 제복을 입고 나타났다면 루이지는 어떤 표정을 지었을까?

웨이터가 바로 위니의 식전주를 가져왔다. 인사를 마치자 나는 조지와 「라 보르디게라」가 탄생하게 된 연유를 설명했다.

"좋은 생각인데요. 그렇게 어정쩡한 레스토랑이 많은 건 영국 사람 입맛에 맞추려고 하기 때문이라고 생각해요. 게다가 프랑스 요리는 아무래도 전통적인 경향이 있고 반대로 이탈리아 요

---

* 식욕을 돋우는 식전용 칵테일로, 샴페인과 크렘 드 카시스(과실 시럽 리큐르)를 섞어 만든다.
** 스푸만테에 복숭아 주스를 섞어서 만든 칵테일.

리는 너무 캐주얼하죠. 이 세 가지 조건을 통합하기란 정말 쉽지 않을 거예요."

"정말 그렇죠."

"가게 이름도 마음에 들어요. 두 나라의 경계에 있는 도시 이름을 딴 것도 가게의 지향점과 관계가 있는 것 같아요."

그녀는 여신처럼 눈부셨지만 칭찬을 할 때에는 그냥 "멋진데요."라고만 말했다.

"사무실에 갈아입을 옷을 몇 벌 놔두거든요. 이럴 때에 편리하니까요."

"런던 경찰국을 사무실이라고 부르는군요."

"되도록이면 그렇게 부르려고 하죠. 경찰국이라는 말을 들으면 흠칫 놀라는 사람들이 있어서요."

"그렇겠죠. 식전주는 어때요?"

"맛있네요." 그녀는 상냥하게 미소지었고, 그 미소를 바라보고 있으면 자칫 중요한 용건을 잊어버릴 듯했다.

"제가 부를 때까지는 두 번째 잔이나 메뉴를 가져오지 말라고 했습니다."

"그건 꼭 협박 같네요." 위니가 놀리듯이 말했다.

"협박이라니, 듣기 거북하군요. 꼭 B급 영화의 대사 같은데요. 이 경우에는 협조라고 말해줬으면 좋겠군요. 그건 그렇고 검시 보고서 내용이 정말 궁금하군요."

"당연히 그렇겠죠." 무릎 위에 놓고 있던 가죽 손가방을 열고 플라스틱 폴더를 꺼낸 뒤 가방은 바닥에 놓았다. "그럼 먼저 요 점만 우선 알려드리죠. 그렇지 않으면 내가 굶어죽을 것 같으니 까요. 자세한 이야기는 나중에 하자구요."

"알겠습니다. 말씀해주시죠."

"IJ의 사인은 독극물이었어요. 틴틸리눔 보툴리눔이라는."

"그래서요?" 나는 다음 이야기를 재촉했다.

"사촌격인 클로스트리디움 보툴리눔은 들어본 적이 있죠? 말하자면 보툴리누스균이죠. 치명적인 식중독을 일으키는 균요."

"보존 처리된 육류를 너무 오래 방치해 두었을 때만 생기는 균인 걸로 아는데요."

위니는 고개를 저었다. "그렇게 알려져 있지만, 채소나 생선에도 있어요. 이 균은 실온에 놓아두면 포자가 발아해서 치명적인 신경계 독성을 만들어내죠. 그 결과는 대부분 죽음이구요."

"그렇다면, 그 틴틸리눔이라고 했던가요, 그건요?"

"주로 조리하기 전에 너무 오랫동안 방치된 생선에 생겨요."

"이런." 내가 신음하자 위니가 고개를 끄덕였다.

"그래요. 게다가 조리하는 정도의 온도로는 죽지 않아요. 끓여도 소용없구요. 그 점은 보툴리눔과 비슷해요. 주된 차이는 틴틸리눔은 독성이 강하고 빠르다는 거죠. 1시간 정도면 사망해요."

"그래서 원인은 뭐였죠? 주로 생선에 생긴다는 건, 혹시……."

"맞아요. 검시보고서에 따르면 칠성장어가 원인이래요."

"세상에, 맙소사."

"잠시만요. 아직 이야기가 끝나지 않았어요."

뭐라구? "아직 끝나지 않았다니, 이 이상 뭐가 더 있나요?"

위니는 플라스틱 폴더에서 서류 한 장을 꺼냈다.

"갑각류나 어떤 종류의 물고기에는 등에 독선이 있다는 건 알고 있죠? 조리하기 전에 다듬는 과정에서 제거하죠."

"그렇죠."

"그런 종류의 독도 IJ의 위에서 검출되었어요. 장어의 독선과 같은 종류의 것이었죠."

"칠성장어도 장어의 일종이구요."

"맞아요."

그녀가 테이블에 서류를 내려놓았다. 나는 자리를 고쳐앉아서 그녀를 쳐다보았다. 지금 이 순간만은 그녀의 푸른 눈동자도, 붉은 입술도, 빛나는 금발도, 조각 같은 얼굴 윤곽도 눈에 들어오지 않았다. 지금 들은 이야기에서 필연적으로 도출되는 결론만이 머릿속에 있었다. 제발 내 생각이 틀렸기를!

"이런 사실로 미루어 경찰국은 어떤 결론을 내렸나요?" 내가 물었다.

"재료를 제대로 관리하지 않았다는⋯⋯."

"그러니까, 독선을 제대로 제거하지 않았다?"

"그래요. 그리고 조리하기 전의 칠성장어를 실온에 오랫동안 방치해 두다니 관리가 엉망이었다고 해도 할 말이 없겠죠."

"바꿔 말하면 「르 투르케 도르」로서는 최악의 결론이군요."

위니가 한숨을 내쉬었다. "유감스럽지만 그래요."

"이야기할 게 더 있을 것 같은데요……." 하고 말하자 위니가 "그래요, 실은……." 하고 이야기를 시작했으므로 손을 들어 말을 막았다.

"나쁜 소식을 듣고 난 뒤엔 식사를 하기로 했었죠?"

위니가 기쁜 듯이 미소지었다. 아마 배가 고파 죽을 지경일 것이다. 웨이터에게 손짓을 하자 재빨리 쟁반을 들고 다가왔다. 그리고 우리 앞에 하우스 칵테일 두 잔을 내려놓았다. "시뇨르 루이지가 인사 대신으로 드리는 겁니다." 그리고는 바삭하게 구운 작고 둥근 페이스트리가 담긴 접시를 내려놓았다. "새우 그라탱 부셰*입니다." 하고 설명을 하면서 쟁반 밑에서 메뉴판 두 개를 꺼내 우리에게 건네주고는 와인 리스트를 테이블에 놓았다.

"서비스가 최고네요. 당신 친구 조지는 당신에게 칭찬받고 싶은 마음이 간절한가 봐요. 직원들에게도 엄명을 내린 것 같구요."

"모든 고객들에게 이런 서비스를 하라고 엄명을 내렸다면 좋겠군요."

---

* 쇠고기, 생선 따위를 넣은 작은 파이.

솔직히 말하자면, 다음 이야기를 어서 듣고 싶어서 참을 수 없을 지경이었지만 그런 마음을 억누르면서 메뉴를 펼쳤다. 이탈리아 요리와 프랑스 요리를 융합시킨다는 조지의 꿈에 어울리는 메뉴로 뭘 먹어야 하나 망설였다.

"결정했어요?" 위니에게 물었다.

"다 맛있을 것 같아서 결정을 못하겠어요." 그녀가 메뉴판에서 눈을 떼지 않으면서 중얼거렸지만, 잠시 후 말했다. "정했어요."

얼굴을 들자마자 근처에서 대기하고 있던 웨이터가 달려왔다. 위니는 게 수플레와 스위트브레드. 나는 연어와 쏨뱅이 테린*과 프로방스식 양다리 요리를 시켰다.

"와인을 주문하면 다음 이야기를 들려줄래요? 음, 어떤 와인이 좋을까요?"

내 경험에 따르면 여성은 대개 화이트 와인을 좋아하지만 위니는 달랐다.

"음, 오늘의 메뉴라면 진하고 묵직한 레드 와인이 좋겠네요." 그녀의 결정에 따라 가티나라**를 주문했다. 바롤로***만큼 강하

---

* 연어나 게살 등 생선이나 고기를 갈거나 얇게 져며서 직사각형의 테린 몰드에 여러 가지 채소 등을 일정한 배열로 층층이 쌓아 젤라틴 등으로 굳힌 형태.

** 피에몬테 북동쪽 가티나라 지역을 중심으로 생산되는 최고급 레드 와인. 4년 이상 숙성시켜야 벨벳 같은 부드러운 맛이 나기 시작한다.

*** 이탈리아 와인의 제왕이라고 불리는 최고급 레드 와인. 15년까지 숙성될 수 있으며, 숙성될수록 맛이 부드러워진다.

지는 않지만 좀더 섬세한 맛을 즐길 수 있는 와인이었다.

웨이터가 간 뒤 나는 그녀에게 집중했다. 뭐, 그건 별로 어렵지 않은 일이었다.

"저녁 식사 후 기분이 좋지 않다고 말한 사람이 다섯 명 있었죠. 거기에 대해서는 결과가 나왔어요?"

"성 시릴 병원의 독극물 센터 말로는 두 가지 독소 중 어느 쪽인가가 극소량 발견되었다고 해요."

"극소량이라면 어느 정도인가요?"

"0.1~0.25 IU 정도예요. 보툴리누스균의 치사량은 1.2 IU 이상이에요."

"IJ는 얼마였나요?"

"3.5 IU가 넘었어요."

우리는 부셰를 맛보았다. 나는 위니에게 구태여 새우임을 상기시키지 않았고 위니도 아무 말이 없었다. 따끈따끈하고 아주 맛있었다. 새우를 감싸고 있는 건 아마도 양파와 카레, 타바스코와 크림을 혼합한 소스일 것이다.

"타퀸 워링턴한테 이야기도 들었어요."

"아, 그걸 물어보려던 참이었어요."

"칠성장어를 먹고는 기분이 나빠져서 곧장 주치의에게 갔대요. 연회에서 소란을 피우고 싶지 않았다고 하더군요."

"그럴 듯하군요. 만약 그 말이 사실이라면요."

"주치의한테 확인했는데 의사한테 간 건 사실이에요. 게다가 그가 의사에게 호소한 증상도 틴틸리늄 보툴리늄이 일으키는 증상과 일치하구요."

"의사가 그렇게 진단을 내렸나요?"

"아뇨. 검사를 해보지 않고서는 모르니까요. 주치의는 워링턴에게 바로 병원으로 가라고 권했지만 하룻밤 푹 자면 나을 거라면서 안 갔다고 하더군요."

"그래서 잤더니 나았나요?"

"네."

"하룻밤 푹 자면 나을 수 있어요?"

"네. 극소량이라면요."

"흠, 그럴 듯하군요."

위니가 손을 멈추었다. 부셰가 벌린 입 앞에서 멈춰 있었다.

"거짓말이라고 생각해요?"

"그렇지는 않아요. 다만 너무 무례한 사람이어서 무심코 그렇게 생각한 건지도 모르죠."

위니는 부셰를 입에 넣고는 맛있게 먹었다. 그것을 지켜보는 나도 기뻤다. 웨이터가 첫 번째 코스 요리를 날라왔다. 위니의 말을 빌면 수플레는 최고였으며 내가 먹은 테린도 산뜻하고 신선하고 톡 쏘는 맛이 좋았다.

주요리도 아주 좋았으며 강하고 깊은 맛이 있는 가티나라와 아주 어울렸다. 나는 위니가 마지막 스위트브레드 한 조각을 먹을 때까지 기다렸다가 다시 질문을 시작했다.

"이제 어떻게 할 생각인가요?"

그녀가 스위트브레드를 천천히 음미하고 냅킨으로 입을 닦은 다음 입을 열었다.

"저 말인가요?"

"아니, 조사 말이에요."

"아." 그녀는 천천히 빵으로 접시의 소스를 닦고 있었다. 음식을 맛있게 먹는 여성의 모습이 참 보기 좋았다. "지금은 IJ의 친척과 친구들을 조사하는 중이에요. 별로 친하게 지내는 사람은 없는 것 같더군요. 업무상 관계자들과 이야기를 해 봤는데 그쪽도 그렇게 친한 사람이 없는 것 같구요. 인기가 없는 사람이었나 봐요. 그쪽을 수사중이에요. 서클 오브 카렘의 손님들 대부분에게도 물어봤는데 그와 이야기를 나눈 사람은 두어 명뿐이어서 아무 것도 못 건졌죠."

"가까운 자리에 앉았던 사람은요?" 내가 물었다.

"그들도 마찬가지예요."

"다른 손님들과 똑같은 걸 먹었던가요?"

"네. 똑같은 음식이에요."

"그렇다면 유독 그 사람만 독을 많이 먹다니 이상하군요."

"그렇죠."

"칠성장어 이외의 음식에는 독이 없었나요?"

"전혀 없었어요."

"브랜디……. IJ가 죽었다가 되살아났을 때 이야기는 들었나요? 누군가 그에게 브랜디를 주었죠. 경위가 말렸지만 그 전에 벌써 마셔버렸죠."

"그래요." 위니가 얼굴을 찌푸리면서 끄덕였다. "되살아나다니 묘하죠. 몇 사람한테 그 이야기를 들었는데, 대부분 똑같은 내용이었어요."

나는 앞으로 몸을 내밀었다. 아주 가까이에서 본 것도 있어서 이 점이 마음에 걸렸기 때문이었다.

"그 브랜디 잔은……. IJ는 마시고는 잔을 떨어뜨렸죠. 그리고 그 직후에 죽었고요. 그럼, 술잔은 어떻게 됐나요?"

위니가 미소를 지었다. "경위님이 호주머니에 넣어 왔어요."

나는 웃음을 터트렸다. "역시! 빈틈이 없군요!"

"경위님이라면 그 정도쯤이야……. 하지만 술잔에선 독이 검출되지 않았어요."

"흠." 할 말이 없었다.

웨이터가 남은 가티나라를 모두 따랐다. "후식은요?" 내가 위니에게 권했다.

"오늘은 사양할래요. 언제나 유혹에 지고 말지만, 지금은 커피한 잔이면 됐어요." 그녀는 다시 아름다운 미소를 지었다. "정말 멋진 식사였어요."

"루이지에게 직접 칭찬해 주세요. 분명히 기뻐할 겁니다."

"그 전에 물어보고 싶은 게 있어요. 이제부터 어떻게 할 생각
이에요?"

"음, 괜찮다면 함께……."

"조사 말이에요."

"아, 그렇군요. 좀 생각해봤는데, 레이몽과 이야기를 해봐야겠
어요."

그녀의 눈썹이 확 치켜올라갔다. "레이몽?" 그녀가 놀라서 물
었다.

"그와 프랑수아의 불화에 대해서는 들어본 적 있겠죠?"

"네. 하지만 직업적인 경쟁 관계 말고 다른 게 있나요?"

"그건 저도 모릅니다. 그냥 감이에요. 아무튼 한 번 조사해 보
려고요."

그녀는 잠깐 생각에 잠겨 있었지만, "안될 건 없겠죠. 그쪽을
조사하는 건 우리보다 당신이 적임자일 거구요. 뭔가 알아내면
가르쳐줘요."

우리는 커피를 마셨다. 진짜 이탈리안 에스프레소였다. 쿨렁
쿨렁, 슈숫- 하는 기계음이 주방에서 조그맣게 들려왔다. 우리
가 식사를 즐겼는지 확인하러 루이지가 왔다. 우리는 입을 모아
칭찬의 말을 늘어놓았고 계산은 내가 했다. 위니는 각자 내자고

했지만 나는 받아들이지 않았다. 위니가 어깨를 으쓱하더니 말했다.

"좋아요. 잘 먹었어요. 다음엔 제가 사죠."

"경찰국에서 비용을 처리해 주나요?"

그녀가 고개를 끄덕였다. "헤밍웨이 경위님은 식사비용에 대해서는 아주 관대해요."

"그건 그렇겠죠. 누가 뭐래도 식품 전담반이잖아요. 좋습니다, 다음 번엔 꼭 당신이 사도록 해요. 언제로 할까요? 뭘 먹으러 갈까요?"

그녀가 입술을 삐죽 내밀었다. "앞으로는 함께 일을 할 테니 언제든지 연락할 수 있잖아요."

우리는 가게 밖으로 나왔다. "위니, 집은 어디예요?"

"여기서 별로 안 멀어요. 앨버트 다리 근처거든요. 배터시 공원 반대쪽요."

"택시를 잡을까요?" 이렇게 말한 순간 마침 빈 택시가 왔다.

택시 안에서 나는 말했다. "검시 결과를 듣는데 정신이 팔려서 당신에 대해서는 아무 것도 못 물어봤군요."

"시간은 앞으로도 많잖아요."

돌핀 스퀘어에서 택시가 갑자기 기울어지더니 방향을 틀어서 템스강에 놓인 다리의 불빛이 밤안개에 젖어 촉촉하게 빛나는 그로스베너 로드로 접어들었다. 모퉁이를 돌 때 위니의 몸이 내 쪽으로 쏠렸다. 순간적으로 균형을 잃었음에 틀림없다.

"다 왔어요." 그녀가 말했다. 탄 지 몇 분 되지도 않았는데 벌써 다 왔다구?

택시에서 내리자 위니가 빈틈없는 자세로 손을 내밀었다.

"다음에 또 만나서 식사를 하자구요." 그리고는 가버렸다.

15

다음날 아침 사무실에 가서는 맨 먼저 PIE 회장인 벤 버몬트에게 전화를 했다.

"「퀸시」 이야기를 했던 여자를 혹시 기억하십니까? 현실의 검시관과 TV 드라마의 차이를 이야기했던 여자 말인데요."

"캐롤 도슨 말인가?"

"맞아요. 혹시 전화번호 아십니까?"

"캐롤은 자네 타입이 아닐세. 그보다는 좀더……."

"벤, 그 모임의 여성들은 모두 제 타입입니다. 그게 아니라, 이렇게 전화를 한 건 캐롤의 전화번호를 알려달라고 하기 위해섭니다."

"음, 알겠네." 벤은 불만스러운 듯했다. "그렇다면 하는 수 없지, 뭐. 잠깐 기다려주게." 곧바로 전화번호 두 개를 불러주었으므로 고맙다고 말하고, 캐롤의 사무실로 전화를 걸었다.

"알고 싶은 게 있어서 전화를 드렸는데요. 물론 공개된 정보만으로 충분합니다. 혹시 당신 연구실 파일을 조사해보면 알 수 있지 않을까 해서요." 캐롤이 일하는 법의학 연구소는 경찰 일도 하고 있으니, 그런 자료는 갖추고 있을 것이다.

그녀가 흔쾌히 승낙했으므로 틴틸리눔 보툴리눔에 대한 모든 정보가 필요하다고 부탁했다. 그녀는 문제없다면서 몇 시간 뒤에 전화를 해주겠다고 약속했다.

"참, 혹시 팩스 있어요? 자료가 많을지도 모르니까요." 오, 머리가 좋은 여성인걸, 하고 속으로 생각하고 느낀 그대로 말해주었다.

머릿속은 무의식중에 'IJ 사건'이라고 이름붙인 사건으로 가득했지만 그래도 사무실에 있는 동안에는 다른 일들을 처리해야 했다.

먼저 마이클이 보낸 팩스를 살펴보았다. 달팽이 건의 참고가 될 만한 각종 통계자료를 조사해서 보내왔다. 전세계의 생산량과 소비량, 그리고 프랑스 등 나라별 통계까지 있었다. 영국은 생산도 소비도 갈 길이 한참 멀었다.

우편물을 펴보다가 순간적으로 풋, 웃음이 터져나왔다. 첫 번째 편지에는 이렇게 씌어 있었다.

"이번에 제 아들이 페넬로페 뭐라는 아가씨와 성 리처드 인 더 마시스 교회에서 결혼식을 올리게 되었습니다. 둘 다 전혀 알코올을 입에 대지 않는 주의인데, 결혼식에 어울릴 만한 무알코올 와인을 추천해 주셨으면 합니다."

나는 다음과 같은 답장을 써서 시어러 부인에게 타자를 부탁하기로 했다.

"죄송합니다만, 결혼식에 어울릴 만한 무알코올 와인은 마땅히 떠오르지 않는군요."

다음 편지도 흥미로운 내용이었다.

"그레이스워시 대저택의 대지에서 2백 명의 손님을 초대해서 바비큐 파티를 열려고 합니다. 손님들은 모두 여행업계 관계자들입니다. 파티에서 와인을 제공하고 싶은데, 어떤 와인이 좋을지 정하지 못하고 있습니다. 그런 자리에 어울릴 만한 와인을 추천해 주시고, 손님들이 그 와인을 마음에 들어한다면 감사의 표시로 같은 와인을 한 상자 보내드리겠습니다."

참 뻔뻔스럽다. 하지만 마음에 드는 제안인데!

자욱하게 피어오르는 연기, 시뻘건 숯불 위에서 지글거리며 구워지는 고기, 드넓은 야외에서 먹는다면 무엇이든 맛있게 느껴지고…… 윽, 소름끼쳐!

글쎄, 그런 걸 좋아하는 사람도 있겠지만 난 사양하겠다. 장작

불을 둘러싸고 음식을 먹었던 원시부족의 기억은 나의 무의식 속 깊숙한 곳에 고이 묻혔고, 불에 구운 돼지고기나 소시지 냄새도, 그을린 눈썹 냄새도 그건 되살려내지 못할 테니까.

하지만 그들이 원하는 건 나의 참석이 아니라 조언이다. 추천 와인이라. 어떻게 보면 참 교활한 질문이다. 그릴에 재빨리 구울 건지, 아니면 바비큐를 할 건지? 바비큐를 한다면 나뭇조각이나 물, 회향을 얼마나 사용해서 어느 정도로 천천히, 어느 정도로 훈제를 할 건지?

그것에 따라 와인의 종류가 달라지므로 그 점에 대해 물어보기로 했다. 하지만 머릿속에서는 벌써 생각하고 있었다. 담백한 진판델*은 그릴에 구운 쇠고기와 잘 어울릴 것이다. 요즘 인기가 더해가는 이탈리아 와인 브루넬로 디 몬탈치노**가 더 나을 수도 있겠다. 지공다스***나 코트 뒤 론 빌라주****, 물랭 아 방*****은 모두 그릴에 구운 고기와 잘 어울릴 거고.

---

* 19세기 중반에 캘리포니아에 심어진 포도의 품종, 또는 그것으로 만든 레드 와인. 캘리포니아 와인으로서는 처음으로 명성을 떨친 와인이다.

** 이탈리아 토스카나에 있는 작은 마을인 몬탈치노에서 생산되는 고급 와인.

*** 프랑스의 코트 뒤 론 남부, 론 강 동쪽에 위치한 소규모 와인 생산지인 지공다스에서 생산된 풍부하고 강한 맛의 레드 와인.

**** 프랑스의 코트 뒤 론에서 생산되는 진한 맛의 레드 와인.

***** 프랑스 브루고뉴 가장 남쪽의 보졸레 지역에서 생산되는 고급 레드 와인. '보졸레의 왕' 이라 불린다.

닭고기라면 샤르도네*, 피노 그리**, 베르나치아***를 추천해
야지. 베르나치아는 가능하다면 산 지미냐노에서 만든 것이 좋
겠지. 양고기라면 보르도의 레드 와인이나 카베르네 소비뇽이 좋
을 거고. 돼지고기라면……. 휴우, 난 정말, 이런 즐거운 일은 한
없이 몰두하고 만다. 내가 파티에 초대받은 것도 아니고 보수는
겨우 와인 한 상자인데 말이다. 하지만, 뭐 어때? 즐거웠는데. 나
는 질문하고 싶은 것들을 정리했다.

나머지는 평범한 것들로, 재미있는 건 없었다. 나가는 김에 시
어러 부인에게 들러서 메모를 전달하려고 생각했는데, 문을 막
연 순간 그녀와 딱 마주쳤다.

"어머나, 또 조사하러 나가나요?" 부인은 공모자처럼 한쪽 눈
을 찡긋했다. 24시간 언제든지 전화를 받아달라고 했지만, 이건
마치, 뭐랄까? 왓슨 박사도 아니고, 내가 토미고 그녀가 터펜스
랄까. 아니, 넬슨 리의 소년조수인 니퍼나 호놀룰루에서 온 장
남…… 딱 들어맞는 게 없군. 뭐, 됐어. 나는 생각하기를 포기하
고 부인에게 메모를 건넸다.

"이 특수한 임무에 대해 누구에게도 말해선 안 됩니다." 낮은

---

* 부르고뉴 지방이 원산지인, 화이트 와인을 만드는 가장 대표적인 청포도 품종.
** 서늘한 기후의 프랑스 알자스 등에서 재배되는 회색빛이 도는 포도 품종.
*** 토스카나 지방의 고급 화이트 와인으로, 키안티 클라시코 서쪽에 위치한 산 지미
   냐노에서 베르나치아 품종으로 만든 최고급 와인.

목소리로 속삭이고는 그녀가 미처 대답하기도 전에 서둘러 빠져
나왔다.

토튼햄 코트 로드 역까지는 지하철로 갔고, 채링크로스 로드*
로 내려가 케임브리지 서커스 앞에서 방향을 틀어 걸어갔다. 사
무엘 존슨 박사** 시절에도 런던은 그랬다지만, 여기는 사람이 필
요로 하는 세상의 모든 것이 갖춰져 있다. 나는 되도록 주위를 무
시하면서 파그넬 거리를 지나쳤다. 「레이몽즈」에 가까이 감에 따
라 주위의 공기가 많이 나아졌다.

가게에 도착한 건 11시 15분이었다. 개점시간 전에 간 건 레이
몽과 천천히 이야기를 할 수 있을 것이라고 생각했기 때문이었
다. 문을 연 다음에는 바빠서 정신이 없을 테니 도저히 이야기를
할 수 없게 될 테니까. 가게 앞문을 덜컹덜컹 흔들어 보았다. 웨
이터 한 명이 의자를 옮기고 있는 게 보였다. 그는 의자를 내려
놓고 아직 문을 안 열었다는 듯이 손을 흔들었다. 나는 포기하지
않고 계속 문을 흔들었다. 웨이터는 문 앞으로 와서 아직 안 열
었다고 유리문 너머에게 크게 입을 움직였다. 나는 고개를 가로

---

* 대형서점이 많이 모여 있으며 주변에는 역사서, 미술서 등의 전문 서점이 곳곳에 있
  는 런던의 유명한 서점 밀집 지역.
** 1709~1784, 18세기 후반에서 영국문학을 주도한 인물. 영국문학사에서 18세기 후
  반은 '존슨의 시대'라는 명칭이 붙어 있을 정도로 지대한 영향을 끼쳤다.

젓고 나를 가리키면서 가게 안을 가리켜보였다.

웨이터는 내가 너무 낮게 접근하고 있는 비행기이고 자신은 항공모함 갑판에 서 있는 선원인 양, 두 손을 마구 휘저으면서 나를 쫓아내려 하고 있었다. 다시 머리를 흔들고는 똑같은 동작을 되풀이했더니 이번에는 약간 변화가 있었다. 그는 가게 자물쇠를 열고 문을 5센티미터쯤 빠끔히 열었다.

"아직 문을 안 열었습니다."

"알고 있어요. 식사를 하러 온 게 아닙니다."

그 한 마디에 마침내 웨이터는 찬찬히 나를 보았다. 뭐, 내가 마치 외계인이라도 되는 양 훑어본 거였지만.

"「레이몽즈」에 왔는데 식사를 하고 싶지 않다고요?"

"그게 아니라 레이몽과 이야기를 하러 왔어요."

"아, 그렇군요." 그가 문을 활짝 열어주어 안으로 들어갔다.

"사무실은 복도 끝에 있는 계단을 올라가면 있습니다."

「레이몽즈」는 파리의 전원풍 주택 같았지만 런던의 풍경과 동떨어질 정도로 요란스럽지는 않았다. 파리를 연상시키는 청록색 색조로 액센트를 주었고, 몇 개의 방이 여러 각도로 연결되어 있지만 관엽식물이나 거울이 세심하게 배치되어 있어 실제로 방이 얼마나 넓은지는 잘 알 수 없었다.

고급스럽지만 사치스럽지 않고, 화려하지만 잘난 척하지 않는 분위기였다. 모든 내부장식이 이 특별한 레스토랑에서 식사를 하고픈 충동을 불러일으켰다. 반짝이는 은식기와 크리스털 잔이 최고급 레스토랑임을 말해주고 있었다.

레이몽의 사무실 역시 당당한 느낌이었다. 한쪽 구석에 진한 빛깔의 나무를 깎아만든 목재 골동품 책상이 놓여 있었다. 세공한 가죽을 씌운 책상 위에는 황동 램프가 오렌지색 불빛을 둥글게 뿌리고 있었다. 그 둥근 불빛 너머에서 레이몽이 커다란 얼굴을 들었다. 나를 알아보고는 표정이 변했지만 말없이 일어서서 방 한쪽에 있는 길쭉한 마호가니 테이블로 안내했다. 낮은 테이블 위에는 상아 조각상이 놓여 있고, 그 주위에는 커다란 가죽 소파 세 개가 놓여 있었다. 레이몽은 손으로 소파를 가리켰다.

"서클 오브 카렘의 만찬에서 당신을 봤소. 끔찍한 밤이었죠." 그가 말했다.

"네. 정말 끔찍한 밤이었지요."

내가 용건을 말하기를 기다리고 있는 듯했지만, 나는 일부러 가만히 있었다. 사실은 나도 왜 레이몽이 의심스러운지, 또는 뭘 의심하고 있는지를 잘 몰랐기 때문이다. 어쩌면 이것이 탐정의 직감? 다만 이 사건에 휘말린 계기가 된 것이 레이몽이라는 이유 뿐일지도 모르겠다. 물론, 레이몽의 의뢰가 이 사건과 정말로 관계가 있다면 말이지만.

"무슨 용건으로 오셨소?"

"제가 지금 조사를 하고 있습니다."

"무슨 조사요?" 그가 여전히 정중하게 물었다. "아이버 젠킨슨의 사망에 관한 거요?"

신중하게 처신해야 해. 서툰 짓을 해서 헤밍웨이 경위의 귀에 들어가면 골치아파지니까.

"관계가 있을지도 모르는 사항입니다." 다행히도 레이몽은 더이상 캐묻지 않았다. "내가 무슨 도움이 되겠소?" 그가 물었다.

"서클 오브 카렘의 만찬에서 프랑수아 뒤케인과 이야기를 나누지 않으셨죠?" 이 한 마디로 분위기가 확 바뀌었다. 레이몽의 얼음처럼 정중하고 예의바른 태도는 산산조각나고 눈썹이 확 치켜올라갔다.

"그 놈하고 이야기를 하다니! 대화를 한다고! 그때 이후론 말도 해본 적이 없소! 우리가 그렇고 그런 사이인 걸 모르나 본대……." 그는 숨도 쉬지 않고 지껄이다가 멈칫했다. 그러다가 다시 부드럽게 말을 이었다.

"아니, 이야기는 나누지 않았소."

"당신과 프랑수아 사이의 불화는 들었습니다. 그 이야기는 모두들 알고 있는 것 같더군요. 단도직입적으로 묻겠는데, 원인이 뭡니까?"

나의 대담한 질문에 그의 눈썹이 다시 치켜올라갔다. "그게 무슨 상관이오?"

"아직은 모릅니다." 그의 표정을 살피면서 말했다. 추리소설

속 탐정들은 사람들의 표정만 보고도 모든 실마리를 찾아내지만, 간단히 그게 가능할 것 같지는 않았다. 그럼에도 레이몽의 표정이 달라지는 건 알았다. 문제는 그것이 어떤 의미인지 전혀 모르겠다는 것이었다. 머리를 굴리고 있는데 레이몽이 입을 열었다.

"아주 오래 전 일이오. 우리 둘 다 맺힌 게 풀리기까지는 아직 시간이 필요하오. 그건 정말 괘씸했지. 최악의 사태라고 부를 만한 사건이었소. 그렇게 간단히 용서할 수 있는 일이 아니오." 그렇게 말하고는 한숨을 쉬었다. "자세한 이야기는 그리 중요하지 않소."

"반드시 그렇다고 할 수는 없습니다."

"아니, 그렇지 않소." 레이몽은 단호하게 잘라말했다.

"중요하지 않다면 왜 말해주지 않는 겁니까?"

"당신과는 전혀 상관없는 일이니까. 아니, 아무와도 상관없는 일이오."

"사람이 하나 죽었습니다."

"그 일과 이 일이 무슨 관계가 있는 거요?"

한 번 더 밀어붙여 볼까? "두 분 다 그 일 때문에 여전히 서로 미워하고 있는 거로군요?"

"미워하고 있다고?" 그가 큰소리로 웃었지만 얼굴은 전혀 재미있어 하는 것 같지 않았다.

"만찬회 이전에 IJ를 만난 적이 있나요?"

"없소."

"그 날 밤 그와 이야기를 나누었습니까?"

"아니오."

명탐정은 언제 침묵을 지켜야 하는지 알고 있다. 질문받는 사람이 입을 꼭 다물고 있을 때에 그런 수법을 많이 쓰는 거다. 찔리는 데가 있는 사람이라면 무죄임을 변명하려 들 것이고, 결백한 사람이라면 아무 것도 숨기지 않을 테니까. 놀랍게도 이 작전이 효과가 있었다!

"우리 레스토랑에는 매스컴쪽 사람이 몇 명 찾아오곤 하지만 젠킨슨은 온 적이 없소."

그의 말투가 뭔가 석연찮았다. "식사 이외의 목적으로 매스컴 관계자가 온 적이 있습니까?"

"가끔 오기도 하죠." 오호, 이제야 비로소 이야기를 할 마음이 생긴 걸까? 하지만 피하고 싶은 주제를 피해서 한숨돌린 것일 수도 있었다.

"예를 들면 누가 왔었죠?"

"샐리 앨드리지, 로저 세인트 레저……"

"설마 함께 온 건 아니겠죠?" 반쯤 농담으로 한 말이었지만 그는 진지하게 대답했다.

"아니, 아니오. 따로따로 왔소."

"최근의 일입니까?"

"샐리 앨드리지는 3주쯤 전이었소. 세인트 레저는 일주일, 아니 열흘 전이었고."

"식사를 하러 온 게 아니라면 무슨 볼일이 있었던 겁니까?"

"세인트 레저와는 예전부터 아는 사이요. 그의 프로그램에서 내가 요리를 한 적이 있거든요. 아마도 작년 무렵이었지. 요리 순서를 하나씩 설명했었소. 당신도 보지 않았소?"

"본 기억이 있군요." 이 정도 아첨이라면 얼마든지 해줄 수 있다. "그래서, 무슨 일로 왔는데요?"

"TV로 복귀하고 싶어 하더군요. 새로운 시리즈를 만들고 싶다면서 몇 가지 아이디어를 갖고 와서 내 의견을 물었소."

"그래서 의견을 주었습니까?"

"음, 그게 다 변변치 않았소. 깊이 생각한 것들 같지 않았소. 아무튼 안달이 난 건 알겠지만, 어떤 프로그램을 만들고 싶다는 구체적인 내용이 하나도 없었소."

"샐리는 왜 왔었습니까?"

"새로운 책을 출판할 예정이라면서 몇 가지 조리법을 가르쳐 달라고 하더군요."

"그런 부탁은 드문 일입니까?"

"아니, 그렇진 않소. 허용할 수 있는 범위 내에서 가게 홍보가 된다면 가능한 한 협조하고 있소. 가게 이름이 오르내리는 건 대환영이오. 그러고보니, 넬다 다비도 왔었군. 런던의 레스토랑에

관한 연재기사를 쓰고 있다더군요. 그녀는 항상 우리에게 호의
적인 기사를 써준다오."

어쩐지 한 발짝도 나아가고 있지 않다는 느낌이 들었다. 레이
몽은 아무 것도 숨기지 않는 것 같았다. 그런데 왜 의심스러울까?
더러운 수법으로 미워하는 라이벌을 업계에서 쫓아내려 하는 인
간일까? 그럴 사람 같진 않지만, 하울리 하비 크리펜*은 존경받
는 의사처럼 보였고, 빌리 더 키드**도 천사 같은 얼굴의 소년이
었다. 그리고 디온 오배니언***은 성가대 출신이면서 갱들을 모
아서 알 카포네를 상대로 전쟁을 벌여 수십 명의 시카고 시민들
을 살해했지.

로저 세인트 레저와 샐리 앨드리지가 레이몽을 찾아왔다. 그것
도 둘 다 불과 3주 사이에. 뭔가 수상한데! 그럴 듯한 이유를 늘
어놓고 있지만 둘 다 목적은 달성하지 못한 듯했다. 다른 목적을
숨기기 위한 위장 아닐까?

"당신은 정말 잘해냈소. 지난 번 일 말이오."

나는 감사의 뜻으로 살짝 고개를 숙였다.

---

* 아내를 살해해 지하실에 묻고 비서와 함께 증기선으로 도망치다 잡힌 의사. 작가 피
   터 러브시는 이 사건을 토대로 『가짜 경감 듀』라는 추리소설을 썼다.
** 뉴욕 출생으로 21년의 짧은 생애에 21명의 사람들을 살해한 사람.
*** 금주령 시대인 1920년대 시카고의 아일랜드계 갱들의 보스. 가정에서는 헌신적
   인 가장이자 독실한 기독교 신자였으나 밤이 되면 밀수꾼이자 갱스터로 변신하는
   이중적인 삶을 살았다.

"실은 당신을 다시 한 번 찾아가 볼까 생각하던 참이었소."

다음 말을 기다렸다. 어떻게 설명해야 할지를 생각하고 있는 것 같았다. 마침내 그가 천천히 말했다.

"누군가 내 가게를 망하게 하려는 것 같소."

16

아니, 런던에 뭔가 악성 바이러스가 감기처럼 여기저기 퍼지고 있는 건가? 도대체 몇 군데나 되는 레스토랑이 이 바이러스에 감염된 거지? 아니, 잠깐. 나는 레이몽의 얼굴을 유심히 관찰했다. 프랑수아가 반격에 나선 건가? 두 사람의 유명한 불화가 마침내 진짜 전쟁으로 바뀐 건지도 몰라!

그토록 캐물어도 원인을 가르쳐주지 않는 걸 보면 정말이지 엄청나게 중대한 일임에 틀림없다. 그것만 밝혀낼 수 있다면 몇 가지 의문에 대한 답이 나올 것 같았다. 우선은 레이몽이 한 말이 무슨 뜻인지 자세히 들어보자.

"단순한 못된 장난들이오." 그가 질문에 답했다. "단순하지만 레스토랑에 끼친 영향은 치명적인 것들이죠. 예를 들면 양념통의 라벨이 바뀌어 있었소. 계피통에 생강이라고 붙어 있고, 바질 통에 타라곤이라고 붙어 있었소. 겉보기엔 비슷하니 다른 것이 들어 있는 걸 몰랐소. 하지만 결과는 그야말로 치명적이었소. 특히 그대로 손님에게 내가야 하는 요리였을 경우에는.”

“그랬겠군요.”

“사실은, 딱 한 번 그대로 내간 적이 있었소. 다행히도 커다란 소동은 일어나지 않고 끝났지만. 그 뒤로는 요리사들이 음식냄새에 심하게 예민해졌소.”

“또 다른 건요?”

“쇠고기 등심 주문이 전화로 취소되어 버렸소. 어떤 영향력 있는 단체손님의 만찬회에 쓸 예정이었던 고기로, 열 몇 명분이 필요했었는데 말이오. 취소된 걸 알았을 때에는 달리 구할 수 있는 시간도 없었소. 하는 수 없이 다른 음식을 내놓았더니 두 번 다시 오지 않겠다고 하더군요. 예약장부가 없어진 일도 있었소. 당연히 가게는 대혼란이 일어났고 몇 번이나 한 테이블에 이중예약이 되곤 했소. 나중에 예약장부가 나타나긴 했지만요.”

“단순한 부주의 아닙니까? 누군가가 실수를 했거나 우연히 눈에 띄지 않았을지도 모르잖습니까?”

레이몽은 단호하게 고개를 가로저었다. “우리 직원들은 모두 아주 유능해요. 그런 실수를 할 리가 없소.”

이쯤 되면, 역시 아까의 커다란 의문이 다시 마음에 걸린다. 가능성은 희박했지만 다시 한 번 시도해보자.

"누군가 의심이 가는 사람이 있습니까?"

"아니, 누가 이런 짓을 할 만한 지 짐작도 안 간다오."

"프랑수아는 어떻습니까?"

그는 곧바로 대답하지 않고 한숨을 내쉬었다.

"다시 그 이야기로군요."

"어쩔 수가 없습니다. 용의자 명단을 만든다면 맨 윗자리에 있는 건 프랑수아 아니겠습니까?"

역시나 대답하지 않았다. 나는 조금 더 나아가 보기로 했다.

"제가 그렇게 의심할 정도라면, 당신이 그렇지 않을 리가 없을 텐데요. 그게 아니라면 다른 누군가가······."

"말했잖소. 누구 짓인지 전혀 짐작이 안 간다고."

실패다. 작전을 바꾸자. "가게에서 일어난 일들이 걱정되긴 합니까?"

그의 눈이 동그래졌다. "물론이오. 걱정이 안될 리가 있겠소?"

"경찰에게 연락했습니까?"

"아니오."

"그리고 저한테 연락하지도 않았죠. 제가 당신을 찾아온 거니까요."

"생각은 했었소. 하지만, 그냥 착각일지도 모른다는 의혹을 버릴 수가 없었소. 아무튼 너무나 어처구니없는 일이잖소. 누가 했던지 간에 목적이 대체 뭐겠소?"

그렇게 어처구니없는 일 같지는 않았다. 그가 미워하는 라이벌의 가게에게도 비슷한 사건이 일어났으니까. 하지만, 그걸 알려줄 수는 없었다.

"아이버 젠킨슨의 죽음으로 저도 상황이 많이 바뀌었습니다. 지금은 의뢰를 받을 수가 없군요."

그는 유감스럽다는 듯이 고개를 끄덕였다. "그렇겠죠. 하지만……." 그가 호소하는 듯한 눈으로 나를 보았다. "한 가지 부탁이 있소. 내 이야기를 들어줬으면 좋겠소. 실마리가 될지도 모르고, 뭔가 관계가 있는 것을 들을 수도 있을 테니. 그때는……."

호오, IJ 사건을 조사하고 있다고 말했을, 아니, 정확히 말하면 넌지시 암시를 주었을 뿐인데, 이 가게에서 일어나고 있는 일이 IJ 사건과 관련이 있다고 생각할 만한 이유라도 있는 걸까?

그걸 물어보았다.

그는 어깨를 으쓱했다. "난 모르겠소. 하지만 내 부탁은 들어주겠소?"

나는 고개를 끄덕였다. 그밖에 또 물어봐야 할 것이 있었던가? 필립 말로였다면 얼마든지 질문을 쏟아냈겠지만, 나는 아무 생각도 나지 않았다. 돌아가려고 일어서려는데, 누군가가 문을 두드렸다. 문이 열리고 인상적인 미녀가 들어왔다. 나이는 삼십 대 중반쯤이고, 탐스러운 적갈색 머리칼에 또렷하고 커다란 눈동자는 갈색이었다. 진녹색 니트 원피스는 몸에 딱 달라붙어 섹시했지만 전혀 천박하지는 않았다.

레이몽이 나를 소개하고는 이렇게 말했다. "나의 조카이자 가게의 수석 매니저인 파울라 자르딘이오."

그녀는 악수를 나누며 나를 차가운 눈으로 쳐다보았다.

"소소한 조사를 하고 있어서요. 서클 오브 카렘의 만찬에서 일어난 가슴아픈 사건에 관련이 있을지도 모르는……." 앗, 생각났다! "그러고보니 만찬회에 오셨었죠? 누구신가 했습니다."

"예, 몇 년 전부터 회원이에요." 낮고 아름다운 목소리였다. 몇 시간이라도 그 목소리를 계속 듣고 싶었지만 레이몽이 방해했다. "애야, 이 분을 배웅해 드리렴. 난 슬슬 주방에 가봐야겠다."

사무실을 나오자 그녀가 물었다. 「레이몽즈」를 잘 아세요?"

"명성은 익히 들었습니다."

문에 다다르자, 그녀는 내 쪽으로 얼굴을 돌렸다. 가까이서 보니 숨이 막힐 정도로 아름다웠다. 흠잡을 데 없는 얼굴이었다.

"우리 가게에서 꼭 한 번 음식을 드셔보셔야죠. 명성에 걸맞을 테니까요. 그건 제가 보증해요."

"예, 그러죠." 나는 진심으로 말했다. "언제 한 번……."

"물론, 손님으로 초대할게요."

"고마우신 말씀인데요."

그녀가 미소를 지었다. "제 손님으로 오세요."

"더더욱 고마운데요."

"내일은 어떠세요?"

"예? 내일요?"

"어머나, 죄송해요. 내일은 캐나다에서 오시는 손님들을 대접해야 하네요. 모레는 어때요?"

"좋습니다." 나는 즉각 말했다. 이런 초대를 거절할 만한 예정이 있을 리가 있겠나. 게다가 레이몽의 다른 면모를 알아낼 수 있을지도 모른다.

문을 열어주는 그녀의 눈도 아찔할 정도로 아름다웠다. "12시 반에 뵈요. 멋진 식사와 즐거운 대화를 기대할게요."

사립탐정이 되는 것도 그리 나쁘지 않은걸. 지하철이 덜커덩, 하고 크게 흔들리면서 출발했다. 음식은 훌륭하고 미녀들도 많고. 게다가 두 가지가 세트인 경우도 많다니 이건 완전히 금상첨화다.

「레이몽즈」를 나온 다음 공중전화를 발견했으므로 전화번호 안내센터로 전화를 길어 로서 세인트 레저의 전화번호를 물었다.

"죄송합니다. 그 이름으로 등록된 번호는 없습니다." 여자가 상냥하게 말했다.

"비공개 전화번호라는 말입니까?"

"죄송하지만, 그건 알려드릴 수 없습니다."

"비공개 전화번호는 어떻게 알 수 있는데요?"

"당사자에게 연락해서 직접 물어보셔야겠죠."

"아니, 그 번호를 모르니까 이렇게 당신한테 묻고 있는 거잖아요. 어쨌든 알았어요. 고마워요."

런던 교외에 살고 있을지도 모르지만, TV 정규 프로그램을 맡고 있었으니 그레이터 런던 지구에 살고 있으리라 생각하는 것이 자연스럽다. 나는 이런 상황에서 종종 그렇듯, 마이클에게 전화를 했다.

"알아내면 전화해주지." 조사해줬으면 하는 것을 설명하자 마이클이 그렇게 말했다.

"지금 공중전화야. 내가 다시 걸지."

"그럼, 5분 뒤에 전화해."

6분을 기다렸다가 전화하자 마이클이 즉각 받더니 로저 세인트 레저의 전화번호를 알려주었다. "원한다면 주소도 알려주지. 풀햄 워프의 멜버른 플레이스 103호야."

"정말 대단한데, 마이클. 어떻게 조사한 거야?"

"출판사에 전화를 걸었지."

"세인트 레저가 책도 썼어?"

"마지막에 했던 프로그램에 관한 책을 썼어. 그 출판사에 아는 사람이 있어서 이번에 새로 나올 요리책을 200권 사주겠다고 약속했지."

"나도 한 권 살게. 책값이 5파운드 이하라면 말이야."

"안녕." 마이클이 전화를 끊었다.

풀햄 워프는 템스 강 연안의 재개발지역으로 콘크리트와 유리와 화분에 심어진 나무밖에 없는 곳이었다. 강물은 검고 탁했으며 강쪽에서 차가운 바람이 살풍경한 거리에 불어왔다. 과속을 막기 위해 만들어놓은 흑백 과속방지턱이 여기저기 아무렇게나 설치되어 있었다. 불청객을 막는 차단막대도 있지만 모든 손님은 자동차로 온다고 생각했는지 걸어서 들어가는 데에는 아무런 장애물도 없었다.

전화를 하지 말고 직접 찾아가보기로 했다. 그러면 '됐소' 하고 냅다 끊어버릴 염려도 없다. 입구에 있는 커다란 지도에서 멜버른 플레이스의 위치를 확인했다. 주변의 다른 건물들처럼 참 무미건조한 건물이었다. 하지만 주민들은 풍경 따위보다는 설비나 입지조건, 첨단유행이라는 것을 중시하겠지.

103호는 1층이었다. 널찍한 창으로 더러운 강물이 훤히 내다보이겠다. 나는 건물 앞에 멈춰서서 찾아온 이유를 머릿속에서 정리했다.

레이몽은 로저 세인트 레저가 새 프로그램을 시작하고 싶다면서 찾아왔었다고 했지. 그걸 이용하면…… 하지만 그건 전채를 먹기 전에 후식을 내놓는 셈일려나? 내가 로저 세인트 레저를 의심하는 이유는 분명히 그가 서클 오브 카렘에서 보인 행동 때문이었다. 하지만 왜 그게 그렇게 마음에 걸리지? 정말로 그는 뭘 했을까? 세인트 레저가 아이버 젠킨스에게 봉투를 건네주는 장면도, 내용물을 확인할 때의 IJ의 표정도 나는 똑똑히 보았다. 그리고 IJ의 시체 – 뭐, 그때는 모두들 죽었다고 생각했으니까 – 를 내려다보던 로저 세인트 레저의 표정도.

더 생각해봤자 나올 건 없었다. 보고서에 그런 말이 씌어 있더라도 관심을 가질 사람도 없을 것이다. 내 눈에 뭔가 있는 것처럼 보였을 뿐. 그리고 IJ가 죽었고.

뭔가 있다고 생각하고 싶을 뿐일까? 아니면 역시 경험부족인가. 아, 정말! 인간이라는 존재를 꿰뚫어보는 브라운 신부나 날카로운 직감을 가진 샘 스페이드가 여기 있어 줬으면!

아직 대낮인데도 103호실 창문에는 두꺼운 커튼이 드리워져 있었다. 주름잡힌 커튼 한편에 아주 약간 틈이 있었다. 창문에 얼굴을 갖다대면 안이 약간은 엿보일 것 같았다. 전등이 켜져 있어서 파스텔 색조의 쿠션이 놓인 커다란 하얀 소파의 일부가 보였다. 그 앞에는 유리판이 얹힌 테이블이 있었는데, 테이블 다리와 유리판 테두리는 크롬이었다. 바닥에는 고급스러운 연푸른 색 융단이 깔려 있었다. 하지만 이런 풍경은 기계적으로 눈에 들어왔을 뿐이었다.

좀처럼 받아들이기 힘든 것이 있었기 때문이었다. 시체다! 절반쯤 테이블 밑에 기어들어가 있는데, 손발이 부자연스럽게 구

부러진 채 널부러져 있었다. 게다가 한쪽 다리는 기묘한 각도로
꼬여 있었다.

17

나는 공포에 사로잡혀 뒷걸음질쳤다. 다시 한 번 창문 안을 보
았다. 역시 있었다. 의심할 여지가 없었다. 로저 세인트 레저가
살해당했다! 나는 속으로 부르짖었다. '너무 많은 것을 알고 있
었기 때문에 제거된 거야!'

커다란 창문은 이중이었고, 게다가 상당히 두툼한 유리 같았
다. 커다란 망치 아니고서는 깨뜨리기 힘들 것 같다. 먼저 도움
을 청하러 가야겠다. 문을 지나치면서 슬쩍 쳐다보았다. 참으로
튼튼해 보이는 문으로, 틀림없이 자물쇠와 빗장이 몇 개나 걸려
있을 것이다. 황동 손잡이를 돌려보았다. 어라? 열리잖아!

쓰러져 있는 사람은 역시 로저 세인트 레저였다. 테이블 밑에
서 끌어내서 소파에 뉘었다. 그제서야 비로소 시체는 절대 건드
리면 안 된다는 기본 규칙이 기억났다. 윽, 어떤 탐정도 완벽할
순 없으니까. 전화가 없나 하고 주위를 둘러보고 있는데 신음소

리가 들려와서 소스라칠 듯 놀랐다.

로저 세인트 레저가 다시 신음소리를 냈으므로 그를 부축해서 일으켜주었다. 다행이다, 살아 있었어! 넥타이를 늦춰 주려 했지만 이미 느슨한 상태였다. 죽을 줄 알았는데 한 번 되살아났던 IJ가 떠올랐지만 이렇게 가까이서 보니 그때와는 상황이 다른 것 같았다. 그가 숨을 내쉴 때마다 풍기는 술냄새에 기절할 지경이었으니까. 죽진 않았지만 죽을 만큼 퍼마셨음에 틀림없었다.

나는 주방을 찾았다. 멋진 주방에는 최신 가전제품이 줄줄이 놓여 있었다. 자동 커피메이커 같이 생긴 물건에 커피를 반 깡통 넣었다. 냉장고에 자동 제빙기가 달려 있었으므로 행주를 물에 적시고 얼음을 넣어서 얼음주머니를 만들었다. 어떤 지독한 술고래도 정신이 번쩍 들만큼 진한 커피를 만들어서 얼음주머니와 함께 거실로 가져갔다. 그제서야 비로소 테이블 위에 두 개의 유리잔이 놓여 있는 것을 알아차렸다. 하나에는 립스틱이 묻어 있었다.

몇 분 뒤, 세인트 레저의 조금도 웃지 않는 흐릿한 눈이 나를 향했다. 마침내 초점을 맞춘 뒤 갈라진 목소리로 물었다.

"여기서 뭘 하고 있는 거요?"

끔찍한 얼굴이었다. 나는 억지로 커피를 더 마시게 하고, 얼음주머니를 다시 잘 얹어주었다. 그는 목이 메어 켁켁거리면서 얼음주머니를 치워버리려 했다.

"이게 뭐요?" 여전히 켁켁거리고 있었다.

"그냥 커피요. 조금 더 마셔요. 그러는 게 좋을 테니까."

그는 동의하지 않는다는 표정이었다. 특히 만든 방식이 마음에 들지 않는 듯했다. 방송에서는 '삐―' 소리로 처리될 만한 육두문자를 써서 나와 내가 끓인 커피에 대한 견해를 밝혔다. 그러더니 커피를 내뿜었으므로 나는 당황해서 멀찍이 피했다.

"뭐요, 날 질식시키려는 거요?" 그가 다시 켁켁거리면서 기침을 했다.

"자, 그러는 당신은 뭘 하고 있었던 거죠? 술로 자살할 생각이었습니까?"

분노에 불타는 눈으로 나를 노려보았지만 호흡은 조금씩 정상으로 돌아오고 있었다.

"내가 아는 사람 중에," 나는 상냥하게 말했다. "술을 너무 퍼마셔서 중환자실에서 48시간 동안 링거를 맞은 놈이 있어요."

여전히 노려보고 있긴 했지만 호흡은 거의 정상으로 돌아왔다. 얼굴빛도 좋아졌지만, 여기서 적당히 봐줄 생각은 없었다.

"그래봤자 소용이 없긴 했지만요. 결국 죽었거든요."

잠시 침묵이 흘렀다. 결코 호의적인 분위기가 아니라는 것만은 확실했다. 마침내 그가 말문을 열었다.

"이번엔 제대로 커피를 끓여오면 마시겠소."

나는 그렇게 하겠다고 말한 뒤, 이번에는 제대로 끓이고 내 것도 컵에 따랐다. 결국 마시진 않았지만.

"여기서 뭘 하고 있는 겁니까?" 약간은 부드러워졌지만 친밀감을 담은 말투는 아니었다.

"물어보고 싶은 것이 있어서요."

"그게 뭔데요?"

지금이 기회다! 아니, 좀 늦었나? 저항할 수 없을 정도로 약했을 때에 사정없이 심문을 했어야 했을까?

"IJ의 죽음에 관해서요."

그는 눈을 감았다. 그리고는 눈꺼풀이 천근만근이나 되는 듯이 힘겹게 눈을 떴다.

"난 아무 것도 몰라요."

"거기에 있었잖아요."

"그건 당신도 마찬가지잖소."

역시 너무 늦었다. 열받게도, 그는 완전히 기운을 되찾아버렸다. 나는 그의 손이 닿지 않는 곳으로 커피잔을 옮겼다.

"서클 오브 카렘의 만찬에서 IJ에게 건넨 봉투엔 뭐가 있었죠?" 이렇게 된 이상, 단도직입적으로 물어보자.

"무슨 봉투 말이오?"

"얼버무리지 마요!" 내가 버럭 소리를 질렀다.

그는 퉁퉁 부은 눈을 가늘게 떴다.

"여긴 어떻게 들어왔소?"

"최고의 금고털이, 지미 발렌타인*이랄까."

"불법침입이로군!" 그가 분개하며 말했다.

"자물쇠가 걸려 있지 않던데요. 자, 말해 봐요. 봉투엔 뭐가 들어 있었죠?"

그는 신음소리를 내더니 삼각형으로 부자연스럽게 꼬여 있던 다리를 움직이려 했다.

"난 아무 것도 몰라요."

"알고 있을 텐데요."

아직 고통으로 얼굴을 찌푸리고 있었다. 그래서 내 질문에 집중하지 못하고 있는 거라면, 잘만 하면 함락시킬 수도 있겠다.

"IJ의 정보원한테 받은 거요." 그가 무릎을 문지르면서 말했다. "좀 늦는 바람에 곧장 IJ에게 가서 넘겨줬소."

"그 안에 뭐가 있었죠?"

"모른다고 했잖소?"

"정보원은 누군데요?"

"처음 본 사람이었소."

"하지만 IJ의 정보원이라면 알고 있을 텐데요."

"한두 명은 알지. 하지만 그 사람은 본 적이 없소. IJ는 소개를 안 해주는 사람이오."

---

* 오 헨리의 단편소설 「개심」에 등장하는 주인공.

겨우 한 가지는 깨달을 수 있었다. 사람이 진실을 말하고 있는지 거짓말을 하고 있는지는 알 수 없다는 것. 추리소설 속 탐정들은 눈꺼풀이나 입술이 아주 약간 움직인 것만으로도 딱 알아맞히던데. 그들은 거짓말 탐지기보다 훨씬 정확하게 거짓말을 꿰뚫어본다. 어떻게 하면 그게 가능할까? 세인트 레저가 눈꺼풀이나 입술을 움직이고 있다 하더라도 나는 놓치고 말았다.

로저 세인트 레저는 진실을 말하는 것 같지만, 아마도 그럴 리는 없을 것이다. 레이몽이나 프랑수아도 진실을 말하는 것 같았지만 절대로 누군가는 거짓말을 하고 있다. 하지만, 누가?

"IJ와는 어떤 관계였습니까?"

위가 아픈 듯, 얼굴을 찌푸리고 한참 동안 위를 누르고 있다가 마침내 대답했다. "별로 좋아하진 않았소."

"까다로운 사람이라고 들었습니다."

"사람을 심부름꾼처럼 부려먹었지."

"그의 프로그램을 도와주고 있었습니까?"

"뭐, 약간."

"음식에 대해 잘 알기 때문인가요?"

"그렇소."

"만약 그가 살해당했다면 누가 죽였을 것 같나요?"

그는 부은 눈을 한껏 크게 떴다.

"살해당하다니, 누가 그런 말을 했소?"

"아무도 그렇게 말하지 않았어요. 만약 살해당했다면, 이라고 했을 뿐인데요."

"그 놈을 좋아한 사람은 아무도 없었소. 최악의 인간이었지."

"모두들 싫어했나요?"

로저 세인트 레저는 묵묵히 머리만 끄덕였다.

"그럼 모두에게 살해동기가 있다는 말이군요?"

그가 다시 나를 노려보았다. "어처구니가 없군요! 싫어한다고 죽이는 사람이 어디 있소?"

"그를 싫어하는 사람들 중에서 죽이고 싶을 정도로 싫어하는 사람이 한 명쯤은 있었을지도 모르죠."

그는 머리를 흔들었다. 눈꺼풀이 무거운 듯했다. 이런 상태라 면 당장이라도 곯아떨어질 듯했다.

"지난 밤엔 꽤 즐겼나 보군요?"

그는 고개를 끄덕이더니 크게 하품을 했다.

"둘이서요." 내가 두 개의 잔을 쳐다보는 것을 알아차리고 그 도 시선을 그리로 향했지만, 초점이 잘 맞지 않는 듯했다.

"음……." 그가 중얼거렸다.

"헤어진 전 부인이었나요?" 과감하게 물어보았다.

그는 머리를 흔들더니 고통스럽다는 듯이 신음소리를 냈다.

"여자친구였어요?" 여기서 잠들게 내버려둘 순 없어! "도우 미? 이웃사람? 청소부 아줌마? 아니면 세무서 직원?"

더 이상 아무 것도 들리지 않는 듯했다. 머리가 툭 떨어졌다. 쯧쯧, 심문은 끝났군.

욕실로 가서 선반을 모조리 열어보았다. 여성과 함께 사는 흔적은 없었다. 별로 대단한 정보는 듣지 못했지만 그가 한 말을 돌이켜보았다. 역시나 IJ는 미움받고 있나 보다. 방송국 동료들도 그를 미워하고 있을까? 그리고 그들은 무엇을 알고 있을까?

알아낼 방법은 딱 하나였다. 윽, 헤밍웨이 경위의 경고가 떠올랐지만, 뭐 어떻게든 되겠지. 만약 네로 울프가 크레이머 경위가 시키는 대로 고분고분 말을 들었다면 절대로 범죄를 해결하지 못했을 테니까.

전화는 편리한 물건이다. 버튼만 제대로 누르면 우주비행사에게 전화를 걸어 오늘은 어떤 맛의 우주식을 마셨는지도 물어볼 수도 있으니까. 크렘린으로 잘못 연결되어 버리거나 하지 않고, 그럭저럭 무사히 시내통화를 할 수 있었다.

"로저 세인트 레저입니다." 제발 속아주길! "내일 친구가 그쪽으로 파일을 가지러 가기로 되었거든요. 그 친구가 방송국 안으로 들어갈 수 있도록 미리 조치를 취해 주십시오."

딸깍, 하는 소리가 들리고 전화가 다시 돌려져서 나는 똑같은 말을 되풀이했다. "확인을 위해 댁으로 전화를 다시 걸겠습니다." 걸려온 전화를 받은 건 당연히 나였다. 호오, 잘 되어간다.

세인트 레저의 다리를 소파에 올리고 침실에서 깃털이불을 갖고나와 덮어주었다. 이불을 꼭꼭 여며주지는 않았지만 집을 나온 뒤 자물쇠가 잠긴 건 확인했다.

사무실에 돌아와 캐롤이 보내준 팩스를 읽었다. 전문용어가 줄줄이 나열되어 있어 어려웠지만, 요점은 틴틸리눔 보툴리눔이 음식에서 검출되면 상당히 골치아파진다는 말인 듯했다.

소위 보툴리누스균과 비슷하지만, 그것보다는 훨씬 드문 균이다. 날 것인 채로 오랜 시간 실온에서 방치된 생선에서 생성되며 보툴리누스균보다 증세가 빨리 나타난다.

우선 먼저, 눈의 초점이 흐려진다. 구토증세를 보이기도 한다. 목소리는 정상이지만 뇌의 집중력이 급격히 떨어지고, 순식간에 집중이 불가능해지고 제대로 작동하지 않게 된다. 연속된 사고를 하기가 힘들다.

맥박이 느려지고 청진기로도 감지할 수 없을 정도로 약해지는 경우도 있다. 호흡도 매우 얕아지므로 얼핏 죽은 것처럼 보인다. 극히 짧은 시간 동안 맥박과 호흡이 정상으로 돌아오는 경우도 있지만 결국은 사망한다.

모든 증상이 IJ의 경우와 딱 맞아떨어졌다. 죽었다가 다시 살아난 것도 설명이 가능해졌다. 이어서 마이클이 보내온 두터운 봉투를 뜯었다.

마이클은 언제나 그렇듯 완벽하게 조사했다. 재향군인병과 광우병에 관한 신문기사 스크랩도 많이 들어 있었지만, 이젠 더 이상 필요없겠지. 하지만 바로 가열처리해서 냉장한 식품에서 리스테리아균이 검출되기도 하고, 특히 부드러운 치즈를 통해 연간 200명 이상이 죽는다는 것을 알았다. 그리고, 달걀의 살모넬라균에 대한 무시무시한 이야기는 의학적이 아니라 정치적인 문제 같았다. 게다가 놀랍게도, 「선데이 타임스」에 실려 있던 보건복지국의 발표에 따르면, 하루만에 낫는 것부터 사망한 것까지 포함해서 영국에서 연간 200만 명에 이르는 사람이 식중독에 걸린다는 것이다.

칠성장어에 대해 마이클은 역사적인 자료까지 조사했다. 1차 세계대전 직전에 해머스미스 부두에 중독사한 수천 마리의 칠성장어 떼가 떠오른 적이 있었다. 당시의 법의학은 현재와 비교할 수 없는 것이었다고는 하지만, 결국 칠성장어들이 자체 독 때문에 죽었다는 결론에 이르렀다. 요컨대, 자신들의 독선이 원인이 되어 죽었다는 것이리라.

또한, 마이클은 헨리 1세의 죽음에 관해서도 조사했다. 오늘날엔, 흔히 알려져 있는 칠성장어 과식 때문이 아니라 칠성장어 독이 사인이었다는 의견이 주류인 듯했다. 또한 그밖에도 음식 때문에 목숨을 잃은 왕이 몇 명이 있었다. 그 중 흥미로운 것은 무화과를 먹고 죽은 헝가리의 마티아스 왕과 수박을 먹은 직후에 죽은 영국의 조지 1세였다.

「레이몽즈」와「르 투르케 도르」의 재정 보고서도 들어 있었다. 둘 다 경영은 극히 양호했고 지난해에는 사상 최대의 흑자를 내고 있었다. 주식은 아직 상장되지 않은 상태였다.

오늘 우편물에는 특별한 것이 없었으므로 6시 30분에 사무실을 나왔다. 도중에 장을 보러 들렀지만 아까 읽은 기사가 떠올라 어쩐지 생선, 치즈, 달걀에는 손이 가지 않았다. 무화과와 멜론 따위도 사지 않기로 했다. 내일쯤 되서 기사에 관한 기억이 희미해지면 다시 예전처럼 맛있어 보이겠지.

딱 맞는 음악, 아니 정확히 말하면 맞을지 안 맞을지 시험할 음악을 찾아서 시디가 든 파일을 뒤졌다. 지금 기분에는 코렐리의 협주곡은 다이어트 콜라를 마실 때나 어울릴 것 같으니 통과. 결국 드보르작의「슬라브 무곡」을 골랐다. 브람스와 리스트는 그가 헝가리 음악과 집시 음악을 혼동하고 있다고 비판했지만 이 곡을 듣고 있으면 기분이 고조된다. 격렬한 리듬과 아름다운 멜로디에 맞춰서 얼음을 가득 넣은 유리잔에 잭 다니엘스를 따랐다. 이 곡도 잭 다니엘스도 지금의 기분에 딱 맞았으므로 한 잔 더 마셨다.

식사준비를 하기 위해 주방으로 가서 마데이라 소스를 만들기 시작했다. 먼저 브라운 루*를 만들고 거기에다 쇠고기 콩소메를

---

* 밀가루를 버터로 볶은 것.

넣어서 끓이고, 다진 토마토, 양파, 당근, 타임, 월계수 말린 잎, 파슬리, 소금과 후추를 넣었다. 그것을 보글보글 끓이면서 냉동해 두었던 수프를 녹였다. 수프를 먹고 싶지만 처음부터 만들기는 귀찮은 날을 위해 미리 만들어 냉동시켜 둔 것으로 타라곤*을 곁들인 아스파라거스 퓌레**였다.

이 수프도 어울리는 음악을 고르기 힘들어서 아직 만족스러운 조합을 발견하지 못했다. 오늘은 드뷔시의 현악 4중주곡을 시도해 보기로 했다. 드뷔시가 인상파 화가들과 친하게 지내면서 그들이 회화로 표현한 것을 음악으로 표현하려 했던 시기에 작곡한 것이다. 내가 너무 영역을 넓힌 건가? 음악과 음식의 조합만으로도 언제나 성공하고 있다고 말하기 힘든데 이젠 음식과 음악에다 회화까지!

다우***의 코르크 마개를 뽑았다. 포르투갈의 맛있는 레드 와인은 대부분 이 다우 지역에서 나오는데 상태가 좋을 때는 최고의 맛이다. 단, 문제는 상태가 좋은 것과 그렇지 않은 것을 고르는 것이 거의 도박에 가깝다는 것이다. 라벨을 속인다든지 오크통에서 숙성하는 동안에 자연스럽게 생겨나는 향기 대신에 오크

---

* 약용 내지 향료 식물의 일종.
** 채소와 고기를 데쳐서 거른 것으로, 수프 등을 만든다.
*** 포르투갈 중부보다 좀더 북쪽의 내륙에 있는 다우 지방에서 생산하는 숙성시켜 마시는 와인.

액을 섞어서 숙성된 것으로 속이기도 한다. 오늘 것은 잘 골랐다. 잠시 실온에 그대로 놓아두고 장봐온 재료를 소테*했다. 작은 투르느도** 두 덩어리가 있었다. 최고로 멋진 쇠고기 부위 이름이다. 눈깜짝할 사이에 익기 때문에 요리할 때는 절대로 한눈을 팔면 안 된다. 투르느도는 가장 부드러운 부위이긴 하지만 가장 맛있는 부위는 아니므로 소스를 뿌리는 것이 좋다. 왜 로시니가 투르느도에 푸아그라와 송로버섯을 약간 얹은 것만으로 만족했는지는 본인에게 물어보지 않으면 모르겠지만.

이 소스에는 맨 마지막에 마데이라 와인***을 첨가하는 것이 내 스타일이다. 결과는 매우 만족스러웠다. 소스도 걸쭉하게 끓여지고 투르느도도 다 구워졌을 때쯤에는 다음 시디로 넘어가 있었다. 내가 아주 좋아하는 베토벤 교향곡 2번이었다. 작곡할 때 가장 고생했던 곡으로, 마음에 들 때까지 세 번이나 고쳐 썼다고 한다. 베토벤이 그 무렵에는 이미 자신이 귀머거리가 될 것을 알고 있었다는 점을 생각하면, 명랑하고 시적인 곡의 매력이 한층 두드러지는 느낌이었다.

후식은 어떻게 할까? 의사와 다이어트 주창자들은 때문에 서

---

* 육류나 생선을 버터를 녹인 프라이팬이나 철판에 굽는 방법, 또는 그 요리.

** 소의 연한 허릿살을 저민 스테이크.

*** 포르투갈령인 아프리카 서북 해상의 제도 및 그 주도인 마데이라에서 만든 화이트 와인.

구세계에서는 후식을 먹는 것에 죄의식을 느끼게 되어 버렸다. 먹을까, 말까? 안 먹기보다는 먹는 쪽으로 기울었다. 자, 먹기로 했다면 다음 문제는 '뭘 먹을까' 겠지.

오늘은 파스타도, 쌀도, 감자도 안 먹었다며 스스로를 정당화시키면서 사바용*으로 정했다. 이건 만들어서 바로 먹어야 하는 후식이므로 이럴 때에 딱 좋다. 전통적인 조리법에 따라 바베이도스 럼**을 사용했다.

커피를 마시면서 평소답지 않은 짓을 했다. TV를 본 것이다. 옛날 영화를 상영하고 있었는데, 남편이 자신을 독살하려고 한다고 의심하는 아내 이야기였다. 남편 역은 조지 샌더스였으므로, 아내의 의심이 사실이라 해도 이상한 건 없었다. 생선의 독은 나오지 않아 안심했지만 대신에 사람을 헷갈리게 하는 복선이 곳곳에 깔려 있어서 재미있었다.

이번에는 샌더스가 범인이 아니었고, 나는 결말이 끝나고 엔딩 크레딧이 올라갈 무렵에 잠자리에 들었다.

---

* 프랑스의 전통적인 후식. 날달걀 노른자, 설탕, 시럽, 화이트 와인, 브랜디, 럼으로 향을 내고 오랫동안 휘저어 공기를 주입시켜 아주 부드럽고 걸쭉하게 만든 소스.
** 사탕수수를 빚어서 만든 증류주. 서인도 제도에서 생산되기 시작되었으며 1650년 경에 씌어진 바베이도스의 문헌에 최초로 등장했다. 처음에는 '킬데블' 또는 '럼불리언'이라고 명명되다가 1667년부터 럼이라고 부르게 되었다.

18

액션 파크에 있는 내셔널 방송국은 지하철 역에서 아주 가까웠다. 주차장 입구에는 거대한 'NTV' 라는 글자가 걸려 있었다. 방문객들이 모두 자가용으로 올 거라고 생각하고 있는지, 내가 걸어서 출입문의 차단막대를 올렸다 내렸다 하고 있는 유리문이 달린 경비실로 다가가자 경비원이 의아한 표정으로 쳐다보았다.

이름을 대도 처음엔 멀뚱멀뚱 보고만 있었다. 수많은 사람이 드나들고 게다가 그들 대부분이 나보다는 유명인일 테니 어쩔 수 없지. 마침내 그가 리스트에서 내 이름을 찾아냈지만 "아, 로저 세인트 레저씨와 관련해서 왔군요." 라는 식으로 말하는 걸 보고는 내가 '오늘의 유명인사' 축에는 들지 못한다는 걸 알았다. 물론 세인트 레저도 그럴 것이고.

"길 건너편에 주차하셨습니까?" 그가 물었다. "여기에 주차하셔도⋯⋯."

"차로 안 왔는데요." 내 등급이 몇 단계 더 떨어졌음을 알았다. "A40에 교통체증이 심한 것 같아서요. 라디오에서 그러던데요."

"라디오라구요!" 경멸하듯이 그의 입술이 일그러졌다. "라디오라니! 그 놈들이 교통에 대해 뭘 아는데요?"

"물론 가끔은 틀리기도 하지만……."

"가끔? 틀리지 않은 적이 드물죠. 그런 그렇고, 누구를 만나고 싶다고 하셨더라?"

"왓킨스양요." 세인트 레저한테 주워들은 이름을 댔다.

"아, 그건 좀 힘들겠군요. 참 찾기 힘든 사람이라서……." 전화기를 손에 든 채로 생각을 하다가 유리창 너머로 누군가를 발견하고 똑똑 유리창을 두드렸다.

몸집이 작은 요정 같은 여성이 고개를 갸우뚱거리면서 다가왔다. 회색 옷에 까만 신발, 흰 머리가 섞이기 시작한 머리카락을 빨강과 흰색 반다나*로 감싸고 있었다.

"밀리, 이 분을 서쪽 4층으로 모셔다드려. 왓킨스양을 만나러 오셨대."

그녀는 코웃음을 쳤다. "꿈같은 소리 하시기는." 그러고는 잠시 나를 관찰했다. "뭐, 알았어요, 찾아보죠."

정원을 가로지르면서 그녀는 하늘을 올려다보았다. "비가 올 것 같네요." 기쁜 듯한 어조였다.

"안 올 걸요. 어젯밤에 당신네 방송사 뉴스 프로가 끝나고 일

---

* 면이나 실크에 염색한 인도의 직사각형 천. 머리나 목에 두른다.

기예보에서 오늘은 하루종일 화창할 거라고 했다구요."

"아, 그 사람." 어처구니없다는 듯한 어조였다. "언제부터 날씨에 대해 그렇게 잘 알게 되었는지."

"잘 알고 있는 것 같던데요."

"그냥 써준 대로 읽는 것뿐이잖아요!" 그녀가 킥킥거렸다. 다가오는 리무진을 향해 손을 들어보이고 우리는 길을 건넜다.

"그 사람이 하는 일이라곤 원고를 읽는 것 정도죠."

"자신 있는 말투던데요……."

"자신이 있다면 왜 그 사람이 오늘 우산을 갖고 왔을까요?" 의기양양한 태도로 물었다. "그 남자는요, 날씨에 대해선 눈곱만큼도 몰라요. 두고보라구요, 절대로 비가 쏟아질 테니까요!" 다시 킥킥거리더니 커다란 벽돌 건물로 들어갔다. 긴 복도를 따라 걸어가서 승강기를 탔다. 승강기는 위태롭게 덜커덩거렸지만 마침내 무사히 4층에 도달했다.

한없이 이어질 듯한 좁고 긴 통로에는 수많은 문이 쭉 늘어서 있었다. 문패에는 이름을 적은 작은 카드가 들어 있었다. 방의 주인이 바뀌어도 카드를 바꾸기만 하면 되기 때문이리라.

밀리는 문 하나를 두드리고는 안을 들여다보면서 큰소리로 물었다. 문을 닫고는, "오늘은 못 봤대요. 이쪽으로 가보죠."

몇 번째 앞에 있는 문에서도 같은 일을 되풀이했지만 운이 없었다. 그러나 다음 문에서 만족스러운 미소를 띠고 나왔다.

"대도구실에 있대요. 거의 찾았어요."

끝이 없는 것 같은 통로를 다시 계속 걸어갔다. 서류나 폴더, 컴퓨터에서 출력한 종이뭉치를 산더미처럼 끌어안은 젊은 남녀가 바삐 오가고 있었다. 이 건물은 사무용이고, 스튜디오는 다른 건물에 있을 것임에 틀림없었다. 마침내 목적한 방에 도착했다. 밀리는 문도 두드리지 않고 들어갔다. 여러 개의 작은 방 벽을 헐어서 만든 듯한 커다란 방이었다. 제도용 책상 같은 거대한 데스크가 방안을 채우고 있고, 대부분의 사람들이 앉아서 그림이나 스케치를 하고 있었다.

"저 사람이에요." 밀리가 손으로 대충 가리키더니 멀뚱하게 서 있는 나를 남겨두고 휭하니 가버렸다. 아무도 나의 존재를 알아봐줄 것 같지 않았으므로 나는 밀리가 가리킨 여성 쪽으로 걸어갔다.

꼬챙이처럼 빼빼 마른 몸집이 작은 여성으로, 다부진 얼굴에 눈은 도전적으로 번뜩였다. 원래는 고급품이었으리라 짐작되는 낡은 바지에 갈색 스웨터 차림이었다. 구부러진 담배가 그녀의 입에 매달려 있었다. 말을 할 때도 담배를 빼려고 하지 않았다.

커다란 그림판을 들고 지긋지긋한 얼굴로 내려다보았다.

"이 빌어먹을 거지같은 그림은 대체 뭐야?"

바로 옆에 비슷한 그림판을 몇 장 갖고 있는 젊은 여성이 있었다. 아마도 지금 그것도 그녀가 건네준 것이겠지.

"마법의 숲이에요." 침착한 목소리로 젊은 여성이 대답했다.

"사우스올의 트레일러 파크가 이보다는 더 마법의 숲처럼 보이겠네. 이 따위 그림은 냉큼 돌려보내고 다시 해오라고 해. 이번에는 좀 마법적인 그림을 그려오라고 하라고."

"두 번이나 다시 그린 거예요. 저번에 그린 건 토네이도가 덮친 버틀린 휴양촌* 같다고 하셨잖아요." 여성은 아직 젊지만 전혀 주눅이 든 기색이 없었다. 늘상 있는 일인가 보다.

"세 번째로 그려오라고 하면 되잖아. 이번엔 정말 그럴 듯하게 그려오지 않으면, 크리스마스 카드 디자인하는 일거리나 구걸하며 구직센터를 전전하게 될 걸."

젊은 여성이 그림판을 받아들고 다른 것을 건네주었다.

"이건 또 뭐야? 우중충한 날의 윔우드 스크럽스** 같네."

"공작의 성이에요."

화가 난다는 듯이 콧웃음을 치다가 마침내 나를 알아차렸다.

"당신은 또 뭐죠?"

이름을 대자 그녀는 짜증난다는 듯이 머리를 흔들었다. "당신 이름을 물은 게 아니라고. 나랑 아무 관계 없으니까. 여기서 뭘 하고 있는 거죠?"

---

* 빌리 버틀린이 세운 일종의 리조트.
** 1966년에 만들어진 유명한 감옥.

여기서 로저 세인트 레저의 이름을 대봤자 분위기는 달라지지 않을 것임을 알았다. 여기서는 과격하게 나가볼까? 필립 말로였다면 이런 여자는 단 5초도 참지 못했을 텐데.

"디디 왓킨스씨죠?"

"그런데요⋯⋯."

"몇 가지 물어보고 싶은게 있어서요."

"무슨 소리를 하는 건지⋯⋯."

"아이버 젠킨슨의 죽음에 관해서입니다."

그 말을 듣고 마침내 그녀가 입에서 담배를 뺐다. 윽, 만든지 일 년은 된 골르아즈* 같은 역겨운 냄새가 났다. 아니아니, 그보다 더 심했다.

"내가 그걸 어떻게 알아요? 그 자리에 있지도 않았는데."

"알고 있습니다. 제가 거기 있었으니까요."

"그렇다면 빌어먹을 경찰에게 물어보면 되잖아요. 그런 일로 나를 방해하지 말고."

"그럴 필요는 없습니다. 이런 식으로 사람들에게 질문을 하는 것이 일이니까요. 그와 함께 일을 했던 당신에게 물어보고 싶은 것이 있습니다."

내 말을 듣고 경찰로 오해한 것 같았다. 좋아, 잘 되어간다.

---

* 달걀 노른자를 넣은 닭고기 요리.

"그 사람과 함께 일을 한 사람은 없어요. 자기 하고 싶은 대로 하는 한 마리 늑대 같은 자식이었으니까. 그 사람이 다른 사람과 공유한 건 성병 정도일 걸요."

"사람들이 좋아하지 않았다는 말인가요?"

"IJ는 한 가지는 정말 타고났어요. 싸가지가 없다는 것."

"그에게 적이 있었다고 생각합니까?"

그녀는 웃으려 했지만 대신에 나온 건 기침이었다. 골초들 특유의 자지러지는 기침이었다. 겨우 가라앉자 디디는 여전히 연기를 피워내고 있던 담배를 다시 빨아들였다.

"적? 아뇨, IJ에겐 적이라곤 한 명도 없어요." 내가 놀라워하자 의기양양하게 웃었다. "따로 적이 필요 없다는 말이에요. 그를 아는 사람이라면 모두들 미워했으니까."

디디 왓킨스의 저항은 돌파할 수 있을 것 같았지만 세인트 레저도 이 정도는 기꺼이 말할 것을 알고는 일부러 그녀의 이름을 알려준 건지도 모른다. 좋아, 그럼 나도 뒤통수를 쳐주지.

"로저 세인트 레저는 IJ와 친했습니까?"

"로저 세인트 레저! 아뇨, 친구가 아니었어요. 그러기는커녕, IJ가 이용만 해먹었죠." 그때 갑자기 젊은 여자가 여전히 옆에 서 있는 걸 알아차렸나 보다. 그녀는 그림판을 끌어안은 채로 이 흥미진진한 심문을 한 마디도 놓치지 않으려고 귀를 쫑긋 세우고 있었다.

"뭘 하고 있는 거야, 진. 그 녀석한테 가서 이번엔 똑바로 하라고 해. 내일까지야."

진은 터프한 수사관의 인정사정없는 심문을 끝까지 지켜보지 못한 것이 유감스러운 듯이 마지못해 자리를 떴다. 나는 서둘러 다음 질문으로 압박을 가했다. 겨우 말해줄 마음이 생긴 듯하니어서 서둘러야지.

"이용해 먹었다뇨?"

디디는 담배를 다시 깊이 빨아들였다. 채 꺼지지 않은 빨간 불똥이 스웨터에 떨어졌지만 아무렇지도 않게 털어냈다.

"IJ는 사람을 부리는 데에 능했어요. 자기 프로그램은 독점하고 아무에게도 아무 것도 안 가르쳐줬죠. 이쪽 분야는 혼자서 할수 있는 일이 아니니까 다른 사람들의 도움을 받아야 해요. 하지만 그 사람은 원하는 걸 손에 넣기 위해 다른 사람을 이용할 뿐이었죠."

"원하는 것이라뇨?"

"정보, 뉴스거리, 스캔들, 가십, 비방. 자기 프로그램에 쓸 만한 거라면 뭐든지요."

"정보를 모으는 데 뛰어났나요?"

"뛰어났냐고? 뛰어난 정도가 아니라 훌륭했죠. 최고였어요."

"사망하기 직전에는 뭘 조사하고 있었죠?"

"어머나 세상에! 지금까지 뭘 들은 거예요? 뭘 조사하는지 아

251

무한테도 안 가르쳐준다니깐요! 모두들 그 사람한테 부분적인 정보를 들고갈 뿐이에요. 그걸 전부 볼 수 있는 건 IJ뿐이에요. 다른 사람에게 조사를 시켜서 그 결과를 채택하는 것뿐이니, 뭐가 중요한지 아는 건 IJ뿐이에요."

"하지만 적어도 어떤 분야인지는 알고 있겠죠?" 내가 물고늘어졌다. "예를 들면 보험회사라든지 주식거래소라든지, 항공업계라든지……."

"아, 그건 그렇죠. 어제 찾아온 당신네 사람들한테도 그렇게 설명했잖아요." 위험하다. 그녀의 목소리에 의심이 깔렸다.

"그건 F-12 팀 사람입니다." 내가 서둘러 말했다.

"그게 무슨 소린지……."

"저는 F-14 팀이죠." 완전히 다른 팀이라는 걸 강조했다. "물론 의견은 교환하지만 각각 다른 각도에서 수사하고 있죠. 이런 사건에서는 그렇게 하는 게 중요하죠."

내 답변이 만족스러웠나 보다. 적어도 경찰배지를 보여달라는 말은 하지 않았으니까. 그녀가 그런 것을 생각해내기 전에 서둘러 다음 질문을 했다.

"그렇게 수집한 정보를 IJ는 어떻게 관리하고 있었을까요? 데이터 뱅크를 사용했다거나……."

그녀는 사악한 북쪽 마녀 같은 목소리로 깔깔 웃어댔다. 그러더니 이마를 손으로 탁, 치더니 말했다. "필요할 때가 올 때까지 전부 여기에 보관해둬요."

"그 밖에 그와 함께 일을……." 디디의 표정을 보고 당황해서 말을 바꿨다. "뭐랄까, 일정관리 따위는 누군가가 해줬을 것 아닙니까?"

"마이크 퀸과 이야기해봐요. IJ와 접점이 약간 있었으니까."

"어디로 가면 만날 수 있죠?"

"문을 나가서 왼쪽 다섯 번째 문이에요. 문에 이름이 적혀 있어요."

협조해 주셔서 감사한다고 말하고 재빨리 방을 나왔다. M. J. 퀸이라는 이름이 적혀 있는 문을 두드리고 대답을 기다리지 않고 바로 들어갔다.

TV 앞에 20대 후반의 청년이 앉아서 멍하게 화면을 바라보고 있었다. 키가 크고 근육질에 혈색 좋은 얼굴 위에는 덥수룩한 붉은 머리칼. TV 화면에는 거의 관심이 없었다. 그의 최대의 관심사는 현재 집중하고 있는 이상한 의식인 듯했는데 나도 무심코 끌려들고 말았다.

책상 위에 펼쳐진 신문지 위에는 손으로 만진 듯 옴폭 패인 흔적이 있는 부드러운 흰빵 몇 조각이 놓여 있었다. 그 옆에는 두껍게 썬 런천 미트 같은 것이 있었다. 아마도 단백질 100퍼센트라고 씌어 있겠지만, 그 중 98퍼센트는 지방이고, 그 지방의 85퍼센트는 포화지방일 것이다. 런천 미트 옆에는 연노란색 덩어리가 놓여 있었다. 나귀가 끄는 수레의 차축 기름 대용으로도 쓰면 딱 좋을 것 같은 치즈였다.

그 세 가지 재료를 층층이 쌓아올리고 그 위에 커다란 튜브에서 걸쭉한 붉은 액체를 500밀리리터쯤 짜냈다. 그 액체도 튜브처럼 비닐로 만들어진 것 같았다. 이 기묘한 작품이 다 만들어지면 저걸 어떻게 할 셈일까? 최후의 의식을 마치고 남자는 의자에 깊숙이 고쳐앉아 만족스럽게 자신의 예술작품을 바라보았다. 잠시 TV 화면의 뭔가에 정신을 빼앗겼지만 다시 책상 위에 있는 자신의 작품으로 눈길을 돌리다가 나를 발견했다.

그는 천진난만한 시골 소년처럼 활짝 웃었다.

"안녕하세요? 저한테 볼일이 있으십니까?"

"마이크 퀸씨?"

"네." 내가 누군지, 여기서 뭘 하고 있는지 전혀 흥미가 없는 듯했다. 이거 잘됐다. 제발 계속 그 상태로 있어주길. 나는 책상 옆에 있던 허름한 등나무 세공 의자를 끌어당겼다.

"아이버 젠킨슨의 사망 사건을 조사하고 있습니다."

"아." 그가 잠시 생각했다. "아마도, 딩신네들이……."

"예, 어제도 왔었죠. 그쪽은 F-12 팀이었죠." 아까 이 수법을 써먹은 이상, 이야기를 통일해야겠지. "저는 F-14 팀입니다. 몇 가지 여쭤볼 것이 있어서요. 당신이 IJ의 일정을 관리했다죠?"

"어느 정도는요."

"IJ는 같이 일하기 힘든 사람이었다면서요."

책상 위에 놓인 TV보다 내가 재미있을 것 같다는 생각이 확실하게 들었나 보다. 마이크는 TV를 끄고 빙긋 웃었다. "예전에 했던 방송의 재방송을 기다리고 있었을 뿐이에요. 그래요, IJ와 일하는 건 최악이었어요. 무엇 하나 알려주지 않는 쫀쫀한 놈이었거든요. 사람을 그렇게 부려먹으면서도 감사할 줄 모르는 사람이었죠."

"죽기 전에는 어떤 일을 하고 있었습니까?"

"무서울 정도로 입이 무거운 놈이어서요, 뭘 할 예정인지 절대로 아무에게도 가르쳐주지 않아요."

"하지만 폭로를 특징으로 하는 프로그램이라면 당연히 그럴 것 같기도 한데요."

그는 눈 앞에 놓인 흰색과 연갈색과 노란색의 작품을 바라보았지만 특별히 흥미를 나타내진 않았다. "보통은 그렇게들 일하지는 않아요. 물론 스탭들 말고는 극비지만요. 자기가 뭘 하고 있는지 알고 있는 편이 좋은 결과가 나온다고 생각지 않나요?"

"하지만, IJ는 그렇지 않았군요?"

"그래요. 그 사람의 비밀주의는 CIA도 저리가라 할 정도였죠."

"하지만 뭔가 단서가 될 만한 것 정도는……."

"제가 아는 한, 세 가지를 조사하고 있었어요. 제가 모르는 게 있을지도 모르지만요. 그런 경우가 많았으니까요. 북동부의 저가주택, 음식산업, 그리고 노팅엄셔 주의 탄광 관련 스캔들. 갱도가 무너져서 두 명이 다친 사건요. IJ는 뭔가 숨겨진 음모가 있다고 생각했죠."

IJ의 급작스런 죽음과 관계가 있는 게 뭔지는 오래 생각할 필요도 없었다. "음식산업이라구요……. 어떤 내용인데요?"

마이크 퀸은 붉은 머리를 세게 흔들었다. "전혀 몰라요. 하지만 IJ는 아주 열심이었죠. 최고의 프로그램이 될 것라고 믿고 있었던 것 같더군요."

IJ가 마지막으로 한 말이 머릿속에 떠올라 오싹했다. '내 생애 최고의 프로그램이 될 거요' 라는.

"그럼 함께 일을 하더라도 조사내용까지 알고 있는 사람은 없는 거로군요?"

"그렇죠."

"정보원이나 조수로 이용했던 사람은 누구죠?"

마이크 퀸이 또 빙긋 웃었다. "이용할 수 있는 사람은 누구든 이용했죠. 정기적으로 부리는 사람은 몇 명뿐인데, 대부분 좀 수상쩍은 놈들이었어요. 프리랜서 기자가 두어 명, 가십란에 사진을 제공하는 사진작가가 두어 명, 푼돈이라도 쥐어주면 뭐든지 하는 프리랜서라면 누구든 가리지 않았죠."

"그건 법에 저촉되는 수단을 사용한 적도 있다는 말입니까?"

"어이구, 경찰한테 그런 말을 어떻게 합니까?"

나는 최대한 무서운 표정을 지어보였다. "정직하게 말하는 게 좋을 거요, 친구."

칫, 효과가 없잖아. 그는 전혀 무서워하지는 않았지만 대답은 해주었다. "법에 저촉되는 일도, 윤리적으로 문제가 있는 일도, 분명히 했을 거예요."

"그 중에 만나본 사람이 있습니까?"

"가끔 얼굴을 본 적은 있지만, 제대로 소개받은 적은 없어요. IJ는 정보원도 독점하길 좋아했거든요."

"아는 사람은 있습니까?"

"이름 말인가요?"

"그래요."

그는 턱을 문지르면서 생각하고 있었다. "이탈리아인 사진작가가 있었던가. 항상 면도를 안 해서 수염이 덥수룩한 얼굴에 머리도 길었어요. 무슨 잡지사에서 일하던데……, 뭐였더라? 아, 이름 그대로인 「스캔들러스」예요." 그가 미소지었다. "이름 참 잘 지었죠. 읽어본 적 있어요?"

"예, 알려지고 싶지 않은 장소나 상황에 있는 유명인사들의 사진을 전문적으로 싣는 잡지죠."

"그리고, 함께 있는 것을 알려지길 꺼리는 상대방 사진도요."

"그 사진작가 이름은요?"

퀸은 머리를 가로저었다. "기억이 안 나는데요."

"생각 좀 해봐요." 그는 미간을 찡그리고 얼굴을 찌푸리면서 열심히 생각했지만, 결국은 두 손을 들었다.

"안 되겠어요. 아무래도 생각이 안 나네요. 혹시 생각나면 런던 경찰국에 전화드리죠."

그 말에 대답하기 전에 마이크가 당연한 의문을 입밖에 냈다.

"참, 성함이 어떻게 되셨죠?"

"아, 저희 쪽에서 연락을 드리죠. 그보다 IJ 말인데요. 그는 비서도 없나요?"

"없어요. 비서과를 사용했죠. 그런 식으로 일했으니까, 정말로 다들 아무 것도 몰라요."

"사무실은?"

"일종의 사무실은 하나 있는데……."

"일종의?"

"있기는 있는데요. 가보실래요?"

물론이지! 마이크의 뒤를 따라 복도를 걸어가서 어떤 문을 열었다. 지저분한 작은 회의실 같은 방이었다. 커다란 테이블 하나와 수많은 의자, 한쪽 벽면에 걸린 커다란 칠판이 전부였다.

"여기가 그의 사무실인가요?" 내가 놀라서 물었다.

"보시다시피 IJ는 형식에는 관심이 없어요. 게다가 외출하는 일이 많았구요. 여기에는 거의 없었죠. 사람들과 이야기를 하기 위해 쓰는 정도였어요."

"특이한 사람이군요."

"글쎄 그렇다니까요."

커다란 칠판을 바라보자 퀸이 아무렇지도 않게 "이 중에는 IJ가 쓴 것도 몇 개 있어요."라고 말했다. 뭐라구? 대발견이잖아!

하지만 그건 칠판 가득 휘갈겨쓴, 해독불가능한 메모라고도 낙서라고도 할 수 없는 형형색색의 글자들의 나열이었다. 질문을 하려던 순간 문이 열리고 퀸 또래의 젊은이 하나가 들어왔다. 검은 머리의 여윈 남자로, 멋지게 그을려 있었다. 그가 다리를 질질 끌듯이 들어오자 퀸이 기쁜 듯이 말을 걸었다.

"야, 조엘! 휴가는 어땠어?"

"뭐, 최고였지."

"뭘 했는데? 스키를 타다가 발목을 삔 거야?"

"아니, 그건 아니야. 스키라면 부드러운 눈이 쿠션 역할을 해주잖아. 그게 아니라, 산장의 스툴에서 굴러떨어졌어. 마지막 날 밤이어서 정말 다행이었지만."

"흠, 그 산장에서 독한 칵테일을 막 섞어서 퍼마셨겠지."

"뭐, 깊이 알려고 하지 마."

그는 호기심어린 시선으로 나를 힐끗 쳐다봤다. 마이크 퀸이 손을 흔들고 소개했다.

"조엘 프리드먼입니다. 이쪽은 음……."

"아이버 젠킨슨의 사망사건을 조사 중입니다." 당황해서 말했다. "휴가에서 막 돌아오셨나요?"

"어젯밤에 돌아왔죠. 룸메이트가 이야기해 주더군요. 그때까지 죽은 줄도 몰랐어요. 오스트리아에서는 영국 뉴스를 틀어주지 않으니까요."

"IJ를 알고 있습니까?"

프리드먼이 어깨를 으쓱했다. "얼굴을 아는 정도죠. 그 사람에 대해 정말로 알고 있는 사람은 없을 걸요."

"마침 칠판을 보던 중이었어." 퀸이 말했다. "이제보니 넌 그의 필적을 알고 있지? 어떤 것이 IJ가 쓴 건지 찾아봐."

나는 속으로는 흥분하고 있는 것을 애써 억눌러 감추면서 칠판 앞으로 다가갔다. 야호! 진짜 실마리를 찾은 건지도 몰라! 게다가 어제 다녀간 런던 경찰국도 모르는 실마리를. 조엘 프리드먼은 어젯밤에야 돌아왔으니까.

프리드먼이 심드렁하게 칠판을 쳐다봤다.

"참, 어제 경찰이 사진을 찍어 갔는데요." 마이크 퀸이 말했다. 입닥치라고 소리치고 싶었다.

"정보는 많을수록, 아무리 사소한 것이라도 대환영입니다."

프리드먼은 붉은 색 문자를 가리켰다. 나는 수첩과 펜을 꺼내어 그것을 메모했다.

"DR F – B4 CC" 무슨 뜻일까? 프리드먼은 이어서 노란 색 분필로 쓴 글자를 가리키고 있었다. "이것도요."

"VDZH St Armand – 12, 9:30" 그것도 적었다.

프리드먼은 칠판을 샅샅이 훑었다. "전 열흘 동안 휴가를 가 있었는데, 이건 전부 휴가기간에 쓴 것들 같군요." 그가 말하면서 칠판을 가리켰다. "IJ는 항상 이런 식으로 휘갈겨쓰죠. 칠판 한 구석에요. 남은 건 누군가 옛날 프로그램을 팔아치우려고 프리젠테이션을 하면서 쓴 것 같네요."

수첩을 접으려는데 프리드먼이 말했다. "어, 여기도 있네." 빙긋 웃었다. "정보 제공자에게 돈을 준 것 같은데요."

"150파운드 AS." 그것도 메모했다. 이런 것들을 알려면 암호 해독 전문가가 필요할 듯하다.

"이게 전부입니까?"

"그런 것 같아요."

"어쨌든 사진을 찍었으니 됐잖아요." 마이크 퀸이 말했다. "경찰이라면 필적 감정을 할 수 있을 테니, 어떤 게 IJ의 필체인지 알겠죠."

빌어먹을, 아는 척하기는! 이 녀석은 분명히 메그레 경감* 재방송을 모조리 챙겨봤을 거다.

"음, 협조해 주셔서 감사합니다." 들통나기 전에 어서 도망가야겠다.

---

* 벨기에 출신 프랑스 작가인 조르주 시므농이 창조한 형사.

"누가 안내해 주었나요?" 조엘 프리드먼은 의심하는 투는 아니었지만, 그래도 조심해서 대답했다.

"밀리가 데려다 주었습니다."

"아, 그럼 제가 아래까지 배웅해 드리죠."

"괜찮습니다. 나갈 때도 밀리가 배웅해 줄 거니까요."

나는 두 사람과 악수를 나눈 뒤 재빨리 달아났다. 복도는 바쁜 듯이 오가는 사람으로 가득했으므로, 그들 틈에 끼어서 빠른 걸음으로 걸었다. 그때 한 가지 생각이 떠올랐다. 그래, 쇠뿔도 단김에 빼자!

복도 끝은 작은 휴게공간이었고 거기에 커피자판기가 놓여 있었다. 두 명의 젊은 여성이 커피를 마시면서 톰 크루즈의 최신영화에 대해 이야기하고 있었다. 나는 태연한 척 플라스틱 컵을 손에 들었지만 안에 든 탁한 액체를 보고는 마시지 않기로 했다.

"의무실이 이 층에 있던가요?"

"의무실? 아, 진료소요? 한 층 위의 첫 번째 문이에요."

나는 고맙다는 인사를 하고는 계단을 올라갔다.

진료소는 눈에 보이는 모든 것이 흰색이어서 눈이 어지러울 정도였다. 흰색 타일 바닥에 하얀 벽, 하얀 천장에는 형광등이 눈부신 빛을 발하고 있었다. 환자 운송대에는 깨끗한 하얀 천이 덮여 있고 앉는 자리가 하얀 나일론인 의자가 두 개 나란히 놓인 옆에는 상판에 유리가 깔린 하얀 책상이 있었다.

"계십니까?" 대답이 없었다. 좀더 큰 소리로 다시 부르려는데 문이 열렸다. 처음엔 알아차리지 못했다. 실내도 온통 흰색이라 분간할 수가 없었던 것이다.

새하얀 머리칼이 먼저 보이고, 이어서 하얀 가운을 입은 키가 큰 여성이 보였다. 나이가 꽤 들어 보였다.

"앉으세요." 다가오면서 명령하더니 내가 멍하게 서 있으니 가슴을 살짝 떠밀어 앉혔다.

"그게 아니구요……."

이미 내 눈을 살피기 시작했다. "크게 벌려요." 지시대로 눈을 크게 뜨자 "아니, 입 말이에요. 입!" 하고 딱 잘라 말했다.

"저기요, 저는 환자가 아니라……."

"걱정 말아요. 누구든지 아플 수 있으니까." 어느 틈엔지 손가락 두 개로 내 아랫입술을 잡아당기고 있었다. 그러더니 소스라치며 소리쳤다. "파래요! 당신 입 안이 파랗다구요!"

서둘러 책상 위의 메모지에 뭔가를 적고 있었다. "매우 특이한 증세군요. 열대지방에 간 적이 있나요?"

그녀가 메모를 적고 있는 틈에 나는 서둘러 뒤쪽으로 피했다.

"전 환자가 아닙니다. 여기 직원도 아니구요. 아이버 젠킨슨의 사건을 조사하고 있을 뿐입니다. 그를 진찰한 적이 있나요?"

"앉으시죠." 그녀가 전혀 흔들리지 않았다. "제가 뭔가 도와드릴 게 있나요? 경찰에서 나오신 분인가요?"

"그러니까, IJ를 진찰하신 적이 있었습니까?"

"있었어요. 하지만 심각한 병은 아니었죠." 그렇게 말하면서 걱정스럽게 나를 쳐다봤다.

"그보다, 당신 입안이 너무 파래요."

"오늘 아침에 블루베리 머핀을 먹었습니다."

"아, 그렇군요. 그렇다면 이해가 가네요."

나는 수첩을 꺼내 메모를 하는 척했다.

"당신의 이름은?"

"마거릿 에반스예요." 엇, 내 머리로 생각한 것치고는 좋은 아이디어라고 생각했었는데! 칠판에 적혀 있던 닥터 에프(Dr F)가 아닌가 보다. "아이버 젠킨슨에게 주치의가 있었습니까?"

"아마 그럴 걸요. 하지만 자주 진료를 받지는 않았을 거예요. 매우 건강했으니까요."

"주치의의 이름을 알려주실 수 있습니까?"

그녀는 일어서서 캐비닛으로 가더니 진료기록부를 들고 왔다. "의사 이름은 윌리엄 스탠리네요. 주소는 웨이머스 거리구요."

또 틀렸다. "진료기록부의 내용을 알려주실 수 있습니까? 예를 들면 알레르기 체질이었다거나?"

그녀가 진료기록부를 살폈다. "그런 기록은 없네요."

"음식 알레르기는요?"

"전혀요." 그녀가 진료기록부를 책상에 내려놓았다. "끔찍한 사건이었죠." 나는 묵묵히 고개를 끄덕였다. "죽은 사람을 나쁘게 말해면 안 되겠지만, 그는 사랑받는 타입이 아니었어요. 뭔가 알아낸 건 있나요? 사인은 뭐죠?"

"아직은 기밀입니다." 천연덕스러운 어조로 말했다.

"그냥 의사로서 가진 직업적인 관심일 뿐이에요."

나는 인사를 하고는 방을 나왔다. 그대로 정원으로 나와서 주차장을 가로질렀다. 경비실에 다가가자 유리창이 열렸다.

나는 뒤를 돌아보며 몇 대 뒤의 차를 향해 손을 흔들었다. "고마워요. 밀리."

"아, 밀리가 배웅해줬군요?" 경비원은 그렇게 말하고는 보일리가 없는 밀리를 찾고 있었다. "방문객을 확실하게 에스코트하라는 규정이 엄격하거든요."

"규정대로 해줬으니 그 점은 걱정 말아요."

IJ가 마지막으로 남긴 메모를 천천히 생각해보고 싶었으므로, 나는 빠른 걸음으로 방송국을 벗어났다. 하지만 아무리 생각해도 그것들은 마치 한국식당의 메뉴처럼 종잡을 수가 없었다.

사무실에 돌아와 위니에게 전화를 했다. 로저 세인트 레저의 아파트와 NTV 스튜디오를 염탐한 것이 약간 찔렸기 때문이었다. 헤밍웨이 경위는 IJ의 사망 사건 조사에 개입해선 안 된다고 딱 잘라서, – 아니, 실제로는 딱 잘라 말한 정도가 아니라 위협에 가까웠지만 – 말했다. 하지만 경위도 「르 투르케 도르」의 사건과 관계가 있다고 생각하고 있는 것 같았다. 무엇이 어떻게 관계되어 있는지 조사해보지 않고서 어떻게 알겠어?

그렇게 생각하니 자신감이 솟아났다. 찔릴 필요도 없고, 식품 전담반이 뭔가 새로운 걸 알아냈는지도 궁금했다. 그래, 자백하겠다. 나는 위니의 목소리를 듣고 싶었던 거다.

위니는 바로 전화를 받았다.

"뭐 알아낸 것 있어요?"

"약간은요." 나는 대충 얼버무렸다. "내가 보기엔 뭐가 뭔지 잘 알 수 없는 것도 당신이라면 알아낼 수 있지 않을까 해서요."

"뭔데요?" 오늘 그녀는 깐깐하고 사무적이었다.

"전화로는 잘 설명을 못하겠는데요. 당신 쪽은 어때요?"

"이제야 겨우 관계자들 조사를 마쳤어요. 친한 사람도 없고 증오하는 사람도 없더군요. 친구는…… 한 명도 없다는 게 뜻밖의 수확이었구요."

"그런 것 같더군요."

"NTV의 동료들은……, 당신은 벌써 알고 있겠네요."

가벼운 말투였지만 나는 바로 대답할 수 없었다.

"경찰관 사칭은 2244조 위반에 해당되요." 그녀가 말을 이었지만 다행히도 엄격한 말투는 아니었다. 그런데, 로저 세인트 레저에 대해서는 아무 말도 하지 않았다. 내가 거기에 간 건 모르

266

는 건가? 그럴 지도 모르지만 가만히 있는 게 좋을 것 같았다.

"사실 사칭한 건 아닙니다."

"알아요. 상대방이 오해하라고 그냥 가만히 있었겠죠." 그렇게 생각한 탓인지 웃고 있는 듯한 느낌이 들었다. "괜찮아요. 경위님께는 말하지 않을게요." 역시, 멋진 위니!

"그런데, 뭔가 알아내긴 했나요?"

"모두가 IJ를 싫어했던 것 같더군요." 화제가 바뀐 것에 안도하며 서둘러 대답했다. "뭐 별로 새로운 소식도 아니지만요. 하지만 NTV에 IJ를 죽일 정도의 동기가 있는 사람은 없을 것 같아요. IJ가 정말로 살해당했을 때의 이야기지만요……." 말끝을 흐린 건, 뒷말을 위니가 이어주기를 기대했기 때문이었다. 위니는 그 기대에 어긋나지 않았다.

"그런 것 같아요. 법의학 팀에서도 다른 사람들은 극소량인데 IJ만 그렇게 많이 독을 먹었다는 건 부자연스럽다는 견해예요. 애당초 그렇게 대량으로 균이 있다는 것 자체가 이상하대요. 칠성장어를 아무리 오랜 시간 방치해 두었다 하더라도요."

나는 심호흡을 했다. "그렇다면, 살인인가요?"

곧바로 대답이 돌아오진 않았다. 이윽고 위니가 말했다.

"당신이 우리 조사에 끼어든 건 경위님께 말하지 않을 게요. 그 대신에, 지금부터 내가 하는 말을 절대로 비밀로 해줘야 해요."

"물론이죠! 약속할게요!"

나는 즉시 대답했다. 섹스턴 블레이크*나 피터 윔지 경조차도 경찰국한테서 극비정보를 듣게 된 적은 없을 거야!

"경위님은 살인사건이라고 공표하는 걸 잠시 연기하고 싶어 하세요. 공표하면 우리 식품 전담반은 수사를 강력반으로 넘겨야 하거든요."

"얼마나 오랫동안 연기할 수 있습니까?"

"며칠이죠. 경위님은 그 동안에 해결할 생각인 것 같아요."

"해결할 수 있을 것 같아요?"

"경위님은 뭔가를 하겠다고 결심하면, 대개 그러는 편이에요."

"하지만 지금은 용의자도 없잖아요?"

"그렇죠. 당신은요?"

"조금만 있으면 찾아낼 것 같은데요."

"어머, 그래요?" 놀란 목소리였다.

"하루나 이틀쯤 뒤면 알려줄 수 있을 것 같아요."

지금 당장 물어보고 싶은 듯했지만, 이렇게만 말했다. "좋아요. 계속 연락을 주고받자구요. 참, 조심하구요."

무슨 뜻인지 물어보기도 전에 전화가 끊겼다.

---

* 셜록 홈즈에 대한 모작으로 등장한 섹스턴 블레이크 시리즈의 주인공 탐정.

19

아침식사로 뮤즐리*를 만들었다. 나는 언제나 직접 만드는데 우편물 봉투를 뜯는 것보다도 쉽고 전혀 번거롭지 않다.

원래 뮤즐리는 귀리, 우유, 사과, 땅콩을 혼합한 것으로 시작되었는데 자연에서 온 재료와 높은 영양가 덕분에 순식간에 대박이 났다. 재료는 건강식품점에 가면 간단히 살 수 있다. 그때그때 주방에 있는 것을 넣으면 언제나 다른 맛을 즐길 수 있다는 점도 마음에 든다.

오늘 아침에는 통귀리, 밀 플레이크, 호밀 플레이크, 플레인 요구르트에다 꿀을 약간 넣고 건포도와 호두를 뿌리고 남아 있던 사과 소스도 털어넣었다. 바나나와 말린 살구, 파인애플이 있다면 그걸 넣어도 맛있다. 어떻게 만들어도 실패는 하지 않지만 두번 다시 똑같은 것은 만들 수 없다. 취리히의 버처 베너** 박사도

---

* 곡물, 견과 등을 우유와 섞은 것.
** 스위스 의사이자 식품영양학자. 뮤즐리 요리법을 처음 만든 사람.

이런 사실을 알고 있었을까?

사무실로 가는 도중에 해머스미스 부두에 들르기 위해 멀리 우회했다. 바로 가까운 곳이므로 지금까지 몇 번이나 지나친 곳이지만, 엄청난 칠성장어떼가 둥둥 떠다녔다는 것을 알게 되자 새삼스럽게 둘러보고 싶어졌기 때문이었다. 칠성장어는 꼭 선사시대의 생물 같이 생겨서 한 마리만 봐도 무서운데, 몇 천 마리가 둥둥 떠다녔다면 분명히 무시무시한 광경이었을 것이다. 구경꾼들이 구름처럼 몰려들었겠지.

사무실에 도착해서 '미해결 사건' 파일 가운데 던싱엄 성의 파일을 꺼냈다. 답변을 쓸 준비를 하고 생각난 아이디어를 재빨리 메모했다.

가장 추천하고 싶은 건 '에거듀스'인데, 이건 정말로 꼭 메뉴에 넣었으면 좋겠다. 에거듀스란 새끼양을 사용한 고대의 요리로, 성지의 어린 새끼양 구이는 성서의 책갈피마다 식욕을 돋우는 냄새를 뿌리고 있다. 원래는 장로나 왕족을 위한 요리였으며 중세 시대까지도 인기가 시들지 않았다. 먼저 새끼양 고기를 노릇하게 구운 다음, 그것을 생강, 건포도, 양파, 레드 와인과 함께 요리한다.

던싱엄 성이 정통 중세 요리를 재현할 생각이라면 백조요리도 고려해봐야 한다. 단, 백조고기는 지방이 많으므로 그것을 없앨 전문적인 요리사가 필요하겠지만. 이 지방이 물을 튕겨내준 덕분에 백조는 물 위에 떠있을 수 있는 것이다. 육질은 상당히 질기지만 매리네이드를 하면 그 문제는 해결된다. 그러나 백조를 제공할 경우, 광분한 동물보호주의자들이 몰려와 성을 포위할 테니 그에 대한 대책도 생각해 놓을 필요가 있다. 뭐, 그건 진짜 쇼라는 덤으로 생각하면 되겠지.

야생 수퇘지 머리를 내놓는다면 상당히 장관이겠지만 조리 전 준비단계가 상당히 번거로우므로 필연적으로 값이 비싸진다. 그 밖에는 일반인들이 저항감을 갖지 않을 좀더 평범한 요리가 좋을 것이다. 스테이크와 콩팥 푸딩, 덤플링(고기만두)을 곁들인 양다리, 굴을 곁들인 얇은 등심 스테이크가 좋겠지. 후식은 오늘날과 비슷하니 별 문제가 없다. 마데이라 케이크*, 럼 가토**, 과일을 사용한 후식들. 동물이나 새, 왕관이나 모형 성을 새겨 넣은 젤리나 블랑망제***도 눈을 즐겁게 해줄 것이다.

이어서, 그레이스워시 대저택의 바비큐에 어울릴 와인에 대해서 그대로 타자를 칠 수 있게끔 메모를 다시 정리했다. 그리고는 배달된 우편물을 살폈다.

공로상 수여식 만찬 초대장이 있었다. 그런 행사에는 거의 참

---

* 영국에서 오래 전해 내려온 파운드 케이크로, 케이크의 표면이나 사이에 아무 것도 들어 있지 않은 플레인 케이크.

** 케이크를 의미하는 프랑스어. 예를 들어 초콜릿 케이크는 가토 쇼콜라다.

*** 우유에 설탕, 생크림, 젤라틴 등을 넣어 차갑게 굳힌 젤리 모양의 과자.

석하지 않는 편이므로 휴지통에 버리려는 순간, 페르 라르손의 이름이 보였다. 나중에 천천히 읽어보기로 했다.

다음은 합성착색료 반대 운동을 하고 있는 단체에서 온 편지였다. 합성착색료는 '자연에서 온 것이 아니'므로, 반드시 이 뜻깊은 목적을 위해 협력해달라는 것이었다.

그들에게 도움도 될 것이고 어떤 오해를 바로잡아줄 필요도 있으므로 이 편지는 꼭 답장을 써야겠다. 예를 들어 완두콩 통조림을 생각해보자. 통조림으로 만들면 완두콩의 천연 녹색은 흐릿해지므로 인공착색료로 물들여야 한다. 허여멀건 완두콩을 누가 먹겠는가? 물론 천연착색료도 다양하게 있지만, 대부분 바로 색이 바래지고 말기 때문에 사용되지 않는다. 인공착색료가 색깔이 훨씬 오래간다. 물론 색깔이 오래가는 것이 전부는 아니지만, 천연물질이라고 해서 모든 것이 인공물질보다 해가 없는 것도 아니다. 만약 시금치가 인공식품이었다면 판매금지당했을 것이다. 시금치에는 옥살산이라는 성분이 1퍼센트 함유되어 있는데, 6그램의 옥살산을 먹고 죽기도 했다. 요컨대, 식품의 착색료 문제는 그리 간단하지 않은 것이다.

수락하고 싶지 않은 수많은 초대장과 의뢰와 거절할 수 없는 몇 가지 요청들이 있었다. 하지만 몽땅 거절하기로 했다. 전화를 하자 시어러 부인이 냉큼 받더니 타자칠 것들을 자신이 직접 가지러 오겠다고 했다. 평소에는 직원을 시키는데 지금은 나에 대한 호기심으로 불타고 있는 것이다.

부산스럽게 나타난 그녀에게 파일들을 건네주었다.

"조사는 잘 되어가고 있나요?" 눈을 초롱초롱 빛내고 있었다.

"상당히 어려운 사건이군요." 나는 엄숙하게 대답했다.

"위험하진 않아요?" 작은 목소리로 물었다.

"이런 일에는 위험이 따르는 법이죠."

함께 문쪽으로 향하면서 그녀가 소리죽여 물었다.

"총에 맞아본 적도 있어요?"

힐끗 그녀를 쳐다보고는 "살갗에 스친 것도 포함시킬까요?" 하고 대답했다.

나는 문을 잠그고 계단으로 향했다. 파일을 손에 든 채로 공포스러운 표정을 짓고 서 있는 부인을 남겨둔 채로.

스트리덤행 버스를 타고 「북커리 쿡스」로 향했다. 아직 오전이라서 예쁘고 열정적인 요리사 아가씨들의 요리를 맛보기엔 일렀지만 그녀들은 벌써 일할 준비를 하고 있었다. 마이클은 나를 사무실로 데려가고는 매리타에게 뜨거운 커피 한 잔을 부탁했다.

"명탐정님, 오늘은 안녕하신가?"

나는 지금까지 알아낸 것들을 대충 설명했다. 마이클은 안경이 흘러내릴 때마다 계속 치켜올렸다.

"살인 같은데." 내가 이야기를 마치자 그가 말했다. "그리고 모든 사건이 연관되어 있는 것 같고."

"나도 그런 생각이 들기 시작했어. 경찰도 그렇게 많은 양의 독이, 그것도 IJ한테서만 검출된 건 부자연스럽다고 인정했고."

마이클이 고개를 끄덕였다.

"TV에서는 스타였지만 인기는 없는 남자였군. 아무도 그를 좋아하지 않았다고 해도 죽일 만큼 미워하는 사람은 누굴까? 그리고 동기는?"

"나도 똑같은 생각을 했어. 하지만, 그가 살해되었다면 보툴리누스균으로 상태가 안 좋았을 때에 한 말이 관계 있을 거라고 생각해. 뭔가를 알아낸 듯한 어조였으니까."

"거기에 있던 누군가가 그것이 공표되는 걸 꺼렸을지도 몰라." 마이클이 덧붙였다. "하지만 다른 사람들도 가볍긴 하지만 중독된 손님이 있었지. 어떻게 IJ만 치사량을 먹을 수 있었지?"

나는 수첩을 꺼냈다. "실마리가 될 지도 모르는 것이 있어. 관계없을 지도 모르지만."

마이클이 활짝 웃었다. "홈즈, 재미있어지는데!"

"맡은 바 임무를 다하게, 왓슨. 침착하자고. 이것이 어떤 의미가 있는지 생각해보지. 머스그레이브 가의 의식문* 같아."

---

* 셜록 홈즈의 사건 가운데, 지방의 유서깊은 가문인 머스그레이브 가문에 대대로 내려오는 비밀 의식문에 얽힌 수수께끼를 푸는 이야기가 있다.

나는 NTV의 칠판에서 베껴온 글자를 종이에 옮겨 적었다. 다시 봐도 뭔 소린지 알 수 없었지만, 마이클의 두뇌에 의지한다면 불가능은 없다. 나는 숨을 죽이고 마이클을 쳐다보았다.

"이걸 어디서 찾았어?"

나는 발견한 내막을 설명했다. "그러니까, IJ가 썼다는 것만은 확실해."

그는 단어를 하나하나 읽어나갔다.

"DR F BF CC. VDZH St Armand 12, 9:30. 150파운드, AS."

그는 다시 한 번 천천히 읽었다.

"IJ를 약간 알고 있는 방송국 남자 말로는, 맨 마지막 것은 정보제공자에게 돈을 지불했다는 말이 아닐까 하더군."

"그 사람의 이니셜이 A. S.라는 거야?"

"어쩌면."

마이클은 첫 번째 문자열을 손가락으로 가리켰다.

"닥터 에프(DR F)라……, 누굴까?"

"아직은 몰라. 방송국 의사 이니셜도 아니었고, IJ의 주치의도 아니었어."

"음, 이건 지금 생각해봤자 모르겠는데." 마이클은 손가락을 두 번째 문자열로 옮겼다. "이게 뭔가 나올 것 같지 않아?"

"부탁할게, 암호해독 전문가 양반. 제발 해독해줘."

"9:30은 시간 같은데. 그렇다면 12는 날짜겠지." 그는 탁상달력을 살폈다. "IJ가 죽기 나흘 전이야!"

"대단해, 마이클! 그럼 나머지는? 세인트 아먼드라는 병원이 있어? 분명히 거기에 닥터 에프(DR. F)가 있을거야!"

마이클은 참고문헌이 쭉 꽂혀 있는 선반에서 두터운 책 한 권에 벌써 손을 뻗치고 있었다. 페이지를 팔랑팔랑 넘겨보았지만 "없어." 하고 낙담한 듯이 말했다. "그런 병원은 없어. 확실히 병원 같은데 말야. 하지만 어디선가 들은 적이 있는 느낌이 들어. 어디서 들었을까?"

"뭘 들어?" 신간을 한아름 안고서 몰리가 사무실로 들어오며 물었다.

"세인트 아먼드." 마이클이 철자를 불러주었다.

몰리는 고개를 가로저었다. "모르겠는데. 아, 잠깐! 그 보험회사잖아."

"무슨 보험회사?"

"엄청 비싼 보험회사 말이야. 우리 책의 선적을 전부 커버해준다는 보험상품을 우리에게 팔려고 했던 회사가 있었잖아."

마이클이 얼굴을 찌푸렸다. "세인트 아먼드가 아니었잖아."

"그 회사가 세인트 아먼드 거리에 있잖아."

마이클이 손가락을 딱, 울렸다. "그래!" 다시 참고문헌 선반으로 손을 뻗어 런던 시내 도로지도를 꺼냈다. 잠시 몇 장을 넘기더니 마침내 의기양양한 소리를 질렀다. "여기 있다! 세인트 아먼드 거리. 이 길에 뭐가 있냐면……." 잠시 후 소리를 질렀다. "아하!" 너무나 소리를 크게 질러서 도로시가 무슨 일이 생겼나 하고 주방에서 뛰쳐나왔을 정도였다.

"21번가야!" 마이클은 흥분해서 거의 제정신이 아니었다. "VDZH 은행!" 내가 뻔한 질문을 하기 전에, 그는 또 다른 두꺼운 책을 손에 들었다. "있어!" 이건 거의 승리의 함성이었다. "은행이라기보다는 투자회사로군. 네덜란드 회사이고, 창립자는 판 데어 즈베트와 헤닝센이야. 말하자면 벤처 캐피탈로, 기업을 상대로 투자자문이나 인수합병을 중개하고 있어." 그렇게 말하고 마이클이 고개를 들었는데, 안경이 코 아래까지 흘러내려와 있었다. "그리고 음식산업이 전문이야!"

"잘했어!"

그는 주소와 전화번호를 메모지에 써서 건네주었다. 나는 그 종이를 보면서 부탁했다. "마침 좋은 시간이군. 전화 좀 쓸게."

"VDZH 은행입니다." 전화를 받은 여성은 정중한 말투였지만 목소리는 쌀쌀맞았다.

내가 이름을 밝히자, 그런 이름은 들어본 적이 없다는 듯한 대답이 돌아오는 게 아닐까 싶을 정도로 싸늘한 침묵이 흘렀다.

"판 데어 즈베트씨나 헤닝센씨를 만나뵙고 싶은데요."

"그건 불가능합니다." 매정한 대답이었다.

"그럼, 어떤 분을 만나뵐 수 있습니까?"

다시 침묵이 흘렀지만, 멀리서 딸깍, 하는 소리가 들리고 그녀가 돌아왔다. "무슨 용건이신지 여쭤봐도 될까요?"

"투자 건입니다. 아마도 벤처 캐피탈에 관한."

이걸로 충분하면 좋겠는데. 이것이 통하지 않는다면 인수합병도 덧붙여야지.

"다음 주 월요일에 브루드먼씨를 만나실 수 있습니다만."

"거기 VDZH 은행 맞죠?" 어처구니없다는 말투로 물었다.

"그렇습니다."

"긴급을 요하는 문제입니다. 다음 주까지 절대 못 기다려요."

"죄송합니다만……."

"아, 그렇군. 사실은 당신네가 생각하는 것보다 훨씬 큰 사업 건인데, 뭐 알겠습니다. 그럼, 당신네 회사보다 큰 회사를 추천해 주겠습니까? 다음 주까지 묵힐 사안이 아니라서요."

마이클은 히죽히죽 웃으면서 듣고 있었다.

"잠시만 기다려 주십시오." 그렇게 말하더니 몇 초 뒤에 돌아왔다.

"브루드먼씨가 내일 오후에 잠시 시간을 낼 수 있답니다."

'잠시 시간을 낸다'는 말이 무슨 뜻인지는 알고 있었다. 돈벌이가 될 만한 이야기를 갖고온 거라면 얼마든지 시간을 내주겠지만, 그렇지 않다면 단 5분만에 쫓겨난다는 뜻이다. 뭐, 어때.

브루드먼씨는 내가 찾아온 진짜 목적을 들으면 기뻐할 것 같지는 않지만, 그건 내일 일이지.

"2시는 어떤가요?"

"2시 30분에 기다리고 있겠습니다." 언제나 그냥 순순히 '예'라고는 말 못하나 보다.

전화를 끊자 마이클이 폭소를 터뜨렸다.

"이리하여, 두려움을 모르는 우리의 수사관은 오일 달러와 견적서의 세계로 나아가셨던 것입니다."

파테 뉴스* 어조를 흉내내서 말했다. 그러더니 이내 다시 진지해졌다.

"그런데, 어떻게 관련되어 있는 걸까? 금융기관다운 거만한 대응이긴 했지만."

"나도 전혀 모르겠어." 나는 솔직히 인정했다.

"뭔가 새로운 것을 알 수 있을까? 금융관계자들은 아무리 찔러도 정보를 흘려줄 것 같지는 않은데."

"글쎄, 하지만 한 번 부딪혀봐야지."

문까지 갔을 때, 그가 또 다른 생각을 냈다.

"수수께끼의 닥터 에프(Dr F)는 혹시 서클 오브 카렘에 왔을지도 몰라."

---

* 극장에서 영화 시작 전에 틀어주는 홍보나 소식을 알리는 영상물.

그럴 가능성은 생각해본 적도 없었지만, 참석자 명단을 확인해
보겠다고 약속했다.

"박사학위가 있어도 이력에는 안 쓰는 사람도 있으니까. 특히
의학박사 학위가 아닐 때는 말야." 그가 일깨워주었다.

"조사해볼게." 그렇게 다짐한 뒤 파울라 자르딘과의 점심을 위
해 「레이몽즈」로 향했다.

내가 도착했을 때 레스토랑은 거의 가득 차 있었다. 2인용 테
이블이 끼워넣어져 있었다. 혼잡을 피하기 위해 주변의 테이블
들을 재배열한 듯했다.

내가 강한 음료를 꺼리자 웨이터는 푼트 에 메스*를 가져다주
었다. 손님들이 점점 더 몰려와 레스토랑이 거의 꽉 찼을 무렵 파
울라가 나타났다.

소맷단과 깃에 초콜릿색 가두리 장식이 달린 크림색 리넨 정장
이 키가 크고 늘씬한 그녀에게 딱 어울려 오늘도 눈부시게 아름
다웠다. 팔에는 골동품 같은 금으로 된 뱅글**을 세 개 겹쳐서 끼
고 있었지만 반지는 끼지 않았다.

"기다리게 해서 죄송해요. 주방에 약간 문제가 있어서요."

---

* 이탈리아 북부의 밀라노 지방에서 오렌지와 키니네를 원료로 첨가하여 만든 강화주
  로, 식전와인의 한 종류.
** 금이나 은, 유리 따위로 만든 여성용 장식고리.

"큰 문제가 아니면 좋겠군요."

"별 거 아니에요. 배달이 약간 늦어진 것뿐이에요."

탐스러운 적갈색 머리가 반짝이고 갈색 눈동자는 바라보고 있으면 빨려들 듯했다. 웨이터가 셰리주*를 담은 잔을 갖고 왔다. 그녀는 잔을 들고는 잔테두리 너머로 나를 바라보았다.

"당신을 알게 되어서 기뻐요."

"저야말로 기쁩니다." 우리는 건배했다.

"음식은 벌써 정해서 수석 요리사인 루이 드뇌브에게 전해됐어요." 그리고는 매혹적인 미소를 지었다. "그래도 괜찮겠죠?"

"그럼요." 파울라는 뭐든지 알아서 처리하고 싶어하는 것 같다. 하긴, 런던 최고의 레스토랑 가운데 하나의 수석 매니저쯤 되면 당연히 그러겠지.

"여자가 주문하는 걸 싫어하는 남자들도 있어서요."

"저는 그렇지 않습니다. 게다가 당신처럼 레스토랑 비즈니스를 잘 아는 여성일 때는 더더욱 그렇지 않죠."

"대부분은 레이몽에게서 배웠어요."

"그는 분명 최고의 스승이겠죠. 하지만, 요리사로서 그의 뒤를 이을 생각은 없나요?"

---

* 에스파냐 남부 지방에서 생산되는 화이트 와인. 식사 전에 식욕을 돋우기 위해 마시는 식전주 가운데 최고로 꼽힌다.

그녀는 맛있다는 듯이 셰리주를 마셨다.

"저는 경영학을 전공했어요. 비즈니스로서 가장 흥미가 있었던 건 음식업이었구요. 생각해보세요. 하루에 세 번씩이나 즐길 수 있는 건 그밖에는 없잖아요?"

"음, 다른 것도 있을 텐데요……."

"매일매일?" 그녀가 살짝 미소지으며 물었다.

나는 푼트 에 메스를 마셨다. "당신 말이 맞군요."

"그래서 전 음식업계로 나가기로 결심했어요. 아무튼 앞으로 미식인구는 점점 늘어날 것이고, 그만큼 요구수준도 높아질 테니까요. 상품화함으로써 소비를 촉진하고, 매스컴을 이용해서 대대적으로 홍보를 하고, 그것을 확실한 솜씨가 뒷받침하구요. 꿈같은 비즈니스잖아요!"

"그 열정은 훌륭하군요. 그래서 삼촌의 가게에 합류한……."

"아뇨, 원래는 혼자 힘으로 해보고 싶었어요. 삼촌의 도움 없이요. 그래서 브랜포드 베이커리에서 판매와 마케팅을 경험하고는, 레스토랑 경영으로 옮겼죠. 레이몽이 부매니저 자리를 마련해줘서 수석 매니저가 은퇴한 다음에 뒤를 이었구요."

"당신은 이 일을 좋아하는군요. 보면 알겠어요."

"예, 아주아주 사랑하죠. 그런데, 아까 당신이 했던 질문으로 돌아가서, 여성 요리사가 이렇게 적은 것이 이상하긴 하죠?"

"동감입니다. 원래 여성들이 요리를 잘하니까 더 많은 여성 요리사들이 있어야 하는데요."

"왜 그렇게 적을까요?"

"남자들의 편견 때문이죠."

그녀는 놀랍다는 듯이 고개를 갸우뚱했다.

"어머, 남자분이 그렇게 솔직히 인정하시다니."

"당신이라면 여성 요리사도 고용할 겁니까?"

"물론이죠."

"레이몽은요? 아니면, 루이는요?"

그녀는 잠시 생각하더니 말했다.

"아뇨. 아마 아닐 거예요."

웨이터가 첫 번째 코스 요리를 가져와서 대화가 거기서 끊겼다. 고전적인 오믈렛의 하나인 다진 달팽이와 마늘, 호두를 넣은 부르기뇽이었다. 소믈리에가 가져온 와인은 뫼르소*였다. 가끔 약하고 경직된 맛이 날 때가 있어서 나는 별로 고르지 않는 와인이다. 하지만 이건 그 지역 화이트 와인의 최고봉이라고 할 수 있는 도멘 데 콩트 라퐁이었다. 상큼하고 가벼우면서도 특유의 풍부한 맛이 있고 균형이 잘 잡힌 와인이다. 오믈렛에 사용된 마늘은 맛이 날락말락할 정도로 살짝 곁들여져 있어 와인의 맛을 해치지 않았다.

---

* 부르고뉴 지방의 뫼르소에서 생산된 고급 화이트 와인.

요리를 칭찬하자 그녀는 기쁜 듯이 미소지었다. "루이에게 전해줄게요. 분명 좋아할 거예요."

오믈렛을 다 먹고 나서 태연하게 물었다. "요 며칠 동안 기자들의 질문공세에 시달리진 않았습니까?"

그녀가 머리를 흔들자 적갈색 머리칼이 반짝반짝 빛났다. "두어 명이 오긴 했지만 질문공세까지는 아니었요." 진지한 얼굴이 되어 나를 보았다. "왜 그런 걸 묻죠?"

"매스컴이 그 오래된 불화에 대해 재조명을 하는 건 아닐까 해서요."

오믈렛 접시가 치워지자 파울라는 빵으로 손을 뻗었다. 지금까지 빵에는 전혀 눈길도 주지 않았는데, 시간을 벌기 위해서인 듯한 느낌이 들었다.

"불화라뇨?" 거기서 일단 말을 끊었지만, 다시 이었다. "레이몽과 프랑수아 사이의 불화 말인가요?"

"그래요. 매스컴이 시끄럽게 떠들 건 확실할 걸요. 화제를 부르는 건 틀림없으니까요. 다시 끄집어내는 건 이번이 처음이 아니지만, 「르 투르케 도르」와 아이버 젠킨슨의 죽음이 주목을 받고 있는 지금, 매스컴이 가만히 있을 리는 없겠죠."

그녀는 손톱에 선명한 분홍빛 매니큐어를 바른 긴 손가락으로 빵을 뜯었지만 먹지는 않았다.

"구태여 그런 옛날 이야기 말고도 매스컴이 좋아할 만한 무시무시한 비즈니스의 다양한 면이 있을 텐데요."

"아뇨, 그들은 닥치는 대로 모든 걸 파헤칠 겁니다. 그것에 대해 질문을 당할 각오를 해두는 게 좋을 겁니다." 사실은 그리 확신이 있지는 않았지만, 조금이라도 자세한 정보를 듣고싶었다.

"그렇게 오래된 일인데……." 그녀가 말했다.

"복수를 위해 20년을 기다린 사람도 있죠."

"복수라구요!" 그녀의 갈색 눈동자가 놀라서 커졌지만, 머리를 가로젓고는 보다 침착한 말투가 되었다. "매스컴은 그럴지도 모르겠지만, 그렇다고 불화를 무리하게 사건과 연관시키려 해봤자 시간낭비일 뿐이에요."

"당신은 이 가게에서 일어난 일에 프랑수아가 관련되어 있다고는 생각하지 않습니까?"

그녀는 다시 머리를 가로저었다. "예. 그렇게 생각하지 않아요. 그럴 이유도 없구요."

"혹시 보복 아닐까요?"

아차, 실수! 「르 투르케 도르」에서 일어난 일은 비밀이었는데. 이런 말을 해버렸으니 얼버무리는 건 힘들다. 어수룩한 콜롬보 반장도 이런 말은 안 할 텐데!

"보복? 무엇에 대한 보복인데요?"

태연한 척하면서 어떻게 대답할까 필사적으로 머리를 굴리고 있는데 뜻밖에 깔끔하게 해결되었다.

"아," 알았다는 듯이 파울라가 말했기 때문이었다. "「르 투르케 도르」의 관리가 엉망이라는 소문 말이군요."

"알고 있었습니까?" 놀랐지만, 아슬아슬하게 태연하게 말할 수 있었다.

"이쪽 업계에서는 그런 소문이 퍼지는 건 순식간이에요."

그녀는 나를 주의깊게 살폈다. "당신은 무슨 말을 들었죠?"

"당신이 들은 것과 비슷해요." 나는 일부러 밝은 목소리로 말했다. "그럼 당신은 관리가 엉망이라고 생각하고 있군요?"

"물론이죠. 아무리 최고급 레스토랑이라도 일정한 수준을 유지하려면 끊임없이 노력해야 해요. 예를 들어……." 그녀는 잠시 멈추더니 부드러운 목소리로 이렇게 물었다. "그럼, 당신은 관리가 엉망이라고 생각지 않는군요? 설마 레이몽이 그랬다고 생각하는 건 아니겠죠?" 그녀의 눈이 분노로 불타올랐다. "말도 안 되요. 삼촌에 대해서는 제가 잘 알아요. 그런 짓을 할 사람이 절대 아니에요!"

때마침 주요리가 오는 바람에 긴장감이 누그러졌다. 파울라는 잠자코 앉아 있었다. 소믈리에가 와서 정중하게 병을 보여주었다. 파울라가 라벨을 힐끗 보고는 건성으로 고개를 끄덕였다. 그가 코르크 마개를 뽑고 잔에 따르자 그녀는 맛을 보고는 다시 한번 고개를 끄덕였다.

소믈리에가 자리를 떴을 때쯤에는 그녀는 원래의 매혹적인 여성으로 돌아와서 밝은 목소리로 설명했다.

"비프 앙 크루트*예요. 우리 가게에서 자주 내놓지는 않지만 루이가 가장 잘하는 요리 중 하나죠. 이걸 요리하는 걸 아주 좋아해요."

"알 것도 같군요. 이건 어떤 요리사에게든 도전일 테니까요."

웨이터가 그것을 잘라주었으므로 파울라는 먼저 내 접시에 몇 조각을 얹어주고는 이어서 자기 접시에도 놓았다. 처음 보는 감자 요리에는 노릇노릇 잘 구워진 셰프버섯과 베이비 캐롯**이 곁들여져 있었다. 이건 각자 자기 접시로 덜어갔다. 고기는 포크로 자를 수 있을 정도로 부드러워서 입에 넣자 육즙이 흘러나왔다. 파이 껍질은 바삭했지만 나이프를 넣기만 해도 바스러져 가루가 되어버리지는 않았다. 쇠고기 위에는 푸아그라 파테와 얇게 썬 송로버섯이 겹쳐져 얹혀 있고, 그것이 또한 황홀할 정도로 맛의 묘미를 빚어내고 있었다.

"루이는 훌륭한 솜씨를 가졌군요. 비프 앙 크루트에 새로운 이정표를 세웠어요."

파울라가 미소지었다. "그에게 전해줄게요. 칭찬해주는 걸 아주 좋아하거든요."

---

* 빵껍질을 씌운 쇠고기 요리.
** 보통 껍질이 벗겨져 있고 한 입에 먹을 수 있는 크기의 당근.

우리가 묵묵히 먹는 일에 집중하고 있자니 소믈리에가 로마네 콩티를 따라주러 왔다. 프랑스가 자랑하는 최고의 레드 와인이다. 라벨을 슬쩍 보는 데에 성공했다. 우와, 1985년산! 지난 10년간 최고의 해일 텐데.

우리는 요리를 음미했다. 마지막 두어 조각이 남아 있을 때쯤 파울라가 하던 이야기를 다시 끄집어냈다.

"레이몽은 절대로 관계없어요. 생각하기만 해도 어처구니가 없군요. 당신도 레이몽을 만나봤으니까 알 것 아니에요?"

"그에 대해서는 별로 아는 게 없지만, 확실히 그럴 것 같지는 않더군요. 하지만 레이몽에 대해서는 당신이 더 잘 알겠죠. 그의 조카니까요."

"정확히 말하면 피가 이어져 있지는 않아요. 하지만 삼촌이라는 건 변함이 없죠."

"레이몽이 「르 투르케 도르」에서 일어난 일과 관계가 없다고 한다면, 그 오랜 불화가 이제와서 영향을 끼칠 정도가 아니라면, 쇠고기 등심 주문을 취소해 버리고, 라벨을 바꿔 붙이고, 예약장부가 사라진 건 도대체 누구 때문일까요?"

내가 말을 마치기도 전에 그녀의 주의가 딴 곳으로 향하고 있었다. 약간 떨어진 테이블에서 큰소리가 들려왔는데, 웨이터와 관련되어 있는 것 같았다. 파울라는 냅킨을 둥글게 말아 테이블에 놓고는 서둘러 일어났다.

"잠깐만 실례해요. 곧 돌아올게요."

대화를 듣기에는 내가 앉은 자리가 너무 멀었지만, 파울라가 등장함으로써 손님의 목소리 톤이 낮아지고 이내 웃는 얼굴이 되는 것이 보였다.

파울라는 자리로 돌아와 만족스러운 듯이 미소지었다.

"이제 괜찮아요."

"불만사항이었어요?"

"손님 중 한 분이 자기가 주문한 것과 다른 요리가 나왔다고 생각했나 봐요."

"엉망인 경영의 예인가요?" 오늘은 사람의 신경을 거스르는 수사관 노릇에 철저하자.

그러나 파울라는 전혀 동요하지 않았다. "칼은 우리 가게 최고의 웨이터예요. 그런 실수는 하지 않아요."

"그럼 어떻게 해결했나요?"

"칼이 사과하고 곧바로 주문한 요리를 갖고 오겠다고 했죠. 최고의 웨이터라고 말했잖아요."

와인을 다 마시고는 얼핏 수수해 보이지만 사실은 엄선된 재료로 만든 설탕에 절인 과일로 식사를 마무리했다. 커피가 나오자 나는 어림짐작으로 물어보았다.

"로저 세인트 레저를 알고 있습니까?"

그녀는 머리를 갸우뚱했다. "조금은 알아요. 그가 IJ의 프로그램을 인계하기로 했다면서요."

오호, 나보다 더 많이 알고 있잖아! 하지만 티가 나지 않게 조심해야지. 어쩌면 혹시 본인인 로저 세인트 레저보다도 더 많은 걸 알고 있는 것 아닐까?

"그럼 샐리 앨드리지는요?"

"바로 얼마 전에 여기 왔었다고 들었어요. 전 만나지 못했지만요. 레이몽과 할 말이 있었던 것 같던데요." 그녀가 커피를 한 모금 마셨다. "내일 그녀의 사인회에는 가실 건가요?"

"그녀가 사인회를 열어요?" 묻다보니 갑자기 기억이 났다. "그러고보니 초대장이 왔었어요. 날짜도 기억하지 못하고 있었지만요. 그런 자리에는 잘 안 가거든요. 말만 많고 맛있는 음식은 별로 없으니까요. 당신은 갈 생각입니까?"

파울라가 웃음을 터뜨렸다. "아뇨, 안 가요. 그녀의 과격한 의견을 격려할 생각도 없구요. 레스토랑 업계에는 손해거든요. 요전번 책은 제목이 뭐였더라? 『30분만에 만드는 미식 요리』였던가요? 너무 많은 사람들이 읽지 않길 바래요. 우리 가게가 망하고 말테니까요." 웃음이 사라지고, 그 말이 뭔가 중요한 의미를 내포하고 있는 듯한 느낌이 들었다. 파울라는 특별히 깊은 뜻은 없다는 듯이 말을 이었다. "내일 책은 제목이 뭔가요?"

"잊어버렸는데요. 하지만 논란의 중심이 될 것은 분명해요. 그렇다면 잠시 정찰을 가보는 것도 좋겠군요. 아무튼 바쁜 여자로군요, 샐리도."

"그런가요?" 멋지게 그린 눈썹을 치켜올리며 말했다.

"벌써 그 다음 책을 작업하고 있다면서요. 레이몽을 찾아온 것
도 그 용건이었다던데요."

"그랬나요? 레이몽은 아무 말도 하지 않았어요. 또 논란의 불
씨가 될 만한 제목일까요?"

"아마 그렇겠죠."

웨이터가 그녀 앞에 종이쪽지를 놓았다. 계산서일 리는 없고
뭔가 긴급한 문제일 것이다. 나는 일어났다.

"멋진 식사 감사합니다. 뭔가 일이 생겼나보군요."

그녀는 문까지 배웅하러 나와서 내 손을 잡고 위아래로 흔드는
대신에 부드럽게 꼬옥 쥐었다.

"저도 즐거웠어요. 조금은 가까워진 것 같네요. 그렇게 생각지
않아요?"

나는 고개를 끄덕였다.

"조만간 다시 한 번 만나요."

"더할 나위 없이 좋죠." 나는 그녀에게 말했다.

잠깐! 깜짝 와인 상식

미식가 탐정의 와인 용어 사전

- **그랑 크뤼** 독특하고 품질이 뛰어난 원산지 또는 그 산품. 프랑스에서는 순위 등급을 매기는 카테고리로도 사용된다.
- **디캔팅** 병에 든 와인을 유리 그릇에 따르는 것. 디캔팅을 하는 유리그릇은 디캔터라고 하며, 일반적으로 바닥이 넓고 주둥이가 좁은 유리병 형태를 띤다.
- **밸런스** 와인의 산도와 타닌, 알코올의 느낌과 끝 맛의 조화를 이르는 말.
- **부케** 양조된 와인이 오크통이나 여러 가지 방법으로 숙성되면서 2차적으로 갖게 되는 복합적인 향.
- **블라인드 테이스팅** 시음자가 시음노트를 적고 점수를 주기까지 와인의 라벨과 병 모양을 가려서 와인명이 공개되지 않는 경우. 대부분의 와인 테이스팅 시합은 블라인드 테이스팅으로 진행된다.
- **블랑 드 블랑** 문자 그대로는 백에서 얻은 백. 청포도로 만든 화이트 와인을 의미. 주로 스파클링 와인을 얘기할 때 쓰는 말이다.
- **빈티지** '포도의 수확' 또는 '포도가 생산된 해'를 가리키는 말. 같은 지역에서 생산된 포도라고 해도 해마다 기후에 따라 그 맛이 다르므로 빈티지가 중요한 의미를 갖는다.
- **산도** 와인에 신선함을 더하고 상큼한 맛을 내는 데 필수적인 요소. 산도가 너무 높으면 와인이 시어지고, 너무 낮으면 와인의 맛이 밋밋해지며 향이 입안에 오래 남지 않고 짧게 끝난다.
- **샤토** 주로 프랑스 보르도 지역에서 많이 쓰이는 표현으로 포도원을 가리킨다. 보르도에는 약 3천 개의 샤토가 있다. 부르고뉴 지방에서는 '도멘'이라고 한다.
- **소믈리에** 와인감식 전문가. 요즘에는 고급 호텔이나 레스토랑에서 일하

는 전문직종으로 와인의 감별, 상담, 구입 등 폭넓은 업무를 담당한다. 식사에 알맞은 와인을 추천하거나 와인 리스트를 보여준다.

• **아로마** 포도 열매 자체에서 나는 신선한 과일향.

• **에어레이션** 와인에 공기를 통하게 하는 것. '브리딩' 이라고도 한다.

• **와인 셀러** 와인이 최적 상태를 유지할 수 있도록 온도와 습도를 맞춰 놓고 와인을 보관하는 공간.

• **카브** 와인 저장공간. 주로 와인을 저장하기에 적합한 공간.

• **타닌** 포도의 씨와 껍질, 줄기 또는 오크통의 재료가 되는 오크에 포함되어 있는 페놀 성분으로, 와인 생산과정 중에 와인에 첨가되는 성분. 와인의 오랜 숙성기간 동안 방부제로 작용하여 쉽게 변질되지 않고 복합적인 맛을 지닌 와인으로 바뀌는 데에 중요한 역할을 한다.

• **테루아** 포도가 자라는 데 영향을 주는 지리적인 요소, 기후적인 요소, 포도 재배법 등을 모두 포괄하는 말.

• **테이블 와인** 가장 낮은 등급의 와인을 가리키는 말. 또는 등급과 관계없이 알코올 도수가 7~14도 사이의 와인으로 식사 때에 음식과 함께 마시기 좋은 와인.

• **프리뫼르(햇술)** 숙성이 덜 되었거나 갓 만든 햇술 상태에서 파는 와인. 일반적으로 병입된 후 몇개월 안에 먹기 좋은 와인을 가리키는 말. 보졸레 누보도 프리뫼르라고 한다.

• **하우스 와인** 일반적으로 레스토랑에서 잔 단위로 파는 와인을 가리키는 말. 그 레스토랑에서 제공하는 음식 대부분과 잘 어울리는 너무 맛이 강하지 않은 와인으로 저렴한 가격에 제공된다. 품질이 낮은 값싼 와인을 의미하지는 않는다.

20

이젠 진지하게 생각해볼 시간이었다. 지하철을 타고 워털루 역으로 가서 요크 로드 다리를 건너고 페스티벌 홀과 국립극장을 지나쳐 걸었다. 평소에는 발걸음을 멈추던 야외 중고책 판매대도 오늘은 그냥 지나쳤다. 지금은 좀더 중대한 문제로 머릿속이 꽉 차 있었다.

멀리서 들려오는 자동차 소리와 거룻배나 유람선이 내는 물소리가 이따금 들려올 뿐 조용한 거리를 걸었다. 내가 좋아하는 산책코스였고 오늘은 날씨까지 최고였다. 공기는 차가웠지만 구름한 점 없는 하늘이 펼쳐져 있고 햇살은 눈이 부실 정도였다. 마치 런던에서는 매일 이런 날씨가 계속되고 있다는 듯, 태연한 얼굴을 한 태양의 목소리가 들려오는 듯했다. "비? 내가 있는데? 말도 안 되지."

점심 때 나누었던 대화를 되새김질해 보았다. 그렇게 유능한 수석 매니저를 두다니 레이몽은 운좋은 남자다. 게다가 그런 사람이 조카라니. 그렇게 자신을 열심히 감싸주다니, 그냥 운이 좋은 정도가 아니다. 점심에 초대한 이유도 그것이었음을 나는 알아차리고 있었다.

그녀는 머리가 좋은 것 같으니「르 투르케 도르」에서 일어난 일을 듣고는 그 유명한 불화 탓에 레이몽이 의심받을지도 모른다고 생각했을 것이다. 그래서 삼촌을 변호할 필요를 느꼈던 것이다. 그것 자체는 칭찬할 만했다. 하지만, 그 경솔한 행동 탓에 레이몽이 일련의 사건에 겉보기보다 깊숙히 관련되어 있는 건 아닌가 하는 나의 의심은 더더욱 짙어졌다.

위니에게는 용의자를 '곧 알아낼 것 같다'고 말했지만 이젠 거의 확신하고 있었다. 레이몽은 그렇게 못된 사람으로는 전혀 보이지 않지만 나도 그것에 속고 있었던 것이다. 이제 더러운 한 가지 문제와 직면해야 한다. IJ를 살해한 사람도 레이몽일까?

머리 위에서 헬리콥터 한 대가 요란한 소리를 내면서 지나갔지만 나는 추리에 열중했다. 모든 조각을 똑똑히 맞춰보자. 레이몽과 프랑수아 사이에는 지금도 계속되는 ― 새로운 뭔가가 있었을지도 모르지만 ― 불화가 있다. 나는 와조 로열의 비법을 밝혀냄으로써 본의 아니게 거기에 얽히고 말았다. 그리고「르 투르케 도르」에 방해공작을 획책한 것도 레이몽이었다. 분명히 그가 직접 나서지는 못했을 테니 여기서는 '획책했다'라는 말이 적당하다. 그리고 프랑수아가 보복을 시작한 것이고.

하지만 서클 오브 카렘에서 칠성장어에 독을 넣은 건 레이몽으로서도 너무 심했다. IJ의 마지막 말이 뇌리를 스쳤다. "두 분이 함께 했다……." 레스토랑 업계의 스캔들을 파헤치던 IJ는 레이몽에게 공범이 있다는 걸 알아냈다.

그럼 IJ의 죽음은? 경찰국은 살인이 분명하다는 결론을 내린 것 같은데, 그건 자신의 음모를 까발린 IJ에게 레이몽이 치사량이 넘는 보툴리누스균을 먹인 건가? 설마 레이몽이 그렇게까지 할 것 같지는 않은데. 아니, 유명한 독살가들은 한 점 흠결 없는 사회적 명성을 가진 사람이잖아. 의사, 목사, 심지어 장관도 있었다. 레스토랑 주인이라고 해서 안 될 거 있나?

이런, 아무리 봐도 완벽한 재구성은 아니었다. 뭐, 어쩔 수 없지. 어차피 난 미스 마플이 아니니까. 하지만 나쁘지는 않으니 허점은 경찰국이 메워줄 것이다.

어느 샌가 하늘에 구름에 덮히고 템스 강쪽에서 찬바람이 불어왔다. 빗방울이 떨어지기 시작했다. 날씨도 사람 만큼이나 믿을 수가 없군. 여기까지 왔으니 이대로 쭉 걸어가는 게 더 나을 것 같았다. 나는 서둘러 블랙프라이어스 다리를 건너서 지하철 역으로 갔다. 콜롬보 반장이 입고 있는 것만큼 허름해도 좋으니 레인코트가 있었으면! 콜롬보 반장은 어리숙할지는 모르지만, 심지어 로스앤젤레스에서도 레인코트 없이는 외출하지 않았지!

사무실에 돌아오니 전화해 달라는 넬다 다비의 메시지가 있었다. 전화를 걸기 전에 먼저 서클 오브 카렘의 손님명단을 보았지만 닥터 에프(Dr F)는 없었다. 마지막 이니셜이 F인 사람은 한 명뿐이었는데 약간 아는 사람이었다. 어떤 분야든 그가 박사학위를 갖고 있지 않다는 것은 틀림없었다.

넬다에게 전화를 걸자 언제나 그렇듯 쩌렁쩌렁한 목소리가 울려퍼졌다.

"일은 잘 되어가나요? 숙취 해소법은 찾았나요?"

"그럴 시간이……."

"들었어요."

"무슨 소리를요?"

"만나서 한 잔 하면서 이야기하면 어때요?"

"좋죠. 몇 시에 볼까요?"

"지금부터 편집자와 회의를 해야 해요. 그러고나면 기운을 회복할 한 잔이 필요해요. 6시는 어때요?"

"「비숍스 마이터」에서?"

"당연하죠."

플리트 거리*의 막다른 곳에 있는 루드게이트 서커스에 있는 이 퍼브는 유명한 저널리스트나 칼럼리스트의 집합소였다. 값이

---

* 런던의 유명한 출판거리. 약 300여 년 동안 '영국 저널리즘의 산실'로 불렸으나 현재는 런던 동쪽의 와핑 거리로 대부분의 언론사와 통신사가 이전했다.

비싼 탓인지 좀더 등급이 낮은 컴퓨터 오퍼레이터나 리포터는 좀 더 서민적인 「레드 라이온」이나 「조지」, 「체셔 치즈」를 근거지로 삼고 있는 것 같다.

넬다는 10분밖에 늦지 않았다. 시간에 쫓기는 신문사에서 단련되는 동안에 시간엄수가 습관이 된 것이리라.

"아이고, 빨리 한 잔 마셔야지!" 그녀가 숨을 헐떡거렸다. "빌어먹을 편집자, 언젠가 절대로 목을 졸라 죽여버리겠어. 그 금발 머리를 죄다 뽑아버릴 거야, 흰 머리만 남겨 놓고."

"저기, 넬다. 그런 이야기는 귀에 못이 박히게 들었어요. 내가 아는 저널리스트들은 모두들 편집자를 미워하니까요."

"하지만, 정말 최악의 여자라구요." 넬다가 열을 내며 말했다.

"좋아할 수가 없는 것뿐이겠죠. 물론 그냥 추측이지만……."

자신의 의견이 반대에 부딪치면 넬다는 프로 테니스 선수 못지 않게 입이 거칠어질 수 있다. 반대에 부딪치지 않아도 언제나 입이 거칠긴 하지만. 그런데 오늘은 얌전했다. 애타게 기삿거리를 찾고 있는 것이 분명했다.

"분명히 훌륭한 편집자이긴 해요. 단지 인간이 아닐 뿐."

"넬다, 당신의 자제력이 탄복스럽군요." 나는 넬다의 외모에도 탄복했다. 연노란 색 실크 재킷에 플레어 스커트, 목에는 몇 겹이나 되는 진주 목걸이를 걸고 있었다. 인상적인 커다란 얼굴은 이목구비가 큼직큼직하고 화려했다. 또렷한 눈과 높다란 코, 유연하게 움직이는 커다란 붉은 입술. 몸짓이나 행동도 거침이 없고 군중 속에서도 단연 튀었다. 거칠고, 영민하고, 본인의 주장대로 뼛속까지 저널리스트였다.

"고마워요. 브라이언." 웨이터가 잔을 내려놓자 그녀가 말했다. "사람 마음을 읽을 줄 아네."

"더블 페이머스 그라우스* 이외에는 마신 적이 없잖습니까." 웨이터가 그렇게 대답하고는 나에게 눈짓으로 물었다.

나는 머리를 가로저었다. "아직은 됐어요." 가게에 도착했을 때 보드카 토닉을 주문했었다.

넬다가 호기심어린 눈으로 쳐다봤다.

"도대체 뭔가요? 출세한 순간, 속세의 즐거움에는 눈길도 주지 않겠다는 건가요?"

"출세? 그게 무슨 소리예요?"

"그렇게 들었는데요. 런던 경찰국의 수사에 협력하고 있잖아요. 식품 전담반의 특별 고문이라던가?"

"어디서 들었어요?" 내가 놀라서 물었다.

보드카 토닉에 뻗은 내 손을 넬다가 토닥거렸다.

"걱정마요. 나처럼 뛰어난 직감과 재능을 가진 저널리스트만 알고 있으니까." 토닥거리던 손을 꽉 힘을 주어 움켜쥐었다. 거

---

* 위스키의 본고장인 스코틀랜드에서 가장 많이 판매되는 위스키.

의 꼬집는 것에 가까웠다. "자, 말해요. 사실은 어떤지를."

나는 손을 빼냈지만 한 모금 마셨을 뿐, 다시 잡히고 말았다.

"넬다, 기삿거리는 어차피 충분하잖아요? 당분간은 그걸로 충분할 거고, 그러다보면 다음 사건이 일어날 거구요."

넬다는 단호하게 머리를 가로저었다. "그리 오래 못 가요. 지금은 그 빌어먹을 텔레비전이 있으니까! 많은 기삿거리를 갖고 있기는 하지만 현재 가장 큰 사건은 역시 IJ죠. 가르쳐줘요, 그는 사고사인가요 타살인가요?"

"역시나 당신은 예민하군요. 역시 초창기에 「마일 엔드 쿠리어」에서 훈련을 쌓은 덕분이겠죠."

"말도 안 되는 소리 말구요." 넬다는 단호했다. "IJ에게 무슨 일이 일어난 거죠? 사실을 알려줘요."

"나한테 좀 알려줬으면 좋겠어요. 나도 당신보다 더 많이 알고 있지도 않아요. 그 자리에 있던 다른 사람들이 알고 있는 것 정도밖에 모른다구요."

"나는 거기 있었지만, 아무 것도 몰라요. 그래서 여러 가지 질문을 던져보는 거죠. 이렇게요."

그녀는 단숨에 스카치를 들이키고는 긴 팔을 흔들어 웨이터를 불렀다. 그리고는 내 쪽으로 방향을 틀더니 나를 손가락으로 가리켰다.

"하지만 당신은 달라요. 어떤 비밀정보도 들을 수 있는 위치에 있잖아요."

"아직 아무 것도 못 들었어요. 어쩌면 나중에 들을 수 있게 될지도 모르지만."

"알게 되면 우리가 함께 했던 즐거운 시간을 기억하고, 고마움의 표시로……."

"물론 당신에게 독점 정보를 알려주죠. 운전기를 세울 만한 그런 멋진 정보를요. 그러면 당신은 조간신문 1면을 장식할 멋진 특종을 터뜨려서 플리트 거리와 와핑 지역*에서 독보적인 위치에 설 수 있겠죠."

"대체 언젯적 이야기를 하고 있는 거예요. 쓰레기 같은 추리소설만 읽어대니 그런 소리를 하지요."

웨이터가 두 번째 스카치 더블을 가져왔다. 그가 테이블을 떠나기도 전에 넬다는 잔을 반이나 비웠다.

내일 신문에 실릴지도 모른다는 걸 생각하면 서툴게 정보를 흘려서는 안 된다. 어찌되었든 넬다의 프로의식을 가볍게 여겼다간 큰 코 다친다. 그녀의 프로의식을 존경하고 있기 때문에 이렇게 조심하는 건지도 모르겠다. 아직 지면에 공표할 단계도 아니고, 나 때문에 기사가 나오는 사태만은 피하고 싶었다.

---

* 런던 동쪽에 있는 지역으로, 플리트 거리에서 이전한 언론사들이 몰려 있는 신흥 언론거리.

어떻게든 화제를 돌리자.

"하지만, 당신이 나보다 정보를 알기엔 좋은 위치잖아요."

넬다는 진한 갈색 눈썹을 치켜올렸다.

"무슨 말이에요?"

"서클 오브 카렘에서 나쁜 일이 일어났다면 범인은 회원들 중 한 명일지도 모르잖아요?"

그녀는 잠시 생각에 잠겼다.

"나도 그럴 가능성은 생각해 봤어요. 어머나, 멋진 기삿감이네요! 게다가 거기 있던 어떤 여자의 짓이라면."

"그게 멋진 기삿감이라며, 당신이 알고 있으면서도 스스로 깨닫지 못했던 모든 것들을 기억해내야 해요."

그녀는 이 의견은 무시하기로 한 듯했다.

"왜 내가 당신보다 정보를 잘 알 수 있는 위치에 있다는 거죠?"

"당신은 뭔가 냄새를 맡는 데에는 천재적이고, 그렇게 주워모은 소문을 사방에다 퍼뜨리고 다니잖아요. 가십의 여왕이랄까."

"나는 주워모은 소문을 퍼뜨린 적은 없어요."

내가 놀라서 입을 딱 벌리자 넬다가 웃음을 터뜨렸다. 끓어넘치기 직전의 냄비에서 나는 것 같은 소리였다. "주워모을 필요가 없거든요. 난 말예요, 언제나 내가 가십을 흘리니까요."

그녀는 다시 큰 소리로 웃더니 스카치를 들이켰다. 웨이터는 그녀가 마시는 속도를 알고 있음에 틀림없다. 다시 다가와 나는 쳐다보았지만 넬다에게는 굳이 주문을 물으려 하지도 않았다.

"그렇죠." 내가 동의했다.

"내가 훌륭한 칼럼니스트라는 건 나도 잘 알아요. 하지만 무슨 말을 하고 싶은 건지 전혀 모르겠군요. 내가 누구의 무엇을 알고 있다고 생각하는 거예요?"

빛나는 커다란 눈이 내게 못박혔다. 실크 재킷 아래의 가슴을 보란 듯이 내밀면서 내쪽으로 찰싹 달라붙었다. 어이구, 이번엔 미인계?

"우린 이미 서클 오브 카렘의 회원이 범인일지도 모른다는 가능성을 염두에 뒀어요. 누가 수상하다고 생각해요? 그리고 동기는? 당신이라면 누가 뭘 했다거나, 누가 누구와 언쟁을 했다거나 하는 걸 모두 알고 있죠? 그럴 듯한 이야기는 없었어요?"

웨이터가 두 사람의 음료를 가져왔다. 넬다는 가방 안에 손을 집어넣어 킹 사이즈의 담뱃갑과 상아 담뱃대, 금도금한 라이터를 꺼냈다. 넬다는 담배를 피울 때 주위에 신경쓰는 타입이 아니었다.

담뱃불을 붙인 뒤 잠시 엄청난 기세로 뻑뻑 피우고는 스카치를 한 번 쭉 들이키더니 말했다.

"먼저 타퀸 워링턴, 그 자식. 그 놈이라면 그럴 만하죠."

"구체적으로는요?"

넬다는 다시 담배연기를 내뿜더니 스카치를 들이켰다.

"그 놈 때문에 망한 회사가 몇 개나 되요. 파산한 사람도……. 내가 알고 있는 사람 중에서만 한 명이 자살했죠."

"워링턴 체인점이 시장에서 그렇게 못된 짓을 했어요?"

"그럼요. 경쟁업체들을 모조리 인수합병했죠."

"정말?"

넬다는 미소를 지었다. "나는 거짓말을 한 적이 없어요, 그럴 필요도 없구요. 난 위험을 무릅쓰고 진실을 말하죠."

"그밖에 당신의 매서운 눈이 주목하고 있는 사람은요?"

"로저 세인트 레저가 있죠. 자신의 프로그램이 끝난 뒤로 새로운 프로그램을 하고 싶어서 파리처럼 동네방네 뛰어다니고 있어요. 하지만 BBC도 거절했고 ITV도 관심을 보이지 않았던 것 같아요. 스카이 TV하고는 이야기를 했다고 하던데, 성과는 제로. 상당히 절박했다고 해요."

나는 그녀를 날카롭게 바라봤다.

"얼마나 절박했나요?"

넬다는 나의 표정을 알아차린 것 같았다.

"으음……, 절박하다고까지 할 정도는 아니었을지도……."

"속았던 걸까요?" 유도심문을 해봤다. 넬다는 런던 최고의 정보통 가운데 하나였다. 알아야 할 것이 있다면 그녀가 그것을 모를 리가 없었다.

"묘한 사람들하고 어울렸던 것 같아요. 물론, IJ에게 달라붙었던 건 유명한 이야기구요."

"누군가 도와줬으면 좋았을 텐데요."

"아무도 그럴 생각은 없겠죠. 게다가 IJ는 상대방의 집에 불이 났다 해도 물 한 잔도 안 뿌려줄 사람이구요."

"로저 세인트 레저가 프로그램을 하게 되었다면서요."

넬다는 담배연기를 화악 뿜어냈다. 정말이지 참으로 튼튼한 폐를 가졌나 보다. "어떤 프로그램인데요?"

"IJ의 후임인 것 같더군요."

다시 스카치를 마셨다. "흐음, 그런 말은 못 들었는데……, 누가 그러던가요?"

"넬다, 당신이라면 정보원의 신원을 밝히겠어요?"

그녀가 키득거렸다.

"세인트 레저가 IJ의 프로그램을 할 수 있다고 봐요?"

"IJ 같은 개자식이 아닌 건 확실하죠. 프로그램을 해나갈 정도의 힘은 있지만, 「IJ」하고는 비슷해 보여도 전혀 다른 프로그램이 될 걸요." 다시 스카치를 마시고 담배연기를 세게 빨아들이더니 덧붙였다. "하지만 그것 때문에 IJ를 죽일 리는 없어요."

"그는 상당한 술꾼 같던데, 만약 술김에 그런 거라면요?"

"로저 세인트 레저가?" 넬다는 놀란 표정이었다. "그는 술꾼이 아니에요."

"그거 내가 수집한 정보하고는 다른데요."

"느낌이 안 좋은데." 넬다가 웃었다. "내가 그런 걸 얼마나 싫어하는지 알잖아요."

"다른 사람은 없어요?"

그녀는 빈 잔을 뚫어져라 쳐다봤다.

"그래요, 당신의 옛 여자친구."

이번엔 내가 웨이터에게 신호를 보냈다. 그러면서 그녀의 말뜻을 생각해볼 시간을 벌었다.

"오, 그래요? 누구죠?"

넬다가 즐겁다는 듯이 미소를 지었다. 뜸을 들이면서 좀처럼 대답해주지 않았다.

"샐리 앨드리지."

뭐라구? 놀라움이 내 얼굴에 그대로 나타났는지 넬다가 크게 웃었다.

"샐리가 왜 의심스러운데요? 물론 그 책 때문에 몇 사람이 엄청 열받은 건 사실이지만……."

"『30분만에 만드는 미식 요리』 말인가요?" 넬다가 얼굴을 찌푸렸다. "그 책은 진정으로 맛있는 요리를 사랑하는 사람의 심장에 꽂힌 비수였다구요!"

"적어도 샐리는 영리했죠. 서클 오브 카렘에 가입한 다음에 그런 무시무시한 책을 냈으니까."

넬다가 어깨를 으쓱했다. "별 차이는 없어요. 서클 오브 카렘쯤 되면, 그쯤이야 모기에 물린 것 정도일 테니까. 이번에 내려는 책은 뭐였더라? 내일 사인회가 있지 않던가요?"

"제목은 알고 있으면서. 지난 번 책도 칼럼의 절반을 할애해서 엄청나게 씹었잖아요. 분명히 이번에도 그럴 거면서."

넬다가 다시 미소를 지었다. 아주 커다란 카나리아를 삼킨 고양이처럼 만족스러워 보였다. 그것도 속이 꽉꽉 채워져 있고 그레이비 소스까지 뿌려진 카나리아를.

"새 책은 『왜 외식을 하는데?』 아니었던가요?" 그녀에게 제목을 상기시켰다.

"아, 맞다." 넬다가 막 생각났다는 듯이 끄덕였다. "부제는 '집에서 만드는 레스토랑 요리' 죠. 레스토랑 업계가 얼씨구나 하고 기뻐하겠네요."

"넬다, 혐의를 두기 시작하면 끝이 없지요. 샐리는 업계에서 미운 털이 박혔을지는 몰라도, 그렇다고 보복할 이유는 없잖아요?"

"레스토랑이 출판사에 압력을 가한 거예요. 그렇게 되면 출판사는 샐리 따위 버리겠죠? 당연히 그녀는 열받지 않겠어요?"

"아주 그럴 듯한데요. 하지만 그 설은 받아들이기 힘든데요. 그밖에는 없어요?"

"그녀가 사귀고 있는 사람도 좀 의심스러워요." 넬다는 이런 말은 별로 하고 싶지 않다는 듯이 말하려 했지만, 그 작전은 완전 실패였다.

"어떤 점이요?" 나는 재촉했지만, 넬다가 어서 말을 하고 싶어서 입이 근질거린다는 건 알고 있었다.

"음, 당신은 샐리에 대해 잘 알잖아요. 그녀는 약간 좋지 않은 점이 있잖아요. '아니오'라는 말을 못하는."

"할 줄 알아요. '아니오'라고 말하는 걸 들은 적이 있다구요."

"그땐 아마도 엄청난 두통에 시달릴 때였을 거예요. 근데, 도대체 빌어먹을 술은 언제 오는 거야?"

마침 술을 날라오던 웨이터가 넬다의 말을 들었다.

"죄송합니다, 다비양." 그가 말했다. "마틴 래니카가 여섯 사람이나 끌고 와서요."

"아니 그럼, 나보다 그 사람이 중요한 손님이란 말인가요?" 넬다가 버럭 화를 냈다. "앞으로는 다른 데서 사람 만나야겠네."

"다비양, 제발 그러지는 말아주세요. 당신과 나누었던 명랑하고 즐거운 대화가 그리울 겁니다. 언제나 밝고 유쾌한……."

"썩 꺼져요, 브라이언. 가서 마틴한테나 아첨을 하시지."

웨이터는 킥킥 웃으면서 떠났다.

"샐리가 사귀고 있는 사람에 대해 이야기하던 중이었죠."

"그래요. 우선 좀 지저분한 사진작가가 있어요. 저속하기 짝이 없는 삼류잡지든 뭐든, 돈만 주면 뭐든지 하는 타입."

"그럼 「베너티 페어」같은 잡지의 전속은 못되겠군요."

"그리고 스카르포니의 동료도요."

순간, 머릿속에서 뭔가가 번뜩였다.

"스카르포니? 혹시 이름도 알아요?"

"알레산드로일 걸요." 그녀가 쳐다보았다. "왜요? 그 사람 알아요?"

NTV 칠판에 씌어 있던 이니셜은 AS였다. 조엘 프리드먼에 따르면 IJ의 정보제공자 이니셜이다.

"아니, 착각했어요. 그 동료가 뭘 어쨌는데요?"

"소호의 위험한 작자들과 관계가 있다고 하더군요."

"소호엔 맛있는 중국 레스토랑이 있는데." 그녀가 말을 계속하도록 추임새를 넣었다. 넬다가 몸을 흔들었다. 그야말로 풍만한 몸이 온통 출렁거리도록 요란하게.

"나도 알아요. 지난 주에도 거기 갔었으니까요. 거기 수석 웨이터는 절대로 은퇴한 장군이에요. 가게 전체에 동양적인 분위기가 가득하던데요."

그녀는 기운을 북돋기 위해 스카치를 꿀꺽 마셔치우고는 담배에 불을 붙였다. 지금도 연기가 자욱해서 얼굴이 희미하게 겨우보이는 마당에.

"그리고 「르 투르케 도르」도 있구요."

그 말은 흘려들을 수 없었다. 천천히 보드카 토닉을 천천히 마시면서 관심없는 척하면서 물었다.

"거기서 무슨 일이 있나요?"

넬다는 빤히 쳐다보자 이내 기가 꺾였다.

"모르는 척하기는. 주방은 엉망진창, 예약장부는 대충대충, 경영은 건성건성. 생선 식중독은 최신 사건이구요."

"그걸 칼럼에 썼어요?"

"안 읽었어요?" 넬다는 충격을 받았다.

"평소에는 빼놓지 않고 챙겨봐요." 미안함을 과장하며 말했다. "요즘은 너무 바빠서 신문을 읽을 틈이 없었어요."

"아직 안 썼어요. 좀더 재미있는 기사가 되길 기다리고 있죠."

"IJ와 관련해서?"

그녀가 고개를 끄덕였다.

"관계가 있다고 생각하는군요."

"난 우연의 일치 따윈 안 믿어요. 게다가 베스트셀러 작가 샐리 앨드리지가 「르 투르케 도르」에 자주 오고 그녀의 친구인 사진작가가 가게 주변을 어슬렁거리는 것도 우연이 아니구요."

"왜 그렇게 생각하죠?"

"당신 정말, 계속 이렇게 물어보기만 할 거예요? 내 말에는 하나도 대답해 주지 않으면서."

"글쎄, 아는 게 기의 없다니까요."

넬다가 입술을 오므렸다. "그럴지도 모르지만. 하지만 그런 말은 믿을 수가 없어요. 내가 좋아할 만한 정보를 알게 되면 바로 연락 줄 거죠?"

"익명성은 보장되나요?"

넬다가 가방을 들더니 내 쪽으로 몸을 기울였다.

"알잖아요. 난 아무 것도 약속하지 않아요. 만약 약속했다 해도 믿지도 말구요. 물론 기사화된 건 별개지만."

그녀가 자리에서 일어섰다. 175센티미터를 훌쩍 넘는 키였다. "오늘 이야기해서 즐거웠어요. 연락해줘요."

"그러지요."

넬다는 내 대답 따위는 듣지도 않고 주위를 둘러보고 있었다. "브라이언, 이건 나한테 달아놔줄래요?" 그리고는 내 쪽으로 돌아섰다. "가봐야 해요. 믿을 만한 확실한 정보제공자를 만나기로 했거든요."

"믿을 만한 사람이 있어요?" 나는 떠나가는 그녀의 등 뒤에 대고 말했다.

집으로 돌아와서 먼저 위니에게 전화했다. 예상했던 대로 퇴근한 뒤였지만 나를 위해 집 전화번호를 남겨두고 있었다.

"여보세요." 부드러운 목소리만 들어도 마음이 차분해졌다. "뭔가 알아냈어요?"

"프리랜서 사진작가가 있는데, 뭔가 알고 있을지도 몰라요. IJ가 가끔 이용하던 남잔데……."

"알레산드로 스카르포니 말인가요?"

칫, 실망인데. "오, 알고 있었군요."

"NTV의 칠판 사진을 필적 감정가에게 맡겼더니 IJ의 필적과 일치한다는 걸 알았어요. 그리고 컴퓨터로 AS를 검색해 봤더니 스카르포니가 나오더군요. 협박 혐의로 지난 해에 취조를 했었나 보더라구요. 스카르포니가 찍은 사건 건으로요. 절대로 유죄인데 증거가 없어서 밀어붙이지는 못했나봐요. 그래서 그에 관한 자료가 남아 있었죠."

경찰국이 나보다 앞섰다는 점에 실망했지만 내가 협력하고 있다는 건 증명된 셈이니까 너무 상처받지는 말자.

"그와 이야기를 해보았나요?" 위니에게 물었다.

"아직요. 못 찾았거든요. 달아나는 건 잘한다니까요."

샐리 앨드리지가 관련되어 있다는 말할까 말까? 아니, 말하지 말자.

"다른 건 뭐 없나요?"

숨기고 있는 것이 있었다. 대단한 건 아니지만, 샐리에 대해서다. 위니에게 잘보이려면 그밖에는 전부 정직하게 이야기하는 것이 좋겠지.

"칠판에는 VDZH라고도 씌어 있었죠." 내가 말했다.

"네, 그런데요?" 재빠른 대답이 돌아왔다.

"무슨 뜻인지 알아요?"

"투자은행 이름이죠."

"이런 젠장! 런던 경찰국은 어떻게 모든 걸 알고 있는 겁니까?"

그녀가 킥킥거렸다. 너무 즐거워하는 것 같아서 직접 보고 싶어졌다.

"우린 전문가잖아요. 뭐, 그건 쉽게 알아냈어요. 경찰국의 모든 부서에 협조를 요청했더니 은행 부서에서 바로 답이 왔어요."

"그들과 이야기를 해봤어요?" 내가 물었다.

"헤밍웨이 경위님이 직접 갔다 왔어요. 돌아왔을 때는 기분이 좋아보이진 않았지만요. 그들이 전혀 입을 열지 않았나 봐요."

"왜 그랬을까요?"

"특별히 음흉한 구석은 없을지 모르겠지만, 경위님이 법원명령을 신청했어요. 그러면 그들의 자료를 내놓으라고 요구할 수 있거든요."

"저도 한 번 조사해보고 싶은데요." 숨을 죽이고 대답을 기다렸다.

"하지만 경위가 갔어도 실패했는데……."

"다른 방향에서 찔러보고 싶어서요."

"좋아요. 안 될 게 뭐 있겠어요?"

"뭔가 알아낸다면 알려주죠." 나는 약속했다.

"용의자는 어떻게 됐어요? 아직 말해줄 수 없나요?"

"조금만 더 기다려줘요."

"알았어요. 언제든지 연락해요."

313

전화를 끊고 나서 그 문제를 곰곰이 생각해보았다. 세부적인 것은 아직 명확하지 않지만, 레이몽이 수상하다는 내 생각은 옳다고 확신하고 있었다. 하지만 전화로 말할 문제는 아니었다. 게다가 위니와 단둘이서 만나는 건 언제든지 대환영이었다.

문득, 저녁식사를 하지 않았다는 생각이 들면서 배가 고파왔다. 식품저장고를 뒤져보니 칠면조와 치즈가 있어서 몬테크리스토 샌드위치*를 만들었다. 캘리포니아가 요리계에 선사한 멋진 샌드위치였다. 캘리포니아산 샤르도네 반 병을 반주삼아 하루를 마쳤다.

21

추리소설 속 탐정들은 상당히 운이 좋다. 뭐, 묵사발이 되게 얻어맞거나 얼굴을 얻어터지거나 곤봉으로 머리를 강타 당하거나, 익사할 뻔하거나(물일 때도 있지만 버번일 때도 많다) 한다. 하지

---

* 이탈리아의 몬테크리스토 백작이 즐긴 샌드위치에서 유래된 것으로 햄과 칠면조를 얇게 썰어서 스위스 치즈, 아메리칸 치즈와 함께 빵 사이에 넣고 튀김옷을 입혀 살짝 튀긴 샌드위치.

만 사건을 추리하게 되면 우연과 행운, 복과 기회, 그런 모든 것들이 모조리 탐정 편이 된다.

예를 들어 탐정이 시체를 발견했자 치자. 옆에는 「천궁반점」이라고 새겨진 젓가락이 떨어져 있다. 그 가게에 가서 매콤한 쇠고기 볶음국수를 먹고 있으면(탐정이 미식가인 경우는 없다), 이국적인 중국인 웨이트리스가, 희생자는 매일 마사지업소인 '해피 피트'에서 마사지를 받고나서 가게에 오곤 했다고 가르쳐준다. 그리고 마사지업소의 긴의자에 편안히 드러누워 있노라면 몸무게가 190킬로그램은 나갈 듯한 거대한 사내의 협박을 받는다. 이 사내가 또 약간 어리숙한 놈이어서 중요한 실마리를 무심코 흘리려는 순간, 등에 칼을 맞고 죽고 만다.

그 칼에는 「샘 금속물 가게」의 가격표가 붙어 있어 거기로 가보면 겁에 질린 여주인한테서 가게를 운영하고 있는 건 「스피닝 휠 카지노」를 경영하는 맥스 니히트라는 말을 듣는다……. 이런 식으로 이야기가 전개된다. 어딜 가든, 누구를 만나든, 다음 실마리와 연결된다. 말판 위에서 주사위 놀이를 하는 것처럼.

하지만 현실은 그렇지 않다. 나는 그저 꼴사납게 둥둥 떠 있을 뿐이며, 마치 용의자로 가득 찬 걸쭉한 수프 위에 떠 있는 크루통 꼴이다. 아무 것도 다음으로 이어지지 않는다. 이젠 거의 자포자기 상태다. '누, 구, 를, 찍, 을, 까, 요' 해서 확 그냥 아무나 찍어버릴까.

샐리의 책 사인회에 가기 전에 시간이 약간 남았으므로 사무실에서 우편물을 정리했다. 첫 번째 편지는 재미있었다.

"우씨 부인이 쓴 10세기 중국 요리책이 있다고 합니다. 그 책의 복간본을 어디서 구할 수 있는지 알려주시겠습니까?"

이건 마이클에게 넘겨야 할 의뢰였다. 이 요리책은 거의 전설적인 책이라서 믿을 만한 번역본을 찾아내는 건 최고로 보람 있을 것이다.

다음 편지를 읽어 내려갔다.

"저희는 「덕 프레스」라는 레스토랑을 개점할 예정입니다. 카느통 아 라 프레세(새끼오리 구이)를 가게의 특별 메뉴로 할 계획입니다. 진짜 덕 프레스를 어디서 구할 수 있을까요?"

역시 흥미로운 내용이었다. 전통적인 요리법에 따르면, 구운 새끼오리를 그대로 테이블로 갖고와서 거기서 다리를 잘라서 버리고, 나머지 부위는 베어낸다. 그리고 베어낸 고깃조각을 레드 와인과 약간의 브랜디와 함께 덕 프레스에 넣는다.

진짜 덕 프레스는 요즘은 거의 구할 수 없다. 맛에 영향을 주지 않기 위해 순은으로 만들었기 때문이다. 덕 프레스라는 이름의 레스토랑이 몇 군데 남아 있을 지도 모른다. 몇 년 전에 로스앤젤레스에서 철로변이라는 의외의 장소에서 그런 가게를 본 기억은 있는데. 이것도 마이클에게 조사해달라고 하자.

시어러 부인에게 넘겨줄 답신을 작성하고나서 그것을 가지러

온 여직원에게 건네주고 나는 첼시로 향했다.

슬론 광장 근처의 서점에는 스탬포드 브리지 스타디움에도 다 집어넣을 수 없을 정도로 사람들이 몰려들어 있었다. 아주 화려하게 광고를 했겠지. 하지만 공정하게 말해서, 샐리의 이전 책들이 모두 베스트셀러였으므로 이 정도로 사람이 몰려든다 해도 놀라울 건 없었다.

엄청난 소동이었다. 첼시가 시합종료 2분 전에 결승골을 넣었을 때의 스탬포드 브리지 스타디움의 환호성은 저리가라 할 정도의 엄청난 소음이었고, 게다가 스타디움과는 달리 여기는 잠잠해질 기미도 없었다. 이미 도로까지 넘쳐나고 있는 사람들 틈을 헤치고 나는 가게 안으로 들어갔다. 대부분의 사람들이 유리잔을 손에 들고 있었고, 들고 있지 않은 사람은 안으로 들어가려고 밀치락달치락하고 있었다.

사람들 머리 위로 전채가 담긴 쟁반을 높이 치켜든 제복을 입은 빼빼한 손목만이 보였다. 쟁반에 담긴 전채는 눈깜짝할 사이에 없어졌지만, 그 뒤로도 계속 쟁반이 날라져왔다. 흥청망청하는 이야깃소리 사이사이로 터져나오는 웃음소리나 오랜 친구나 적을 만난 놀라움의 비명이 들려왔다. 주위에는 라이벌, 경쟁자들이 인사를 나누고 있었다. 여기저기서 논쟁이 시작되고, 서점 안은 마치 거대한 메뚜기떼처럼 추억이 몽글몽글 넘쳐났다.

아는 얼굴도 여기저기 보였지만, 이런 인파 속에서는 기껏해야 고개를 끄덕이거나 손을 흔들거나 하는 간단한 인사나 건네는 것이 고작일 뿐, 누구를 만났는지도 기억하기 어려웠다. 문득 깨닫고보니, 오렌지 빛깔 머리의 매력적인 여성과 어깨가 닿아 있었다. 가슴이 깊이 패인 레이스 드레스를 입은 자유분방한 분위기의 여성이었다.

"「스펙테이터」에 계신 분?" 그녀가 물었다.

"우연이군요, 당신이 거기 계신 건 아닌가 생각했는데요."

"어머나, 세상에. 이런 데에는 술을 마시러 오는 거예요. 그리고 멋진 남자를 잡으러요." 그렇게 말하고 나를 찬찬히 살폈다. 마음 속으로 기삿감으로 적당한지 그렇지 않은지를 가늠하는 듯한 눈빛이었다.

"벌써 구했나요?"

"멋진 남자요?" 그녀가 눈을 빛내면서 물었다.

"아뇨, 음료수요. 아, 저기 왔군요. 잠깐 실례합니다." 나는 인파를 억지로 헤치고 스쳐지나가던 쟁반에서 스파클링 와인이 담긴 잔을 집어들었다.

"멋지게 처리했군." 희끗희끗한 머리에 비바람에 시달려 단련된 얼굴의 나이든 남자가 말을 걸어왔다. "이런 네서 살아남는 요령을 알고 있는 것 같군."

"웨이터는 많은 것 같은데, 당신 것도 집어들 걸 그랬군요."

"아니, 그게 아니야. 어슐라로부터의 빠져나온 걸 말하는 거지. 아주 멋진 솜씨였네."

"그녀는 작가인가요?"

"한슨 그룹의 어느 회사에서 근무하지."

"한슨 그룹은 출판에도 관여하나요?"

남자가 웃었다. "그럴 걸세. 그들은 뭐든지 손을 뻗으니까. 그 점은 어슐라도 마찬가지지만."

나는 그의 얼굴을 다시 살펴봤다. "낯이 익은데요. 너무 진부한 표현이라 죄송합니다. 여자들한테는 이보다는 그럴 듯한 말을 한답니다."

남자는 슬픈 표정이 되었다. "30피트급 요트로 남대서양을 횡단했을 무렵엔 얼굴을 너무 많이들 알아봤는데. 한 번 더 도전해 봐야 하나 보군."

"그러실 필요 없습니다." 나는 빙긋 웃었다. "롤로 스털링씨로 군요. 단독항해를 해내신 분 아닙니까. 당신이 쓰신 책도 두 권 읽었습니다. 아주 재미있었어요. 책장 사이사이에서 물보라가 느껴질 정도였어요."

"이거야 고맙군. 책을 쓰는 것보다는 항해를 잘하는데 항해를 하려면 책을 쓸 수밖에 없다네."

"샐리를 아십니까?"

"샐리?" 한 무리의 사람들에 휩쓸려 갔다가 그가 되돌아왔다.

"샐리 앨드리지. 오늘의 주인공이죠."

"아, 저기서 책에 사인하고 있는 여자 말인가? 신나게 하고 있더군. 난 도저히 못하겠던데. 아니, 모르는 사람일세, 출판사는 같지만. 난 그냥 강제로 여기 끌려나왔을 뿐이야."

"정말 신나게 하고 있군요."

"그녀와 친한가?"

"아주 오래 전부터 아는 사이죠."

"나하고 어슐라같은 관계인가?"

"두 분은 어떤 관계이신데요?" 나는 질문의 방향을 돌렸다.

"예전 마누라일세. 그녀는 나의 첫 세계일주 항해가 자기 덕분이라고 우기고 있지. 뭐, 맞는 말이기도 하고 틀린 말이기도 해. 그땐 그녀에게서 벗어날 수 있다면 뭐든지 할 수 있었으니까."

누군가가 그의 팔을 잡아당겨 스털링은 돌아보았다. 아는 사람인 듯 얼굴을 빛내더니, 나에게 손을 흔들면서 사라져갔다.

나는 와인을 한 모금 마셨다. 나쁘지 않은 맛이었다. 별로 상등품은 아니었지만 이렇게 많은 손님들에게 내놓은 와인이니 그런건 기대할 수 없다. 그때 누군가가 내 팔꿈치를 치는 바람에 나머지를 엎지르고 말았다.

"죄송합니다." 목소리가 들렸다. "제 실수군요. 다시 한 잔 갖다 드리죠."

그 말을 듣고 나는 웃었다. "불가능할 걸요." 하지만 내가 돌아보았을 때, 그 친절한 남자는 정말로 새로운 잔을 갖고 왔다.

남자는 뚱뚱하게 살이 쪘고 머리도 벗겨지기 시작했지만 활기찬 표정이었다.

"무리한 일을 하시게 해서 오히려 제가 죄송하군요."

"내가 옆에 있어서 당신은 운이 좋았어요. 10분 후면 음료가 떨어질 겁니다. 공짜술을 얻어마시려는 사람들이 이렇게 많이 올 줄은 몰랐거든요."

"책을 사줄 사람들이 좀 와줬으면 좋겠는데 말이죠."

"내 말이 그 말이오." 그는 손을 내밀었다. "돈 스톤입니다."

나도 자기소개를 했다. 그의 이름은 들은 적이 있었다. "샐리의 출판사 대표시군요."

"그래요. 공동 경영자 가운데 한 명입니다." 그가 나를 유심히 쳐다봤다. "당신은 어느 쪽입니까? 공짜술을 마시러 온 사람? 아니면 책을 사러 온 사람?"

"둘 다 아닙니다. 샐리의 오랜 친구일 뿐이죠."

그는 고개를 끄덕였다.

"엄청난 성황이군요."

"그래요. 그녀는 우리의 흥행 보증수표니까요."

"그것이 오래오래 계속되길 빕니다."

"출판은 미래를 알 수 없는 사업이죠. 당신도 작가인가요?"

"아뇨, 아닙니다."

"출판 관계자?"

"유감스럽지만, 전혀 아닙니다. 사람에게 상처주는 법을 잘 알고 계시는군요."

그가 웃었다. "아니, 출판계 사람이 아닐 거라고 생각했소. 만약 그렇다면, 당연히 얼굴 정도는 알고 있었을 테니까요." 그는 진지한 말투로 덧붙였다. "실례를 용서하시오. 오늘은 나도 모르게 의심스러운 눈을 향하게 되어버리는군요."

"누가 의심스러운데요?"

"모든 것이 그렇소. 샐리를 빼앗아 가려는 출판사가 있는 듯해요. 그 중 누군가가 여기 와 있을 가능성이 있어서요. 어쩌면 당신일지도 모른다고 생각했소."

"제가 아닌 건 확실합니다. 하지만 최근에 그녀와 새로운 계약을 하지 않았나요?"

"출판사와 작가와 관계는 부부와 비슷하죠. 언제나 좀더 나은 상대를 원하거든요."

"재밌네요. 바로 얼마 전에 어떤 사람과 이야기를 했는데 정반대로 말하던데요."

"정반대라뇨?"

"당신네 쪽에서 샐리와의 계약을 해지하려 한다고 하던데요."

그는 아무 말도 하지 않았지만 나를 계속 쳐다봤다. 어디, 한 발짝 더 나가볼까?

"레스토랑 업계에서 많은 압력을 넣고 있죠?"

그는 머리를 가로저었다. "무슨 소린지 도통 모르겠군요." 표정 하나 바뀌지 않았다. "이야기 나눠서 즐거웠소." 그렇게 말하고는 여전히 나를 쳐다보면서 사라져갔다.

이리저리 인파에 떠밀려 다니다가 마침내 오아시스를 발견했다. 휴우, 여긴 천국이군. 마침내 평화를 얻었다.

거기는 소란스러운 정글 안에 둥실 솟은 작은 오아시스였다. 테이블 위에는 똑같은 책들이 산더미처럼 쌓여 있고, 계속해서 자신의 이름을 사인하고 있는 몸집이 작은 여성이 있었다.

나는 그녀 뒤쪽으로 다가가서 이렇게 속삭였다. "난 도서관 책만 읽기로 하고 있어요. 책을 다 읽고난 다음엔 그걸로 뭘 하죠?"

"누군가에게 던지면 되죠." 샐리는 고개를 돌리지도, 사인을 하던 손을 멈추지도 않고 말했다.

"내가 기억하는 한, 확실히 자기의 명중력은 대단했지."

샐리는 서둘러서 사인을 두 개 더 했다. 마침 사인을 기다리는 사람의 줄이 사라져 샐리는 의자를 돌려서 나를 보았다.

"흉터가 전혀 안 보이네. 좀더 두꺼운 책을 던졌어야 했어."

"두꺼운 책을 쓰고 있잖아? 몇 쪽이야? 한 500쪽 되나?"

"딱 469쪽이야." 그녀는 반가운 미소를 지었다. "이렇게 와주다니 고마워. 자기가 좋아하는 종류의 책도 아닌데 말야."

나는 그녀를 끌어안고 뺨에 입맞춤했다. "가치 있는 활동은 언제나 지지한다구."

"거짓말. 지지해준 적은 한 번도 없으면서."

"그건 자기가 항상 나보다 돈을 더 많이 벌기 때문이야, 샐리. 오늘도 멋진데."

"또 거짓말하기는. 그래도 듣기는 좋네."

정말 멋있었다. 까만 머리칼은 얼핏 제멋대로인 것처럼 보였지만, 사실은 미용실에서 몇 시간 동안이나 공들인 결과물일 것이다. 요정 같은 작은 얼굴은 마치 작은 소녀처럼 천진난만한 분위기였다. 어떤 일이든 일단 하겠다고 마음먹었다면 뭐든지 멋지게 해내는 성격이지만, 이러고 있으니 그런 느낌은 전혀 들지 않았다.

"이 책도 대박날 것 같은데." 가득 쌓인 책을 가리키며 말했다.

"다음 달에 미국에서 양장본과 문고본이 동시에 나올 예정이야. 거기서도 잘 팔릴 걸." 그러더니, 새삼스럽게 나를 찬찬히 살폈다. "자긴 어때? 여전히 미식가 탐정 노릇을 하고 있어? 하지만 건강해 보이는데. 컨디션은 최고인가 봐. 하긴 뭐, 자기는 영양실조에 걸릴 염려는 전혀 없을 테니까."

"자기 덕분이지. 그럭저럭 먹고 살 정도는 돼."

문득 그녀의 표정이 바뀌었다. "서클 오브 카렘에선 자기와 이야기할 기회가 없었는데, 정말 끔찍한 사건이었지?"

"아, 소름끼쳤지. 사람이 죽는 걸 본 건 처음이었는데, 심지어 두 번이나 그랬으니까."

"경찰이 뭘 알아냈는지 궁금해." 그녀는 살피는 듯한 눈으로 나를 보았다.

"내가 듣기론 알아낸 게 별로 없는 것 같던데."

"그래, 자기라면 당연히 경찰하고 이야기를 하고 있겠지."

"좀더 정확히 말하면, 경찰이 나하고 이야기를 했지."

"그럼 수사는 별 진전이 없는 거야?"

"마지막으로 들은 이야기로는," 나는 아무렇지도 않게 말을 꺼냈다. "알레산드로 스카르포니라는 남자를 찾는다고 하던데."

유감스럽게도 마이크 해머는 못 되지만, 그런 나도 이 반응은 놓치지 않았다. 샐리는 헉, 숨을 삼키고 입술을 깨물었다. 화장을 하고 있음에도 불구하고 눈치챌 수 있을 정도로 얼굴이 창백해졌다.

"아는 사람이야?"

그녀는 고개를 끄덕거렸다. "응, 사진 일로 몇 번 일을 부탁한 적이 있어. 프리랜서 사진작가인데 아주 실력이 좋아. 그러다가 친해져서 데이트도 몇 번 했어."

"최근에 본 적 있어?"

그녀는 말없이 고개를 흔들었다.

"어디 사는지는 알아?"

"아니. 킹스 크로스 근처에 살았었는데 지금은 이사했을 걸."

"그 사람이 누구 일을 해줬는지는 알고 있겠지?"

"누군데?"

"아이버 젠킨슨."

그녀는 고개를 끄덕였다. 다시 침착성을 되찾았다.

"알레산드로한테 들었어. 그런데 경찰은 왜 그를 찾는데?"

나는 어깨를 으쓱했다. "IJ와 연관되어 있으니까, 그와 접촉한 사람은 모두 조사하고 있어."

"아." 그녀는 안심한 표정이 되었다.

"자기와 관련된 소문이 들리던데, 그건 사실이야?"

그녀는 다시 평소처럼 차분해졌다.

"소문이라니?"

"출판사를 바꾼다고 하던데?"

그녀는 얼굴을 찌푸렸다. "누가 그래?"

"업무상 친구가."

그녀의 얼굴이 어두워졌다. "어차피 그 못되먹은 넬다겠지. 또 악의적인 말들을 하고 다니는 거야?"

"어, 자기하고 친구 아니었어?" 나는 짓궂게 놀렸다.

"고맙게도 친구 아니거든. 그 여자는 어울리는 친구를 골라. 그리고, 그 친구를 갈기갈기 찢어놓지."

"그렇다면 넬다는 자기의 비밀은 모르는 거야?"

"넬다의 귀에 들어갔다면 그건 더 이상 비밀이 아니지."

"그럼 출판사는 바꿀 생각이 없는 거야?"

"미래에 대해서는 언제나 가능성을 열어두고 있지."

"계약위반이 되더라도?"

"그런 문제를 해결하기 위해 변호사가 있잖아."

"출판사 쪽에도 변호사가 있다구." 그녀에게 충고했다. "그럼, 계약을 해지당할까봐 걱정하고 있지는 않군?"

그녀의 눈이 커졌다. "잘 들어." 목소리가 커졌다. "이 책은 유럽 전역과 미국에서 발매될 예정이고, 20개국에서 베스트셀러가 될 거야. 그런 나와의 계약을 해지한다구? 그 술주정뱅이에다 천박한 레즈비언이 그런 소리를 하고 다닌다면, 자기 칼럼에다 그렇게 쓰라고 해. 확 고소해버릴 테니까."

거기까지 말하다가 샐리는 주위에 사람들이 우르르 몰려 있는 것을 깨달았다. 이 흥미진진한 악담을 들으려고 몰려든 건지, 사인을 받으려고 온 건지는 확실치 않았지만.

몸집이 작고 여윈 남자 하나가 허겁지겁 달려와서 놀랄 만큼 굵직한 목소리로 소리쳤다. "한 줄로 서시면 샐리 앨드리지양이 한 분씩 사인을 해드릴 겁니다. 여러분, 부디 줄을……."

"샐리, 그럼 안녕." 그렇게 말을 건넸지만 그녀는 이미 듣고 있지 않았다. 팬들을 향해 형식적인 미소를 보내고 있었다. 나는 인파를 헤치고 나오면서 점심은 뭘 먹을까 생각했다.

잠깐! 깜짝 와인 상식

와인에 대해 알고 싶은 두세 가지 것들

♣ 와인이란?

포도나 포도즙을 발효시켜서 만든 과실주. 포도의 단맛은 포도당이고 껍질에는 천연 이스트가 살아 있으므로 포도를 터뜨려서 그대로 놓아두면 자연 발효되어 술이 되는데, 이것이 와인이다. 영어로는 와인(wine), 프랑스어로는 뱅(vin), 이태리어로는 비노(vino), 독일어로는 바인(Wein)이라고 한다. 화이트(white)의 경우, 프랑스는 블랑(blanc), 이태리는 비앙코(bianco)로 불리며, 레드(red)의 경우는 프랑스에서는 루즈(rouge), 이태리는 로소(rosso)다.

♣ 좋은 와인을 만드는 네 가지 요소

• **포도의 질** 와인을 만드는 데 좋은 포도는 당도와 산도가 높아야 한다. 발효 과정을 거치면서 일정 수준의 알콜을 만들 수 있도록 당도가 높아야 하며, 향기와 감칠맛을 낼 수 있도록 산도도 높아야 한다. 화이트 와인용 포도 품종으로는 리슬링, 샤르도네, 머스캣 등이 있고, 레드 와인용은 카베르네 소비뇽, 피노 누아 등이 있다.

• **토양** 대개 척박한 땅일수록 더 좋은 포도가 생산된다. 영양분과 물을 찾기 위해 뿌리가 땅 속 깊숙이 뻗기 때문인데 유럽에서는 비탈진 언덕, 자갈이 많은 지역에서 포도를 재배하는 곳이 많다.

• **기후** 잘 익은 포도를 만들기 위해서는 일정량의 햇빛과 따뜻한 날씨가 필요하다. 비가 많이 오면 포도의 수확량은 많지만 포도가 묽어지고, 적으면 포도의 맛은 풍부하고 농축되나 수확량이 적어진다. 수확연도(빈티지)가 중

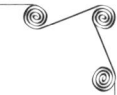

요한 이유도 그 때문이다. 일조량이 많고 강수량이 적은 해의 와인이 좋은 와인이다. 예를 들어 보르도 레드 와인은 1982년, 1986년, 1990년산이, 부르고뉴 레드 와인은 1988년과 1990년산, 화이트 와인은 1989년산이 특히 좋은 빈티지로 꼽힌다.

• **유능한 양조가** 포도를 수확한 시점부터는 사람의 손이 중요해진다. 유능한 양조가는 빈약한 포도로부터도 어느 정도 좋은 품질의 와인을 만들어낼 수 있지만 경험 없는 양조가는 훌륭한 포도도 그냥 망쳐버릴 수 있다.

♣ 와인을 맛있게 마시는 법

• **온도 맞추기** 와인의 마개를 따면 와인이 공기와 접촉하면 향기가 살아나고 맛이 더해진다. 그래서 '와인이 숨을 쉰다'고 표현한다. 와인이 숨을 쉬는 데에는 온도 역시 중요하다. 화이트 와인은 10~12℃로 약간 차갑게, 레드 와인은 16~17℃로 서늘한 실온 정도로 마시는 것이 좋다.

• **잔에 따르기** 와인은 마실 때 손으로 글라스를 직접 잡지 않도록 줄기가 있는 와인 글라스에 따라 마신다. 잔의 3분의 2 정도만 따르는 것이 좋고, 얼음은 절대로 넣지 않는다.

• **와인 느끼기** 먼저 눈으로 와인의 빛깔과 투명도를 확인한다. 이때, 레드 와인은 눈높이보다 아래로, 화이트 와인은 눈높이 정도에서 본다. 다음으로, 잔을 약간 돌려서 와인이 움직이게 하면서 코로 향기를 맡는다. 향기를 확인한 다음, 아주 약간 입 안에 머금고 이 사이로 공기를 빨아들이고 입 안에서 와인을 굴리면서 혀 전체로 음미한다.

22

바로 얼마 전에, 햄스테드에 막 문을 연 뉴멕시코 레스토랑으로부터 유럽산 퀴노아를 구해달라는 의뢰를 받은 적이 있었다. 안데스 산맥의 고지대에서 나는 단백질이 풍부한 식물의 씨앗인 퀴노아는 주로 멕시코 요리에 사용된다. 보기엔 쿠스쿠스 비슷하지만 견과류에 가까운 맛이다. 나는 유럽에서 산지를 찾아내지 못했지만, 칠레에 사는 옛 친구에게 부탁해서 직접 배송받도록 조처를 취해줬다.

그 일이 있은 뒤로 한 번쯤 그 가게에 들러서 식사를 해보고 싶다고 생각하기도 했고, VDZH와의 약속까지 시간이 좀 남아 있었다. 지금이 기회다. 거기에 가보자.

두 명의 가게 주인들은 나를 크게 반겨주었다. 멕시코인 엔리케가 요리사를, 그의 누이동생과 결혼한 영국인 대니얼이 경영을 맡고 있었다. 분위기 좋은 레스토랑이었다. 좌석은 세 군데로 나뉘어 있고, 오밀조밀하게 장식된 천장과 벽은 크림색에 액센트로 푸른 색이 가미되어 있었다. 벽에는 화려한 멕시코 태피스트리가 걸려 있고 네 귀퉁이에는 용설란 화분이 놓여 있었다.

되도록 여러 가지 요리를 맛보고 싶었기 때문에 조금씩 여러 가지가 나오는 코스로 했다.

"우리 가게에서는 '텍스 멕스'가 아니라 '모드 멕스'라고 부르죠." 대니얼이 설명했다. "요리하는 건 엔리케지만 영국인의 입맛에 맞출 필요가 있는 부분은 제가 약간 손을 봐요. 물론, 많이 바꾸지 않도록 조심은 하고 있지만요."

처음에 진갈색 버섯수프가 나왔다. 세프버섯이 들어 있어서 일반적인 버섯수프보다 빛깔이 진했으며 멕시코의 푸른 고추인 세라뇨의 맛이 났다. 위에는 바삭하게 구운 치즈가 둥둥 떠 있고 짭짤한 아녜호 치즈*도 흩뿌려져 있었다.

다음으로 나온 것은 신선한 옥수숫가루를 반죽하여 속에 초리조 소시지**와 다진 땅콩을 채워넣어 동그랗게 빚어서 튀긴 마사 케이크였는데 맛이 토스타도*** 비슷했다. 주요리는 양 피카디요****였다. 원래는 큼직큼직하게 썬 양고기를 아몬드, 건포도, 레드 칠리와 함께 끓인 요리지만, 이 가게의 요리는 진짜 피카디요

---

* 짜고 부드러운 맛의 멕시코 치즈.

** 햄을 만들고 남은 돼지고기 부위를 다지고 소금, 후추, 피망, 기타 향신료 등을 섞어 건조하거나 훈연하여 저장이 가능하게 만든 에스파냐 소시지.

*** 토르티야를 바삭하게 튀긴 것.

**** 중남미에서 많이 먹는 요리로, 주로 쇠고기를 갈아서 감자나 채소 등에 향신료와 토마토 소스를 넣어 볶은 것.

가 아니라 좀더 매콤한 해시 램* 비슷했지만, 그래도 나름대로 맛있었다.

후식은 블루베리와 얇게 썬 사과로 속을 채운 엠파나다**였다. 와인 목록에는 프랑스 와인도 몇 가지 있었지만, 로마에 가면 로마법에 따라야지. 나는 멕시코의 꽤 괜찮은 테이블 와인***인 산토 토마스를 병으로 주문했다.

그들은 퀴노아를 내놓지 못한 것을 아주 유감스러워 했다. 아직 안데스에서 오고 있는 중이라는 것이다. 퀴노아가 도착하면 또 오겠다고 약속하고는 가게를 나왔다. 햄스테드 역에서 지하철을 타고 킹스 크로스 역으로 가서 거기서 피카딜리 선으로 갈아타고 하이드 파크 코너 역에서 내렸다.

세인트 아먼드 거리는 벨그레이비어의 한가운데에 있었다. 금융기관이 있을 만한 곳은 아니지만, 세계에서 가장 비싼 임대료를 냄으로써 한없는 부를 거머쥐고 있다는 걸 과시하고 싶다면 여기가 최고였다.

---

* 작게 다진 고기(로스트 비프 또는 콘비프)와 감자에 양념을 해서 약간 갈색이 될 때까지 튀기고, 고추나 셀러리, 양파를 다져넣기도 한 요리.
** 밀가루 반죽 안에 고기, 생선, 채소 등을 넣어서 구운 중남미의 에스파냐식 파이. 우리의 군만두와 비슷하다. 후식으로 먹을 때는 밀가루 반죽 안에 과일을 넣는다.
*** 100% 포도만 발효시켜 만든 와인. 미국에서는 알코올 함량이 14%를 넘지 않은 것을, 유럽에서는 8.5%~14% 내인 것을 테이블 와인으로 분류한다. 알코올 함량이 14%보다 높으면 디저트 와인으로 분류된다.

건물 밖에 내걸린 표찰을 힐끔힐끔 쳐다보았다. 금이 아니라 황동이었다. 버튼을 누르자 목소리가 들려왔다. 이런 장치에 있을 법한 멀고 잡음이 섞인 목소리가 아니라 아주 크고 뚜렷하고 거만한 목소리였다.

이름을 밝히자 바로 대답이 돌아오지 않고 희미하게 딸깍거리는 소리가 들려왔다. 뭔가 하고 위를 올려다보니 까만 금속제 물체가 움직이고 있었다. 비디오카메라가 나를 보고 있었던 것이다. "들어오세요." 하는 소리가 들려 문을 밀자 부드럽게 열렸다.

현관 홀은 밝은 나뭇결을 그대로 살린 패널이 깔린 마룻바닥이었고 바닥에는 페르시아 융단이 몇 장 깔려 있었다. 이쪽 벽에는 추상파 화가인 파울 클레의 작품 같은 그림이, 저쪽 벽에는 호크니*의 수영장 시리즈가 걸려 있었다. 복제화가 아닌 것 같았다. 특이한 목재로 만든 세련된 디자인의 사이드 테이블에는 은 재떨이와 정교한 디자인의 은 램프가 놓여 있었다. 그 옆에는 역시 은 받침대가 달린 우산꽂이가 있었다.

다시 한 번 비디오카메라의 낮은 소리가 들려왔다. 어디에 있는지는 알 수 없었지만 판정에 합격했나 보다. 문이 열리고 연필처럼 빼빼마른 젊은 여성이 들어왔다. 눈부신 금발에 발렌티노 한정품인 듯한 고급스러운 밝은 회색 정장 차림이었다.

---

* 영국의 유명한 사진작가이자 팝아티스트.

속삭이는 듯한 목소리로 내 이름을 불렀으므로, 나는 고개를 끄덕였다.

"이쪽으로 오시죠." 그녀가 말하고 앞장서서 청동 두상이 놓인 홀을 지나쳐 위트릴로*의 그림이 걸려 있는 복도에서 방향을 꺾더니 어떤 문을 살짝 노크했다. 안에서 대답은 들려오지 않았다.

"브루드먼씨를 곧 만나실 겁니다." 그 미소는 마치 교황 접견권이라도 부여한다고 말하고 있는 듯했다.

사무실은 지금까지 봤던 것과 마찬가지로 부를 과시하는 호화로운 실내장식이었다. 돈이 얼마나 들든 전혀 개의치 않은 것 같았다. 여기는 그야말로 최고의 부와 권력의 상징이었다.

브루드먼은 몸집이 크고 건장한 60대 초반의 남자로, 얼굴은 털 없는 불테리어 같았다. 짧게 깎은 백발이 섞인 머리에서 커다란 귀가 튀어나와 있었다. 인사도 하지 않고 말없이 손으로 의자를 가리켰다.

나는 자리에 앉은 채로 의자를 질질 끌어서 책상 옆으로 다가가서는, 크고 번쩍번쩍 광나게 닦인 책상에 명함을 놓았다. 그는 산스크리트어라도 본 듯한 표정으로 들여다보았다. 명함에는 직업의 실마리가 될 만한 것은 아무 것도 씌어 있지 않았으니까. 그

---

* 프랑스의 화가(1883~1955). 몽마르트 거리를 사랑하여 그 거리를 테마로 그린 작품이 많다. 화풍은 '인상파의 시대', '백(白)의 시대', '다채(多彩) 시대' 로 변화했다.

러나 흥미가 생긴 듯한 태도는 없이, 마치 더러운 것이라도 만졌다는 듯이 홱 내려놓았다.

"그래서요?"

방문객을 대하는 태도는 실내장식과 전혀 어울리지 않았다. 아니면 사람의 가치를 평가하는 데 일가견이 있어서 벌써 고객이 아닌 걸 꿰뚫어본 건가. 좋아, 먼저 기를 좀 죽여볼까.

"즈베트씨나 헤닝센씨를 만나뵐 줄 알았는데요." 부드럽게, 하지만 낙담한 듯한 목소리를 냈다.

"저한테 말씀하시면 됩니다."

"오늘은 그들을 만날 수 없습니까? 그렇다면, 다시 와야겠네요." 그렇게 말하고 일어섰다.

"몇 번을 오시더라도 만날 수 없습니다. 절대로요."

"이미 은퇴하셨습니까?"

"뭐, 어떤 의미로는요. 그들은 이미 세상을 떠났습니다."

아하, 그랬군. 은퇴라면 은퇴군. 브루드먼의 영어는 흠잡을 데가 없었고 외국 억양은 아주 약간 느껴질 뿐이었다.

"그럼 당신과 이야기를 해야겠군요?"

그가 고개를 끄덕거렸다. 머리를 약간 움직였을 뿐이지만, 어쨌든 끄덕거린 거겠지.

나는 앉아서 그를 물끄러미 바라보았다.

"이건 극히 은밀한 이야깁니다."

이 한 마디에 흥미가 생긴 듯했다. 그는 초조한 듯한 말투를 숨기려고도 하지 않았다. "우리가 취급하는 건은 모두 기밀을 요하는 것들입니다."

아마도 그러시겠지. 기밀엄수가 철저해서 아무 것도 건지지 못하고 돌아갈 지도 모른다. 뭐, 힘들게 여기까지 왔으니 한 번 부딪쳐 보자.

"벤처기업에 투자를 하고 계시죠. 그것도 주로 음식산업에."

"그 분야에만 한정됩니다." 그가 엄격한 목소리로 정정했다.

"고객은 대기업이나 법인……."

아무 말이 없었다.

"예를 들면, 그러니까 레스토랑이라든지……."

그는 눈만 깜빡일 뿐 미동도 하지 않았다.

"기밀을 요하는 건만 취급한다고 하셨는데, 그건 고객이 그렇게 요구한다는 말씀이시겠죠?"

"오늘 방문하신 용건은, 성함이……." 그는 다시 명함을 쳐다봤다. 벌써 내 이름을 잊어버린 것이다.

"TV는 보십니까? 브루드먼씨?"

이번에는 반응이 있었다. 놀란 듯이 머리를 확 쳐들었다.

"도대체 무슨 소립니까? 용건이 있어서 오셨을 테니, 어서 본론으로 들어가시죠."

"TV를 보셨다면 아이버 젠킨슨이 누군지는 알고 계실 겁니다.

또한 그가 의문스런 상황에서 사망했다는 것도요. 그럼, 브루드먼씨. 고객이 기밀엄수를 요구하고 당신네들도 그것을 지키고 있다면, 왜 아이버 젠킨슨이 이번 프로그램에서 VDZH 은행의 이름을 내보낼 예정이었을까요?"

내가 바랐던 만큼의 판정승은 아니었지만 어느 정도 효과는 있는 것 같았다. 페리 메이슨*이라면 좀더 직감적이었을 것이고, 호레이스 럼폴**이었다면 좀더 침착했겠지만, 나는 충분히 만족했다. 아무튼 어느 정도 효과가 있었으니까.

브루드먼의 목젖이 아래위로 두어 번 움직이더니 내 얼굴에서 명함으로 시선을 옮겼다. 몇 가지 대답을 생각해내고 그것을 하나씩 검토하고 있는 듯한 표정이었다. 내 생각대로 쉽게 잘될 리는 없지. 아무튼 일주일에 몇 백만 달러라는 돈을 움직이는 사람이니 매일매일 이보다 훨씬 더 힘든 나날의 연속일 테니까.

그는 강경책을 쓰자고 결심한 듯했다.

"런던 경찰국이 이미 다녀갔습니다." 차가운 목소리로 말했다. "지금 여기서 경찰국에 전화를 해서 아무런 권한도 없는 당신이 질문을 해댄다고 말해도 되겠소?"

휴우, 위니에게 미리 말해놓길 잘했다.

---

* 변호사 출신 탐정소설 작가 얼 스탠리 가드너가 창조한 캘리포니아의 변호사. 지은이의 경력에서 우러나온 법정 장면 묘사가 일품이다.
** 작가 존 모티머가 창조한 약삭빠르고 재기넘치는 탐정.

나도 강경하게 나가주었다. "전화해 보시죠. 어제 왔던 경찰에게 말하면 되겠군요. 헤밍웨이 경위 말입니다."

이 말에 그가 한풀 꺾였다. 경찰을 부르겠다고 협박하면 간단히 쫓아낼 수 있다고 생각했나본데, 다른 방법을 찾으셔야 할 걸.

"제가 알고 싶은 건, 12일 아침 9시 30분에 아이버 젠킨슨이 여기엔 온 이유뿐입니다." 그렇게 자세히 알고 있다는 사실에 그가 감동해주길! "저는 그의 사망에는 관심도 없고, 그걸 조사하고 있지도 않습니다."

그는 그 말의 의미를 잠시 생각하고 있었다.

"그게 당신과 무슨 상관입니까?"

"아마도, 관계자 한 명이 언론에 공표되는 것을 걱정하고 있지 않을까요? 발을 빼고 싶다고 생각하는 사람도 있을지 모르죠. 매스컴에 모든 것이 폭로되는 건 누구라도 싫을 테니까요."

"그건 우리 책임이 아니오." 브루드먼이 딱 잘라 말했다.

"하지만 그들은 당연히 기밀엄수를 원하고 있겠죠." 내가 되풀이해서 상기시켰다.

점점 내가 유리해지고 있는 것 같은데. 거만한 태도도 사라졌고, 내가 어디까지 알고 있는지 캐내려고 애를 쓰고 있었다. 갑자기 몸서리쳐지는 무서운 생각이 떠올랐다. IJ는 너무 많은 것을 알았기 때문에 죽었을지도 몰라. 브루드먼과 VDZH은 내가 IJ만큼 알고 있다고 여기는 건 아닐까?

멍청한 생각은 말자. 은행이 사람을 왜 사람을 죽이겠어. 괜찮아, 괜찮다구. 아마도 로버트 러들럼*의 소설에 그런 이야기가 있었던 것 같은데, 여기 벨그레이비어에서는 일어날 리가 없어.

브루드먼은 나를 바라보면서 다음 전략을 짜내려고 머리를 굴리고 있었다. 마침내 입을 열었지만, 마치 나의 불안을 꿰뚫어본 듯한 말을 했다.

"당신은 어떻게 그 모든 걸 알고 있소?"

"LJ가 죽을 때 옆에 있었거든요."

그는 그 말의 의미를 생각하는 듯했다. 반응을 끌어내기 위해서 아는 척을 계속했지만, 좀 지나쳤을지도 모르겠다. 그건 알지만 이제 와서 어쩌겠는가. 에잇, 될 대로 되라.

"분명히 이 일이 공표되면 이 프로젝트의 성공은 힘들어질지도 모르오." 그가 한 단어 한 단어 음미하듯이 말했다. 다음 말을 기다렸지만 그게 끝이었다. 갖고 있던 총의 총알은 거의 다 쏘았다. 곧 총알이 다 떨어질 판이었다. 에잇, 마지막 한 방이다!

"공표되면 특히나 레스토랑 업계에는 치명적입니다. 손님들은 변덕스러우니까요."

고개를 끄덕인 것 같지만, 어쩌면 나의 착각일지도 몰랐다.

---

* 미국의 소설가(1927~ 2001). 첩보소설의 대가로 『본 아이덴티티』, 『본 슈프리머시』, 『본 얼티메이텀』 등의 '본 시리즈'를 비롯해 많은 스릴러 소설을 썼다.

"당신은 젠킨슨과 함께 일했소?" 그가 물었다.

"그 사람의 인맥은 대단하니까요." 이건 사실이지.

"그가 수집한 정보는 이제 어떻게 되는 거요?"

"아직은 잘 모릅니다."

그의 시선이 책상 위의 명함으로 향했다.

"왜 그 관계자는 당신을 보낸 거요?"

"설명할 수 없는 사망사건이 일어난 이상은, 몸을 좀 사리는 것이 현명하지 않겠습니까?"

"그밖에 누가 이것에 대해 알고 있소?" 불쾌한 목소리로 느낀 건, 분명히 내가 절대로 듣고 싶지 않은 질문이었기 때문이리라.

"아이버 젠킨슨은 그렇게 비밀을 흘리는 남자가 아닙니다." 그렇게 말하고는, 재빨리 덧붙였다. "알고 있는 사람은 극소수입니다." 눈에는 눈, 이에는 이다. 똑같은 걸 물어봐주지. "당신네 쪽에선 누가 알고 있습니까?"

기밀엄수가 생명인 은행에서 오랜 시간 일해온 남자답게 그는 질문을 회피했다.

"먼저 관계자 모두와 이야기를 해보고 다른 전략을 검토해야 할지 타진해 봐야겠소."

나는 절망적으로 매달렸다. "왜 그럴 필요가 있습니까? 젠킨슨이 죽었다 해도 프로젝트에는 아무 영향도 없잖습니까?"

그는 부정도 긍정도 하지 않고 다만 반복해서 말했다.

"먼저 관계자들과 이야기를 해보겠소."

될 대로 되라!

"확실히 정책 결정권자와 이야기를 하는게 좋겠군요. 어쩌면 매스컴에 새지 않고 끝날 수도 있으니까요. 전 이제 돌아가서 보고를 해야 하는데, 당신은 누구에게 제일 먼저 말할 겁니까?"

작전은 실패였다. 그는 명함을 집어들었다.

"그래요, 매스컴에 새나가지 않고 끝날지도 모릅니다. 부디 그랬으면 좋겠군요." 그는 이제 꺼지라는 듯이 고갯짓을 했다. "찾아주셔서 감사했소."

언제 호출을 받았는지 어디선가 반짝이는 금발 여성이 나를 쫓아내려 나타났다.

23

사무실에 돌아가자 메시지가 기다리고 있었다. 시어러 부인이 몸소 들고올 만도 했다. 돌아오는 대로 런던 경찰국으로 전화해 달라고 메모되어 있었기 때문이었다. 그것을 건네줄 때 시어러 부인은 '경찰은 당신 없이는 사건을 해결하지 못할 거예요' 라는 듯한 눈길로 쳐다보았다.

"당신의 용의자들에 대해 생각해 봤는데요……." 전화를 걸자 위니가 말을 꺼냈다.

"좋아요. 여자의 직감이로군요."

"아니에요." 그녀가 딱 잘라 부정했다. "경찰의 직감이죠."

"뭐, 어느 쪽이든 상관없죠. 저도 당신과 이야기를 하고 싶다고 생각하던 참입니다. 게다가 아까 VDZH에도 갔었어요."

"뭔가 건졌나요?"

"조금은 알아냈지요."

"경위보다 성공했네요. 천천히 이야기를 듣고 싶지만, 지금은 나갈 수가 없어요. 오늘밤은 계속 근무를 해야 해요. 6시에 커피나 한 잔 할까요?"

"좀더 시간을 낼 수 없어요?" 내가 낙담해서 물었다.

"유감스럽지만 안 되겠어요." 정말로 바쁜 듯했다.

"어디서 볼까요?"

그녀는 빅토리아 역 근처의 찻집을 말했고, 거기서 6시에 보기로 했다.

위니는 딱 제시간에 도착했을 뿐 아니라, 단정한 제복을 입은 모습도 너무나 사랑스러웠다. 푸른 눈을 빛내며, 입가에는 행복한 미소를 띤 채 자리에 앉았다. 그저 그런 가게였지만 깨끗하고 조용했다. 주변에 이야기가 들리지 않는 구석진 자리를 잡기 위해 약간 일찍 왔지만 그럴 필요는 없었다. 어떤 테이블에 앉아도 이야기가 들릴 염려는 없었다.

인사도 대충 하고 본론으로 들어갔다. 위니가 어서 빨리 이야기를 듣고 싶어 하는 것 같았으니까. 우선, 나는 레이몽을 의심하고 있는 것부터 이야기했다. 템스 강변을 거닐면서 정리한 추론을 모조리 이야기할 때까지 위니는 한 마디도 않고 들었다.

이윽고 그녀는 커피를 한 모금 마시더니 말했다.

"독이 고의로 주입되었다고 생각하고 있군요? 우연한 식중독이 아니구요? 왜 그렇게 생각해요?"

"그렇지 않다면 모든 것을 설명할 수 없다고 생각해요. 모든 것이 주방의 과실 탓에 일어난 우연한 사고가 아니라고 주장하고 있어요."

그녀는 고개를 끄덕였다. "그럴 것도 같지만 레이몽은……."

"알아요. 절대로 그럴 사람 같지는 않죠. 하지만 유명한 레스토랑 주인이라고 해서 결백하다고는 할 수 없죠. 하버드의 존 웹스터* 교수, 토마스 닐 크림**, 하울리 크리펜 의사 등등……."

---

* 하버드 의대 화학과 교수. 1849년에 보스턴의 저명인사 조지 스파크먼에게 빚을 졌다가 빚독촉을 하러 실험실로 찾아온 스파크먼을 살해하고 불에 태워 증거인멸을 시도했다. 그러나 실험실 화로에서 발견된 뼈와 틀니 때문에 범행이 탄로났다.
** 영국 빅토리아 시대의 의사이자 연쇄살인마. 여성들을 주로 독을 먹여 살해했다.

위니는 알았다는 듯이 손을 들었다. "당신 말이 맞아요. 유명하다고 해서 범죄를 저지르지 않는 건 아니죠."

"그리고 또 하나 마음에 걸리는 것이 있어요. 그걸 말하면 모순이라고 하겠지만."

"뭔데요? 이미 풀어야 할 수수께끼가 잔뜩 있는데요 뭐. 약간 모순이 있다 해도 상관없잖아요."

"레이몽의 조카와 이야기를 나누었어요."

위니가 관심을 보였다. "파울라 자르딘 말이군요. 어땠어요?"

"유능한 매니저 같더군요."

"무척 매력적이기도 하죠. 그렇게는 생각하지 않았어요?"

"뭐, 그러니까……. 하지만 그녀와 이야기할 때는 사건만 생각했습니다."

"로봇 경찰이라면 가능했겠죠. 하지만 당신은 사람이잖아요."

그녀의 눈이 장난스럽게 반짝거렸다. 나는 항복했다.

"당신은 못 속이겠군요. 그래요, 매우 매력적이었어요."

"그래서 이야기를 돌려서, 뭐가 모순되는 데요?"

"음, 너무나 완강하게 레이몽을 변호하더군요. 뒤가 켕길 만한 일은 무엇 하나 관련되어 있을 리가 없다고 주장하더군요."

"삼촌을 생각하는 거겠죠. 아니면, 레스토랑을?"

"둘 다겠죠. 약간 이상하다 싶을 정도였어요."

"그게 뭐가 모순되는데요?" 위니는 마음에 걸리는 듯했다.

"확신이 있지는 않은데, 그냥 좀…… 이름은 말할 수 없지만 셰익스피어에도 그런 등장인물이 있지 않았나요. 너무 강력하게 방어해 준다는 느낌이었어요."

"레이몽을 감싸려 한다고 생각하게끔 하려는 건가요?"

"그런 비슷한 느낌을 받았어요."

위니는 재미있어 하는 듯한 얼굴이 되었다. "심문하기는 만만치 않았죠?"

"그렇다는 걸 잘 알게 되었죠. 거짓말탐지기를 사용하고 싶어지는 심정도 알겠더군요."

"가끔은 참 힘들죠."

"레이몽과 프랑수아의 경력은 이미 조사가 끝났죠? 뭔가 불화의 원인같은 건 찾았어요?"

"파리 경찰이 모든 자료를 보내왔지만 불화의 원인이 된 듯한 사건도, 어떤 내막인지도 전혀 언급하지 않았던데요. 물론, 파리 경찰은 두 사람을 의심할 이유가 없으니까 그렇게 자료가 자세하지 않은 건 어쩔 수 없지만요."

"하지만 레이몽이 범인이라는 설에는 찬성하지 않나 보군요."

위니는 약간 껄끄러워하는 것 같았지만 마침내 말했다.

"예, 그가 범인 같지는 않아요."

"헤밍웨이 경위는 어떻게 생각하죠?"

"누구를 의심하고 있는지조차도 모르겠는데요."

"하지만 시간이 별로 없잖아요?"

"경위님도 그건 알고 있어요. 뭔가 생각하고 있는 것 같긴 한데, 그게 뭔지는 잘 모르겠어요. 오늘이나 내일쯤 알게 되겠죠." 그렇게 말하고 테이블에 팔꿈치를 댔다. "자, 이제 VDZH에 대해 말해줘요."

다시 한 번 그녀는 주의깊게 들으며 이야기가 끝날 때까지 끼어들지 않았다.

"기억력이 아주 좋군요." 그녀가 칭찬했다.

"아치 굿윈은 아무리 긴 인터뷰도 단어 하나 빼놓지 않고 기억할 수 있죠. 절대로 실수도 않고, 무엇 하나 잊지도 않구요."

"아치 굿윈? 아, 네로 울프의 조수 말이로군요. 사실 그 시리즈는 딱 한 권밖에 안 읽어봤어요. 그러니까, 브루드먼에게서 받은 인상에 따르면, VDZH 은행이 하나, 또는 몇 개의 레스토랑에 투자할 계획이었다는 말이군요. 그리고 아이버 젠킨슨은 거기에 어떤 불법행위가 있다고 의심해서 은행을 찾아갔구요. 그리고 그것을 방송에서 폭로하려고 했다는 거죠?"

"그래요, 한 마디로 말하면 그렇죠."

여종업원이 커피 포트를 갖고 와서 잔을 다시 채워 주었다.

"그럼 브루드먼은 당신이 관계자의 의뢰로 움직이고 있다고 생각했구요."

"난 그런 말은 한 마디도 안 했어요. 그가 마음대로 그렇게 생각한 것뿐이죠."

그녀는 미소를 지었다. "그런 점이 특기군요. NTV에서는 지금도 당신이 경찰국에서 나왔다고 생각하고 있을 걸요."

"정말이라니까요, 한 마디도 그런 말은……."

"알았어요. 당신을 믿죠."

"그리고 VDZH 은행 문젠데요……."

"네?"

"만약 거액의 돈이 얽힌 모종의 계획이 진행중이라면……."

"진행중이라면?"

나는 숨을 크게 들이쉬고는, 단숨에 물었다.

"저도 IJ만큼 위험할까요?"

"경찰이 보호해주길 바라나요?"

"당신이 개인적으로 해준다면요."

그녀는 다시 미소를 지었다. "뭐예요, 사람 걱정시키고."

"진심으로 말하고 있는 거예요. 뭐, 개인적이라는 건 그러니까……, VDZH 은행이 정말로 사람을 제거하기도 할까요?"

위니가 좀더 활짝 미소지었다. "제거한다! 참 사랑스러운 표현이네요! 에드거 월리스*의 미스터리 소설에서 사용했던가요?"

---

* 영국의 소설가이자 극작가(1875~1932). 현대 스릴러 소설의 효시로 일컬어지며 영화 「킹콩」의 원안자이기도 하다.

"난 진지하게 말하고 있다구요."

"그런 위험은 없다고 생각해요." 그녀의 시선이 내 얼굴을 살폈다. "위험이 있다는 생각이 들면 그렇다고 말할 거예요. 하지만 그 이야기는 경위님께 보고할게요. 그러면 VDZH 은행에 대해서도 좀더 조사를 할 수 있겠죠. 은행 전담반이 그런 이야기를 들은 적이 있는지도 확인해보죠."

"하지만 요전에 나보고 조심하라고 했잖아요. 위험하기 때문에 한 말 아닌가요?"

그녀가 머리를 흔들었다. "아뇨, 그냥 일상적인 인사였어요."

"다행이군요. 이제야 안심이 되네요. 그러고보니 스카르포니는 어떻게 되었죠? 아직 못 찾았어요?"

"네. 하지만 거의 근접해가고 있어요."

"수수께끼의 닥터 에프(Dr F)는요?"

위니는 고개를 저었다. "아직 모르겠어요. 당신은요?"

"저도 없어요. 하지만 한 가지 물어볼 게 있어요."

"말해 봐요."

"만약 계획적인 살인이었다면, 어떻게 독을 먹인 걸까요?"

위니는 고개를 끄덕였다. 수사의 성과를 말해주게 되어 기쁜 표정이었다.

"그건 조사했어요. 칠성장어의 독은 입 안의 분비기관에 있어요. 그걸로 잡아먹은 생선의 근육조직을 파괴하죠. 심지어 상어

348

까지도요. 그리고 보툴리누스균은 아주 쉽게 배양할 수 있어요."

"쉽게?" 내가 놀라서 물었다.

"그 정보는 매스컴에 새나가지 않도록 막고 있어요. 앞으로도 공표할 예정은 없구요. 모방범죄가 일어나면 큰일이니까요. 하지만 그건 정말이에요. 아주 쉬워요."

"그렇다 해도, 사람을 죽일 정도의 보툴리누스 독을 배양하려면 상당한 양의 칠성장어가 필요하지 않아요?"

"그것도 조사가 끝났어요. 그레이터 런던의 생선가게를 모조리 조사했어요. 그랬더니 서클 오브 카렘의 만찬 일주일 전에 23킬로그램의 칠성장어 구매기록이 남아 있었어요. 그 정도면 몇 명을 죽일 만큼의 균을 배양할 수 있어요."

"배양하려면 얼마나 오래 걸리나요?"

"며칠이면 되요."

"당연히 그 거래에 대해서는 조사했겠죠?"

"네. 현금거래였고, 그 이상의 기록은 없더군요."

"「르 투르케 도르」에서 만찬용으로 구매한 칠성장어도 조사했겠군요. 부주의한 관리 때문에 보툴리누스 독이 배양될 가능성은요? 온도가 높고 불결한 곳에 방치해둔 탓이라는 말은……."

"그래요. 손질과정이 매우 길어서 이틀 전에 주문했더군요."

"그렇다면 단지 부주의해서 그렇게 되었을 가능성도 있군요? 그렇게 되면 대량의 칠성장어는 관계가 없어지구요."

위니가 어깨를 으쓱했다. "전문가들 말로는 그럴 가능성은 1천분의 일 정도래요. 헤밍웨이 경위는 그런 가능성은 안 믿어요. 원래 우연 따위도 절대로 안 믿는 사람이구요."

"그럼 지금은 무엇에 대해서 수사를 하고 있는데요?"

"지금은 레이몽과 프랑수아의 레스토랑 관계자와 지난 5년간 거기서 일했던 사람들 전부를 조사하고 있어요. 서클 오브 카렘의 출석자도 전부 조사 중이죠." 그녀는 얼굴을 찌푸렸다. "그래서 오늘은 야근이죠."

"그렇다면 저녁 초대는 내일 밤으로 하는 게 좋겠군요."

"음." 그녀는 중얼거리더니 생각에 잠겼다. "좋아요. 하지만 내일밤까지 사건이 어떤 진전이 있으면 살짝 빠져나오기는 힘들어요. 그래도 괜찮다면요."

나는 고개를 끄덕였다. "그렇지 않다면 오케이라고 생각해도 되는 거죠?"

"그래요. 어디서 볼까요?"

"저는 요리도 꽤 한다는 평을 받죠. 직접 요리를 해서 대접하고 싶은데요."

그녀의 눈썹이 약간 치켜올라가더니 다시 생각에 잠겼다.

드디어 미소를 지었다. "좋아요. 오늘은 전체적인 전략을 논한 거예요. 내일은 앞으로의 전술을 의논해 보자구요."

"싫어하는 음식 있나요?「라 보르디게라」에서 한 식사로는 별로 가리는 건 없어 보이던데요."

"아무 거나 좋아요. 그러고보니, 또 하나 물어봐야겠네요. 앞으로는 어쩔 생각이에요?"

"제 의뢰인에 대한 의무를 잊어버리면 안되죠." 진지한 척 대답했다. "오늘밤엔 「르 투르케 도르」에 들러볼 생각입니다."

"특별한 용건은 없구요?"

"예. 「레이몽즈」에도 30분쯤 들를지도 모르겠구요. 딱히 목적이 있는 건 아니지만요."

"아직 레이몽을 의심하고 있다는 말인가요?"

"아직은요."

"그럼, 행운을 빌어요. 슬슬 다시 들어가봐야 해요. 내일은 몇 시에 볼까요?"

"8시 어때요?"

그녀는 미소를 던졌다. "좋아요. 그때 만나요."

지하철로 해머스미스로 돌아오면서 머릿속으로 내일밤에 필요한 재료 목록을 만들었다. 이 시간에도 문을 열고 있는 가게는 몇 군데 알고 있지만 여기저기 흩어져 있어 좀 돌아다녀야 했다.

요리할 때에 딱 좋은 음악인 빌라 로보스*의 교향시 시디를 틀

---

* 남미 최고의 작곡가(1887~1959).

었다. 그는 이 곡을 쓸 때 독창성을 가장 중시했다. 그리고 이 곡은 가볍게 듣기 좋은 음악과 귀기울여 들어야 할 음악이라는 전혀 다른 두 음악을 멋지게 융합시키고 있었다.

내일의 준비단계가 일단 끝났으므로, 키르*를 마시면서 오늘 사온 가리비를 마늘과 생강에 버무려서 센 불에 볶았다. 이것을 밥과 함께 먹고나서 다시 내일밤을 위한 준비에 들어갔다.

지금부터 가려는 두 가게의 마지막 주문시간은 조사해두었다. 「레이몽즈」은 11시 30분이고 「르 투르케 도르」는 12시였다. 마지막 주문 직후에 갈 생각이었다. 일이 막 끝난 뒤라 마음이 풀려 있을 것이고 긴 하루의 피로도 쌓여 있을 것이다. 즉, 질문에 대한 저항이 약해지진 않을까 기대하고 있는 것이다.

나도 계획을 잔뜩 세워뒀다. 트래비스 맥기라면 그런 사소한 것에 전혀 구애받지 않겠지. 그는 뭔가 생각나면 바로 뛰쳐나갔으니까. 그리고 지하철을 타지도 않았을 것이다. 그런데 나는 뭔가. 밤 12시가 다 되어가도록 여전히 글로스터 로드 역에서 꾸물거리고 있었다. 전기적 결함이 있으며, 곧 수리될 거라는 안내방송이 나왔다. 그 말을 믿고 15분을 더 기다렸지만 움직일 생각도 않았고, 나는 지하철에서 내려 직원을 붙들고 물어봤지만 그는 아는 게 없었다. 결국 역을 빠져나와 택시를 탔다.

---

* 블랙 커런트를 재료로 한 리큐르에 화이트 와인을 섞은 칵테일.

「레이몽즈」근처의 교차로에 도착한 건 12시 45분이 되어서였다. 가게 정문 앞에서 두 대의 택시가 승객을 막 태우고 있어서 내가 탄 택시는 더 이상 가까이 갈 수 없었다. 교차로에서는 마침 가게 뒷문이 보였다. 좁은 골목에 거대한 사람 그림자가 나타나더니 대기중인 택시로 향했다. 이 거대한 몸집의 남자를 못 알아볼 리가 없었다. 레이몽이었다. 사람 눈을 피해서 뒷문으로 나온 것이 마음에 걸렸다.

추리소설 애독자라면 누구든, 단 한 번이라도 좋으니 택시 운전사에게 "저 택시를 따라가 주세요!"라고 소리칠 날을 꿈꿀 것이다. 지금 나에게 그런 기회가 온 것이다! 게다가 소설보다 상황도 좋았다. 소설 속 탐정들이 택시를 찾으려 필사적으로 두리번거리고 있으면 마법처럼 택시가 나타나곤 한다. 하지만 나는 이미 택시에 앉아 있지 않은가. 레이몽의 택시가 달려나가는 것을 보고 있으려니, 왜 안 내리나 하고 택시 운전사가 돌아보았다. 나는 심호흡을 하고 앞의 택시를 가리키며 말했다.

"저 택시를 따라가 주시오."

"알겠습니다." 운전사는 하루에도 몇 십 번씩 그런 말을 듣는다는 양, 담담하게 대답하고는 차를 돌려서 골목길을 내려갔다. 쳇, 모처럼의 모험기분을 잡쳤다. 이상한 부탁 아니냐고 한 번 물어볼까 하다가 포기하고 실망한 채로 잠자코 앉아 있었다.

택시 추적도 눈깜짝할 사이에 끝나버렸다. 5분도 채 되지 않아

앞 택시의 비상등이 깜박였던 것이다.

"차가 멈췄는데요." 운전사가 무미건조한 말투로 말했다.

"여기서 내리죠."

레이몽이 천천히 택시에서 내렸다. 그런 거대한 몸집으로는, 그것조차도 꽤나 힘들 것이다. 그는 택시 운전사에게 돈을 건네준 뒤, 제임스 거리에서 골목으로 접어들었다. 그렇게 멀리 가지는 않을 것임을 알고 있었고, 무엇보다 그가 어디로 갈 건지 예측할 수 있었다. 나도 택시비를 지불하고 3파운드 팁을 얹어주었다. 운전사는 이조차도 일상적이라는 듯이 덤덤히 받아갔다.

레이몽이 어떤 문 앞에 멈춰서는 모습이 보였다. 어두워서 자세히 보이지는 않았지만 이내 문이 열리고 레이몽은 「르 투르케도르」 안으로 사라졌다.

24

이 뜻밖의 상황에 나는 생각에 잠겼다. 어떻게 할까 머리를 굴리다가 프랑수아가 준 열쇠가 호주머니에 있다는 게 생각났다.

안개비가 내리기 시작했다. 길은 적막했다. 나는 열쇠를 열었다. 가게 안은 고요했다. 먼저 레스토랑 쪽으로 갔다. 캄캄했지만 작은 벽등 덕분에 주방으로 가는 길을 찾을 수 있었다.

주방도 캄캄했지만 도로쪽 창문을 통해서 노란 불빛이 비쳐들어왔다. 하지만 그 빛이 잘 닦여 반짝이는 철제 프라이팬에 반사되어 커다란 그림자와 끝없는 심연을 만들어냈다. 나는 소리를 내지 않기 위해 천천히 살금살금 걸어갔다. 주방에는 아차 하는 순간에 챙그랑, 소리를 내는 물건이 사방에 널려 있으니까. 금속, 도자기, 유리제품밖에 없으므로 뭔가에 부딪치면 끝장이다.

넓은 주방이었지만, 겨우겨우 오븐 근처까지 갔다. 아마도 이 근처에 전등 스위치가 있을 것이다. 어서 불을 켜서 어둠 속에 아무 것도 없음을 확인하고 싶은 참을 수 없는 충동이 밀려왔다. 그림자가 이렇게 무서울 줄이야……. 더 이상 못 참겠다. 침착해, 침착하자구. 스위치다!

환하게 불이 들어온 주방은 아주 일상적인 모습이었다. 맥이 빠질 정도로 주방 본래의 모습이었다. 어둠은 사라지고 나의 호흡도 정상으로 돌아왔다. 아무도 없었고, 특별히 달라진 점도 없는 것 같았다. 하지만, 뭔가 이상한데…….

눈앞에 커다란 식칼꽂이가 있었다. 밝은 조명을 받아 칼이 반짝거렸다. 뭐가 이상한 걸까? 하지만 보기에는 특별히 이상한 건 없었다. 전기를 끄려다가 문득 깨달았다. 다시 한 번 쳐다봤다.

마지막 칸의 칼이 없잖아! 다른 칼들로 미루어 볼 때 없어진 건

25센티미터 식칼 같았다. 숨이 컥 막혔다. 두 명의 지독한 라이벌 가운데 한 명이 영업시간이 끝난 뒤 상대방의 레스토랑에 숨어들었다. 그리고 칼이 하나 사라졌다. 나는 신중하게 주위를 둘러보았다. 심장이 방망이질치고 있었다. 그것 말고는 별 이상이 없었다. 모든 의지를 총동원해 전원 스위치를 내렸다. 남은 공간은 사무실뿐이었으므로 프랑수아의 사무실을 향해 갔다.

육중한 문 때문에 방안에서 나는 소리를 엿들을 수가 없었다. 나는 문에 귀를 바싹 갖다댔지만 들리는 것이 나지막한 대화소리인지, 아니면 내 머릿속의 혈관이 세차게 흘러가는 소리인지 알 수가 없었다. 어떡하지? 둘 중 누가 사라진 칼을 갖고 있을까? 이 문을 발로 걷어차서 부술 수 있을까? 불가능할 것 같다. 리버풀 축구팀 전원이 몰려와서 하루 종일 걷어차도 안 될 것 같아.

어떻게 할까 고민하고 있는데 소리도 없이 문이 열렸다.

활짝 열린 문으로 레이몽이 보였다. 커다란 소파 하나를 통째로 차지하고 널브러지듯 편안히 앉아 있었다. 테이블 위에는 요리 접시가 여러 개 놓여 있었다. 마개를 딴 샴페인 옆에는 마시다 만 플루트 글라스*가 두 개 있었다. 레이몽은 나를 쳐다봤지만 전혀 놀라는 기색이 아니었다.

---

* 샴페인 잔 가운데 하나로 폭이 좁고 긴 플루트 모양의 잔. 샴페인의 풍부하면서도 생기 넘치는 거품을 마음껏 감상할 수 있고, 탄산 가스가 잘 빠져나가지 않는다.

문 뒤쪽에서 미소를 지으면서 프랑수아가 나타났다. 전직 권투 선수의 상처투성이 얼굴이 커다란 웃음을 지으면서 말했다.

"어이, 당신이로군요. 들어와요. 샴페인 한 잔 어떠시오?"

그의 손에는 25센티미터짜리 식칼이 들려 있지 않았다. 방 어디에도 보이지 않았다. 어떡하지? 나는 일단 안으로 들어갔다.

등 뒤에서 문이 닫히는 소리에 이어 이중 잠금장치가 잠기는 소리가 들렸다. 어깨 너머로 돌아보자, 프랑수아가 문을 잠근 뒤 열쇠를 주머니에 넣고 있었다. 그리고는 벽 쪽의 붉은 램프로 걸어가서 스위치를 껐다.

"밖에서 불빛이 들어오니까요." 그가 설명하고는 테이블 옆의 소파를 손으로 가리켰다.

"자, 앉으시오. 앉아요." 프랑수아가 말하고는 선반으로 가서 플루트 글라스를 하나 더 꺼내서 테이블에 놓았다. 나는 레이몽을 마주보고 앉았다. 프랑수아는 우리 사이에 앉았다. 그리고는 샴페인을 한 잔 따랐다. 루이 뢰드르 크리스탈*의 쿠베 드 프레스티지였다.

레이몽이 잔을 들었다.

"모두의 건강을 위해." 그가 건배했다.

---

* 샹파뉴에서 가장 규모가 큰 샴페인 하우스인 루이 뢰드르 사가 최고의 고객이었던 러시아 로마노프 왕조의 알렉산더 2세를 위해 만든 샴페인.

프랑수아도 마찬가지였다.

"그것이 오래 계속되기를." 그가 중얼거렸다.

우아한 풍경으로 보였지만 나는 오싹 소름이 끼쳤다.

하지만 아무리 겁에 질린 상황이라 해도 이런 최고급 샴페인을 마실 기회를 놓칠 순 없지. 음, 맛있군.

"이것도 좀 드시오." 프랑수아가 접시 하나를 내 쪽으로 밀며 말했다. 얇은 흑빵 사이에 훈제 연어를 끼우고 위에는 캐비어를 얹은 작고 기품 있는 샌드위치가 쌓여 있었다. 하나 집어들었다. 이것도 맛있군. 방 안엔 정적이 흘렀다.

"두 분은 상당히 친하신 것 같군요." 가능한 가벼운 어조로 말했다. 방에는 여전히 침묵이 흘렀고, 이윽고 레이몽이 말했다.

"당신은 속았다고 생각하겠죠. 프랑수아와 나한테."

"아니, 뭐, 전혀 그렇지 않습니다." 한껏 빈정거려주었다. "당신들이 견원지간인 라이벌이라는 건 척 보면 알겠는데요." 샴페인과 음식 접시, 방안의 부드러운 분위기를 손으로 가리켰다.

프랑수아는 작은 타르트가 담긴 쟁반에 손을 뻗쳤다. 아보카도와 베이컨 타르트 같았다. 참으로 맛있다는 듯이 그것을 먹으면서 접시를 내 쪽으로 밀었다.

"자, 마음껏 드시오. 아주 맛있소."

프랑수아는 소파에 등을 기대더니 편안한 자세를 취하기 위해 몸을 꼼지락거렸다. 그리고는 말하기 시작했다.

"우린 파리에서 함께 수습 생활을 했소. 가장 친하지는 않았지만, 현장에 투입될 때는 같은 팀이었고, 뭐, 서로를 잘 알고 있었소. 수습이 끝나고 일자리를 구할 무렵, 나는 파리의 어느 일류 레스토랑에 사람을 하나 구한다는 소식을 들었소. 그래서 레이몽에게 내일 그 가게의 면접을 볼 거라고 털어놓았소. 그런데 가게에 가보니 레이몽이 나보다 먼저 줄을 서 있더군."

레이몽은 천연덕스러운 얼굴을 하고 있었다. 무겁게 한숨을 내쉬고 고쳐 앉더니 모두의 잔에 샴페인을 좀더 따라 주었다.

"나도 그 가게 이야기는 다른 사람한테 들었소. 프랑수아가 면접을 보겠다고 들은 다음이었지만, 그렇다고 해서 내가 지원하면 안 된다는 법은 없지. 어차리 빈 자리는 하나니까. 누구를 원하는지 결정하는 건 레스토랑이오."

"그런 문제가 아니지." 프랑수아가 물고늘어졌다. "자네는 나의 신뢰를 배신한 거라구. 내가 면접보는 걸 알고 있었으면서."

"말도 안 되는 소리." 레이몽이 코웃음쳤다. "장 클로드한테 들었다구. 그래서 자네한테 듣지 못했다 하더라도 어차피 면접을 봤을 거야."

둘은 서로를 무서운 눈으로 노려보았다. 그야말로 일촉즉발의 순간인 것 같았다. 나는 당황해서 주위를 다시 둘러보았지만 식칼은 보이지 않았다. 마침내 레이몽이 웃음을 터트렸고, 프랑수아도 따라 웃었다.

"그뿐인가. 「르 칼베」는 또 어떻고?" 레이몽이 말을 이어갔다.

"그건 다른 이야기지." 프랑수아가 즉각 맞받아쳤다. 힐끗 나를 보았다. "좋소. 무슨 일인지 설명해 드리겠소. 아까의 일자리는 결국 둘 다 떨어졌소. 그 뒤 우린 각자의 길을 갔소. 그로부터 2년쯤 뒤에 나는 생제르망 거리*에 있는 「르 칼베」의 부주방장으로 일하고 있었소. 거기서 내가 만든 특별 요리가 엄청 인기를 끌었소. 조개, 마늘, 생강을 넣은 가자미 필레**였지. 마늘과 생강을 아주 살짝 넣는 것이 비결이었소. 어느 날, 「르 칼베」에서 그리 멀지 않은 6번가의 「셰 그라몽」에서 똑같은 음식을 내놓고 있다는 말을 들었소. 서둘러 그곳에 가보니 레이몽이 있었소. 게다가 그건 자기가 만든 거라고 주장하더군! 믿을 수 있겠소?"

"뭐가 나빠?" 레이몽이 두 손을 흔들면서 힘주어 말했다. "완전히 독창적인 요리는 세상에 없어. 분명히 자네 요리와 똑같은 식재료를 사용하긴 했지. 그건 별로 드문 일도 아니지. 완성된 요리는 하늘과 땅 차이였지만 말야."

"내 요리를 훔친 거겠지!" 프랑수아가 소리쳤다.

"아니지. 진정한 요리를 만들어준 거라구. 흔해빠진 생선튀김이 아니라!"

---

* 유명한 철학자나 작가들이 자주 찾는 예술거리.

** 고기나 생선의 뼈를 발라내고 편편하게 저민 것.

"뭐가 진정한 요리야! 언제나 자네는……."

다시 그들은 서로를 무섭게 노려보았다. 25센티미터건 아니건 눈앞에 식칼이 없어서 다행이었다.

잠시 후 둘은 동시에 웃음을 터뜨렸다.

"그 뒤로도," 레이몽이 말했다. "내가 생각해낸 최고의 요리를 프랑수아가 베끼려고 한 일이 몇 번이나 있었소."

"내가?" 프랑수아가 코웃음을 쳤다. "훔친 건 내가 아니야! 자네야말로 내 요리를 훔쳤다니까!"

"난 훔치지 않아." 레이몽이 말했다. "난 그저 단순화시키고 싶었을 뿐이라고. 자네의 요리는 언제나 너무 허풍스러워서 손님을 위해서라도 좀더 단순화할 필요가 있었지."

프랑수아는 단호하게 고개를 가로저었다. "자네의 촌스러운 요리야말로 좀더 풍부한 상상력이 가미되어야 해."

거기서 두 사람은 참지 못하고 다시금 킥킥거리면서 웃었다. 프랑수아가 일어나 선반에서 새로운 샴페인 병을 꺼내왔다. 그가 와인을 따는 동안에 레이몽이 또 다른 쟁반을 가리켰다. 나는 그 맛있어 보이는 것을 딱 한 입만 먹었다. 닭간 파테*에 아주 얇게 썬 페페로니 소시지가 얹혀 있었다.

프랑수아는 술을 따르면서 이야기를 계속했다. "우린 둘 다 정

---

* 가금류나 돼지간, 생선, 게살 등을 으깨서 밀가루를 입혀 오븐에 구운 것.

식 요리사가 되었지만, 라이벌 의식은 점점 더 강해졌소. 내가 런던에 오자 레이몽도 뒤따라왔소."

"그렇지 않아. 난 자네가 생각하기도 전에 런던으로 오기로 계약을 했다구. 계약을 깨뜨릴 순 없지. 적어도 난 그렇게 의리 없는 짓은 안 해. 자네라면 아무렇지도 않게 깨뜨리겠지만."

프랑수아가 말을 계속했다. "경쟁하는 두 레스토랑의 요리사로서 우리는 계속 라이벌 관계를 유지했소. 기회가 있을 때마다 서로를 비판했고. 매스컴에서 좋은 기삿거리를 찾으면 실제보다 부풀려서 이야기해줬소."

"그게 유명한 잡지에 실리고, 다른 잡지에 다시 실리고." 레이몽이 말했다. "그 직후에 TV에 출연하게 되었으므로 더욱 기름을 붓는 말을 해줬소. 당연히 매스컴은 이 화제에 달려들었소. 요리계의 두 전사라는 둥, 과거의 미스터리한 사건을 둘러싼 숙적이라는 둥, 써댔지."

"사업에는 아주 도움이 되었소." 프랑수아가 말을 이었다. "손님들은 우리의 최근 요리를 알고싶어 했소. 마치 경기장에 나온 새로운 무기가 뭐냐는 식으로 말이오."

레이몽이 커다란 몸을 떨더니 언제나 우울한 듯하던 얼굴에 미소가 서렸다.

나는 다시 샴페인을 마셨다.

"그럼 와조 로열은 그런 격투의 일환이었군요." 내가 말했다.

프랑수아는 놀란 것 같았다.

"와조 로열? 그게 무슨 소린가?"

설명해 달라고 레이몽을 쳐다보자, 그는 나의 시선을 피해 훈제 연어와 캐비어 샌드위치에 손을 뻗었다. 샌드위치를 입에 넣더니 이번엔 샴페인 글라스에 손을 뻗었다. 그렇군. 프랑수아는 자신의 유명한 요리의 조리법이 새어나갔다는 것을 모른다. 게다가 하필이면 레이몽에게. 에구, 이 방정맞은 입이 원수다!

프랑수아가 레이몽을 의심스러운 눈초리로 쳐다봤다.

"와조 로열이 어떻다고?" 그가 대답을 요구했다.

레이몽은 일부러 그러는 듯이 천천히 잔을 내려놓고는 내게 '입닥치고 있으라' 는 식의 차가운 시선을 보냈다.

"여기 계신 미식가 탐정께 나도 와조 로열을 만들 수 있다고 말한 적이 있지. 만들고 싶은 마음이 생겼을 때 얘기지만."

"흥!" 프랑수아가 반응했다. "내 발끝에도 못 미칠 걸!"

"내가 마음만 먹는다면 자네보다 더 잘 만들 수 있어."

프랑수아는 등을 쭉 펴고 자세를 고쳐 앉았다.

"말해 보시지." 그가 도발했다.

"흠." 레이몽이 생각하는 표정으로 말을 시작했다. "나라면 멧새를 쓰겠어. 그리고……." 그는 영리했고, 산전수전 다 겪은 일류 요리사였다. 말하는 걸 들으니, 조리 전 준비 단계와 조리의 중요한 요점만 간추려서 말하고 있다는 것을 알 수 있었다. 그리고 나의 조사가 없었다면 몰랐을 부분, 예를 들면 크레타 섬의 꿀이나 발렌시아의 로캄볼레에 대해서는 얼버무리고 있었다.

레이몽의 설명을 듣는 동안에 프랑수아는 점차 긴장을 풀었다. 자신의 비밀이 안전하다는 생각에 만족한 듯했다. 훌륭한 요리사라면 어느 정도의 조리법을 아는 것은 당연하다. 하지만 그토록 대단한 레이몽도 진짜 와조 로열은 만들어낼 수 없을 거라고 생각하고 있겠지.

레이몽이 말을 마치자 프랑수아가 어깨를 으쓱했다.

"그런 요리는 먹고 싶지도 않군. 상상만 해도 끔찍하니까."

"걱정 마시지. 자네를 위해 요리할 일은 절대로 없을 테니까."

다시 찌르는 듯한 시선으로 노려보았지만 두 사람은 다시 웃음을 터뜨렸다.

프랑수아가 세 개의 잔을 채웠다. 잔의 테두리까지 거품이 흘러넘쳐서 떨어지는 것을 모두들 말없이 바라보고 있었다.

"LJ에 대해 말해 주십시오." 내가 갑자기 말을 꺼냈다.

프랑수아는 샴페인을 한 잔 마시더니 다시 작은 타르트 하나를 집어들었다.

"내 생애 최악의 날 중 하나였소." 그는 타르트를 먹고는 손에 붙은 부스러기를 털었다. "더 최악이었던 날은 가게를 접어야 한다고 것을 깨달은 날이었소. 가장 심한 건," 슬픈 목소리로 덧붙였다. "이 가게를 떠나는 날이겠지요."

"지금 그걸 묻는 게 아닙니다." 동정하는 건 프랑수아가 이 사건과 관계가 없다는 걸 알고난 다음에도 늦지 않았다. "JJ는 죽었습니다. 아마도 살해당했을 겁니다. 그의 죽음과 당신 레스토랑의 파산은 관계가 없겠죠?"

"살해당했다고!" 프랑수아가 낮은 목소리로 말했다.

"모르셨습니까?"

"칠성장어 탓일 리는 없소. 우리는 준비단계에서 신중에 신중을 기했으니까. 아니, 언제나 조심했다구." 프랑수아는 자신에게 들려주듯이 중얼거렸다.

"사고나 조리상 부주의가 아니라면 살인밖에 없습니다." 나는 두 사람을 번갈아 쳐다봤다. "문제는 누가 범인일까, 하는 것과 동기입니다."

프랑수아는 묵묵히 고개를 흔들었다.

나는 레이몽을 쳐다봤다.

"그럼, 당신이 분명 뭔가를 알고 있겠죠."

그가 평소보다 더욱 우울한 표정이었다.

"내가?" 영문을 모르겠다는 얼굴이었다. "난 아무 것도 모르오. 내 레스토랑에도 문제가 생겼소." 그가 한숨을 쉬며 다시 샴페인을 마셨다.

"두 분은 손발이 척척 맞는군요." 나도 모르는 사이에 목소리가 높아졌다. "두 분 다 가게가 망하게 생겼습니다. 아니, 적어도 본인들 입으로는 그렇게 말씀하셨죠. 게다가 사람이 독살당했는데 이렇게 샴페인과 캐비어를 우아하게 즐기고 계시다뇨. 이건 대체 뭘 축하하는 겁니까?"

"우린 한 달에 한 번씩 이렇게 만난다오." 프랑수아가 말했다.

"프랑수아가 당신을 고용했다고 말해줬소." 레이몽이 말했다. "그 말을 들었을 때는 분명히 놀랐지만……." 그는 나에게 경고의 눈빛을 보냈다. 당연히 놀랐겠지. 지금 레이몽은, 와조 로열의 비밀 조리법을 내가 알아낸 사실을 프랑수아가 모른다는 것을 알았을 때의 나와 똑같은 생각을 하고 있으리라.

레이몽이 말을 이었다. "하지만 그러다가 비슷한 사건이 내 가게에서도 일어났소. 그래, 그 무렵이었소. 당신에게 조사를 부탁한 건."

"그 이야기는 들으셨습니까?" 나는 단도직입적으로 프랑수아에게 확인했다.

프랑수아는 고개를 끄덕였다. "아, 그래요. 들었소."

두 사람이 정말로 사이가 좋다는 건 확실한 것 같았다. 심지어 샴페인과 맛있는 음식을 즐기면서 두 사람이 웃는 것을 내 눈으로 똑똑히 봤으니 의심할 이유는 없을 것 같았다.

하지만 서로에게 모든 걸 말하는 사이 같지는 않았다. 적어도 프랑수아는 레이몽이 비밀 조리법을 확보했다는 걸 모르고 있다.

"조사는 뭔가 진전이 좀 있소?" 레이몽이 물었다.

'당신을 살인사건의 제1용의자로 생각하고 있다'고는 차마 말할 수 없었다.

"며칠 안으로 사건은 말끔히 해결될 전망입니다." 자신감 있게 들렸으면 좋겠지만.

프랑수아가 내 쪽으로 머리를 기울였다. 레이몽은 꼼짝도 하지 않았다.

"정말이오? 설마 그렇게 조사가 진전되어 있을 줄은 몰랐소." 프랑수아가 말했다.

레이몽도 같은 생각이라는 듯이 뭐라고 중얼거렸다. 그리곤 내 쪽으로 몸을 내밀었다.

"지금 우리에게 줄 수 있는 정보는 없소?"

"없습니다." 나는 딱 잘라 거절했다. "이제 가봐야겠군요. 아직 조사중이라서요."

"이런 한밤중에 말이오?" 프랑수아가 말했다.

"범죄는 결코 잠드는 법이 없죠." 대실 해미트의 명대사를 써먹었다.

"어디로 가는 거요?" 레이몽이 궁금하다는 듯이 물었다.

"곧 모든 걸 알게 될 겁니다." 나는 대답을 회피했다.

나는 자리에서 일어섰지만 프랑수아와 레이몽은 그대로 앉아 있었다. 나는 자물쇠가 잠긴 문 쪽으로 걸어갔다.

"그런데, 참." 되도록 아무렇지도 않은 듯한 말투로 말했다.

"주방 선반에서 식칼이 하나 없어졌더군요."

침묵이 흘렀다.

"식칼?" 프랑수아가 수상쩍다는 목소리로 되풀이했다.

"그렇습니다."

"아." 프랑수아는 미간을 쫙 펴면서 말했다. "그래요, 어제 부러졌소."

레이몽은 아무 관심도 보이지 않았다.

문 앞에 서 있으려니 프랑수아가 자물쇠를 열어주러 일어났다.

"나가는 길은 제가 찾아 나가죠." 간절히 그러고 싶었다. "그럼, 잘 먹고 갑니다."

25

다음 날 아침 평화로운 사무실에 앉아서 레이몽이 여전히 가장 의심스러운 모든 이유를 꼽아보았다. 사실은 나 자신도 이전만큼은 확신이 없었다. 그럼, 혹시 프랑수아일까? 아니, 아니야.

무엇보다도 유명한 불화 자체가 없다는 것을 알았으므로 그것 때문에 서로의 레스토랑을 방해했을 가능성은 없었다. 그럼 자작극인가? 그런 생각까지 해봤지만, 설마 그렇지는 않겠지.

그리고 레이몽과 프랑수아가 서로의 레스토랑을 방해하지 않았다면 IJ를 죽이고 싶어할 이유도 없어져 버린다.

빌어먹을. 누군가 새로운 용의자가 필요했다.

이번엔 로저 세인트 레저를 용의자 선상에 맨 위로 올렸다.

그는 명백한 동기가 있었다. IJ의 프로그램을 원했고 그동안 들은 소문이 사실이라면 소원을 이뤘다. 칠성장어에 독을 넣을 기회가 있었을까? 그가 레스토랑에 온 적이 있을 것이다. 그가 결백하다고 단정지었지만, 이 점을 고려하지 않았었다.

그밖의 실마리라곤, 서클 오브 카렘의 만찬회에서 IJ에게 몰래 봉투를 넘겨줄 때의 모습이 어딘가 수상쩍었다는 점과 봉투의 내용물을 모른다고 부정하고 있다는 것뿐이었다. 또 하나, 처음엔 죽었다고 착각할 정도로 곤드레만드레 취한 모습도 보았지만 그렇다고 해서 범인으로 몰아갈 순 없다.

완전히 새로운 관점에서 볼 필요가 있었다. 기분전환으로 우편물을 읽었지만 전부 쓰레기통에 처넣고 「북커리 쿡스」로 갔다.

가게 안은 케이크를 굽고 있는 듯, 달콤한 향기가 풍겨왔다.

"다진 살구를 넣은 커피 케이크를 굽고 있어." 몰리가 반겨주었다. "우리 가게 것이 원조인 비엔나에서 구운 것보다 맛있다구. 커피와 함께 한 조각 갖다 줄게."

마이클은 바닥에 무릎을 꿇고 텅 빈 선반에 새로운 책을 정리하고 있었다.

"다이어트 책들을 전부 버리는 거야?"

"천만에, 그건 아주 잘 팔린다구. 애완동물용 사료 코너를 새로 만드는 중이야."

"애완동물들이 잘 볼 수 있게 맨 아랫단에 놓는 거야?"

"애완동물의 식사에 관한 책이 요즘 쏟아져나오고 있어. 동물도 사람처럼 비타민과 미네랄이 필요한데, 어떤 건 사람하고는 다른 종류래."

마이클은 알파벳 순으로 책을 꽂으면서 그 중 한 권을 내게 내밀었다. 『K-9을 위한 요리책』이라는 책으로, 애완동물에 관한 좋은 충고로 가득했다. 동물도 미식가가 될 수 있을까?

사무실로 가서 파울라와 점심을 함께 먹은 일부터 샐리, 넬다, 로저 세인트 레저, 스카르포니 등, 그 뒤로 알게 된 정보를 마이클에게 알려줬다. 그리고 마지막으로, 어젯밤에 레이몽과 프랑수아가 함께 있는 장면을 목격했다고 전했다. 그는 묵묵히 귀를 기울였다.

"정말 멋진 인생인데!" 그가 부럽다는 듯이 큰소리로 말했다. "제비집을 찾으러 다니는 것보다 훨씬 재미있잖아!"

나는 마이클의 책상 위에 있는 코르크 보드를 가리켰다. 거기에는 NTV 칠판에 있던 글자가 적혀 있는 세 장의 종이가 고정되어 있었다. 그 중 두 장에는 붉은 줄이 그어져 있었다. 남은 한 장에는 이렇게 씌어 있었다. "Dr F B4 CC"

"뭐 좀 알아냈어?"

그는 고개를 저었다. "아니, 그런데 아까 막 뭔가 떠오르려는 순간에 네가 들어왔어." 그는 잠시 생각에 빠졌다. "잠깐만." 그는 서둘러 사무실을 나갔다.

그는 아까의 요리책을 들고 다시 돌아왔다.

"그건 뭐야?" 내가 물었다.

"나도 모르겠지만, 뭔가 마음에 걸려. 아, 그래. K-9과 B4 말이야. 뭔가 닮은 것 같지 않아?"

"사회보장번호일까?"

"그것도 있지만, 둘 다 약자야. 케이 나인(K-9)은 케이나인(canine, 애견)을 의미해. 그럼 B4는 비포어(Before) 아닐까?"

"그런 것 같기도 한데……."

마이클은 흥분했다. "그렇다면 이 사건에 관계있는 시시(CC)는? 바로 서클 오브 카렘 아니겠어!"

"그럴 듯한데. 하지만 닥터 에프(Dr F)는? 아직 닥터 에프라는 사람은 찾지 못했어."

"애당초 존재하지 않는 것 아닐까? 닥터 에프는 없는 건지도 몰라. 뭔가 완전히 다른 뜻일 수도 있어."

나까지 암독 해독의 분위기에 휩쓸려들었다. "디알(Dr)이 의사를 의미하는 게 아니란 말이야?"

"그렇지! 그럼 과연 뭘까?"

"Dr과 F가 별개라면 에프(F)는 뭐야? 프랑수아 아닐까?"

"그렇다면 Dr은……. 서클 오브 카렘의 만찬 전에 프랑수아와 관계가 있을 텐데."

마이클이 손가락을 딱, 울렸다. "마시다(Drinks)? 서클 오브 카렘의 만찬 전에 프랑수아와 한 잔 하다?"

"이 설명이 가장 그럴 듯한데." 나는 벽시계를 바라보았다. 11시 30분이었다. 그때 몰리가 갓 구워 따끈따끈한 케이크 한 조각과 커피를 가져왔다. 나는 케이크를 한 입 먹고는 "환상적이야!" 하고 칭찬해준 다음, 프랑수아에게 전화를 걸었다.

"서클 오브 카렘의 만찬이 있던 날 말입니다."

"네?"

"만찬회 전에는 어디 계셨나요?"

"어디에 있었냐고?" 프랑수아가 무슨 소리냐는 듯이 말했다. "물론 주방에 있었지, 어디에 있었겠소?"

"사무실에 갔었습니까?"

"아니오. 말했잖소. 주방에 있었다고."

"하루 종일요?"

"물론이오. 중요한 행사인데! 하루 종일 주방에 있어야지."

"거기서 누군가를 접대하진 않았습니까?"

"물론 아니오. 그럴 틈도 없었소."

"그럼, 만찬 전에 객석에서 누군가를 접대하지도 않았구요?"

프랑수아의 목소리에 점점 가시가 돋았다. "접대라니! 내가 관여하는 일 중에서도 최고를 다투는 중요한 만찬회 전에 내가 왜 누군가를 접대해야 하는 거요?"

"고맙습니다." 전화를 끊었다.

"잘못 짚은 것 같아." 마이클에게 말했다.

"음, 아니면 프랑수아가 거짓말을 하고 있거나."

나는 천천히 케이크와 커피를 즐겼지만 더 먹겠냐는 권유는 거절했다. 마이클과 사건에 대해서 더 논의했지만 그럴 듯한 의견은 나오지 않았다. 마이클은 지난 밤 이야기에 계속 집착하고 있었다. 이제와서 유명한 불화가 사실은 없었다고 한들, 쉽게 받아들여지진 않겠지.

"네 추리가 옳은 방향으로 가고 있는지도 몰라. 하지만 사람을 잘못 짚었을 뿐인 거지. 레이몽이 아니라 프랑수아 아니었을까?"

"자기가 자기 가게를 방해하고는 레스토랑을 방해한 사람을 찾아달라고 나를 고용했다구?"

마이클이 빙긋 웃었다. "네가 좋아하는 추리소설에는 자주 나오는 이야기잖아?"

"분명히 그렇긴 하지만, 이번엔 도저히 그건 아닌 것 같은데."

"사실이 허구보다 낯선 법이지."

"격언 같은 소리나 지껄인다면 난 이만 가보겠어."

나는 사무실로 돌아가서 오후 내내 이리저리 머리를 굴려보았지만 성과는 없었다. 위니를 맞을 준비를 하기 위해 일찍 집으로 돌아갔다.

가장 중요한 건 진부함을 피하는 것이다. 땅콩, 감자튀김, 파테, 키시*, 피자, 프리첼은 내놓지 않는다. 샴페인, 키르**, 셰리 같은 것도 안됨. 이런 것들이 더 어울리는 날도 있지만 오늘은 아니었다.

배경음악도 드뷔시의 「월광」이나 림스키 코르사코프의 「세헤라자데」, 리처드 클라이더만은 안 된다. 처음엔 코르사코프의 「금계」를 걸기로 했다. 낭만적인 동양풍의 곡이지만 지나치게 달콤하진 않다. 코르사코프는 오페라의 형식을 빌어 소소한 관료주의를 비판했다는데, 음악만을 듣고 있으면 그건 알 수 없었다.

위니가 도착했다. 그녀 역시 진부함을 피하고 있었다. 단순한 검정 재킷에 가느다란 금목걸이를 하고 있을 뿐인 모습이 오히려 그녀의 매력을 돋보이게 하고 있었다.

나는 그녀에게 릴렛***을 가져다주었다. 억제된 단맛과 가벼운 촉감, 함유된 허브가 식욕을 돋궈주어 수많은 식전주 중에서도

---

* 치즈 · 베이컨 파이의 일종.

** 와인을 베이스로 한 칵테일. 와인 대신 샴페인을 섞으면 키르 로열이 된다.

*** 프랑스에서 식전 와인으로 만든 강화주로, 레드와 화이트 두 가지가 있다.

최고로 분류된다.

"일 이야기부터 하죠." 건배를 한 뒤 내가 재빨리 제안했다.

그녀의 푸른 눈이 반짝 빛났다. "뭔가 진전이 있나요?"

"진전일지 아닐지는 모르겠지만요." 나는 어젯밤의 모험을 설명했다. 말을 마치자 그녀는 잔을 내려놓았다.

"정말 무서웠겠네요. 당신은 총도 없죠?"

"당연하죠! 몇 번이나 말했듯이 저는 진짜……."

그녀는 웃더니 손을 내저었다. "알아요, 알아. 진짜 탐정이 아니라는 거. 이야기를 계속해줘요."

"아니, 그게 전부예요. 프랑수아는 문도 확실히 열어주었죠. 하지만 당신에게만 자백하자면, 그 방에서 나왔을 때는 정말로 안심했어요."

"그럼 레이몽이 수상하다는 추리는 어떻게 되는 건가요?"

"쓰레기통에 완전히 폐기처분해야죠. 프랑수아일지도 모른다고 생각했지만, 그것도 아닌 것 같군요. 그러고보니, 경찰국 전문가들은 NTV 칠판의 글자들을 어떻게 보나요? 'Dr F B4 CC' 말이에요."

"아직 모르겠나 보던데요."

그녀에게 마이클의 이름은 밝히지 않은 채 그의 해석을 전해주었다.

그녀는 잠시 생각에 잠겼다. "그럴 듯하군요. 하지만 프랑수아는 부정했죠?"

"그래요."

그녀는 고개를 끄덕였다. "적어도 우리한테 한 말과는 모순되지 않아요. 만찬회 전에 하루 종일 주방에 있었다고 했거든요."

"만찬이라는 말이 나온 김에, 잠깐 살펴보고 올게요."

나는 재빨리 해치웠다. 매력적인 여성을 접대할 때의 비결은 주방에는 되도록 오래 머물지 않는 것이다. 하지만 기억에 남을 요리를 대접하고도 싶을 것이다. 되도록이면 미리 조리해두는 것이 중요하지만 그렇다고 맛이 떨어지는 것도 용납될 수 없다.

"저도 새로운 소식이 몇 가지 있어요." 위니가 말했다. "스카르포니를 찾아냈어요."

"잘 됐군요! 그 사람한테 뭐 좀 알아냈어요?"

"그 사람 말로는, 숨어 있던 것이 아니라 입스위치*의 조선소에서 사진 일을 하고 있었을 뿐이래요. IJ가 죽었다는 뉴스를 보고 얽히고 싶지 않아서 먼저 들어온 일에 무조건 덤벼든 거겠죠."

"그럼, 새로운 건 아무 것도 알아내지 못했어요?"

위니는 릴렛을 홀짝거렸다. "이거 참 맛있네요. 마티니만큼 독하지도 않고 진토닉만큼 평범하지도 않고……. 스카르포니는 가끔씩 IJ를 위해 일을 한 건 인정했어요. 「르 투르케 도르」에 드나

---

* 잉글랜드 서포크 주의 주도.

드는 직원들의 사진을 찍어달라고 부탁받았다고 하더군요."

놀라웠다. "레스토랑에 드나드는 직원들?"

"아직 그것밖에 인정하고 있지 않아요."

"IJ는 그곳의 누군가를 강하게 의심하고 있었나 보군요."

위니는 고개를 끄덕였다. 금빛 곱슬머리가 부드럽게 흔들렸다.

"물론, 이걸로 취조가 끝난 건 아니에요. 다음 번엔 좀더 세게 몰아붙여볼 예정이에요."

"엄지손가락을 꺾거나 하는 고문을 해서요?"

그녀가 미소를 지었다. "그렇게는 못한다는 걸 잘 아시면서. 경위님은 그런 짓을 하지 않고도 필요한 걸 알아낼 거예요."

나는 그녀의 잔에 릴렛을 다시 채웠다.

"IJ의 소지품 중에 스카르포니가 찍은 사진이 있었어요?"

"그게 없었거든요. 그래서, 당신에게 한 가지 묻고 싶어요. IJ가 죽은 줄 알았을 때 그의 호주머니에서 뭘 찾고 있었죠?"

나는 동요를 숨기기 위해 릴렛을 마셨다. 그녀는 나를 주의깊게 바라보더니 부드럽게 웃었다.

"경위님은 물론 알고 있었어요. 그런 건 절대 놓치지 않는 사람이거든요. 그의 호주머니를 뒤져보지 않는 이상, 뭔가가 없어졌다는 걸 모르잖아요. 게다가 IJ가 되살아났을 때 가장 옆에 있었던 건 당신뿐이었구요."

나는 만찬이 시작되기 전에 목격한 것을 자세히 설명했다. "IJ

가 무척 만족스러운 표정을 지었기 때문에 뭔가 중요한 것이라고 확신했죠. 그 전까지는 완전 무표정했거든요."

"로저 세인트 레저는 내용물은 모른다고 말하고 있어요. 자긴 그저 건네주라는 부탁만 받았다구요. 다만 흥미로운 건, 그 봉투를 세인트 레저에게 건넨 사람이 스카르포니였대요."

"그럼 스카르포니는 내용물에 대해 알겠군요!"

"「르 투르케 도르」의 직원들 사진이라고 하더군요."

"그게 다예요?"

"그렇대요. 하지만 그걸 누군가가 당신보다 먼저 IJ의 호주머니에서 빼내갔다는 건, 그만큼 중요한 것이었던 것일 테니까, 분명히 스카르포니가 거짓말을 하고 있는 거예요."

"교훈을 하나 얻었군요. 경찰에게는 아무 것도 숨기지 말 것."

그녀는 토라진 척했다. "그게 현명하죠." 말하고는 웃었다.

시디 플레이어가 생상스의 첼로와 피아노를 위한 소나타로 바뀌었다. 피아노와 첼로가 참으로 아름다운 선율을 연주하고 있었다. 촛불을 켰지만 방의 전등은 끄지 않았다. 역시 진부하지 않기 위해서다. 똑같은 이유에서 나는 상세르 밀레 프레르의 병마개를 열었다. 톡 쏘면서도 감칠맛이 있고, 그러면서도 풍부한 맛이 섬세하게 섞인 와인이었다.

위니가 자리에 앉을 때에 맞춰서 나는 맛있는 냄새를 풍기며 지글지글 끓는 굴 요리를 날라왔다. 그녀의 눈이 휘둥그레졌다.

"오이스터 록펠러인가요?"

"맞추셨습니다."

그녀의 얼굴이 기대감으로 빛났다. "멋져요! 오이스터 록펠러의 오리지널 조리법은 극비라는 말이 사실이에요?"

오이스터 록펠러를 먹으면서 요리에 대해 설명했다. 이 요리를 처음에 고안한 곳은 뉴올리언스의 「앙트완스」이며, 처음에는 달팽이를 사용했지만 가게 주인인 앙트완이 가까운 멕시코만에서 맛있는 굴이 채취된다는 점에 착안하여 대신에 굴을 넣게 되었다. 이 가게의 소스는 열여덟 가지 재료로 만든다고 한다.

"그럼, 존 록펠러가 가장 좋아하던 음식이겠네요."

"실은 그렇지 않아요. 당시 존 록펠러는 미국 최고의 부자(리치)였죠. 이 소스가 아주 진한(리치) 맛이라는 이유로 그에게 경의를 표해서 그런 이름이 되었다고 해요."

"유감이네요, 틀렸다니." 위니가 굴을 먹으면서 말했다. "그 가게의 요리도 이렇게 맛있었다면 록펠러도 아주 좋아했을 거예요. 이거 만드느라 아주 힘들었죠?"

"몇 가지 재료들은 구하기 힘들어서 다른 걸로 대체했어요. 예를 들어 허브세인트*의 리큐르는 못 구하죠."

---

* 미국 뉴올리언스에서 생산하는, 향료식물인 아니스가 들어간 술. 압생트와 맛이 비슷하다.

"앙트완이 살았던 시대엔 분명히 압생트*를 썼겠죠."

"맞아요."

나는 잔에 다시 상세르를 따랐다. 내 취향에서 보면, 약간 과일 맛이 강한 듯했다. 톡 쏘는 칠레산 리슬링이 더 나았을까…….

우리는 앉아서 잠시 와인을 음미했다. 역시 상세르로 하길 잘했어. 리슬링은 굴소스에 들어간 차빌**이나 타바스코, 셜롯에 밀렸을지도 몰라. 잠시 후 위니가 말했다.

"참, 깜박 하고 있었네요. 질문이 하나 더 있어요. 그곳에 있었으니까 알 거라고 생각하는데요. 칠성장어를 먹고나서 IJ가 쓰러질 때까지 시간이 얼마나 걸렸나요?"

나는 생각해보고는 대답했다. "15분에서 20분쯤일 겁니다."

"흠." 위니는 생각에 잠겼다.

"왜요, 그게 무슨 문제인가요?"

"그게 말이죠, 경위님이 법의학 팀의 독극물 전문가한테 좀더 자세한 이야기를 듣고 왔어요. IJ가 섭취한 보툴리누스균을 보면 사망할 때까지 적어도 한 시간은 걸렸을 거래요."

"말도 안 되요! 전문가들이 틀렸을 가능성은 없어요?"

"그럴 수도 있겠네요. 칠성장어 식중독 사례는 별로 없으니

---

* 향쑥, 살구씨, 회향, 아니스 등을 주된 향료로 써서 만든 술.
*** 유럽과 서아시아가 원산지인 허브의 하나로 '미식가의 파슬리'라고 불린다.

까." 그녀가 미소를 지었다. "어쨌든 일 이야기는 그만두고 식사나 해요. 독 이야기는 이걸로 끝!"

나는 일어나서 굴 쟁반을 치웠다.

"다음 코스가 곧 나올 겁니다."

정육점에서 어린 비둘기 고기를 사면서 반으로 갈라 달라고 했다. 베이컨을 버터에 볶고, 비둘기 고기를 넣어 노릇하게 갈색이 되면 꺼냈다. 이번엔 냄비에 양파, 셜롯, 당근을 넣어 볶고, 이것도 꺼냈다. 그리고 밀가루를 넣어서 볶고, 화이트 와인을 넣어서 걸쭉해질 때까지 끓였다. 닭고기 국물, 마데이라 와인, 회향, 타임, 바질, 오레가노*, 마조람을 첨가했다. 다시 팔팔 끓인 뒤, 비둘기 고기와 볶아둔 채소를 넣어 진하게 졸여지게 다시 끓였다. 그것과 별도로 올리브를 삶고 버섯을 버터에 볶았다. 비둘기 고기를 냄비에서 꺼내서 소스를 끼얹고 버섯볶은 국물을 넣었다.

여기까지 준비를 해두었으니 오늘밤엔 소스를 데우고 비둘기 고기, 베이컨, 올리브, 버섯 국물을 넣기만 하면 된다. 비둘기 위에 얇게 썬 레몬을 얹고 작은 감자 팬케이크 두 개도 곁들였다.

좋아, 대성공작이었다. 이 요리를 위해서 포므롤**을 땄다.

---

* 향신료의 하나. 독특한 향과 쓴맛이 있는데, 이탈리아 요리나 멕시코 요리에는 뺄 수 없는 재료다. 오믈렛, 스튜, 수프 등의 조미료로도 쓰인다.
** 보르도 지방의 포므롤 지역에서 생산된 와인. 포므롤 지역은 와인 양조장(샤토)의 규모가 작고 생산량도 적지만 희소가치로 유명하다.

"와아, 흔한 와인이 아니네요." 위니가 말했다.

"음, 지금도 여전히 논쟁의 중심인 와인이죠. 보르도 레드 와인 중에 최고인 건 분명하다, 하지만 그 사실이 포므롤이 보르도 지방에서 가장 작은 밭이라는 것과 무슨 상관이냐, 하는 점에서요. 여지껏 결론은 내려지지 않았죠."

"하지만 와인에 대해선 이견이 없을 것 같아요. 훌륭한데요."

시디 플레이어가 스카를라티*로 바뀌었다. 고대의 악기로 연주하는 그의 곡은 우아하고 부드러웠다. 딸기와 키르슈**에도 잘 어울렸다. 프람베*** 요리는 주방에서 만들었다. 그렇다, 역시 진부함을 피하기 위해서. 마이클이 말하길, 프람베 요리는 마음을 읽을 수 있는 것이라고 했지.

소파에 나란히 앉아 커피를 마셨다. 음식과 와인 덕분에 위니의 볼은 발그레하게 물들고 눈은 즐겁게 반짝이고 있었다. 나는 커피잔을 내려놓았다. 두 사람의 손이 닿았다.

그 순간, 전화벨이 울렸다.

"코드를 뽑아놨어야 했는데." 내가 말했다.

계속해서 전화벨이 울리고 있었다.

---

* 이탈리아의 작곡가 겸 하프시코드 연주자(1685~1757).

** 버찌를 증류한 브랜디.

*** 브랜디 같은 높은 도수의 술을 부어 순간적으로 불꽃을 일으켜 재료의 냄새를 없애는 육류요리.

"저러다 끊기겠죠." 위니가 말했다.

전혀 끊길 것 같지 않았다.

위니가 한숨을 쉬었다. "계속 울릴 것 같은데요?"

나는 전화를 받았다.

처음엔 무슨 말을 하고 있는지 전혀 알아들을 수가 없었다. 목소리는 많이 쉬어 있었고 또렷하게 들리는 건 숨을 몰아쉬는 소리뿐이었다.

"누구신가요?" 내가 참지 못하고 말했다.

"래리 레오폴드요."

그의 목소리일 줄은 전혀 몰랐다.

"무슨 일이 있습니까? 괜찮아요? 목소리가 이상하군요. 전화가 혼선인 것 같군요."

"잘 들어요. 시간이 별로 없소." 혼선이 아니었다. 그의 목소리가 들리지 않을 정도로 쉬어 있었기 때문이었다.

"더는 못 참겠소. 너무 끔찍한 일을 저질렀어요. 모든 것이 엉망이 됐소. IJ를 죽일 생각은 아니었지만 그가……, 아무튼 이제 모든 걸 끝장낼 거요."

"끝장내다니, 무슨 말이죠?"

내 말을 듣고 놀라는 위니의 얼굴이 문득 보였다.

"자살할 거요. 내가 할 수 있는 일은 그것뿐이오."

목구멍에서 짜내는 듯한 목소리로 말하고 전화가 끊겼다.

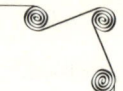

잠깐! 깜짝 와인 상식

와인의 분류

♣ 색깔별

• **화이트 와인** 잘 익은 청포도나 일부 적포도를 이용하여 만드는데, 포도를 으깬 뒤 바로 압착하여 나온 주스를 발효시킨 와인. 레드 와인에 비해 신선하고 산뜻한 맛이 난다. 일반적인 알코올 농도는 10~13% 정도이며, 차게 해서 마셔야 제맛이 난다.

• **레드 와인** 껍질을 벗기지 않은 포도로 빚은 술. 껍질에 있는 붉은 색소를 추출하는 과정에서 씨와 껍질을 그대로 함께 넣어 발효하므로 떫은 맛이 난다. 일반적인 알코올 농도는 12~14% 정도이며, 화이트 와인과는 달리 상온(섭씨 18~20도)에서 제맛이 난다.

• **로제 와인** 레드 와인처럼 껍질을 같이 넣고 발효시키다가 어느 정도 우러나오면 껍질을 제거하고 과즙만으로 만든 와인. 보존기간이 짧고 오래 숙성하지 않고 마시며, 빛깔은 화이트와 레드의 중간이지만 맛은 화이트 와인에 가깝다.

♣ 식사시 용도별

• **식전용 와인(아페리티프 와인)** 본격적인 식사 전에 식욕을 돋구기 위해서 마신다. 한두 잔 정도 가볍게 마실 수 있게 산뜻한 맛이 나는 화이트 와인이나 샴페인, 셰리 등이 있다.

• **식사중 와인(테이블 와인)** 일반으로 와인이라고 하면 식사중 와인을 의미한다. 식욕을 증진시키고 분위기를 좋게 하는 역할 외에도 입안을 헹궈내어 다음에 나오는 음식들의 맛을 잘 볼 수 있게 해준다.

• **식후용 와인(디저트 와인)** 식사 후에 입안을 개운하게 하기 위해 마시는 와인. 약간 달콤하고 알콜 도수가 약간 높다. 에스파냐의 셰리나 포르투갈의 포트가 대표적이다.

♣ 제조법별

• **스파클링 와인(발포성 와인)** 발효가 끝나 탄산가스가 없는 일반 와인에 다시 설탕을 추가해서 인위적으로 다시 발효를 유도해서 와인 속에 기포가 있는 와인을 말한다. 가장 대표적인 발포성 와인은 프랑스 샹파뉴 지방에서 생산되는 샴페인과 이탈리아의 스푸만테. 알콜 도수는 대체로 9~14도.

• **주정강화 와인** 에스파냐의 셰리나 포르투갈의 포트처럼 발효 중 증류주를 첨가해 알콜 함유량을 16~20% 정도로 높인 것.

• **가향 와인** 와인 발효 전후에 과실즙이나 쑥 등 천연향을 첨가하여 향을 좋게 한 것. 가장 대표적인 것은 베르못이며, 칵테일용으로 많이 쓰인다.

♣ 당분에 의한 분류

• **드라이 와인** 포도 발효시 천연 포도당이 모두 발효하여 단맛이 거의 나지 않는 와인.

• **미디엄 드라이 와인** 드라이와 스위트의 중간으로 약간의 단맛이 나는 와인.

• **스위트 와인** 드라이와는 반대로 발효시 천연 포도당이 남아 단맛이 나는 와인. 주로 식사 후에 후식과 함께 마신다.

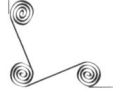

26

위니는 내가 대화 내용을 채 다 설명하기도 전에 전화기를 집어들었다. 그녀가 헤밍웨이 경위에게 전화를 하는 동안, 나는 전화번호부에서 래리 레오폴드의 주소를 찾았다. 빅토리아 앤드 앨버트 미술관 뒤쪽에 있는 뮤스 하우스*였다.

"현장에서 만나자고 하네요. 전 택시로 왔는데, 어떻게……."

"굽타 택시에 전화할게요." 전화를 걸면서 그 회사는 24시간 서비스를 제공한다고 설명했다.

"긴급상황이 생기면 대개 거기에 부탁하죠. 아래층에 내려갈 때쯤엔 차가 도착해 있을 겁니다."

굽타 택시회사에서도 최고의 운전실력을 자랑하는 운전사가 왔다. 그는 이런 늦은 시간에도 여전히 막히는 해머스미스 브로드웨이를 피해서 브룩 그린을 질주했다. 크롬웰 로드를 미끄러

---

* 17~18세기 런던 대저택의 포장된 뒤뜰에 세웠던 마구간과 마차 차고가 나란히 붙은 건물. 위층에는 사람이 사는 숙소가 있다. 오늘날에는 대부분 주택으로 개조되었다.

지듯이 달려 브롬톤 뮤스 앞에 섰을 때쯤에는 내가 아직 살아 있다는 사실에 감사하고픈 마음이었다.

둥근 돌이 촘촘히 깔린 좁은 골목 앞에 있는 뮤스 하우스 앞에는 경관이 서 있었다.

"경위님이 근처를 순찰중이던 경관을 보냈어요." 위니가 설명하는 동안에 차 한 대가 우리 뒤에 서더니 헤밍웨이 경위가 서둘러 내렸다.

아직 신참같은 젊은 경관은 경위에게 경례를 하고는 웨스트 컨트리 사투리로 보고했다.

"연락을 받은 지 4분만에 도착했습니다. 문이 잠겨 있지 않았습니다. 들어가봤더니 한 남자가 죽어 있었습니다. 5분 후에 매커보이 경관이 도착해서 그가 뒷문을, 저는 여기를 감시하고 있었습니다."

"알겠네." 헤밍웨이 경위는 시원시원하고 참으로 유능한 형사라는 느낌이었다. 애시당초 그렇지 않은 모습은 한 번도 보인 적이 없지만.

"이곳을 계속 지켜주게. 우린 안으로 들어가 봅시다."

둥근 돌이 깔린 오래된 길의 뒤쪽에 있음에도 뮤스 하우스 내부는 놀라울 정도로 현대적이었다. 진갈색 가죽 소파 옆에는 거대한 유리 커피 테이블이 있었고, 그 두꺼운 유리 안에는 고풍스러운 시계가 조각되어 있어서 시계바늘이 움직이는 것이 보였다.

잘 닦인 마룻바닥은 부드러운 광택을 내고 있었으며 돌로 된 벽에는 거대한 벽난로가 있었다. 그 양쪽 옆에는 폭이 넓은 책장이 있었다. 잘라낸 나무를 그대로 살린 묵직한 테이블은 식탁용을 책상으로 쓰고 있는 듯, 타자기 주위에 서류와 책이 어지럽게 흩어져 있었다. 책상 옆에는 소파와 같은 진갈색 가죽의 커다란 안락의자가 두 개. 그 중 하나에 래리 레오폴드가 앉아 있었다.

얼굴은 백짓장처럼 창백했지만, 그것만 빼면 살아 있을 때와 다를 바 없는 모습으로 적갈색 수염이 말쑥하게 다듬어져 있었다. 나는 그의 손이 닿는 거리까지는 다가가지 않았다. 죽은 줄 알았던 아이버 젠킨슨이 되살아나 내 손목을 움켜잡았을 때의 공포가 잊혀지지 않았기 때문이다.

헤밍웨이 경위도 그야말로 신중하게 레오폴드의 사망을 확인하고 있었지만, 그건 나처럼 공포 때문이 아니라 전문가적인 모습이었다. 그 동안 위니는 방안을 돌아다니면서 수색을 했지만 물건엔 손대지 않았다.

"정말로 죽었습니까?" 나는 약간 쉰 소리로 물었다.

"IJ를 잊진 않았겠죠?" 헤밍웨이 경위가 대답했다. "가능한 한 빨리 자세히 조사하겠지만, 지금 내가 보기엔 틀림없이 죽었소."

"IJ도 그랬죠." 레오폴드에게서 눈을 떼지 못하며 말했다.

헤밍웨이 경위는 몸을 일으키더니 방안을 쭉 둘러봤다.

"뭔가 있나, 경사?"

"타자기에 유서가 있습니다."

나도 경위와 함께 들여다보았다.

   더 이상은 참을 수 없다. 끝장을 내야 한다. 이런 생각은 아니었다. 꿈을 실현시키려 노력했는데…… . 잘 되기만 했다면 영국 음식산업 최강의 조직이 될 수 있었을 텐데.

   나는 출자자는 확보했지만 종자돈이 필요했다. 프랑수아는 「르 투르케 도르」를 매각한다면 나를 최우선으로 고려하겠다고 했지만 결국 가게에의 미련 때문에 팔지 않았다.

   그래서 나는 가게의 평판을 떨어뜨리면 매각할 생각이 들까 해서 방해공작을 했다. 그랬더니 이번엔 그것을 알게 된 아이버 젠킨슨이 깊이 관여해서, 나에게 눈독을 들였다.

   나는 보툴리누스균을 배양했다. 마지막 희망을 담아서, 서클 오브 카렘의 만찬에 참석한 손님들에게 가벼운 식중독을 일으켜줄 생각이었다. 그런데 만찬회 전에 IJ가 찾아와서 방송에서 모든 것을 까발리겠다고 했다.

   나는 공포에 질려 IJ의 음료에 남은 보툴리누스균을 몽땅 넣고 말았다.

   이제 내 잔에도 그것을 넣을 것이다.

우리는 다시 한 번 읽었다. 타자기 옆에는 사용한 흔적이 있는 빈 잔이 있었다. 경위는 주의깊게 냄새를 맡았지만, 위니에게 의견을 구하듯 쳐다보았다. 그녀는 고개를 끄덕였다.

"보툴리누스균은 냄새가 거의 없어요. 스카치에 넣어서 마신 것 같습니다."

두 사람은 그대로 방안을 계속 수색했다. 나도 그들을 흉내내려 했지만, 뭘 찾고 있는 건지도 전혀 알 수 없었다.

문을 두드리는 소리가 나더니 젊은 경관이 사복 차림의 남자 둘을 들여보냈다. 헤밍웨이 경위와 분명히 아는 사이였다. 셋이서 이야기를 나누고 있는데 다시 문 두드리는 소리가 났고, 몇 분 뒤에 또 났다.

몇 명이나 되나 세어보려 했지만 모두들 바쁘게 움직이고 있어서 잘 알 수 없었다. 내가 셀 수 있었던 건 구급대원 셋, 기동수사대 기술자 둘, 사진팀 여성 하나, 법의학 팀 남녀 한 명씩, 독극물 전문가, 경찰국 경관 하나, 기록 담당 하나, 그리고 경관 둘이었다. 눈부신 플래시가 펑펑 터지고, 전문가들은 알아들 수 없는 기술적인 대화를 나누고 모두들 바쁜 듯이 오가고 있어서 보고 있기만 해도 어지러웠다.

나는 경위를 찾았다.

"앞으로 더 많은 전문가들이 몰려올테니 저는 방해가 되지 않게 돌아가겠습니다."

그는 고개를 끄덕였다. "그렇군요. 내일 오후 2시에 경찰국으로 와주시오. 지금까지의 수사를 정리하겠소."

나는 위니에게 손을 흔들고는 군중을 뚫고 밖으로 나갔다.

중세의 학생들은 시험칠 때 레몬밤*의 도움을 빌렸다. 또는 호밀에 번식하는 균의 균핵을 건조시킨 맥각은 지성과 학습 능력을 향상시키는 기적 같은 신약의 주성분이었다. 레시틴**이나 콜린***도 비슷한 효능이 있고, 로즈메리는 기억력을 향상시킨다며 세익스피어를 비롯해 많은 사람이 추천했다.

다음 날 아침식사를 준비할 때는 이것들을 몽땅 넣은 뭔가를 만들었어야 했지만 나는 그러는 대신 멕시코풍 달걀요리를 만들었다. 하지만 푸른 고추와 칠리 파우더는 혀의 돌기만 자극할 뿐, 사고능력이 예리해진 느낌은 없어서 좌절하고 말았다.

설마 래리 레오폴드였다니! 참으로 놀라웠고, 나의 추리가 빗나간 것도 실망이었다. 분명히 정력적인 야심가처럼 보이긴 했지만 그렇다고 「르 투르케 도르」의 평판을 떨어뜨리기 위해 그런 비열한 수법을 썼을 줄이야.

아이버 젠킨슨은 그야말로 대가라는 명성에 걸맞는 조사를 벌

---

* 지중해 지방에서 자라는 다년생 식물로, 향기는 달콤하고 레몬향을 풍긴다. 레몬밤 잎으로 만든 차는 뇌의 활동을 높여 기억력을 증진시킨다.
** 신경세포 및 알의 노른자위 속에 있는 지방 비슷한 화합물.
*** 비타민B 복합체의 일종.

였지만, 그 때문에 목숨을 빼앗기게 되었다.

남은 의문은…… 왜 「레이몽즈」에서도 비슷한 사건이 일어났을까 하는 것과, 공범이 누구냐 하는 것이다. 지금도 IJ가 죽으면서 남긴 말, "두 분이 같이 했다."라는 말이 머릿속을 떠나지 않았다. 역시 수상한 건 로저 세인트 레저인 것 같았다.

사무실에 갔지만 일이 전혀 손에 잡히지 않았다. 집중력을 높이는 데에는 약용 샐비어가 좋다지. 언젠가 이런 허브의 효능을 자세히 조사해봐야겠다.

「북커리 쿡스」로 갔다. 마이클과 몰리는 지금까지의 이야기를 듣고 싶어 안달을 하고 있었다.

"그럼 해결된 거네." 몰리가 말했다. "자기도 안심이 되겠다."

"런던 경찰국이 곧 공범을 찾아내겠지. 정말로 공범이 있다면." 마이클이 말했다.

"하지만 「레이몽즈」에서 일어난 일이 우연한 실수가 아니라면, 공범이 있을 거야."

마이클은 생각에 잠기는 얼굴이 되었다. "하지만, 어떤 최고급 레스토랑에서도 실수란 있는……."

"그건 그렇지만, 분명히 IJ가 '두 분이 같이' 라고 말했다구."

"IJ는 강력한 독을 먹은 상태였어. 그냥 헛소리일지도 몰라."

듣고보니 그럴 것도 같았다.

"게다가," 마이클이 계속했다. "만약 공범자가 있다면 나는 레스토랑 업계 이외의 인물이라고 생각해."

"그렇게 되면 가능성이 몇 가지가 있네." 몰리가 끼어들었다. "출판계, 냉동식품업계, 슈퍼마켓업계, 금융계, 방송계."

"참 다양한 사업들이군." 마이클이 평했다.

"하지만 참고가 되었어. 고마워." 나는 그렇게 말하고 코를 킁킁거렸다. "좋은 냄새인데? 이건 무슨 냄새야?"

"역시 후각이 대단해, 미식가 탐정님." 몰리가 말했다. "무슨 냄새인지 맞춰보지?"

나는 다시 한 번 코를 킁킁거렸다. 주방에서 풍겨오는 냄새가 상당히 희미한 걸 보니 매리타와 도로시가 평소보다 담백한 맛의 요리를 하고 있는 듯했다.

간장과 봄양파 튀김, 그리고 식초 냄새가 났다.

"일본요리 아니면 한국요리 같은데."

내 말에 도로시가 하나로 묶어올린 머리를 살랑살랑 흔들면서 고개를 끄덕거렸다.

"오늘은 일본요리예요. 한국요리와 많이 비슷하지만요."

날생선은 먹지 않는 사람의 마음도 녹일 만큼 맛있는 회가 있었다. 김밥, 간장과 생강으로 맛을 낸 고기완자, 부드러운 데리야키 치킨, 그 중에서도 양념을 발라 구운 정어리는 독특한 맛이었다.

나는 모든 요리를 맛본 뒤 도로시와 매리타의 솜씨를 칭찬했다. 일본술을 거절하자, 최신 DO* 인정을 받은 캄포 데 보르하를 따라주었다. 이 아라곤**산 화이트 와인은 맛도 훌륭하고 값도 비싸지 않으니 좀더 보급되어도 좋을 텐데.

정어리 구이가 너무 맛있어서 두 조각이나 더 먹었다. 몰리는 전화로 운송회사와 말다툼을 하고 있었고, 마이클은 미시건 대학 교수가 부탁했다는 마늘의 약효에 대한 책을 찾고 있었다. 두 사람에게 작별인사를 한 뒤 켄싱턴 파크 로드를 걸어갔다. 노팅 힐 게이트 역에서 지하철을 타고 경찰국으로 향했다.

헤밍웨이 경위는 분석하고 있던 파일을 덮었다. 언제나 그렇듯 활달하고 유능한 분위기였다. 작은 콧수염은 가지런히 다듬어져 있었고, 눈은 날카로운 꼬챙이마냥 나를 꿰뚫을 것 같았다. 그는 의자 등에 몸을 기댔다.

위니가 로비로 마중을 나와주었지만 여기까지 오면서는 그냥 인사만 나눴을 뿐이었다. 그녀는 예전과 같은 자리에 앉았다. 엄격한 제복과는 대조적인 발랄한 태도였다.

"당신은 정말이지 축제에 잘못 굴러들어온 알바트로스 같소." 헤밍웨이 경위가 말했다.

---

* 에스파냐 정부가 지정한 에스파냐 와인의 등급 중 고급 와인을 가리키는 등급.
** 에스파냐의 유명 와인 생산지.

"그 비유에는 대니얼 웹스터와 옥스퍼드 대학, 스미소니언 도서관이 입을 모아 이의를 제기할 겁니다." 경위 앞에 있어도 예전보다는 마음이 느긋해졌다. 그래봤자, 예전보다 손톱만큼 아주 약간이지만. "뭐, 하지만 무슨 말씀을 하시고 싶은 건지는 알겠습니다."

헤밍웨이 경위가 고개를 끄덕였다. "그거 다행이군요. 말하자면 피뢰침이랄까요. 당신의 책임은 아니라지만 재난을 불러오니 말이오."

"저에 대해 잘 몰랐다면 절 의심했을 거란 말이죠?"

"그렇소. 자, 미식가 탐정 양반. 당신은 참으로 비현실적이고 무시무시한 추리소설 팬인데, 어찌어찌해서 현실의 사건에 말려들었소. 그것도 유명인이 아주 특이한 독으로 살해당하고, 한 번 되살아났다가 다시 죽은 이해할 수 없는 사건에 말이오. 그리고 그것만으로는 부족하다는 듯이, 그 사건의 범인이라고 주장하는 남자한테서 자살하겠다는 전화를 받았소."

"다음 질문은 뭔지 알겠군요. 저도 그것 때문에 골머리를 앓고 있으니까요. 자살하려는 때에 왜 그가 저한테 전화를 한 걸까, 하는 거죠?"

"그건 질문이 아니오." 헤밍웨이 경위가 무뚝뚝하게 말했다.

"우리는 이미 그 질문의 답을 알고 있어요." 위니가 말했다.

칫, 멋있게 보이려고 했더니만. "아, 그렇습니까? 왜 그랬는지 알려주시겠습니까?"

위니는 대답은 차가웠다. "그건 나중에 알게 될 거예요."

"그럼 그밖에 다른 의문이 있다는 말씀이신가요?" 내가 헤밍웨이 경위에게 말했다.

그의 표정을 관찰해봐도 언제나 그렇듯 무슨 생각을 하는 건지 전혀 모르겠다.

"훨씬 중요한 의문이 남아 있소."

"뭡니까?" 흥미가 일었다.

"그것도 나중에 알려드리겠소. 다른 최종 세부사항과 함께."

그러면서 경위는 자기 앞에 놓인 파일들을 탁탁, 두드렸다.

"그럼 모든 퍼즐이 맞추어졌다는 말이군요." 두 사람 모두 입을 열 태세가 아니었으므로, 대화를 이어가려고 내가 말했다.

그래도 대답이 없었다. "마침내 사건해결이군요." 하고 덧붙여보았다.

위니가 경위에게 시선을 던지자 경위도 눈을 맞췄다.

"레오폴드의 검시보고서가 올라왔소. 이번엔 뭘 찾으면 될지 알고 있어서 그렇게 오래 걸리지 않았던 거요. 사인은 IJ와 같은 보툴리누스균이고, 치사량의 네 배가 검출되었소."

"그리고 보툴리누스균을 배양한 흔적이 남아 있었어요. 이 균은 독성이 강해서 흔적을 완전히 지우는 건 불가능해요. 레오폴드는 대학에서 식품과학을 전공했으니, 보툴리누스균을 배양하

396

는 정도는 식은 죽 먹기였을 거고, 배양한 장소도 의문의 여지가 없어요."

"아직 몇 가지 명확하지 않은 부분이 있지만, 법의학 팀이 레오폴드의 집을 면밀히 조사하고 있는 중이오. 빗, 독을 마신 술잔, 타자기, 주방……. 내일쯤 보고서가 나올 거요."

"그리고," 경위가 계속했다. "스포르카니한테서 로저 세인트 레저가 젠킨슨에게 넘겨준 봉투의 내용물을 자백받았소."

"정말입니까! 누가 찍힌 사진이었는데요?"

"「르 투르케 도르」의 직원들 사진이었소."

"그 사진은 입수했습니까?"

"아뇨." 위니가 대답했다. "레오폴드가 자살했다는 소식을 듣고는 입을 열었어요. 레오폴드가 찍혀 있던 사진이 몇 장 있었다고 해요. 그밖의 사람들이 찍혀 있는 사진도 있다고는 하던데요. 레오폴드가 죽었다는 말에 겁을 먹었더군요."

"그뿐인가요?" 맥이 빠졌다.

"예. 스카르포니는 필름을 보관하지 않았다고 주장했지만, 그 대신에 현상소를 말해주었죠. 오후에 가볼까 해요."

두 사람 모두 사건이 해결된 이젠 별관심이 없는 듯했다. 물론 두 사람에게는 이런 사건 따위는 드물지도 않겠지만, 나로서는 처음 겪는 일이었으니 이렇게 끝나버리면 너무 시시한데.

"하지만, 레오폴드의 공범 문제가 있잖아요." 내가 말했다.

"공범이라." 헤밍웨이 경위는 되묻고 있는 것이 아니었다. 말 끝이 올라가지 않았으니까.

"IJ의 말을 잊을 수 없습니다. '두 분이 같이' 라고 했거든요."

"당신 생각은?"

"로저 세인트 레저가 공범이라고 생각합니다. 그가 뭔가 숨기고 있는 건 틀림없다는 생각이 들어요."

헤밍웨이 경위는 뒤로 몸을 젖히고는 나를 쳐다봤다. "그 사람 한테는 그 뒤로도 이야기를 들었소. 아무 것도 모른다던데요."

나는 헤밍웨이 경위에게서 위니에게로 시선을 옮겼다. 그녀는 성실해 보이는 푸른 눈으로 말끄러미 나를 보고 있었다. 매력적 인 푸른 눈이었지만 아무 것도 읽을 수가 없었다.

"그 사람을 믿습니까? 그렇게 강한 동기가 있는데요."

"TV 프로그램을 원했다는 말인가요?" 위니가 물었다.

"그래요, IJ의 프로그램을 노리고 있었다구요. 이 이상 강력한 동기가 어디 있습니까?"

"그런 동기로 사람을 죽이겠소?" 헤밍웨이가 물었다.

"분명히 살인의 동기로는 약할지 몰라도 공범쯤은 되겠죠."

헤밍웨이 경위는 아무 대답도 하지 않았다. 위니도 조용했다.

"그렇지 않다면 아직 뭔가가 있는 겁니까?" 내가 물었다.

헤밍웨이 경위는 멍한 표정을 하고 뭔가를 생각해내려 하고 있 었다. 절대로 건망증이 있는 타입으로는 보이지 않는데.

"아, 그리고 한 가지……." 그가 작은 목소리로 중얼거렸다.

드디어 왔다! 대충 말하는 듯한 말투지만, 약간 일부러 그러는 듯하지 않아?

"모레, 음식업계에 훌륭한 공헌을 한 페르 라르손에 감사하는 기념 만찬회가 열리오."

나는 고개를 끄덕였다. "그런 이야기를 들은 것도 같습니다."

"당신도 그 자리에 와 주시오."

놀라운 기색이 내 얼굴에 퍼졌을 것이다. 헤밍웨이 경위는 아랑곳하지 않고 말을 이었다.

"몇 가지 불명확한 점이 남아 있다고 했는데, 그것은 서클 오브 카렘의 만찬에 출석했던 사람이라면 해결할 수 있는 문제들이오. 따라서 그들 전원에게 모레 란체스터 팰리스 호텔에서 열리는 만찬회에 참석할 것을 요청해두었소."

"전부 다요?"

"그렇소. 「르 투르케 도르」에 있던 사람들 모두. 외국에서 왔던 여섯 명의 손님은 빼고 전부요. 그들 여섯 명은 사건과 관계가 없다고 판단하고 있소. 그리고 만찬회가 끝나는 대로 그들에게 몇 가지 질문을 할 예정이오."

역시나. 뭔가 있을 거라 생각했던 내 의심은 맞았다.

"뭔가를 찾고 있는 거로군요?"

헤밍웨이 경위의 눈썹이 약간 치켜올라갔다. 위니가 웃음을 터뜨릴 뻔했지만, 경위가 쳐다보기 전에 당황해서 미소를 지웠다.

"알겠습니다. 네로 울프 흉내를 내려는 거군요." 칫, 부럽다.

"모든 용의자들을 한 방에 모이게 해서……."

"아니, 아니오. 그럴 생각은 없소." 그가 조용히 말했다.

"그럼 찰리 챈*이군요. 호놀룰루 경찰서의 경위인. 탐정보다는 형사에 비교하는 게 더 낫겠죠?"

헤밍웨이 경위는 평소보다 훨씬 온화하고 정중한 어조였다.

"당신 말을 빌어서 만약 내가 누군가를 '흉내내려' 하는 거라면, 로널드 헤밍웨이 경위 식이라고 하겠소."

"뭘 하시려는 겁니까?"

"몇 가지 질문을 하는 것뿐이오. 몇 가지 불명확한 부분을 명확하게 하기 위해서."

"그리고 공범의 정체를 밝히구요?"

헤밍웨이 경위는 어깨를 으쓱했다.

"하지만 사건은 해결되었잖습니까?" 내가 물고늘어졌다.

그는 대답할 생각이 없다는 표정으로 책상 위의 파일을 멀리 밀쳐냈다.

"현시점에서는 래리 레오폴드의 자살로 사건은 종결되었다고

---

* 작가 얼 데어 비거스가 창조해서 1920, 30년대 선풍적인 인기를 끌었던 중국인 경찰. 하와이 호놀룰루 경찰서의 경위로, 사랑하는 아내와 11명의 아이를 둔 가장으로 그려진다.

할 수 있소. 일요일로 수사는 종료되지만, 국장에게 보고서를 제출하기 전에 불명확한 점은 명확하게 하고 싶소."

그는 최선을 다한 듯한, 미소에 가까운 표정을 지어보였다.

"일요일에 란체스터 팰리스 호텔에서 봅시다. 경사가 배웅해드릴 거요."

승강기 안에서 나는 위니에게 돌아섰다.

"저 교활한 여우의 꿍꿍이가 뭐죠?"

위니가 미소를 지었다.

"당신은 대답하기 힘들 때면 그렇게 미소를 짓더군요."

그 말에 그녀가 킥킥 웃었다. "우리의 저녁이 방해받아서 유감이었어요. 다음에 다시 만나요."

"물론 기꺼이. 있는 솜씨를 다 부려서 맛있는 걸 대접해드리죠. 그런데 경위는 뭘 하려는 건가요?"

로비에 도착했다. 오늘 로비에는 알아들을 수 없는 말로 논쟁 중인 네 명의 아프리카인이 있을 뿐, 아주 조용했다.

"경위님은 제게도 전부 이야기하진 않아요." 위니가 말했다.

"하지만 짐작할 수 있잖아요?"

그녀는 고개를 저었다. "경위님은 아주 영리해요. 그리고 내일 나올 검시보고서를 기다리고 있기도 하구요."

"일요일에는 거기 올 거죠?"

"물론이에요." 또다시 빙긋 웃었다. "절대로 가야죠."

27

란체스터 팰리스 호텔의 대연회실은 유럽 최대의 연회실이라
는 명성을 갖고 있었다. 원래는 2천 명을 수용할 수 있는 크기였
지만, 요즘은 그렇게 큰 공간이 필요한 일이 줄어들어 이동식 칸
막이로 세 개의 방으로 나뉘어 있었다. 각각의 방에는 전용 화장
실과 주방으로 통하는 통로가 있었다.

이번 서클 오브 카렘 만찬회는 그 중 하나의 방에서 열렸고, 방
은 거의 가득 차 있었다. 30미터 이상 되는 높은 아치형 천장과
벽에는 화려한 장식이 둘러쳐지고 커다란 샹들리에가 호화로운
홀을 비추고 있었다. 벽은 고풍스러운 분위기를 연상시키는 동
시에 세계적인 최고급 레스토랑의 현대적인 효율성과 멋진 조화
를 이루고 있었다.

지난 번에 봤던 얼굴이 많이 있었다. 그땐 그렇게 섬뜩한 사건
이 일어날 줄 몰랐으므로 주의깊게 사람들을 관찰하지는 않았다.
그때, 그때도 있었을 텐데 알아차리지 못했던 얼굴이 보였다. 얼
굴뿐 아니라 웃음소리도 인상적인 에릭 사운더스라는 남자였다.

「페이스트리 셰프」라는 체인점 대표인데, 이 체인은 소매업뿐 아니라 출장 연회업으로도 인기가 높았다. 각 체인은 가족이 경영하는 아담한 가게지만 스무 군데 이상이며, 에릭은 그것을 탄탄하게 경영하고 있었다.

에릭이 성공을 거둔 비결은 가게를 맡기는 사람을 고르는 눈이 확실하기 때문이라고들 한다. 분명히 에릭 자신의 개성 덕분일 것이다. 무엇보다 에릭을 처음 만나는 사람들은 모두들 놀란다. 그의 유머 감각은 대단해서 '익살꾼 에릭'이라 불리고 있다.

에릭은 인기 있는 해산물 레스토랑 주인인 거스 스태플턴과 인사를 하고 있었다.

"여어, 거스. 여전히 플랑크톤 테르미도르*를 내놓고 있나?"

좀처럼 화를 내지 않는 거스는 웃으면서 대답했다.

"아직 플랑크톤은 생각 안 해봤는데. 송어와 감자튀김을 내놓을까 아직 고민중이야."

"내놓게 되면 알려주게. 만약 그게 자네 레스토랑의 가자미 요리보다 맛이 없으면 더 이상 안 갈 테니까."

"우리 레스토랑의 가자미 요리가 불만인가? 언제 먹었는데?"

"1968년이었지." 에릭이 껄껄 웃으면서 다음 희생자를 찾아 떠나갔다.

---

* 바닷가재 살이나 굴을 프랑스풍으로 볶고 치즈를 얹어 오븐에 구운 요리.

맛있는 음식을 먹을 기회는 절대로 놓치지 않는 벤저민 브레이크스피어도 있었다. 언제나처럼 그를 둘러싼 사람들에게 열변을 토하고 있었다.

"토끼 파이지." 맛이 생각나는지 자신의 트레이드 마크인 턱을 흔들었다. "어린 시절을 생각하면 가장 먹고싶어지는 건 토끼 파이라오. 진하고 육즙이 풍부하고, 맛도 좋고 영양가도 많으니까. 그것에 버금가는 음식은 아직 못 봤소."

"구야시*가 있죠." 레스토랑 「보헤미안 걸」 주인이자, 논쟁을 좋아하는 마이크 스피탤니가 말했다. "세상에서 제일 맛있는 음식이죠. 우리 어머니의 구야시는 최고였어요. 우리 가게에서 만든 것이 어머니가 만든 것의 반이라도 따라가면 좋겠는데……. 꼭 드셔 보시오, 대가 벤저민."

브레이크스피어는 몇 십 년이나 영화계에 몸담았던 경험 덕분에 주역 자리를 지키는 데에 능했다. 그는 마이크가 이 자리에 없다는 듯이 말을 이었다.

"유모는 항상 내게 다 먹으라고 말했소. 한 입도 남기지 않아야 한다고 말이오. 물론 음식에 관한 한, 난 착한 소년이었지. 음식을 남긴 적이 거의 없으니까. 그리고 귀 뒤쪽을 깨끗이 씻겠다고 약속하면 타피오카 푸딩을 받았다오. 난 아마도 이 나라에서

---

* 쇠고기와 감자, 파프리카를 넣어 만든 수프. 육개장과 비슷한 맛이다.

제일 큰 위와 제일 깨끗한 귀를 가진 아이였을 거요."

나는 다시 이동했다. 그 뒤 헤밍웨이 경위한테 아무 연락도 없었으므로 이후의 진행사항은 전혀 몰랐다. 그래서 아무튼 하나도 빠짐없이 보고들으려고 결심했던 것이다. 물론 지난 번에도 경계는 했지만 불행한 결과로 끝나고 말았지만.

다음 그룹은 고상한 화제가 무르익고 있었다. 나풀나풀한 백발에 키가 작은 남자가 이렇게 말했다. "역사상 가장 잔혹한 일을 저지른 사람들은 술을 마시지 않는 사람들이었소. 대개는 엄격한 금주가들이었죠. 하지만, 구약성서의 「아가」를 필두로, 베토벤의 교향곡, 셰익스피어의 희곡, 크레페 수제트*와 샴페인 같은 인류의 위대한 업적이라고 말할 수 있는 예술은 모두 술의 가치를 아는 남자들이 창조해왔소."

그때 대화에 샐리 앨드리지가 끼어들었다. 그런 발언을 샐리가 놓칠 리가 없었다.

"남자들과 여자들이죠." 그녀가 큰 소리로 정정했다. "크레페 수제트를 생각해낸 것도 여자고, 샴페인을 유명하게 만든 것도 수도사들이 아니라 마담 오데트 폴 로저**예요. 수도사들 따위에

---

* 밀가루, 달걀, 우유를 섞어 얇게 부친 크레페를 오렌지 소스에 넣고 끓인 프랑스식 후식.
** 윈스턴 처칠이 사랑한 샴페인으로 유명한 샴페인의 명가 '폴 로저'를 이끈 여성. 그녀와 처칠의 오랜 우정도 유명하다.

게 맡겨두었다면 수도원 바깥에서는 구경도 못했을 걸요."

"또 남녀평등을 주장하는 건가요, 샐리?" 다른 남자가 웃음을 터뜨렸다.

"전혀 아니에요. 평등 따위는 그저 신화에 불과하죠. 여성들이 훨씬 더 우월하다구요."

"아아," 처음 남자가 말했다. "아담이 사과를 먹고싶다는 욕구만 억제해 줬더라면."

사람들이 키득거렸다.

"신학자들 중에서는" 남자는 말을 이었다. "신은 여성이었다고 생각하는 사람도 있다던데요."

"말도 안 되요." 샐리가 곧바로 되받아쳤다. "그건 말도 안 되요. 신이 여자였다면 절대로 남자를 만들지 않았을 테니까요."

나는 점점 더 붐비는 군중 사이를 어슬렁거렸다. 모든 것이 정상적이며 흥겨운 분위기로 가득했다. 지난번 서클 오브 카렘의 만찬은 모두들 기억의 저편으로 밀어내려 하고 있겠지.

매기 맥널티가 다가왔다. 푸른 색 이브닝 드레스로 멋을 냈지만 빛깔도 어울리지 않았고 크기도 맞지 않았다. 매기의 패션감각은 정말이지 꽝이었다.

"모든 문제가 해결됐다면서!" 그녀가 숨도 쉬지 않고 말했다. 이런, 드레스는 꽉 끼어서는 안되는 곳만이 꽉 끼었다.

"그렇다더군." 내가 말했다.

"여기 오기 전에 뉴스에서 봤어."

"흠." 나는 아무 것도 말해줄 생각은 없었다.

"하지만 다 해결되서 안심이야. 안 그랬다면 오늘밤은 모두들 우울했을 거 아냐."

"그렇지."

"음료는 저쪽이야?" 매기가 원래의 목적을 기억해낸 듯했다.

나는 손가락으로 가리켰다. 매기가 그쪽으로 향하자, 커다란 목소리로 말하고 있는 그룹의 대화가 토막토막 들려왔다. 좀더 자세히 듣기 위해 그쪽으로 다가갔다.

「스태플턴 해산물 레스토랑」의 품격 있는 수석 매니저인 테드 웰스가 가게를 옹호하느라 고군분투하고 있었다. 공격의 선봉에 선 사람은 밀턴 마스턴이었다. 「프라이빗 아이」에 가끔씩 기사를 쓰는 음식작가이자 논객으로 유명한 남자였다. 그 무리에는 「레이몽즈」의 수석 요리사인 루이도 있었다. 나를 알아보고 눈인사를 했지만, 그 옆에 있던 타퀸 워링턴은 밖에서 쓰레기통이나 뒤지라고 말하고 싶은 듯한 표정으로 나를 쳐다봤다.

"왜 당신 가게에서는 오렌지 러피를 내놓지 않지요?" 타퀸 워링턴이 물었다.

"그건 지금 유행하는 생선일 뿐이오. 우리 가게의 품질기준에 미치지 못해요." 테드가 퉁명스럽게 말했다.

"왜요?" 그룹의 또 다른 사람이 물었다.

"신종 생선이라는 건 가끔씩 등장하는 거죠. 나오지 않는다면 누군가가 만들어내구요. 전자리상어도 그렇고, 세인트 피에르, 호키*가 그 뒤를 이었죠. 지금은 오렌지 러피구요."

"당신 가게도 어서 오렌지 러피를 내놓아야 해요." 마스턴이 말했다. "어떻게 요리해도 맛있거든요. 삶아도 좋고, 튀겨도 좋고, 쪄도 좋고, 오븐에 구워도, 양념을 발라 그릴에 구워도……."

"바로 그래서 우리 가게에서는 내놓지 않는 거요!" 테드 웰스의 목소리가 반 옥타브쯤 올라갔다. "오렌지 러피는 집에서 요리하기엔 좋지만, 레스토랑에서 내놓기에는 어울리지 않아요. 손님들은 집에서 먹을 수 없는 걸 먹으러 레스토랑에 온다구요."

"게다가 생긴 것도 괴상하구요." 백발을 연한 푸른 색으로 물들이고 아주 큼지막한 안경을 쓴 여성이 끼어들었다. "그 무시무시한 이빨에다 오렌지색 비늘이라니."

타퀸 워링톤이 대화에 가담했다.

"하지만 쑤기미도 생긴 건 그로테스크하지만 아무도 신경쓰지 않잖아요. 우리 가게에서는 몇 톤씩 팔리고 있죠. 물론 이름을 바꿔서 팔고 있지만요."

"신종 생선이라고 말씀하셨는데." 여성이 이상하다는 듯이 물었다. "어떻게 생선이 신종일 수가 있죠?"

---

* 뉴질랜드 인근 바다에서 발견되는 물고기.

"뉴질랜드에서 수입하고 있어요." 테드 웰스가 정중하게 설명했다. "먼저 캘리포니아에서 인기를 얻은 다음 미국 전체로 퍼졌죠. 물론 옛날부터 있던 생선이지만 요즘 들어서 뉴질랜드 업자가 수출에 힘을 쏟게 되었답니다."

"농어라고 해서 팔면 되요." 타퀸 워링턴이 제안했다. "맛은 비슷한데 값은 훨씬 싸거든요."

테드 웰스는 무서운 눈으로 그를 쳐다보았다.

"우리 가게는 그런 짓은 안 합니다."

"저는 대구와 비슷한 맛이라고 생각하는데요." 마스턴이 말했다. "하지만 아까도 말했듯이, 어떻게 요리를 해도 맛있다는 것만은 변함이 없죠."

방 건너편에 프랑수아가 있었다. 사람들을 헤치고 그를 향해 다가갔다. 그는 벌레씹은 표정이었지만, 그래도 일상적인 대화를 하고 있었다.

"나도 믿을 수가 없소. 래리가 이런 식으로 나를 배신할 줄은 꿈에도 몰랐어요. 양의 탈을 쓴 늑대였을 줄은……. 아, 야심이란 정말로 끔찍한 것이로군요."

"「르 투르케 도르」는 어떻게 됩니까?" 나는 그 점이 마음에 걸렸다. "폐업할 수밖에 없다고 생각하셨던 것 같은데, 래리 레오폴드의 자살로 그런 걱정은 사라졌죠. 이제 안심입니다. 가게는 문제없이 계속 영업을 할 수 있어요."

프랑수아는 프랑스인답게 어깨를 으쓱했다.

"아직 아무 생각이 없소. 너무나 충격적인 사건이었으니까요. 기진맥진한 느낌이오. 정말로 가게를 계속하고 싶은 건지도 잘 모르겠소."

"이런 일이 있었다고 해서 가게를 접으면 안되죠. 당신은 훌륭한 레스토랑을 가졌습니다. 수많은 손님들에게 사랑받고……."

"이젠 그렇게 손님이 많지도 않소."

"곧 원래대로 돌아올 겁니다."

"글쎄. 어쨌든 천천히 생각해 보겠소. 그건 그렇고, 당신과 정산을 해야 할……."

"그 이야기는 내일이나 모레쯤 하실까요?" 지금 나의 최대의 관심사는 프랑수아가 앞으로 어떻게 할 것인가보다 오늘밤 무슨 일이 일어날 것인가였다.

그는 희미한 미소를 겨우 짓더니 내 손을 잡고 악수했다.

서클 오브 카렘의 이른바 수뇌부가 눈에.띄지 않게 손님을 객석으로 안내하고 있었다. 나도 내 이름을 발견했다. 옆 자리는 클라우스 클링거만과 뉴올리언스의 레스토랑 주인 샘 뷰리가드였다. 맞은편에는 농수산식품부에서 온 레일라 개리슨과「트레비」의 주인 비토 볼카니니, 그의 오른쪽에 넬다 다비가 있었다.

멀찌감치 떨어진 테이블에 샹들리에 불빛을 받아 반짝이는 파울라 자르딘의 적갈색 머리가 보였다. 로저 세인트 레저가 그리

멀지 않은 테이블로 다가가는 것이 힐끗 보였는데 이내 놓치고 말았다. 목을 빼고 둘러보다가 레이몽을 발견했다. 언제나 그렇듯 여기 있는 어느 누구보다도 우울한 표정을 짓고 있었다.

첫 번째 코스가 날라져와서 더 이상 사람들을 살펴볼 수 없다. 자리 배치는 지난번 서클 오브 카렘의 만찬과는 완전히 달랐다. 모든 면에서 지난 번과는 다르게 해서 불쾌한 기억을 되살리지 않게 하기 위한 배려일 것이다.

처음에 나온 것은 아스파라거스 비네그레트 미모사였다. 첫 번째 일품요리로는 상당히 독창적이었으며, 간도 최고였다. 클라우스 클링거만은 같은 요리사로서 요리의 만듦새를 칭찬했다.

"요즘은 제대로 간을 맞춘 샐러드가 드물어요. 그 증거로 모든 가게의 테이블에 소금이 놓여 있죠. 물론 각자 취향이라는 게 있긴 하지만, 일류 요리사라면 그 식재료의 맛을 최대한으로 끌어내는 간을 알아야 하고, 소금을 더 치는 사람은 없어야겠죠."

농수산부의 여성이 왜 미모사라고 불리는지 묻자, 삶은 달걀을 고루 흩뿌린 모양이 미모사 꽃처럼 보여서 그런 이름이 붙었다고 클라우스가 설명했다.

"그리고 모두들 깨달았겠지만, 비네그레트 소스가 또한 극히 억제되어 있어서 이제부터 마시게 될 와인의 맛을 조금도 해치지 않습니다." 클라우스는 소스에 사용된 식초의 이름을 들었다. "가장 신 맛이 순한 식초를 골라야 하죠. 그러면 몇 방울 더 넣어도 소스의 신 맛이 강해질 걱정은 없죠."

와인은 가벼운 맛의 레드 와인이었는데, 수힌도르 가무자라는 불가리아 와인이었다. 클라우스는 한 모금 마시더니 격찬했고 까다로운 비토 볼카니니조차도 마지못해 맛있다고 인정했다.

다음 코스는 노랑촉수*로 만든 작은 필레였다. 프라이팬에서 앞뒤로 딱 1분씩 약한 불에서 구운 것이라고 비토가 말했다. 필레 밑에는 깔끔한 소스가 깔려 있었는데, 클라우스와 비토는 셜롯, 로즈메리, 생크림, 화이트 와인이 들어가 있다고 감별했다. 그리고, 둘 다 소스 맛에 높은 점수를 주었다.

뉴올리언스에서 온 샘 뷰리가드는 넬다와 대화에 열중하고 있었다. 레스토랑 업계에 둘 다 알고 있는 지인이 있는 것 같은데, 이름은 입에 올리지 않았지만 둘 다 그 사람을 싫어하는 듯했다.

"그 사람은 요리사가 아니라 방화범이에요." 샘이 가혹한 말투로 말했다.

넬다도 동의하듯 고개를 끄덕였다. "게다가 양념하는 방식은 그저 마구마구 마늘을 집어넣는 것뿐이구요. 그 지독한 냄새라니, 벽의 페인트도 놀라서 벗겨질 걸요."

농수산식품부의 레일라 개리슨이 두 사람의 대화에 가담했다. 키가 크고 호리호리한 레일라는 은발에 귀족적인 기품이 있는 얼

---

* 서인도 제도산 어류.

굴이었다. 만나는 건 처음이었지만 지적이고 호감이 가는 여성이었다.

"넬다, 레스토랑에 대해 좀더 비판적이어야 해요." 그녀가 의견을 말했다.

넬다의 눈썹이 올라갔다. 솔직한 말투를 – 신랄하다는 의견도 있지만 – 비판받는 것에는 익숙했지만 좀더 비판적이어야 한다고 부추김을 당한 건 아마도 처음이리라.

"아, 음식이 아니라," 레일라가 말을 이었다. "분위기와 서비스에 대해서요. 요즘은 레스토랑이라기보다 쇼 비즈니스라고 부르는 게 더 나을 것 같은 가게가 너무 많아요. 경영자가 영화계 스타이고, 손님은 식사를 하기 위해서가 아니라 스타를 만나기 위해서 가게에 오구요."

"그 가게가 멋지다면 유명인들이 드나들기 시작하죠." 넬다가 말했다. "그러면 그 다음엔 일반 대중이 유명인을 노리고 몰려들구요."

"하지만 식사의 수준이 떨어진다면, 사실은 그 반값도 되지 않는 음식에 50파운드 이상을 지불하고 있다는 걸 경고해줄 사람이 필요하죠." 레일라가 샘 뷰리가드에게 고개를 돌렸다. "최소한 런던에선 그래요. 뉴올리언스는 어때요?"

"똑같죠 뭐." 샘이 말했다. "물론, 뉴욕이나 로스앤젤레스가 더 심각하지만, 뉴올리언스도 비슷해요. 하지만 오늘 요리는 아무런 불평을 할 수가 없군요. 정말로 맛있어요."

비토가 샘의 접시를 가리켰다. "씻을 필요도 없겠군요."

그의 말대로였다. 접시는 마치 식기 세척기에서 막 꺼낸 것처럼 말끔했다.

"와인도 훌륭해요." 샘이 말하자 모두가 고개를 끄덕였다.

"식사 내내 레드 와인이라니, 참신하군요." 레일라가 말했다.

"아주 가벼운 것으로 시작해서, 코스별로 점점 묵직한 맛으로 바꿔가는 것 아닐까요. 배울 점이 있네요." 넬다가 말하고는, 같은 테이블에 있는 세 명의 요리사, 클라우스와 샘, 그리고 비토를 의미심장하게 쳐다봤다.

다시 각자 나뉘어서 대화를 즐기고 있노라니, 주요리가 나왔다. 미뇽 드 보가 나왔는데, 갈아서 넣은 오렌지 껍질과 그랑 마니에르*와 후추를 넣은 소스 덕분에 맛의 윤곽이 두드러져 송아지 고기라고 생각할 수 없을 정도로 독특한 온기와 선명함이 공존하는 맛으로 완성되어 있었다.

미뇽 드 보와 함께 제공된 것이 또한 발군의 코트 로티. 클라레가 되려고 애쓰지 않고 도전적으로 독자적인 맛을 추구해서 성공한 와인이었다. 넬다의 평가에 모두가 동의했다.

"서비스도 최고네요." 샘 뷰리가드가 평했다.

---

* 코냑에 오렌지 향을 가미한 프랑스산 리큐르.

"불행히도, 요즘은 웨이터의 테크닉도 쇠퇴일로를 걷고 있죠." 레일라가 말했다.

"훌륭한 웨이터의 조건은 뭘까요?" 내가 끼어들었다.

먼저 대답한 건 클라우스였다.

"훌륭한 웨이터는 담당 테이블을 그냥 지나치지 않고, 필요한 건 없는지, 치워야 할 건 없는지, 언제나 체크하고 있어요."

"그것만이 아니오. 그 이상이 필요해요." 비토가 말했다. "훌륭한 웨이터는 여섯 테이블을 담당하고 있더라도 모든 주문을 외우고 있어야 해요. 물론 누가 뭘 시켰는지도요. 서서 '어느 분이 살짝 구운 스테이크를 시키셨죠?' 라고 물으면 안 되죠."

"또 있어요." 넬다가 말했다. "훌륭한 웨이터는 메뉴판의 요리는 모두 재료가 뭐고, 그것을 어떻게 조리하는지까지 설명할 수 있는 정도가 되어야죠."

"맞는 말이에요." 샘 뷰리가드가 말했다. "하지만 유럽에 비하면 미국의 웨이터들이 힘들지도 모르겠군요."

"그건 그래요." 넬다가 말했다. "미국의 웨이터들은 노래도 해야 하고, 농담도 해야 하고, 정치나 경제도 알아야 하니까요. 웨이터는 원래 역할에만 충실해야 하는데 말예요."

"좋은 레스토랑에는 좋은 웨이터가 있죠." 레일라가 말했다. "그들은 진짜 직업 웨이터죠. 하지만 요즘은 댄서나 배우, 가수라는 직업 사이에 웨이터를 하고 있는 사람이 많죠."

이 말에 동의하는 소리가 터져나왔다. 이런 이야기를 나누는 동안 다음 레드 와인이 부어졌다. 주블레 샹베르탱 클로 드 베즈였다. 자두를 연상케 하는 향기와 응축된 맛이 식사의 가장 중요한 한때를 멋지게 휘어잡았고, 모두들 미소를 지으며 그 순간을 천천히 즐겼다.

다른 테이블의 참석자들을 둘러보니, 모두들 만족하고 있는 것 같았다. 이중에서 누가 갑자기 궁지에 몰리게 될까? 헤밍웨이 경위는 무슨 짓을 저지르지는 않을 거라고 했다. 아니, 잠깐. 정말로 그랬던가? 잘 생각해보니 완전히 부정하지는 않았던 것도 같았다. 몇 가지 질문을 하고, 불명확한 점을 명확하게 하고 싶다고는 했다. 그리고 법의학 팀의 정보를 기다린다고 했는데, 도대체 어떤 정보를 기대하고 있는 걸까?

로저 세인트 레저의 금발이 보였다. 조니 챈과 열심히 이야기에 열중해 있었다. 밀턴 마스턴의 얼굴이 불그스름했지만, 그것이 와인 탓인지 아니면 벤저민 브레이크스피어와 자리가 가깝기 때문인지는 알 수 없었다.

레일라는 내가 보던 방향으로 고개를 돌리더니 미소지었다.

"저 둘은 정말로 싸우고 있는 것 같네요. 무슨 이야기일까요?"

"어쨌든, 서로가 싸움 상대로서 불만은 없겠는데요." 내가 말했다.

레일라가 다시 미소를 지었다.

"오늘 여기에 오자마자 벤저민에게 붙잡혔어요. 몇 분 동안만 이야기할 생각이었는데 한 시간이나 붙잡혀 있었어요."

치즈가 나왔다. 작은 피라미드 모양을 한, 오베르뉴 지역의 냄새가 강한 산양 치즈인 셰브로탱 드 물랭이었다.

"이렇게 많은 사람들에게 이 정도로 맛있는 음식을 제공하느라 진짜 힘들었겠네요." 레일라가 말하자 모두들 고개를 끄덕였다. 넬다가 의외로 칭찬을 했다.

"진짜 좋은 레스토랑을 운영하는 건 상당히 어렵죠."

"그렇죠." 샘 뷰어가드가 웃었다.

"여러분은 어떻게 운영하는데요?" 레일라가 테이블에 앉은 사람들을 둘러보았다.

"필요한 건" 먼저 클라우스가 대답했다. "미셸 게라르의 정력, 알랭 샤펠의 대담함, 얼레이스터 리틀의 명쾌함이죠." 말을 멈추더니 생각했다. 비토가 말을 받았다.

"그리고 마르코 피에르 화이트의 정력과 피터 랭건의 독창성을 더해야죠."

"다르게 대답할 수도 있죠." 넬다가 말했다. "프루 리스의 완벽함, 줄리아 차일드의 쇼맨십, 심카 벡의 상상력……."

일부러 여자 요리사들을 열거하는 넬다의 신랄한 혀에 숨어 있는 의도를 알아차리고 남자들이 웃었다. 넬다는 더 열거할 생각인 듯했지만, 그때 후식이 오는 바람에 중단되었다.

메뉴판에는 누가틴 글라세 오 카페*라고 씌어 있었다. 누가틴은 씹는 감촉이 진하고 아주 약간 쫀득했지만 입안에서 살살 녹았다. 헤이즐넛, 호두, 아몬드가 듬뿍 들어 있어서 그 바삭한 촉감이 살살 녹는 아이스크림과 절묘한 균형을 이루고 있었다. 또한 딱 맞는 온도에 제공되어 혀가 얼얼할 정도로 얼지도, 너무 녹지도 않았다. 막 녹기 시작했다고 해도 좋을 정도였다. 위에는 녹인 비터 초콜릿이 끼얹어져 있어서 희미하게 커피향이 났다. 얼핏 단순해 보이지만 사실은 치밀한 계산 끝에 만들어진, 아주 어려운 요리의 완벽한 성공 사례였다.

추리소설 속 탐정들과 비교하면 나는 음식만큼은 축복받았다. 파일로 반스는 종종 캐비어를 즐겼지만 미스 마플은 기껏해야 홍차와 스콘밖에 대접받지 못했고, 마이크 해머는 여자들을 – 그녀들이 죽었든, 살아 있든 – 상대하느라 너무 바빠 맨날 치즈버거만 먹었다. 유일한 예외는 물론 네로 울프! 140킬로그램이 넘는 몸무게는 맛있는 것을, 심지어 실컷 먹고 있다는 걸 의미할 테니까.

커피가 나오자 마음이 놓였다. 적어도 참사가 일어났던 지난번보다는 더 진행되었으니까. 브랜디와 리큐르가 나왔지만 나는 거절했다. 다음에 무슨 일이 벌어질지 모를 때에는, 적어도 맑은

---

* 얇게 썬 아몬드나 헤이즐넛을 캐러멜 상태로 졸인 당액과 섞어 얇게 밀어 편 것.

정신을 유지하고 있고 싶었다.

그때 조용히 해달라는 소리가 들리고, 이윽고 연설이 시작되었다. 먼저 테드 웰스가 참석자들에게 감사의 말을 전하고, 지난 번 만찬회에 대해서는 아주 짧게 언급했다. 그리고 영국 식품업계에 대한 페르 라르손의 지대한 공헌을 치하하고 서클 오브 카렘의 명예회원으로 임명하고 싶다고 제안했다. 아주 파격적인 제안이었다.

다음으로 각료가 짧은 연설을 했다. 자신은 요리는 잘 모른다고 겸손을 떨었지만, 페르 라르손에 대해서는 한없는 찬사를 퍼부었다. 다음으로 벤저민 브레이크스피어가 일어섰다. 여기저기서 나지막한 불만의 소리가 들렸지만, 그는 현명하게도 짧게 끝냈다. 짧게, 하지만 개성없게. 이것이 그의 특징이었다.

엘스버그 워링턴은 아마도 서클 오브 카렘의 오랜 회원인 듯 짤막한 감사의 인사를 했고, 레일라 개리슨도 농수산식품부 대표로서 감사의 말을 전했다. 아직 연설을 하고 싶어하는 사람들이 있었지만, 고맙게도 테드 웰스가 그것을 차단하고 페르 라르손에게 인사를 청했다.

페르 라르손은 "이렇게 권위 있는 모임에서 높이 평가받은 건 한없는 기쁨과 영광입니다."라고 말하고, 요즘 영국의 호텔업계나 레스토랑 업계가 비약적인 발전을 하고 있는데, 그건 다음과 같은 분들의 협력이 있기 때문이라면서, 출판사, 작가, 평론가,

검사관, 도매업자, 소매업자, 와인 제조업자…… 하고 관계자 모두를 줄줄이 헤아렸다. 그에 대한 박수소리가 방 안에 메아리쳤다. 테드 웰스는 웃으면서 이것이 콘서트였다면 열두 번은 앙코르를 받은 것이라고 페르 라르손을 치켜세웠다.

그리고는, 다시금 참석자들에게 감사를 표하고 만찬회도 슬슬 파장할 때쯤 테드가 태연한 말투로 이렇게 말했다.

프랑수아의 레스토랑에서 열린 서클 오브 카렘에 참석하지 않았던 사람들은 옆방으로 옮겨주셨으면 좋겠다, 거기에도 커피와 식후의 술이 준비되어 있다, 고 말이다.

한편, 지난번에도 참석했던 사람은 잠시 그대로 자리에 있어 달라는 것이었다. 곧장 직원들이 우르르 커피 포트를 들고 나타나서 잔을 다시 채워주는 바람에 더이상 불평소리는 들려오지 않았다. 다른 직원이 지난 번에 참석하지 않았던 회원들을 눈에 띄지 않게 재빨리 옆방으로 안내했다. 로날드 헤밍웨이 경위와 위니프레드 경사가 등장했을 때쯤엔 대부분의 상황이 정리되어 있었다.

경위는 짙은 색 정장에 나비넥타이를 매고 있었다. 위니는 진한 자주색 린넨 정장에 하얀 실크 블라우스라는 단정한 차림이었지만 아주 어울렸다.

모든 직원이 사라졌다. 정면 테이블에 있던 손님들은 테드 웰스가 옆 테이블로 옮겨앉게 해서 그 테이블은 비워두었다. 경위와 위니가 그 테이블에 앉았다. 모두가 두 사람을 주목했다. 여기저기서 낮은 속삭임이 들려왔지만, 마치 사람들을 가두는 듯, 불길한 소리를 울리면서 문이 하나둘 닫히기 시작하자 이내 고요해졌다.

28

"오래 걸리지는 않을 겁니다." 헤밍웨이 경위가 시원스러운 말투로 말을 꺼냈다. "몇 가지 명확하게 해둘 것이 있어서요."

"뭔데 또 그러십니까?" 마이크가 큰소리로 따졌다. "그 놈이 자백했지 않습니까?"

"예, 그래서 사건은 해명되었습니다." 헤밍웨이 경위가 인정했지만, 아주 잠깐 틈을 두고는 덧붙였다. "한두 가지만 빼고요."

"그런데 왜 우리 모두가 여기에 갇혀 있어야 하는 겁니까?" 이번엔 프랭키 올랜도가 물었다. "드릴 말씀이 없는데요."

헤밍웨이 경위는 달래는 듯한 표정을 짓고 있었다. 거의 자비로운 얼굴이라고 해도 좋을 정도였다. 하지만 나는 안다, 경위는 이런 얼굴일 때가 제일 무섭다는 걸.

"예, 바로 그것을 부탁드리고 싶습니다, 올랜도씨. 실은 여러분 모두가 알고 계시는 것을 확인하고 싶을 뿐……." 곧바로 들끓는 항의의 목소리를 경위는 손을 흔들어 제지했다.

"아마도 올랜도씨는 아니지만, 사건에 관계된 것을 아시는 분이 여기 있습니다. 단지, 그 정보의 중요성을 모르고 있을 가능성은 있지만요."

방 한구석에서 조니 챈이 침착하게 말했다.

"하지만 경위님은 이미 우리 모두의 이야기를 들었습니다. 저흰 아는 걸 모두 말씀드렸어요. 뭘 더 말하라는 겁니까?"

그 말을 지지하는 소리가 나왔지만, 경위는 다시 입을 다물게 만들었다.

"아주 잠시만 시간을 내주십시오. 바로 끝낼 테니까요. 그러면 여러분은 자유롭게 돌아가실 수 있습니다. 로저 세인트 레저씨." 경위가 부르자 모두의 시선이 그 쪽으로 향했다.

"네, 경위님?" 그는 약간 당황한 것 같았지만 이내 진지하게 대답했다.

"당신에게 있어서, 이 사건은 어떻게 시작되었습니까?"

로저 세인트 레저는 주위를 빙 둘러보았다. 잠시 침묵을 지키더니 말했다.

"모르는 남자한테서 전화를 받았습니다. 그는 「르 투르케 도르」의 관리가 엉망이라고 하더군요. 런던 레스토랑 업계의 기준이 한심할 정도로 추락했음을 상징한다면서요."

"그 남자가 이름을 밝혔습니까?"

"아뇨."

웅성거리는 소리가 일어났다. 모두가 분개하고 있었다.

"그 남자의 말은 그것뿐이었습니까?"

"주방에서 쥐가 발견되고, 주문한 것과 다른 음식이 나오고, 장부도 대충 쓴다고 하더군요."

웅성거림이 더 커져갔다.

"그래서 어떻게 했습니까, 로저 세인트 레저씨?" 경위의 날카로운 어조에 웅성거림이 가라앉았다.

"왜 그런 전화를 걸었는지를 물었더니, 대중에게는 알 권리가 있다면서, 터무니없는 이익을 내고 있고 주방은 불결하고 직원은 억지로 일을 하고 있다는 걸 폭로해야 한다고 했습니다. 제 프로그램을 존경했다면서 제가 나서줄 사람으로 적격이라고 생각했다더군요."

"그래서 어떻게 했습니까?"

로저 세인트 레저는 턱을 쓰다듬었다. TV에 나오는 사람은 아무튼 몸짓이 허풍스럽다니까. 그게 아니라면 당황한 거겠지.

"그래서 방송국 사람에게 이야기를 해봤지만 일정이 빽빽하게 차 있어서 금방 방송할 수는 없다고 하더군요."

"그래서 어떻게 했습니까?" 헤밍웨이 경위가 재촉했다.

"IJ에게 이야기를 했습니다. 그 사람이라면 관심을 보이면서 조사를 시작할 것이라고 생각했으니까요."

"관심을 보였습니까?"

"방송은 6개월 뒤까지 일정이 정해져 있다고 하더군요. 그때쯤 되서 다시 말해보라고 했어요."

"그러기로 했습니까?"

"그렇다면 다른 사람한테 말하겠다고 해봤죠. 시각을 다투는 문제라고 생각했으니까요."

"그의 반응은요?"

"그래도 어쩔 수 없다고 하더군요."

"그래서요?"

"그 뒤에 IJ가 레스토랑 업계에 대한 조사를 하고 있다는 말을 들었습니다. 프리랜서를 고용해 내막을 조사하고 있더군요."

"다시 그와 이야기를 했습니까?"

"예, 마음이 바뀌었다나요. 지금은 그 문제를 최우선시하고 있다구요. 아마도 그 남자가 IJ에게도 전화를 한 것 같더군요. 나보다 훨씬 더 많은 것을 알고 있는 것 같았습니다."

내 왼쪽에 있던 프랑수아가 일어서려다가 마음이 바뀌었는지 다시 앉았다. 헤밍웨이 경위의 전략은 명쾌했다. 이런 식으로 모두의 앞에서 경찰에게 했던 것과 같은 진술을 되풀이하게 해서 누군가가 반론하기를 기다리고 있는 것이다.

"그래서 어떻게 했습니까?"

"자신을 도와줄 생각이 있느냐고 묻더군요."

로저 세인트 레저는 대답하기 곤란한 문제에 접어들고 있었다. NTV가 그에게 프로그램을 주지 않아 IJ의 요구를 받아들일 수밖에 없었던 점과, 아마도 냉혹한 IJ 밑에서 굴욕을 달게 받아들일 수밖에 없었던 점을 방안에 있는 모두가 알고 있다 해도, 모두가 지켜보는 앞에서 인정하기는 괴로울 것이다.

그것을 배려한 건지 경위가 질문의 방향을 바꾸었다.

"동의했군요?"

로저 세인트 레저는 안심한 듯이 서둘러 대답했다. "예에, TV 저널리즘을 경험할 좋은 기회였다고 생각했으니까요."

"그렇게 하면 언젠가는 결국 IJ를 대신할 수 있을지도 모른다고, 생각했다는 건가요?"

아하, 마침내 본론으로 들어가는군.

"네." 자신의 대답이 뜻하는 바를 알아차리고 로저 세인트 레저는 당황했다. "아니, 그런 뜻이 아니라……. 요즘은 방송일만 쭉 해와서 다른 일도 슬슬 경험해보고 싶어서……."

"그렇겠죠." 경위는 정중하게 말을 이었다. "그리고 그밖의 일의 가능성도 찾고 있었죠?"

"음, 뭐 그렇습니다." 로저 세인트 레저는 완전히 입이 무거워졌다. 더 이상은 말하고 싶지 않은 것 같았지만, 경위의 무언의

압박에 밀려서 다시 입을 열었다.

"래리 레오폴드가 저에게 접근했습니다." 그 이름에 모두가 반응을 보였다. "요리학교 체인을 시작하고 싶다는 이야기였죠. 저는 방송에서 요리를 가르친 경험이 있으니 「르 투르케 도르」가 스폰서가 되어 요리학교를 열면 어떨까 하더군요. 그것도 유럽만이 아니라 전세계에요. 미국, 일본, 오스트레일리아까지요."

이번에는 프랑수아가 벌떡 일어나면서 소리를 질렀다.

"난 전혀 모르는 일입니다! 요리학교라니, 생각해본 적도 없소! 거짓말이오!"

"사실입니다." 세인트 레저가 주장했다.

"그렇다면 그건 레오폴드가 내 허락 없이 멋대로 행동한 거요! 뭔가 증거라도 있소? 기획서는? 계약서는? 사업계획서라도?"

"그건……. 모든 것을 구두로 들었을 뿐입니다." 로저 세인트 레저가 힘없이 말했다.

프랑수아는 그것 봐라, 하는 표정으로 자리에 앉았다.

경위는 전혀 방해가 없었다는 듯이 부드럽게 질문을 계속했다.

"전화를 건 사람이 레오폴드가 아닐까 의심한 적은요?"

"아뇨." 로저 세인트 레저가 단호하게 말했다. "전혀요."

"고맙소." 경위가 말했다. "매우 도움이 되었습니다."

어, 이걸로 끝? 흐음, 잠시 궁지에서 벗어나게 해준 건가? 하지만 경위는 영리한 사람이니 나중에 또다시 추궁할지도 모른다.

벤저민 브레이크스피어가 의자를 밀면서 일어섰다.

"경위님, 이건 언제까지 계속되는 거요? 몇 가지만 명백하게 한다고 했으니, 그 이야기라면 이야기는 거의 다 된 것 같소만?"

"거의 됐습니다." 헤밍웨이 경위가 고개를 끄덕였다. "거의 끝나갑니다, 브레이크스피어씨."

경위가 마음에도 없는 소리를 하고 있다는 데에 풀코스 요리를 걸어도 좋다. 경위는 더블 크림처럼 매끄럽게 말을 이었다.

"엘스버그 워링턴씨, 당신 이야기를 들려주시겠습니까?"

놀라는 소리가 퍼져나갔다. 사람들의 머리가 일제히 그쪽으로 돌아갔다. 다른 사람보다 머리 하나는 크고 여윈 사람이 벌떡 일어섰다. 백발이 섞인 머리가 참 높아 보였다. 그는 헤밍웨이 경위를 내려다봤다.

"어떤 이야기를 하면 됩니까?" 그의 목소리에는 놀란 기색이 역력했다.

"플레처 경사." 헤밍웨이 경위가 부르자 위니가 일어섰다. 샹띠이 크림*을 얹은 초콜릿 퍼지 케이크처럼 사랑스러웠다.

"여기 진술서가 있습니다." 소녀처럼 촉촉한 목소리였다. "요약하면 「르 투르케 도르」가 모든 워링턴 슈퍼마켓 체인에 미식 음식을 제공한다는 계약에 합의했다는 내용입니다."

---

* 생크림과 설탕을 넣고 잘 저어 거품을 낸 부드러운 크림.

그녀는 우아하게 앉았다.

"뭐라구!" 엘스버그 워링턴이 큰소리를 질렀다. 상당히 노인임에도 불구하고 그 목소리에서는 전혀 나이를 짐작할 수 없었다. "도대체 무슨 소리요? 그런 계약 따위 몰라!"

약간 떨어진 테이블에 있던 프랑수아도 일어서 있었다.

"경위님, 이건 말도 안 됩니다! 나도 그런 계약은 처음 들어요!" 두 사람 모두 한판 붙어보겠다는 표정으로 노려보고 있었지만 경위가 달랬다.

"두 분 모두 부디 진정하십시오……. 이제 상황이 명백해졌으니까요. 그럼 결론을 내릴 수 있도록 두 분 모두 자리에 앉아주시겠습니까?"

둘은 여전히 서로를 노려보더니 마지못해 앉았다.

"고맙습니다." 경위는 여전히 정중했다. "타퀸 워링턴씨가 이 문제를 정리해 주시겠죠?"

조용해진 방안에 숨을 삼키는 소리가 울려퍼졌다. 아버지한테서 약간 떨어진 곳에 앉아 있던 타퀸 워링턴에게 모두가 휙, 얼굴을 돌렸다. 불편한 침묵이 한참 흘렀지만 마침내 타퀸이 입을 열었다.

"그저 약간 잡담을 했을 뿐," 말을 쥐어짜내고 있는 느낌이었다. 심하게 쉰 목소리였다. 그는 앉은 채로 물을 한 모금 마셨다. "고려할 만한 것 같아서 검토해볼까 생각을……."

프랑수아가 다시 일어섰다. "난 그런 이야기를 한 기억이 없다구! 그런 계획이 있다는 것조차도 몰라!"

"워링턴씨?" 경위가 부드럽게 재촉했지만 그 목소리에는 어쩐지 가시가 느껴졌다.

"그 이야기는 래리 레오폴드하고 했습니다." 타퀸 워링턴이 말했다.

"내가 모르는 데에서 말인가!" 프랑수아가 딱 잘라 말했다.

"그런 말은 못 들었습니다."

"죽은 사람에게 뒤집어씌우기는 쉽지." 프랑수아가 비난했다.

"이 문제는 이제 명확해졌습니다. 계속하시죠."

경위가 서두르는 것도 무리는 아니었다. 모두가 마지못해 인정하고 있기는 하지만, 차례차례로 새로운 사실을 밝혀내고 있었으니까. 경위는 방안을 둘러보았다. 다음은 누굴까?

"샐리 앨드리지양. 이야기를 들려주시겠습니까?"

샐리는 일어나지 않고 와인잔을 만지작거리고 있었다. 헤밍웨이 경위를 힐끔 쳐다보더니 다시 와인잔으로 시선을 돌렸다.

"당신에게도 그 이야기를 했죠, 앨드리지양?"

그녀가 마침내 경위를 쳐다보았다.

"제 일에 영향이 미치는 이야기라……."

경위는 그녀가 말을 끝내게 내버려두지 않았다.

"저는 그렇게 생각지 않습니다. 만약 그렇다면 유감이군요. 그럼에도 불구하고 이 점은 명확하게 할 필요가 있습니다. 아무튼 두 사람이 묘한 상황에서 죽었습니다." 경위의 어조가 엄격해졌다. "모든 것이 명확해질 때까지 저는 조사를 계속할 겁니다."

거기서 경위가 말투를 부드럽게 바꿨다. 마치 노련한 낚시꾼이 월척을 낚아올릴 때처럼 이 상황을 컨트롤하고 있었다.

"자, 무슨 일이 있었는지 말씀해주시겠습니까?"

샐리는 알았다는 듯이 나지막한 한숨을 내쉬었다. "저는 『런던의 일류 요리사들의 비밀』이라는 책을 쓰려고 했어요." 그러면서 넬다 다비 쪽을 힐끔 쳐다보았다. "그때 어떤 여성 저널리스트가 같은 주제로 신문에 연재기사를 쓸 예정이란 말을 들었죠."

"그런 건 없어!" 넬다가 소리를 질렀다. "게다가, 내 기사는 그까짓 일로 타격을 받을 만큼 얄팍하지 않다구."

웃음소리가 퍼져나갔다. 두 사람이 앙숙이라는 건 많은 이들이 알고 있었다.

넬다가 말을 이었다. "게다가 자기 따위가 쓴 것과는 전혀 다른 내용이라구. 런던의 일류 레스토랑이 주제니까." 그녀는 샐리를 노려보았다. "어차피 자긴 그런 주제도 쓸 생각이었다고 말하겠지만."

"뭐라구!" 샐리가 화를 냈다. "자기야말로……."

"숙녀 여러분!" 나무라는 듯한 헤밍웨이 경위의 온화한 목소리에 다시 키득거리는 소리가 들렸다. 특히 경위의 목소리에 비아

냥이 깃들어 있지 않다는 점이 오히려 재미있었다. "오늘, 적어도 한 가지는 수확이 있었습니다. 두 분 사이의 오해가 풀린 건 무척 다행이군요. 계속하시죠, 앨드리지양?"

샐리는 체면치레로 다시 한 번 넬다를 째려보고 말을 이었다.

"레이몽과 프랑수아한테서는 몇 가지 쓸 만한 정보를 얻었어요. 프랑수아하고 이야기를 한 다음, 래리 레오폴드가 저를 부르더니 인쇄와 출판 등에 대해 여러 가지를 물어봤어요. 이야기를 하다가 점심에 초대하더군요. 그리고 점심을 먹으면서 「르 투르케 도르」가 투자해서 거대한 그룹을 만들 계획이 있다고 들었어요. 그 일부로서 출판사도 만들 예정이니 제게 경영을 맡기고 싶다고 유혹하더군요."

다시 프랑수아가 벌떡 일어났다. "그것도 처음 듣는 말이오!" 그는 분개하며 반박했다. "경위님, 이제 충분하지 않습니까? 이런 일은 이제 지긋지긋해……."

헤밍웨이 경위는 달래듯이 손을 내저었다.

"뒤케인씨, 말씀하신 대로 이제 충분합니다. 그럼, 무엇을 알아냈는지 정리해볼까요?" 경위는 방을 쭉 둘러보았다.

"지금 여쭤본 이야기와 래리 레오폴드의 고백으로 보면, 그는 「르 투르케 도르」를 망하게 해서 가게를 사들이려고 했던 것 같군요. 그리고 그것을 자본삼아 거대한 음식제국을 건설할 생각이었습니다. 세계적인 규모의 요리학교 체인, 슈퍼마켓에 놓이는 일련의 미식음식, 먹거리에 관한 책을 내는 출판사. 아마도 그 밖에 다른 것도 있겠죠."

지금은 모두가 경위에게 주목하고 있었다. 경위는 벌꿀처럼 매끄럽게 말을 이었다.

"게다가 래리 레오폴드는 뒤케인씨의 허락없이 이야기를 진행시켰고, 그 이유도 명확합니다. 또한 IJ는 「르 투르케 도르」의 – 아마도 표적이 된 가게는 그밖에도 더 있겠지만요 – 내부 사정을 폭로하는 데에 흥미를 갖게 되었습니다. 그리고는 훨씬 더 큰 소재거리가 있다는 것을 알아차렸죠. 그건 바로 불법적인 수법으로 거대한 음식제국을 세우는 계획이었습니다."

그는 말을 끊고 다시 방안을 둘러보았다. 그래, 거미줄을 치고 누군가 걸려들기를 기다리고 있군. 몇 사람이 기대에 넘쳐 숨을 삼키는 소리가 희미하게 들려왔다.

"경위님, 계속하시오." 테드 웰스가 재촉했다. "레오폴드가 IJ를 죽였다고 말씀하시는 거죠? 독을 넣은 건 칠성장어구요. 하지만 그밖에도 아주 가볍기는 했지만, 독을 먹은 사람이 더 있습니다. 그런데 왜 IJ만 죽은 겁니까?"

헤밍웨이 경위는 이런 질문을 기다린 듯했다.

"IJ는 서클 오브 카렘의 만찬 전에 레오폴드와 한 잔 할 약속을 했습니다. 그때 레오폴드의 유죄를 입증할 증거를 들이댔겠죠. 사실은 이미 소량의 독을 칠성장어에 넣어두었습니다. 음식

준비 과정이 소홀했던 것으로 보일 만큼의 양을요. 하지만 IJ가 감을 잡았다는 사실에 동요해서 남은 보툴리누스균을 IJ의 잔에 넣었습니다. 다른 분들은 가벼웠지만 우연히 IJ만 증상이 심했던 것으로 보이기를 바라면서요. 하지만 확실하게 죽이려고 레오폴드는 너무 많이 넣고 말았죠."

매기 맥널티가 손을 들었다. "하지만 IJ가 폭로할 예정인 자기 정보를 레오폴드에게 흘리다니 상당히 무모한데요. 아니, 심지어 위험할 텐데요."

"그 의문은 로저 세인트 레저씨가 설명해 줄 겁니다."

"제가 다른 사람보다 IJ를 잘 아는 건 아니지만" 로저 세인트 레저가 솔직히 인정했다.

"그는 경찰처럼 확실하게 입증할 필요는 없습니다. 그의 방식은 먼저 비난을 퍼붓고, 그리고 상대방이 반론하기를 기다리는 거예요. 그렇게 해야 프로그램도 재미있어지구요. 먼저 프로그램이 있고, 조사 따위는 거의 덤이죠. IJ에게 있어서는 진실이나 정의 따위는 아무 상관없었죠. 그저 재미있는 프로그램을 만드는 것밖에 흥미가 없었으니까요."

"칠성장어와 음료 둘 다에 균이 들어 있었다는 건 어떻게 알아 냈죠?"

넬다가 맹렬히 메모를 하면서 물었다.

"시간을 따져 보면 됩니다. 보툴리누스 독은 마신 다음 사망하기까지 최소한 한 시간은 걸립니다. 식사를 시작해서 칠성장어가 나오기까지는 30분쯤 걸렸죠. IJ가 쓰러진 건 그로부터 불과 15분 뒤입니다. 아마도 만찬회 전에 레오폴드와 프랑수아의 사무실에서 한 잔 했을 겁니다."

한참 동안 침묵이 흘렀다. 헤밍웨이 경위는 이야기를 계속할 생각은 없는 것 같았다. 드문드문 속삭이는 소리가 오가는 중에 레이몽이 말했다.

"경위님, 아시다시피 우리 가게에서도 비슷한 일이 있었습니다. 아직 그 이야기는 안 나왔군요."

헤밍웨이 경위가 레이몽을 향해 고개를 끄덕였다.

"그렇습니다, 르페브르씨. 앞으로 두 가지만 확실하게 하면 됩니다. 지금 말씀하신 것과……." 그가 말을 멈추었다. 그 깔끔한 말투로 보건대 이 다음엔 폭탄이 기다리고 있을 것이다.

"래리 레오폴드에게는 공범이 있었을 겁니다. 그리고「르 투르케 도르」뿐 아니라 아마「레이몽즈」도 노렸을 겁니다."

다시 숨을 삼키는 소리가 들렸다. 기대로 가득차서 방안의 공기가 흔들리고 있는 것같은 느낌이 들었다. 물론, 나 역시 이 때를 기다리고 있었다. 자, 어서 말을 해! 공범은 바로 로저 세인트 레저라고!

레이몽이 일어섰다. 뚱뚱한 벤저민 브레이크스피어보다 더 큰 몸집에 커다란 얼굴에는 더 이상은 못 기다린다고 씌어 있었다.

"공범이 누군지 알고 있습니까?" 그가 물었다.

"명확히 할 점이 두 가지 있다고 말씀드렸죠. 또 한 가지는 레오폴드가 유서를 친 타자기에 관한 것입니다."

레이몽은 여전히 서 있었다.

"타자기요?" 무슨 소린지 모르겠다는 표정이었다. "그게 어쨌단 말입니까?"

"요즘 타자기 자판은 플라스틱으로 되어 있습니다." 헤밍웨이 경위는 위대한 지혜를 전한다는 말투였다.

모두들 다음 말을 기다리고 있는데 벤저민 브레이크스피어가 끼어들었다. 제임스 본드 영화에 한 번 출연한 적이 있어서 경찰 수사에 관해 잘 안다는 걸 이번 기회에 자랑하고 싶은 것이었다.

"지문인가요, 경위?" 하고 자신있다는 듯이 웃었다.

헤밍웨이 경위가 깔끔하게 대답했다.

"자판에 남아 있던 지문은 레오폴드의 것뿐이었습니다."

기분이 상한 벤저민은 험악한 표정으로 경위를 노려보았다.

"법의학 기술이 진보한 덕분에 요즘은 인간의 분비액에 대해서도 놀랄 만큼 많은 것을 알게 되었습니다. 그 중에서도 피부표면의 땀은 만졌던 물건에 바로 묻습니다. 특히 타자기 자판처럼 흡수성이 좋은 표면은 더욱 그렇죠. 법의학 팀이 자판에서 분비액을 검출해서 그건 레오폴드의 것임을 확인했지만……."

경위는 다시 말을 멈추고 방을 둘러봤다. 후후, 혹시 사하라 사막에 연기예술 학교가 있어서 거기서 연기를 배우셨나?

"하지만 이런 분비액은 레오폴드가 이미 보툴리누스 독으로 사망한 후에 묻은 것이었습니다."

모두들 망연자실해서 조용해졌다. 너무나 예측하지 못한 사태라 머리도 돌아가지 않았다.

마침내 비토 볼카니니가 더 이상 참지 못하고 물었다.

"그게 무슨 소립니까, 경위님?"

"그 유서는 죽은 사람이 친 거라는 말입니다."

29

주방에서 냄비가 달그락거리는 소리가 희미하게 들려왔다. 주방은 멀리 떨어져 있을 텐데, 란체스터 팰리스의 대연회실은 땅콩 껍질을 까는 소리도 들려올 듯 고요했다.

헤밍웨이 경위는 입을 다물고 있었다. 누군가가 질문을 하거나 의견을 말하기를 기다리고 있는 것 같았지만 아무도 말이 없었다. 경위는 포기했는지 다시 말을 이었다.

"먼저 처음에 생각한 건, 아이버 젠킨슨이 한 번 되살아났듯이,

레오폴드도 보툴리누스균을 먹은 다음 다시 의식이 돌아온 것일까, 하는 점이었습니다. 하지만 심리학적으로, 독을 마신 뒤에 유서를 쓸 가능성은 거의 없습니다. 유서를 쓰고 싶었다면 독을 마시기 전에 남겼을 테니까요. 과학적으로도 그럴 가능성은 없다는 결론이 나왔습니다. 법의학 팀이 좀더 자세히 조사해 보니 유서를 타자칠 때에 래리 레오폴드는 틀림없이 완전히 죽어 있었다고 하더군요."

헤밍웨이 경위는 잠시 말을 멈추더니 이렇게 덧붙였다. "아니면, 아마도 이렇게 말할 수 있겠죠. '래리 레오폴드의 사체의 분비액이 타자기 자판으로 옮겨졌을 때' 라구요."

"옮겨졌다구요?" 누군가가 되물었다.

헤밍웨이 경위는 고개를 끄덕였다. "그것이 의미하는 건 하나입니다. 누군가가 장갑을 끼고 유서를 타자치고, 그리고는 레오폴드의 손가락을 자판에 누른 겁니다."

다시 침묵이 흘렀지만 이번엔 짧았다. 프랑수아가 떨리는 목소리로 소리쳤다.

"그렇다면 래리가 그 유서를 쓴 게 아닙니까?"

"그렇습니다."

"그럼, 자살한 게 아니라는 말인가요?"

"예, 아닙니다. 살해된 겁니다."

이번엔 침묵 대신에 숨을 삼키는 소리가 들려오고, 여기저기서 분노한 듯한 목소리가 쏟아졌다.

웅성거림 속에서 매기 맥널티의 목소리가 울려퍼졌다.

"그럼 전혀 해결된 게 아니잖아요! 해결은커녕, 해결해야 할 살인사건이 하나가 더 늘었잖아요!"

맹수 조련사나 총리도 제압할 수 없을 것 같은 대소동이 일어났지만, 헤밍웨이 경위는 여전히 냉정하고 아랑곳하지 않는 표정이었다. 그러기는커녕, 내가 잘못 본 게 아니라면 자신감에 가득차 보였다. 그는 소동이 가라앉기를 기다렸다가 말을 이었다.

"아까 말씀드렸던 공범 이야기로 돌아갑시다. 아이버 젠킨슨은 조사를 할 때는 언제나 프리랜서를 썼습니다. 그 중의 한 명은 사진작가, 산전수전 다 겪은 진짜 파파라치였습니다. 그는 IJ의 부탁으로 사진을 찍고, 만찬회 전에 당신이 아이버 젠킨슨에게 전해준 봉투에는 그가 찍은 사진이 들어 있었던 것이 판명되었습니다, 로저 세인트 레저씨."

경위는 그 쪽으로 얼굴을 돌렸다. "당신은 계속 봉투 안에 뭐가 있는지 모른다고 주장했죠."

"몰랐어요. 스카르포니가 IJ에게 건네주라고 해서 맡았을 뿐, 봉투는 열어보지 않았습니다."

"스카르포니가 현상을 했던 사진관을 조사했더니, 그는 언제나 네거필름을 갖고 갔다고 하더군요. 뭐라 해도 산전수전 다 겪은 파파라치니까요."

"그렇다면 뭘 찍었는지 스카르포니에게 물어보면 되지 않습니까?" 로저 세인트 레저가 말했다.

"레오폴드를 찍은 사진이라고 하더군요. 다른 사람과 함께 있는 사진도 찍었지만, 자기는 모두 모르는 사람이라고 했습니다."

"사진을 봤을 때의 표정으로 봤을 때" 로저 세인트 레저가 천천히 말했다. "LJ는 누구인지 알고 있었습니다."

"그럼, 한 가지 더 여쭙고 싶은 것이 있습니다, 앨드리지양." 헤밍웨이 경위는 뜻밖의 이름을 불렀다.

샐리가 그를 쳐다보았다. 내가 앉은 곳에서는 그녀의 옆얼굴만 보였지만, 긴장하고 있는 듯했다.

"알레산드로 스카르포니와 절친한 친구셨죠?"

샐리가 고개를 끄덕였다.

"흥, 친구라!" 넬다가 비웃었다.

"당신의 사생활을 파헤칠 생각은 없지만, 한동안 스카르포니와 동거하셨죠. 그때 그가 사진들을 당신에게 보여줬죠?"

"그걸 왜 보여주겠어요?" 샐리가 시미치를 뗐다.

"왜냐하면 스카르포니 말로는, 사진에서 그가 아는 사람은 한 명뿐이었기 때문입니다. 그러니 당연히 당신에게 물어봤겠죠. 당신은 이쪽 업계 사람을 모두 알고 있을 테니까요."

헤밍웨이 경위는 오로지 샐리만을 응시하고 있었다.

"래리 레오폴드가 죽고, 그가 「르 투르케 도르」에서 방해공작을 해왔음은 분명해졌습니다. 그럼, 「레이몽즈」에서 똑같은 짓을 한 사람은 누구일까요?"

모두들 레이몽 쪽으로 시선이 향했다. 나 역시 마찬가지였다. 그는 꼼짝도 않고 앉아 있었다.

"앨드리지양." 경위가 계속했다. "래리 레오폴드가 찍혀 있던 사진 중에 「레이몽즈」의 관계자가 없던가요?"

"있었어요." 샐리가 조용히 말했다.

"그 사람이 누군지 스카르포니에게 알려주었나요?"

"설마!" 약간 평상심을 되찾은 듯했다.

"왜 설마입니까?"

"그도 역시 그것이 일이니까요. 그런 빅 뉴스를 그에게 빼앗기고 싶지 않았어요. 그 사람이라면 자기가 사용하지 않더라도, 누구가에게 비싸게 팔 테니까요."

"그 빅 뉴스란 뭡니까?"

"그걸 알면, 레이몽과 프랑수아의 불화가 새롭게 보일 걸요."

"앨드리지양." 헤밍웨이 경위의 말투가 엄격해졌다. "지난 번에 경찰과 얘기하면서 당신은 그것에 대해서는 아무 말도 하지 않았죠. 왜 그랬나요?"

"제가 써먹을 때까지 숨겨두고 싶었어요. 아무튼 엄청 빅 뉴스니까요. 게다가 이건 경찰과는 아무 상관 없는 이야기잖아요."

"상관없기는 커녕, 가장 중요한 인물입니다." 헤밍웨이 경위가 엄격하게 말했다. "자, 그 사람을 지목해 주십시오."

내 옆에서 클라우스가 마른 침을 삼켰다. 넬다조차 조용히 눈만 크게 뜨고 있었다. 그렇지 않은 사람은 하나도 없었다.

샐리가 마지못해 일어섰다.

팔을 뻗어 파울라 자르딘을 가리켰다.

내 자리에선 파울라의 탐스러운 적갈색 머리칼만 보였다.

"사진을 보고 당신은 어떻게 생각했습니까, 앨드리지양?" 경위가 차갑게 몰아붙였다.

"파울라와 래리는, 음…… 아주 좋은 친구라고 생각했어요. 함께 찍힌 사진이 여러 장 있었거든요. 알레산드로는 그런 쪽으로는 상당히 전문가예요."

샐리가 더 이상 말하고 싶지 않다는 듯이 자리에 앉아 버렸다.

"음, 자르딘양, 설명해 주시겠습니까?"

설마, 믿을 수 없어. 물론 이 방에 있는 다른 사람들도 모두 그러겠지만.

파울라가 대답을 했지만 목소리는 차가웠다.

"좋아요, 경위님. 우리의 관계는 인정해야겠네요. 얼마 동안 래리와 저는 연인이었어요. 그걸 비밀에 부친 건, 레이몽과 프랑수아가 오랫동안 쌓아올린 라이벌 가게라는 이미지를 무너뜨리고 싶지 않았기 때문이에요."

"음." 헤밍웨이 경위는 거만한 말투로 말했다. "연인입니까?

사업상 파트너가 아니라?"

"절대 아니에요." 파울라의 목소리는 여전히 얼음처럼 차가웠다. "아, 물론 래리가 야심에 불타고 있었던 것도, 사업을 확장하고 싶어 했던 것도 알고 있었어요. 뭔가를 계획하고 있다는 걸 알았지만 그것에 대해서는 가르쳐주지 않았구요. 뭐, 그거야 당연했지만요. 뭐라 해도 우리들의 가게는 라이벌 관계였으니까요."

"그럼 당신은 그의 공범이 아니라는 겁니까?" 헤밍웨이 경위가 끈질기게 추궁했다.

"너무 어처구니가 없어서 대답하고 싶지도 않네요." 그런 한심한 질문은 대꾸도 하고 싶지 않다는 태도였다.

파울라의 태도는 차가웠지만, 헤밍웨이 경위도 그게 못지 않게 차가웠다.

"그렇겠지요." 그가 말했다.

다른 사람은 모르겠지만 나는 숨이 멎을 정도로 놀랐다.

"그렇겠지요." 경위가 다시 한 번 말했다.

"당신은 레오폴드의 공범이 아닙니다. *그가* 당신의 공범이니까요. 계획을 세우고, 레오폴드를 꼬드기고, 앞장서서 행동을 한건 당신입니다. 비유하자면 당신은 맥베스 부인이오. 서클 오브 카렘의 만찬 전에 아이버 젠킨슨의 잔에 보툴리누스 독을 넣은건 누구 짓인지 모르겠지만, 레오폴드의 잔에 넣은 건 당신입니다. 그가 겁을 먹었던가요? 아마도 IJ도 처음엔 죽일 생각은 없

442

었겠지만, 너무 많이 알고 있어서 죽일 수밖에 없었겠죠. 그리고 레오폴드에게 죄를 뒤집어씌워서 죽여버리면 당신은 안전할 거라고 생각했지요. 그 다음부터는 혼자서 계획대로 밀어붙이면 될 거라구요."

파울라는 이제 일어서 있었다. 갈색 눈이 번뜩이고 가슴이 오르락내리락하고 있었지만, 그럼에도 여전히 눈부셨다. 어디까지나 결백하다고 주장할 생각인 듯했다.

"말도 안 돼! 그의 공범이 누군지는 모르지만 그렇다고 나를 의심하다니, 말도 안 되는 소리예요!"

또 다른 사람이 이제 일어났다. 로저 세인트 레저였다. 화가 머리끝까지 난 듯한 표정이었다.

"그래서 그 날 우리집에 왔었군! 나한테 술을 엄청 먹이고! 내가 목적이 아니었지? 내가 봉투 안의 사진을 봤는지 안 봤는지 알고 싶어서였지. 안 봤다고 해도 당신은 처음엔 안 믿었지. 내가 의심하고 있을 경우에 대비해서 독도 준비해 왔겠지!"

헤밍웨이 경위의 계획은 성공이었다. 이것이야말로 경위가 원했던 확증이었고, 그건 거기에 있던 모든 사람이 깨닫고 있었다. 로저 세인트 레저를 째려보는 파울라의 얼굴로 보건대, 그는 정말로 아슬아슬한 순간에 목숨을 구했음에 틀림없었다. 그러나 파울라는 재빨리 침착성을 되찾았다. 무시무시한 표정은 눈깜짝할 사이에 사라지고, 순진무구한 미녀로 돌아와 있었다.

그러나 둔감한 나도 마침내 깨달았다. 그러고보니 짚이는 일이 없지도 않았다.

삼촌을 감싸는 척하면서 '최고급 레스토랑에서도 사고란 일어날 수 있다'고 넌지시 암시를 주었다. 레이몽의 일처리가 엉터리라고 생각하게 하려고 했거나, 「르 투르케 도르」의 방해공작에 관련되어 있다고 생각하게 하고 싶었던 것일까. 그뿐만이 아니었다. 여러 방면으로 의혹을 분산시키고 있었다 - 로저 세인트 레저에 대해서는 "IJ의 프로그램을 그가 하기로 했다면서요."라는 말로 혐의를 돌렸다. 샐리에 대해서는 "그녀의 과격한 의견을 격려할 생각도 없구요. 레스토랑 업계에는 손해거든요. 우리 가게가 망하고 말테니까요."라고 혐의를 돌렸다.

그리고, 나도 이용하고 있었다! 그 날의 점심식사 초대는 로저 세인트 레저와 마찬가지로, 내가 얼마나 알고 있는지를 캐내기 위해서였을 것이다. 심지어 더 심한 꼴도 당했다. 그녀가 레오폴드의 집에서 경찰이 아니라 왜 나에게 전화했는지를 깨달은 것이었다. 혹시 뭔가 증거를 남겼더라도 나 같은 아마추어가 그것을 훼손해주길 바란 것이었다. 게다가 불화가 원인이라는 설에 그토록 부정적이었던 것도, 각각의 가게관리가 엉망이라는 이미지를 유지하게 하고 싶었기 때문이었다.

그렇다는 것을 안 지금도 그녀는 여전히 눈부시게 아름다웠다. 그것만은 인정하자. 경위를 향해 자신을 지목한 건 부당하다는 듯이 두 팔을 벌리고 있었다.

"저를 체포할 생각이라면 엄청난 실수를 하는 거예요."

"체포?" 헤밍웨이 경위는 놀란 듯이 말했다. "자르딘양, 나는 식품 전담반입니다. 비타민K가 너무 많이 든 브로콜리를 팔았다고 해서 사람을 체포할 순 없습니다! 당신 역시 마찬가집니다. 당신이 오렌지에 DDE*를 뿌린대도 체포한 순 없습니다."

이 말에는 파울라는 어안이 벙벙해졌다. 설마 그런 대답이 돌아올 줄은 몰랐으리라. 그러나 곧바로 기운을 회복해 반격했다.

"그렇다면 악의에 가득찬 허위고발을 한 혐의로 당신과 런던 경찰국을 고발할 수도 있어요!"

"전 고발하지 않았습니다." 헤밍웨이 경위가 부드럽게 말했다. '내가 그런 끔찍한 짓을 했던가?' 라는 표정이 분명했다.

"식품 전담반으로서의 수사는 이미 종료했고, 어제 검찰로 보고서를 보냈습니다. 오늘 추가분도 내일 아침에는 보낼 거구요."

"그걸로 끝날 줄 안다면 대단한 착각이에요!" 파울라는 버럭 화를 내면서 호통을 쳤다. 분노에 불타서 뭔가 더 말하려 했지만 경위가 손을 들어 그녀를 제지했다.

"그 말씀 그대로 돌려드리겠습니다. 사실은 또 한 가지 당신에게 부탁이 있습니다."

---

* 초강력 살충제인 DDT의 분해물질.

"부탁?" 이번엔 또 뭔 소리를 할 거냐는 듯이 파울라가 말했다.

"틴틸리눔 보툴리누스 검출 테스트에 응해주시기 바랍니다."

그녀는 대답하지 않았다. 몸이 얼어붙었다.

"요즘은 누구나 아시겠지만, 최근에 총을 쏘았는지를 아주 간단한 검사로 알 수 있죠. 화약의 흔적이 손에 남거든요. 마찬가지로, 틴틸리눔 보툴리누스균 같은 치명적인 균을 만졌을 경우에도, 몇 주 동안은 그 흔적이 남아 있습니다."

파울라가 비명을 지르더니 순식간에 의자를 박차고 가까운 문으로 달려나갔다. 위니와 경위가 쫓아갔지만 그녀가 가방에서 작은 유리병을 꺼내드는 걸 보고 멈춰섰다.

"다가오지 마요!" 그녀가 소리쳤다. 병 뚜껑을 열고 손을 뒤로 돌려 문 손잡이를 더듬어서 문을 열고는 모습을 감추었나 했더니, 건장한 체격의 경관에게 허리를 붙들려 바로 돌아왔다.

그녀는 아직 포기하지 않았다. 고개를 돌리더니 경관의 얼굴에 병에 든 것을 쏟아부었다. 연회실에 비명소리와 외침이 울려퍼졌다. 경관은 비틀거리더니 붙들고 있던 손의 힘이 빠졌다. 그 틈에 파울라는 달아났다.

경위와 위니가 경관에게 달려갔고 나도 뒤를 따랐다. 눈을 당한 경관은 벽을 손으로 더듬고 있었지만, 경위가 자리에 앉혔다. 위니의 반응이 약간 이상했다. 코를 킁킁거리더니 허리를 굽혀 파울라가 떨어뜨린 병을 집어들었다. 다시 킁킁거리면서 냄새를 맡더니 집어던지면서 중얼거렸다.

"이런 교활한 계집!" 경사답다고는 할 수 있지만 요조숙녀답다고는 할 수 없는 말투로 말했다.

"샤넬 넘버5 향수잖아."

두 번째 경관이 뛰어들어왔으므로 헤밍웨이 경위가 바로 지시를 내렸다. "이 사람을 부탁하네. 아무도 밖으로 못 나가게 해." 그리고 위니와 내게 소리쳤다. "어서 가자고!"

복도를 따라 달리자 곧 주방이 나왔다. 스윙 도어가 흔들거리고 있었지만 무슨 일이 있었는지는 한눈에 알았다. 젊은 수습 요리사가 멍하게 바닥에 털썩 주저앉아 있고 커다란 팬에 담겨 있던 내용물이 주방 바닥에 흩어져 있었다.

젊은 남자는 너무나 놀란 표정으로 우리를 쳐다봤다.

"여자가 어느 쪽으로 갔소?" 헤밍웨이 경위가 소리쳤다.

우리는 젊은 남자가 가리킨 방향으로 전력질주했다. 또 다른 주방이 나왔지만 거기엔 사람이 없었다. 경위가 가까운 문으로 향하는 것을 위니가 저지했다.

"경위님, 그 문은 뒷길로 나가는 문이에요. 그녀는 택시를 탈 수 있는 정문으로 갔을 겁니다."

란체스터 팰리스의 관내도를 미리 조사해둔 듯했다. 헤밍웨이 경위도 알아듣고 고개를 끄덕였다. 또 하나의 문을 서둘러 나오자, 복도 끝에는 카펫이 깔린 길고 좁은 공간이 있고 쇼윈도에 양복, 보석, 핸드백, 구두 등이 진열되어 있었다. 위니는 숨을 헐떡이면서 말했다.

"이쪽으로 가면 현관 로비로 연결되요."

밤늦은 시간임에도 로비는 사람들로 붐비고 있었다. 인파를 헤치고 빠져나오자 모두들 놀란 얼굴로 뒤돌아보았다. 마침내 파크 레인으로 나왔다.

"저기예요!" 위니가 소리쳤다.

파울라는 마침 줄지어 선 택시 중 맨 앞의 택시에 타려 하고 있었고, 택시는 바로 출발했다. 다시 한 번 "저 택시를 쫓아가 주시오!"라고 말할 기회가 찾아왔다! 게다가 이번엔 런던 경찰국의 이름을 댈 테니 운전사가 분명히 다른 반응을 보이겠지?

속으로 두근거리고 있는데 택시가 급정거했다. 모피를 입은 노부인이 긴 목줄을 맨 작은 개를 끌고 택시 앞을 지나가고 있었기 때문이다. 몇 발짝쯤 떨어진 곳에 있던 나는 달려들어 택시 문을 열었다. 운전사가 뒤돌아보면서 항의하려 했지만, 그때 이미 파울라는 반대쪽 문을 열고 뛰어내렸다.

그녀는 잠시 머뭇거렸다. 다른 택시를 탈 것인지, 그대로 달려서 도망갈 것인지 망설였던 것이다. 그리고 그 망설임의 결과는 치명적이었다. 헤밍웨이 경위가 다가가자 그녀는 몸을 휙 돌려 바로 위니를 향해 돌진했다.

금발의 경사는 맨손 격투훈련도 충분히 한 듯했다. 평범하게 파울라의 팔을 붙잡은 듯처럼 보였지만, 눈깜짝할 사이에 파울라는 꼼짝달싹 못하면서 고통으로 얼굴이 일그러졌다.

대연회실로 돌아와서 사건이 무사히 해결되었으니 돌아가셔도 좋다고 경위가 손님들에게 전했다. 사람들은 흥분한 모습으로 오늘밤의 사건을 이야기하면서 삼삼오오 돌아가기 시작했다.

모두들 줄을 지어 문을 나갔다. 사건이 해결되었으니 런던의 식품업계도 정상으로 돌아올 거라며 모두들 안심하는 표정이었다. 하지만 그 중에는 예외도 있었다.

어깨를 축 늘어뜨린 두 남자가 휘청거리면서 나란히 걸어나가고 있었다. 곰처럼 거대한 남자는 앞으로 두 번 다시 행복한 시절은 돌아오지 않는다는 듯이, 침통한 표정을 짓고 있었다. 예전에는 팔팔한 권투선수였던 남자는 기진맥진해서 갑자기 확 늙어버린 것 같았다. 상처투성이 얼굴에는 깊은 주름이 새겨져 있었다. 두 사람 모두 믿고 사랑하던 사람을 잃었다. 숙명의 라이벌이 어깨를 서로 감싸안고 터벅터벅 걸어가는 모습을 나는 평생 잊을 수 없을 것 같았다.

마지막 손님이 떠나자 경위와 위니가 다가왔다.

"이로써 당신의 첫 번째 살인사건이 종결되었군요." 경위가 말했다.

"최초이자 최후의 살인사건이기도 하죠. 이젠 지겹습니다. 앞으로는 망고나 마조람 따위나 찾아다닐 겁니다."

"당신이 큰 도움이 됐소." 헤밍웨이 경위가 말했다.

"하지만 범인에 대한 추리는 엉터리였죠."

"대신에 뛰어난 미식가 탐정이잖아요." 위니가 말했다.

"하지만 정말 대단하신데요." 내가 경위에게 말했다. "당신을 찰리 챈에 비유한 건 실례였습니다. 경위님이라면 전성기의 존 애플피 경*에게도 지지 않습니다."

"정말 멋진 칭찬이오."

"유능한 형사인 것이 오히려 유감일 정도입니다. 경위님이라면 훌륭한 변호사도 될 수 있으실 텐데요. 페리 메이슨보다 낫고 호레이스 럼폴보다 뛰어납니다."

"그런데, 한 가지 질문이 있어요, 경위님." 위니가 말했다. "틴틸리눔 보툴리눔이 그것을 만진 사람의 손에서 검출될 수 있는 줄은 몰랐어요."

어? 경위의 눈빛이 한순간 반짝 빛난 것 같은데? 아마 잘못 본 것이겠지만. 위니가 책망하는 듯한 미소를 지은 듯한 느낌도 들었다. 뭐, 둘 다 잘못 본 거겠지. 그보다, 나도 질문이 있었다.

"식품 전담반인 당신은 정말로 아무도 체포할 수 없습니까?"

"난 이만 국장님께 보고하러 가야겠소. 협조해준 것에 대해 다

---

* 마이클 이네스가 창조한 런던 경시청 경위. 「학장의 죽음」 등의 작품에 등장한다.

시 한 번 감사하오." 그리고는 가버렸다.

나는 위니를 쳐다보았다. "정말 체포 못 하는 건가요?"

그녀는 사랑스러운 미소를 지었다.

"보고서를 작성하려면 몇 가지 확인하고 싶은 것이 있어요. 수요일 밤에 시간 되세요?"

"그럼요. 런던 경찰국으로 갈까요?"

"당신 아파트에서 볼까요?"

"이번엔 전화선을 빼놓을 게요. 보고서를 작성하는 데에 방해가 되지 않게요."

"8시 어때요?" 나는 고개를 끄덕이고, 나가는 그녀의 뒷모습을 바라보았다.

이번엔 절대로 샴페인이다. 진부하면 어때. 먼저 셰리주를 약간 넣은 새우 비스크*로 시작하자. 그리고, 두껍게 썬 랍스터 너깃을 얇게 썬 연어에 싸고, 갓 썬 신선한 채소 줄리엔**을 위에 듬뿍 얹으면 어떨까. 그리고, 주요리는······.

---

* 주로 새우나 게, 닭고기, 채소 등을 사용한 진한 크림수프.
** 채소나 고기를 길고 가느다란 성냥개비 모양으로 채썬 것.

이 책을 쓴 피터 킹Peter King은 런던대를 졸업하고 다양한 직업을 거치면서 프랑스, 이탈리아, 브라질 등 세계를 돌아다녔다. 다재다능한 인물로, 라디오 대본이나 연극 대본, 여행기, 미스터리, 미식 안내서 등 1백 권이 넘는 작품을 발표했다. 세계 최고의 요리학교 '르 꼬르동 블루'의 요리사에 버금가는 요리 실력을 자랑하며, 그 솜씨를 발휘해서 쓴 「미식가 미스터리」 시리즈는 맛있는 음식들의 향연과 덜렁거리는 성격의 주인공이 호평을 받아 여덟 번째 작품까지 발표되었다.

이 책을 우리말로 옮긴 위정훈은 고려대학교 서어서문학과를 졸업하고 출판사 편집자를 거쳐 영화주간지 「씨네21」에서 5년여 동안 기자생활을 했다. 2003년부터 2년 동안 도쿄대 대학원 총합문화연구과 객원연구원으로 유학했다. 지금은 인문, 문학 등 다양한 분야의 출판기획과 번역을 하고 있다. 옮긴 책으로 「뿌리깊은 인명이야기」, 「뿌리깊은 지명이야기」, 「다질링 살인사건」, 「건파우더 그린 살인사건」, 「위플랄라」, 「지중해를 물들인 사람들」 등이 있다.

프랑스요리 살인사건

지은이_ 피터 킹
옮긴이_ 위정훈
펴낸이_ 강인수
펴낸곳_ 도서출판 **피피애**

초판 1쇄 발행_ 2010년 7월 19일

등록_ 2001년 6월 25일 (제300-2001-137호)
주소_ 110-070 서울시 종로구 내수동 74 광화문시대 1309호
전화_ 02-733-8668
팩스_ 02-732-8260
이메일_ papier-pub@hanmail.net

ISBN 978-89-85901-58-1 03840
        978-89-85901-57-4 (세트)